魅丽文化

情多万千

原成 著

广东旅游出版社
GUANGDONG TRAVEL & TOURISM PRESS
悦读书 · 悦旅行 · 悦享人生

中国 · 广州

图书在版编目（CIP）数据

情多万千 / 原成著 . — 广州：广东旅游出版社，
2019.5
ISBN 978-7-5570-1800-9

Ⅰ．①情… Ⅱ．①原… Ⅲ．①长篇小说－中国－当代
Ⅳ．① I247.5

中国版本图书馆 CIP 数据核字 (2019) 第 072039 号

出　版　人：刘志松
总　策　划：邹立勋
责 任 编 辑：梅哲坤

广东旅游出版社出版发行
（广东省广州市环市东路 338 号银政大厦西楼 12 楼）
邮编：510060
邮购电话：020-87348243
广东旅游出版社图书网
www.tourpress.cn
湖南新华精品印务有限公司印刷
（湖南望城湖南出版科技园　电话：0731-88387578）
880 毫米 ×1230 毫米　32 开
10 印张　200 千字
2019 年 5 月第 1 版第 1 次印刷
定价：38.00 元

CONTENTS

目录

第一章 ● ○
谁允许你对我这么霸道的

"你要跟我结婚吗？"邵万千慢条斯理地扯掉领带，修长的手指落在雪白的衬衣领口，一颗、两颗、三颗，一共解开了三颗纽扣，微微敞露出光洁坚实的胸口。接着他气定神闲地解开袖扣，将衣袖随意地挽起。

邵万千转头，犀利的双眸直望得人心发慌："我在问你话，你要跟我结婚吗？"

黎多情抹着眼泪摇头，声音里透着一丝丝的小倔强："不跟！不跟！不跟！我、我为什么要跟你结婚，就算我当一辈子处、处女，也不能便宜你这个、这个成了精的衣冠禽兽！"

邵万千挑起嘴角，不屑地冷笑："你不嫁给我，又不许我娶别人，谁允许你对我这么霸道的？换句话说，你是谁，又以什么身份在我的地盘对我撒野？"

"黎多情，我是。"黎多情板起一张泪流满面的小脸，端起茶几上的半杯香槟，视死如归般地喝完，"我敢来撒、撒野，必、必定是因为我、我有特殊的身份。你差一点成为我的、的继父，现在我母亲留下一封遗书就失踪了，现在生、生死未卜，你不能就这么结婚。你、你要等她回来，给她一个交代！"

这回邵万千是真笑了。他扭头眺望着窗外，入目的是海天相接的无限蔚蓝，以及暖白色的细沙滩，还有宾客散去后孤零零沐浴在日光和海风里的桌椅摆设。

"你说说你……"邵万千若有所思地上下打量了黎多情一番，给了她一个自认为客观的评价，"长得挺有灵气的一个小女孩，可惜脑子不太好。"

"你、你、你脑子才不好！"黎多情吸了吸鼻子，朝他狠狠地翻了一个白眼。

"你先说说你妈是谁，我看我认不认识。要死要活非说我跟她有一腿的女孩我见多了，像你这种嚷着我跟你妈有情史的，我还真是头一回见。"邵万千点点头，又忍不住撇了一下嘴，"活久见，新鲜。"

"我妈是……"她很不是时候地打了一个喷嚏，"阿嚏！"

邵万千一愣："阿嚏，你妈叫阿嚏？你妈怎么没叫祥林嫂呢？"

"姜芷！"黎多情绷着肩膀，气吞山河地吼出自己妈妈的名字，"我妈叫姜芷！"

邵万千戏谑的表情立马僵在脸上，好一会儿他才缓过神来，抬手挠了挠自己硬挺的眉尾："你都这么大了，上回我见你的时候，才这么高。他伸手在自己的腹部随意地比画了一下，"你多大了？"

"二十四岁。"

他挑眉道："二十四岁？上一次我见你，你才十二岁。"

这很扯淡，她十二岁的时候绝对不止到他肚脐那么高，她很早就开始长个子。

"姜芷有没有告诉你，我跟她十二年前就玩完了？"

黎多情感觉十分别扭，眼前的这个人看起来不比自己大几岁。想到十二年前她还是个豆芽，他已经能谈恋爱了，就觉得有些奇怪。

"我妈没、没说你俩玩完了，她说你抛弃了她。"

邵万千闭了闭眼睛，睁开眼后也是一脸纳闷："姜芷的执念也太深了。"

黎多情怎么也没想到他会用到"执念"两个字，这是多么戏剧化的两个字，敢情这种有钱的大叔也看偶像剧？她眼巴巴地盯着他看，一时忘记了哭泣。

好看是真好看，泼墨似的眉毛，星辰似的眼，如此端正的五官却偏偏搭上一身不正经的气质。

黎多情趁着邵万千沉思之际，掏出手机，手指在屏幕上自下向上滑动，打开计算器，开始算这次拆婚活动所花的经费。

"嗯……一共一万块吧，凑个整，我占你二百块钱的便宜。"黎多情将手机递到他面前，一本正经地说道，"往返机票、导游、雇佣的临时小演员、给酒店服务员的小费，这些，你要给我报销一下，现金、微信、支付宝都可以的。"

邵万千回想起刚刚经历的那震撼人心的一幕：黎多情牵着一个小萝莉撕心裂肺地扑倒在他脚下大哭。让在座的嘉宾都见识到了他是如何"渣"，如何抛妻弃子，让一个手不能提、肩不能扛的年轻妈妈独自带着女儿流落天涯。随后，他被新娘打了一巴掌，被新娘的妈打了一巴掌，现在他的脸还疼。

他睨着黎多情的手机，疑问："为什么要我给你报销？"

"我妈说，说你特有钱，还大方。"

"哦，敢情当我是冤大头。"他不屑一顾地转身，"你知道这场婚礼我花费了多少钱吗？你知道失去这段婚姻，我的家族要损失多少吗？你来毁婚，还要我支付你的行程费用，是不是太坑了？"

"是坑。"黎多情并不逃避责任，她诚实地点头，"素不相识我就能为了你不远万里、背井离乡地干这种缺德事，我也、也是十分有诚意地坑，不是坑着玩的。"

邵万千眯了眯眼，掏出手机拨了一串号码："进来两个人，把这个女精神病人给我绑起来。"

总裁身边的人总是十分有执行力的。这边不等他挂电话，门外已经冲进来两个彪形大汉，三下五除二地将黎多情控制住，用力一提，就将她悬在半空中。黎多情害怕地尖叫起来，眼泪忍不住地往下落，看起来倔强又可怜。她身体力行地为大家证实了什么叫真正的手无缚鸡之力。

黎多情也不想哭，可她控制不住自己。从小到大，只要她一激动，尤其是吵架时激动，她就会忍不住流眼泪，显得一点气势都没有。这真的让她感到十分苦恼。

无论放什么狠话，只要她一掉眼泪，就已经输了。

"你！你绑我干什么！我妈说你是个……"

"你妈错了。"邵万千举起左手，立刻就有人将雪茄递上，他拿雪茄的姿态很不正经。他抽了一口雪茄后，下颌微微上扬，眯着眼睛坏笑，看似狂妄自大却偏偏恰如其分，"哭没用，你要叫，叫破喉咙，叫得好听一点，动人一点，兴许我就心软了。"

黎多情咬牙切齿地瞪着他，十分生硬地喊了一句："破、破、破喉咙！"

"神经。"险些被口水呛到的邵万千忍不住翻了个白眼，继而丝毫不怜香惜玉地吩咐道，"把她扔海里，喂鱼。"

看来邵万千与她母亲一别多年，已然不是当年那个纯美阳光的少年，而是变成了一个不要脸且变态的坏人。

黎多情感觉自己是在做垂死挣扎。虽然如此，但她也要挣扎，人活一口气嘛。黎多情被两个大汉架在半空，两条小腿拼命地踢来踢去，她倔强的声音很快消失在走廊尽头："邵、邵万千，你这个大、大、大骗子，你说叫了破喉咙就放了我，大骗子、大骗子……"

邵万千撇撇嘴，嘀咕了一句："这还是个结巴，我最讨厌说话叠字的，结巴也不例外……"

黎多情小时候是不结巴的，说话脆生生的像百灵鸟一样。大概是姜芷走了以后，她有很长一段时间不愿意与人沟通。再开口时，就有那么一点结巴，在被同学嘲笑以后，结巴就更加严重，讲话偶尔顺畅，偶尔结结巴巴的，跟卡碟了一样。

黎多情醒来时，以为自己已经进入了天堂。

她转念一想，这是不应该的。因为自己家没有人信教，只有姨妈会在初一、十五以及逢年过节给家里的财神爷上两炷香，供几个苹果，所以这里应该是天庭。

不管是天堂还是天庭，反正人都是死了。死了还能看见这么好看的天与云，说明她生前是个好人。

黎多情渐渐地清醒，脖子以下的部位慢慢恢复了知觉。她偏头，眯起眼睛往旁边看，接着，她一骨碌爬起来，抱着身前的薄毯板板正正地跪好。

这不是天庭，也不是天堂，这是大海中央，游艇之上！

她正要开口发问，一条五彩斑斓的小鱼"砰"的一声拍在她脑门上。她皱了皱眉，捧起掉落的小鱼，瘪了瘪嘴："邵万千，这是哪里？"

身着白色休闲套装的邵万千正拎着另外一条五彩斑斓的小鱼在观摩，他"哼"了一声，回答："要把你喂鱼的地方。"

黎多情向一旁蹭了蹭，她环顾四周，周围是一望无际的大海。她又看了看头顶的太阳，根据太阳的方位来判断，这应该是她毁婚的第二天。

"我、我会游泳。"

邵万千不以为意地点点头，然后把这条不知道能不能吃、但是他又不想养起来的小鱼抛回大海里："嗯，我也并没有打算把你整个人扔下去喂鱼，把你切碎了拿来钓鱼，也可以。"说完，他轻轻地挑了一下嘴角。

海风吹得黎多情的长发凌乱地缠在脸上，她抱紧小毯子，忐忑地往后缩了缩。

邵万千斜眼看她，片刻后，他嫌弃地翻了个白眼。

黎多情昨天被保镖拉走的时候，她在走廊尽头撞见了拿着大半瓶芝华士闲逛的白家掌上明珠白以飒——她的同伙，也是他的贵宾。白以飒拼命阻拦，终于将她从保镖的手里救出来。结果黎多情这个蠢货，竟然没有第一时间拉起白以飒逃跑，而是在众目睽睽之下一口气干了那瓶芝华士，然后举着空酒瓶对着保镖，以及站在走廊另一边看戏的邵万千咆哮："来、来、来啊！我黎多情生得憋屈，活得伟大，风风火火什么都不怕！你们来拉我去喂鱼啊！你们不怕杀人犯法，就把我喂鱼好了，不喂我都看不起你们！你们这群……这群……这群……灭绝人性的……小猪……"

在发表一番豪言壮语之后，小脸红扑扑的黎多情倒下了，这场面可以说是非常尴尬的。

被骂成"小猪"的邵万千决定以其人之道还治其人之身，也给黎多情一个惊吓。于是，黎多情醒来时，就发现自己没有在回国的航班上，而是在浩瀚无垠的海中央。

这是一个叫天天不应，叫地地不灵，叫邵万千只会得到一个嫌弃的白眼的地方。

"我想回家。"黎多情饥肠辘辘地看着邵万千吃完鱼排、喝完红酒后，试探地开口。

邵万千朝着蔚蓝大海一挥手："可以，游得回去，你就可以走了。"

邵万千说这话是没经过大脑的，但他没想到的是，听这话的人也不经大脑。他不经意地一转头，就看到黎多情已经抱起了游泳圈，正打算纵身朝大海一跃而下。

他来不及多想，下意识地朝黎多情扑过去。结果，他不仅没有把她拦下，还被她顶了一下。他的腰部撞到游艇的护栏上，十分不幸地落海了。

黎多情抱着救生圈怯生生地看着和自己一起在海里漂荡的邵万千，心中有一万头羊驼狂奔而过。她暗自庆幸，幸好没人看见，否则还以为他们这是要殉情。

两个人一脸惆怅地在蔚蓝的大海里荡啊荡，水波打在黎多情雪白的胸口，晃得邵万千眼睛生疼。过了好一会儿，邵万千终于压下心中那团熊熊的火焰，保持着该有的国王般的贵族气质，开口问："你这是要跟我同归于尽吗？"

黎多情无辜地摇头："我也没想到，你会这么配，配合我……"

"你是自带导航，还是自带指南针？你是出生二十四年，还是二十四小时？你准备游泳回家，你知道往哪儿游吗？"

黎多情继续摇头："我试试呗。"

邵万千咬牙切齿地瞪了她一会儿，不再与她争辩。

忽然，黎多情感觉到有东西蹭过她的小腿。由于被救生圈挡住视线，水面又反光刺眼，她开始紧张地乱蹬："有、有大鱼！它在蹭我，邵万千，水里有大鱼！"

邵万千半信半疑地钻进水里，然后"哗啦"一声冒出来。

"啊！"黎多情疯狂地尖叫，一边乱蹬，一边拼命地想要靠近他，无奈救生圈顶在两人中间，她只好去抓他的肩膀。

邵万千面色不悦，一把挥开她的手掌："你少来投怀送抱这一套，虽然你胸不小，但我更喜欢脑子好的女人。"

"我我我……啊！"小腹上传来惊悚的触感，黎多情一时无法充分地转动大脑来和他周旋。她想来想去都觉得自己倒霉，邵万千钓了那么久才钓上来几条小鱼，她一下海就碰见了大家伙。敢情是刚刚他的饵料不够吸引鱼啊！

"啊什么啊？我都说了，根本没有什么大……唔……"邵万千的表情突然变得僵硬，他开始猛烈地拍打水面，身体也随着动作不断地上下浮动。他一脸痛苦的表情，却咬着牙坚决不肯呼救。

黎多情吓傻了，她也跟着拼命地扑动。她想逃上游艇，又想去救邵万千，她边哭边不停地尖叫。尤其当邵万千的身体沉入水下后，黎多情感觉到有人在一下一下地狠拉着她的裙子。她的精神已经濒临崩溃的边缘，她不知道下一个被拖入海里的会不会是自己。叫天天不应，叫地地不灵。

突然，黎多情裙子上的沉重感没有了，接着她听到背后传来破水而出的惊悚"哗啦"声，她的肩头重重地挨了一记打。她尖叫着回头，还没看清这个水怪，她就两眼一翻晕了过去，胳膊也瞬间软下来，人从救生圈上滑进海里。

邵万千蒙了，没有大鱼是真的，刚刚只是他在用脚吓她。但他只是想吓一吓她而已，没有想过要吓死她。

他将黎多情拉出水面，拖着她费劲地爬上船，胡乱地扒拉开她脸上的长发。黎多情年轻曼妙的身姿太过诱人，扰乱了邵万千的定力。于是在抢救她之前，他先捏着她尖翘的下巴，凶巴巴地训斥："我看你不像是替你妈来讨感情债的，倒像是来完成你妈当年勾引我的使命的！"

邵万千捏完了黎多情的下巴，又捏了捏她的脸。确认过这脸不是假的、无法搞破坏后，他放弃折磨她，开始掐她的人中，又给她做心肺复苏。他捏住她的鼻子和下巴，俯身正准备要给她做人工呼吸时，她"扑"地吐出一口海水。

一滴没浪费，全数吐进了邵万千的嘴里。

邵万千这辈子从来没有打过女人耳光，而黎多情非常荣幸，成为他这个耳光的第一个承受者。

这是出于本能的反应，其实他原本只想掰开她的脸，没想到力道过猛，变成了一记耳光。

刚刚从鬼门关回来就挨耳光的黎多情，表示坚决不能接受这个委屈，谁还不是个脆弱的宝宝！海水吐干净以后，她翻起身，先给了邵万千两拳，然后号啕大哭起来。

当然她口中也是有台词的，具体是什么，邵万千没有听得太清楚，总结下来，大概就是："我、我以为真有大鱼把你吃了，我又不会开游艇，我可能要在海上漂荡至死了。我妈失踪了，我姨妈的家又、又要被拆，家里的小鸡、鸡，小鸭还等我回去喂……"

邵万千以为小姑娘胆子小是怕他真死在海里，原来是怕他死了，她回不了家。

邵万千咬着下嘴唇，强迫自己耐心且安静地听完她的哭诉，他苦大仇深地叹气："好歹你也是个小姑娘，就算说话结巴，也要注意节奏，小鸡就小鸡，换另外一个词结巴不行吗？"

黎多情无辜地眨眼："怎么了？你以为我想结巴，为什么要嘲笑别人口吃？！"

"有本事你别口吃啊！"

"没、没本事！"浑身湿透的黎多情生气地捶地，她的胸脯强行挤入他的视线。邵万千一点也不想看，他觉得非常碍眼，于是一巴掌按着她的脑门把她按倒在地上："你给我闭嘴，你最好像咸鱼一样在这躺着，别在我面前晃。"

求生不得，求死不能，大概就是黎多情这一天的处境。被强制在大海里晒了一整天毒辣的太阳，她从元气满满变成怨气满满。最后被晒到没脾气，她真的像咸鱼一样摊在那里，还需要邵万千手动为她翻身，正面晒完，晒背面，过一下油可以直接出锅了。

邵万千一边威胁要把她扔下海里喂鱼，一边恐吓如果她再敢私自跳海，他就会马上开船离开。

"有钱人都这样自相矛盾吗？"黎多情强烈地怀疑她妈妈当年的眼光。

想到妈妈，黎多情又开始惆怅，都说家家有一本难念的经，她家却有一个难懂的妈。

自打她上高中以后，她妈姜芷的行踪就变得飘忽不定。先是辞去了好端端的老师职务，跑去培训机构给学生补课；后又开始写诗、写散文，甚至发展到死活要写游记，一会儿飞日本，一会儿飞尼泊尔，完全放飞自我。

继游记之后，她妈又开始写自传。黎多情就是从这里得知了妈妈年轻时的感情经历。一个女人，因为一段恋情的告终，在往后的十几年里都没再谈过恋爱，可见其痴心程度。

黎多情只想有一个普通的家庭，她自幼就没见过自己的父亲。当梦想破碎后，她只想有一个普通的妈妈。可姜芷半路改走佛系妇女路线，这让她的梦想再次破灭。

"难道我这一生注定就是咸鱼，不该有梦想吗？"

回国的飞机上，被小毛毯裹紧的黎多情突然一把扯开自己的眼罩，愤愤不平地盯向自己身侧的邵万千。他正专心致志地玩着俄罗斯方块，他身后的小窗口外是美得不可方物的万丈云霄。

黎多情无奈极了，她更加不相信这会是自己妈妈的心上人。所谓的眼瞎心也瞎，大概就是姜芷这般了。

"像邵万千这种身份的人，在飞机上不是应该端着洋酒，看着财经杂志吗？"黎多情认为，一定是她打开眼罩的方式不对。

于是她又悄无声息地扣上眼罩，重新来了一次闪电式地掀开。

"你又犯什么病？"再次掀开眼罩，还不如上一回。这次黎多情看到，邵万千正一脸看弱智的表情睨她。

黎多情"哼"了一声，决定扣上眼罩继续睡觉。

算他还有一点人性吧，在把她白里透红的皮肤晒成红里透白之后，给她买了一张回国的机票，而且是头等舱。

黎多情没有和白以飒坐上同一班飞机，她的行为让白以飒也受到了牵连。据白以飒后来的描述，白以飒被拎着衣领带走的那场面，对于身为名媛的她来说，是相当惨烈了。

不过还好，白以飒没有任何怪黎多情的意思，反而继续暗戳戳地想着，以后要怎么做才能帮她继续搅和邵万千。黎多情猜想："这是白以飒对她的多年闺密情谊呢，还是她多年以来一直对自己深藏爱意？到底是什么原因让一个好好的名媛，竟然心甘情愿和她一起沦为搅屎棍，并保持着如此高涨的情绪呢？

"如果白以飒是她的妹妹就好了。那样的话，她会是白家的千金，有一对恩爱的父母，至少在媒体面前，他们是恩爱的父母吧。"

天马行空地胡思乱想，是黎多情现在消磨时间的唯一方式了。

飞机落地，没有手捧鲜花欢迎她凯旋的闺密，也没有霸道总裁高冷而神秘热情的款待。邵万千这个老狐狸，直接把黎多情扔在了机场，并毫无人情味地扔给她一句："你能完好无损地活到现在，是我给姓白的一个面子。下次你再敢这样做，就算有红橙黄绿青蓝紫给你撑腰也不管用。"说完，他问黎多情，"你听清楚了吗？"

黎多情没说话，只给了他一个倔强而潇洒的背影。

有钱人坐豪车回家了，她还要坐机场巴士回到市区，再转公交。谁说她是完好无损的？

只要不瞎，谁都看得出来她这两天饱受折磨，整个人简直像刚出锅的螃蟹，只有胸罩和裤衩等位置还能看得出她原本白皙的肤色。

巴士倒巴士，晃了两个多小时后，黎多情终于回到了属于自己的世界，孤立在高楼林立的繁华街区的一栋六层的老旧建筑，楼体已经被一楼整整的一排大排档熏得看不出原来是什么颜色。入夜之后，这里会显得格外嘈杂和热闹，特别是在周围街区霓虹的映衬下。

这里是黎多情现在的家，H市最有名的夜市街。她和很多人一样热爱这里的廉价美食，白以飒总说她上辈子一定是个垃圾桶，所以这辈子才这么喜欢吃垃圾食品。

她和姨妈一家一起生活在这里，姨妈是她妈妈的闺密，和她没有血缘关系。而所谓的"姨妈的一家"，也就只有姨妈和姨妈的闺女而已。

白以飒总笑她家里阴盛阳衰，她不服气，因为这个家里根本就没有"阳"。

黎多情的姨妈经营着一家八十多平米的小火锅店，虽然店内面积不大，但店外还可以摆五六个桌子。这里整条街上都是这么摆的，一家连着一家，区分的方式就是自家与隔壁老王家的椅子颜色不同而已。遇到城管检查的时候，大家会规规矩矩地收档，让街道看起来大方、美观、整洁。

长途跋涉的旅程后，黎多情并不能舒坦地休息。一放下背包，她就开启了端盘子模式。

"这大概就是普通人的生活吧！"黎多情想着，"没什么值得向往的，当然也没什么可悲哀的。"

姨妈正在厨房给客人配菜，一转身就看到黎多情正动作利落地把长发绾成一个简单的发髻。她举着湿淋淋的手向前走两步，盯着黎多情瞧了好几秒才迟疑地开口："你的脸这么红，是被人打的？"

"才、才不是呢！"黎多情系上围裙，掀开自己的衣袖和衣领，在姨妈面前来来回回地展示半天，"谁能打、打、打得这么全面均匀，这是太阳晒的。"

"哦。"姨妈若有所思地应了一声，回到菜筐前继续干活，"好不容易出趟国，你怎么不多玩两天呢？下回再让我拿钱出国旅游，可没那么容易了啊！"

"唉……"黎多情无奈地叹了口气，拿起分单器上的配菜单扫了一眼，一边配菜，一边回答，"国外也没什么好、好玩的。再说了，向你要的钱是我劳动所得的，你这么小气，我是不会养、养你老的。"

"你还敢说你劳动，我还供你读了好几年书呢，你什么时候还我学费？"

"先、先欠着。"黎多情挤出一个赖皮的微笑。就是这个微笑，让她死皮赖脸地在姨妈身边撑过了好几年，"等我妈回来，我就……"

"等什么等，等你妈修仙回来再还我钱？我拿钱来买棺材板啊，你也真好意思说……"

"那有什么不好意思的，再、再说我这不给你打工吗？以后我找到好工作，我、我自己还。"

姨妈一副见识过太多花言巧语、看透太多人情冷暖的样子，给了她一个极大的嘲讽："你妈当初也是这么骗我的，结果呢？"

"人生要享受过程，不要在、在乎结果。"

"你就胡说吧！"

姨妈不知道她去国外干了什么惊天动地的大事，黎多情当然也不敢说，因为她怕被打。她可不像姨妈的女儿那么扛打。

夜市吃饭的人鱼龙混杂，黎多情出去给客人点餐的时候，经常被男客人打趣，但多数时候不太过分，无非就是戴着金链子的大哥非要带她去大场子干大事业，或者客人问她有没有男朋友、缺不缺男朋友之类的。

如果是碰上她心情好的时候，她就会笑着答两句。如果她心情不好，她就只笑笑，不答话了。

夜市要半夜两点才收档，遇上喝起酒来没完没了吹牛皮的大哥，黎多情还要陪着。倒也不是没开口赶过，饶是说得再委婉，对方也不乐意。去年就有一次，她的摊子都被人掀了，纯属欺负她们孤儿寡母。

今天最后一桌客人是将近夜里三点才走的。黎多情和姨妈回到家，洗漱完毕快四点，天都亮了一半。

黎多情长长地呼出一口气，她摸了摸自己火辣辣的脸颊，仰头躺在床上，姨妈也躺在床上。姨妈拿过黎多情的手机，打开手机相册，一边翻看照片，一边说："真好看啊，你看这国外的海，多蓝啊。这天，蓝得透亮，真好看，这钱没白花！"

"这世界上，就没有一分钱是白花的。"黎多情拉过被子给姨妈盖好，和姨妈讲起自己在巴厘岛所见到的美景。

忽然，被黎多情遗忘在相册里的照片映入姨妈的眼帘，姨妈当即挑眉，审犯人似的问她："这人是谁啊？"

话一出口，母女二人便陷入了可怕的手机争夺大战之中。黎多情虽然芳华正茂，但和姨妈这种经历过生活摧残的强大中年妇女比起来，身手还是差太多了。只见身姿矫健的姨妈一脚踩着床头稳住自己的身形，一手高举着黎多情的手机，造型像极了准备炸碉堡的董存瑞。并且她不忘将屏幕朝向自己，趁机多看了两眼屏幕上的人，以免自己老眼昏花看走眼："小兔崽子，我看你是活够了。你给我说，这是谁？"

"吴彦祖！"黎多情气喘吁吁叉腰站在床上，来一个死不承认。

"吴彦祖！"姨妈拿手机狠狠地敲了一下黎多情的脑袋，"你当我是你妈那么瞎吗？这不是邵万千那个老狐狸精吗？！黎多情，你还学会撒谎了是不是？亏我还相信你是和白以飒出去看看远方、看看世界，好端端的你去招惹他干什么？"

黎多情手机里的照片不是她拍的。而是回国的时候，她在机场拿着手机准备照一照自己晒成猴屁股的脸，结果被邵万千误以为是在偷拍他。劈手夺走后不小心按了拍照，自拍，而且是多张连拍。

黎多情以为她都删除了，没注意到还有遗漏的照片。

"我、我这是事出有因，迫不得已啊！"她扬起下巴不服气地狡辩。

"编！"姨妈一脸的不相信，"我看你就是看了你妈那本邪门自传，才鬼迷心地当真以为你妈和那个富家公子哥有一腿！"

"有一腿"这三个字多难听啊，这哪里适合形容她那个佛系老母亲今生唯一牵挂的爱恋啊？这么恶劣的词，只有姨妈这种市井妇女才讲得出口，黎多情刚要指正，就听姨妈展开了她那八点档电视剧般的神联想："你给我说实话，你是不是想用你妈的事情找姓邵的讹一大笔钱？我就知道你个小丫头不是省油的灯！说吧，你跟人家开口要了多少？"

黎多情捂住自己的脑门，想起姨妈总看的韩剧里面的剧情。如果发生这种情况是要掐后脖颈的，她立马变换姿势掐后面："我……"

"你什么你，快说！你到底问人要了多少钱？我听听要得少不少！反正你都不要脸了，就不要脸到底，一步到位来个狠的！"

黎多情小腿一软，差点一屁股坐下。姨妈完全不按套路出牌，亏她之前还担心姨妈知道她去找邵万千后，会打折她的腿！但就算姨妈没有怪她，也不能把她说成这样一个没有原则的坏女孩啊！

于是，她狠狠地对姨妈说："要个鬼！"

这是大不敬啊！姨妈摸了脚底板，没有摸到拖鞋，直接挥起巴掌就要扇她。刚刚才喘过气来的黎多情，又陷入了与姨妈的追赶大战中。

正在谁也不肯服软、你揪着我的衣领、我拉着你的裤腰带时，房间的门被人一把推开了。两人瞬间松开对方，一本正经地整理好身上的睡衣，同时清了清嗓子。

黎多情识趣地爬上床，盖好被子。姨妈拿出骂街的姿态站在房间里，双手叉腰："我上辈子造了什么孽，生了你这么个玩意，你也不看看现在几点了！你是断臂大侠吗，没有手敲门？"

黎多情也不知道姨妈怎么会生出梦恬恬这种女儿。她掐指一算，梦恬恬这盏不省油的灯此番回家，必定是来讨债的。

果不其然，在口头讨要无果之后，梦恬恬开始动手动脚。

梦恬恬是学过泰拳的八线野模，身高和身手可以直接把她们俩团灭。一番敌我较量之后，姨妈包包里今天刚收来的现金，以及姨妈给她的那点零花钱，被梦恬恬打劫一空。临走她还顺走了白以飒送给黎多情的一条项链。

黎多情恨啊，杀人要是不犯法，估计梦恬恬现在已经被她剁成肉馅，捏成肉丸子下火锅了。

梦恬恬龙卷风一样地来，挥一挥衣袖，什么都没留下，除了姨妈的脖子添了两道抓痕。

黎多情一边给姨妈擦脖子，一边说："你、你不是挺厉害的吗？"

"少嘲笑我，你不是也挺厉害吗？还不是被恬恬打得哇哇叫妈？"

"那、那我叫爸，我也没有爸啊！"

姨妈安静了一会儿，突然说："多情啊，你说夜市要是拆了，你姨夫以后怎么回家啊？咱俩又要怎么生活啊？"

黎多情皱着眉思考了半天："我也不知道，没准儿不拆呢……"

"人家白以飒都说了，准拆！你还不相信她吗？没有谱的事，她会乱说吗？"

"哎哎呀，以飒那也……"

她的话还没说完，便被神经质的姨妈突然打断："等会儿再说这事，你先给我说说，你到底为什么要跟邵万千搅和在一起？"

● ○ 第二章
三个女人一台戏

因为家里有梦恬恬那个噩梦般的存在，姨妈总是说，安稳日子过不了三天。

这话从来没让黎多情失望过。就在梦恬恬走后的第三天晚上，黎多情被一辆黑色的本田车接走了。

车里只有两个穿着粉色 Polo 衫的大汉，长得跟熊大和熊二似的。大晚上戴个墨镜，似乎要拼尽全力地向世人展示他们有多酷。

"那、那个大哥，你们带我上车，是不是得亮一下身份什么的？比如谁要和我谈谈之类的？那、那个咱们明人不说暗话……"黎多情忐忑地试着跟两位大哥沟通，无果。

"那、那个大哥，是不是梦恬恬又闯祸啦？咱们有、有、有话好好说呗，你们抓我，也不能解决问题呀，我和梦恬恬不是一个妈生的……"

两位大哥非常淡定，旁若无人地聊起了足球。

黎多情锲而不舍地追问，打算再接再厉。一位大哥突然扭头对她说了一句："老妹你这结结巴巴的话还挺多，你消停一会儿行不行？"

黎多情尴尬地挠了挠自己的下巴，心想："话多不多和结巴是没关系的，再说我不是话多，我是结巴的字多，才显得话多。"

"那、那我能叫救命吗？"

"叫吧，你叫破喉咙也没人会听见。"大哥皮笑肉不笑地回了她一句。

这话听着如此耳熟，黎多情狐疑地看向大哥，试探性地小声问道："破……喉……咙……"

这可把两位大哥逗开心了，开车的大哥笑得浑身肉都跟着发颤，坐她身边的大哥甚至还想伸手摸摸她的脑袋。可能想到这样不太好，半路又收回手，摸了摸自己光溜溜的大脑袋。

黎多情长出一口气，露出尴尬又谨慎的微笑："那、那大哥，你们老板是不是姓邵……"

大哥没回答她，但是给了她一个说不明道不清的隐晦眼神。直觉告诉黎多情，她猜对了。

当然这眼神也可能没什么特殊含义，纯属她自己瞎联想。

她的手机还在大哥手里，姨妈找不到她，给她打了两遍电话。但大哥一点也没有要将手机还给她的意思，最后竟直接关机，然后将手机扔到车内的工具箱里。

黎多情撇了撇嘴，心想："这姓邵的不是挺有钱嘛，就算请我过去喝茶也应该派一辆 S 级的奔驰才对呀。开一辆破本田，一点都不气派。"

车在繁华的城市中走走停停，然后开往郊区，最终停在一幢独栋别墅前。

这就是有钱人住的地方了。阔气豪华的欧式大门，四层高的楼，联排整齐的车库，精致的小菜园子，还有宽敞的泳池。

室外泳池这个东西，在 H 市这种冬天气温低至零下三十摄氏度的地方实属多余，一年只有那么几天能游。

黎多情是在下楼买可乐的时候被人"请"上车的，所以现在她身上只穿了一套难看的居家服。

到底有多难看，她一进门，看到邵万千的反应就明白了。

别墅的装修简约但不简朴，看得出主人不仅有钱，还很有品位。长长的黑色真皮沙发看起来十分柔软、舒适，沙发里坐着一位贵气而秀丽的年轻妇人。她看到黎多情的打扮十分想笑，又觉得不合礼仪，硬是把嘴巴闭得像金鱼嘴。

坐在她斜对面的妇人年长一些，一身华服，满脸的戾气，死死地盯着黎多情。

恰逢邵万千从厨房里拿着一瓶冰冻矿泉水走出来。他穿着一身米黄色的居家服，身形颀长，黑亮的短发软绵绵地垂在额前，这让他看起来不再锋利。他才喝一口水，抬眸就看见撅着嘴巴、一脸无辜的黎多情，当即一口水喷出去，险些把自己呛到。他一双桃花眼瞪得老大："上回见还是漂亮又灵气的小女孩，怎么变成一小村姑了？"这衣服丑得真别致。饶是她长得还不错，占据先天优势的完美大胸和长腿也无法为这身衣服加分。邵万千又补了一句，"你梦游吗？"

黎多情摇摇头，不好意思地往下拽自己的T恤，试图遮住自己的睡裤，虽然作用并不大。

沙发上的年轻妇人先开口："换拖鞋，进来。"接着，她又转头看了一眼身后的邵万千，"你现在这么不懂礼貌了吗？看到客人不打招呼？"

邵万千这才看向那个老妇人，象征性地叫了一声："阿姨。"

黎多情低头看了眼自己的脚面，她本来穿的就是拖鞋，现在要把拖鞋换成拖鞋……

"你叫什么名字？"小阿姨的声音如同春风拂面般飘来。

"黎……多情。"

小阿姨点点头："黎小姐，这位是我儿子万千的岳母——哦，不对，是差点就成为我儿子岳母的人。对于你扰乱她女儿陈潇小姐和我儿子邵万千的婚礼一事，她有非常大的意见，有些问题她想要同你谈一谈。我想了想，还是在我这里谈比较合适，黎小姐，你觉得呢？"

"我、我、我……"黎多情勉强挤出一个不怎么好看的笑容，"我应该……怎么觉得？"

邵万千沉默地坐在一旁，正决定说点什么的时候，小阿姨瞪了他一眼。他刚刚张开的嘴巴在深吸一口气之后，又严丝合缝地闭上了。

在黎多情眼里，邵万千是一个十分嚣张的人，没想到他也有怕的人。

"既然当事人都到场了，我们就不要浪费时间了，陈太太。"

小阿姨的气场忽然变了："你要解约我同意，既然两人没缘分，就应该避免以后接触。毕竟陈潇是个艺人，免得媒体翻来覆去地炒作这点事。赔偿我是不同意的，感情归感情，生意归生意，是你们提出解约的，不是我们啊。话又说回来，出于感情，我们可以不计较毁约赔偿。但出于生意呢，其实我们的损失也很大。而且陈潇在婚前就已经知道我们万千的感情史是很丰富的，要说主动，也是她主动求的婚。这女孩子就在这里，要怎么办都随你，人我帮你弄来了。"

黎多情紧张地瞥了邵万千一眼。心想当时回国的时候，他也没给她一个警告，告诉她后续会有这种严重的后果。早知道她就出去躲一躲呀！

老阿姨恶狠狠地盯着黎多情看了半天，说："那就再定个日子，把婚礼重新办了。"

黎多情顿时感觉自己靠近老阿姨的那边耳朵抖了一下。她惊恐地瞪大双眼，还没来得及做任何思考，就"扑通"一声跪在地毯上，撕心裂肺地高声喊道："不、不要！"

邵万千被她这个举动吓到了，本能地抬腿躲了一下。英挺的眉头紧紧蹙起，他不知道她这唱的又是哪出。

黎多情也被自己吓一跳，这戏接得太突然，接下来的剧情她还没想好。但已经走了这一步，她就只能破罐子破摔了。

她先是趴在茶几上痛不欲生地狠捶了两下，接着飞快地起身，抓起小阿姨面前的茶杯猛地朝老阿姨泼过去。满满的一杯，一滴都没浪费，茶水顺着老阿姨的脸颊流下，流过她丰腴的双下巴，丰腴的胸脯，丰腴的肚皮，在银灰色的连衣裙上留下深深的痕迹。

"你凭什么让我的男人娶你、你的女儿？他可是我孩子的爸爸！我就是和你拼了，和你同归于尽，也不会让你们把这个婚结成！"

说着，黎多情张牙舞爪地朝老阿姨扑过去。一茶杯水吓得小阿姨捂嘴惊叹，邵万千更是抚额皱眉，惊得两人不约而同地起身飞扑，死死地将黎多情按住。

"冷静、冷静，你要冷静！你要三思而后行啊！"小阿姨焦急道。

"不结、不结，我不要陈潇，就要你和女儿！"邵万千用了点力气才把已经泪流满面的黎多情拉开。

"你们家的戏都这么难接吗？"黎多情内心十分茫然。不知道怎么回事，演着、演着，自己一个人的独角戏就成了她和邵万千以及他妈的三人舞台戏。

直至老阿姨离开，黎多情的脑袋还没转过这个弯。她不是被劫持而来的扰乱别人婚礼的罪魁祸首吗？邵万千不是为此付出了惨痛的代价，惨痛到一度想扔她去海里喂鱼吗？她不是应该等待来自新娘陈潇家的凌迟吗？

她呆呆地从桌面上抽出两张纸巾擦掉自己的鼻涕，圆溜溜的大眼睛随着走动的母子二人而转动。

小阿姨似乎有些兴奋，老阿姨离开的第一时间就朝邵万千伸出巴掌，作势要来一个 give me five（击掌）："怎么样，我是不是一个字都没背错？"

邵万千十分嫌弃地瞪了她一眼："稳重一点。"

小阿姨还沉浸在自己完美的表演当中，自信满满地晃了一下脑袋，就转身上楼了。全程把黎多情当成空气，还是多余的那种空气。

"你、你、你！"黎多情愤愤不平地擦了一把鼻涕，说，"明明是你自己压根就不想跟人家结婚，还、还把责任推到我身上，你要感激我、我，救你脱离于水深火热！"

邵万千挑起嘴角，露出不以为然的坏笑。黎多情以为他能说出惊天地泣鬼神的总裁式话语，结果他只是大手一挥："来人，送客。"

随后他也转身拾级而上。才走两步，邵万千又突然回头："把她送到大门口就行，不用送远。"

黎多情气得鼻孔都大了一圈，她来的时候好歹有一个破本田，回去的时候却要改步行了？

她也是有尊严、有点骄傲的人，两只脚把拖鞋用力一摔，蹬上自己的趿拉板气势如虹地挺着胸脯往外走。

头一回见绑架人还带往外撵的，真是奇葩！

不管过程怎么样，只要结果是邵万千还是货真价实的"单身汪"，那就是好的。

雕花的铁艺大门自动为黎多情打开，她"哼"了一声。刚按亮手机屏幕，就听见远处传来阵阵急促的狗吠声。路灯下，四条身姿矫健的壮硕德牧朝她飞奔而来。

黎多情"嗷"的一声从地面弹起，扭头就往回跑。眼看大门就要关上，只余一条狗能钻进去的宽度，她再苗条也不至于有狗一样的身材。而且事实上她本身也不属于特别骨感的女孩子，就算侧身挤进去，胸也会被卡住。

但黎多情来不及多想，越来越近的狗叫声激发了她求生的本能，她顺着铁门一爬到顶，直接骑在了邵家的大门顶端。

狗趴在铁门上对着她乱叫了好一会儿，场面十分惊心动魄。

"这是谁、谁家的狗、狗？"黎多情声嘶力竭地对着黑色天空呐喊道。

黑夜没有给她任何回应，但是别墅三楼某个房间阳台的门打开了。灯光下出现一个高挑的人影，他拨动打火机发出"啪嗒"一声，是邵万千。狗看向他的时候，和她看向他时一样安静。

"我家的。"空旷的别墅庭院里，邵万千冰冷的声音显得格外清晰。

"那、那你让它们赶快走啊！离、离我远一点！"

邵万千嘴里叼着香烟，脸上带着几分倨傲和几分痞气，他趴在阳台的栏杆上："你想搅和我的婚礼就搅和，你想让我的狗滚回家就滚回家，你真当我是你爸了？宠你，惯你，就算你讨人厌，也要对你亲亲、抱抱、举高高？"

庭院空荡，他的声音传来，颇有荡气回肠的感觉。

黎多情不下来，狗就不走，狗不走，她就没办法下来。可这样一直骑在他们家的大门上，也不是办法。

这个时候，黎多情只能麻烦她唯一的有钱朋友了。

黎多情拨通了白以飒的电话："喂，你在干什么啊？"

"美甲啊！"

"可不可以等一下再美？我需要、要帮助……"

"怎么了，邵万千这么快又要结婚了啊？不会的，你放心好了，陈潇才不是省油的灯，等着她折腾吧！"

黎多情稍微放松了身体的肌肉，改成趴在大门上："不是、不是，是我、我挂在邵万千家的大门上下不去了……"

"什么，哪儿？"白以飒的语调陡然提高一个八度，听筒里传来稀里哗啦的声音，还有白以飒不耐烦的旁白，"哎呀，别弄了、别弄了，走开、走开……"

"以飒、以飒？你救救我啊……"

"我听到了、听到了！这就来！"白以飒脱了高跟鞋，气喘吁吁地往车库跑，"你可真能耐，还趴人家大门上下不来了。我就纳闷了，你怎么爬上去的？"

"也不是我主观上想、想趴别人家大门上，是客观事实让我不得不爬啊！"

"怎么着？邵万千跟你打赌，只要你能爬上他们家的大门，他就非你妈不娶，还是终身不娶？"

"这件事简直就是小孩没、没娘，说来话长……"

"那你不会长话短说吗？"

"不会，我结巴……"

"行了，我上车了，你把定位分享给我，我没去过他们家。"

"好，白以飒，我问你个事。"

"直接问啊，还请示一下，你什么时候这么懂礼貌了，是准备要评选文明标兵、三好学生吗？"

"你知不知道，狗到底会不会爬上大门……"

白以飒被黎多情问得愣了一下，沉默几秒后说："有的狗会。"

黎多情绝望的小脸立刻挤成一团，一边看了看下面四个跃跃欲试的狗头，一边琢磨着如果这几条狗上来了，她该怎么往下跳。如果只上来两条，另外两条没上来，那她到底是应该喊救命，还是应该闭眼睛……

时间一分一秒地过去，四条德牧非常有耐心，它们的主人邵万千同样很有耐心。

小阿姨在阳台上看到了黎多情的一举一动，见她很久还不下来，就去敲邵万千的房门："那个小女孩趴我们家大门上干什么？"

"怕狗吧。"邵万千不以为然地看了一眼身后的人，"你以为所有人都是你，除了我爸什么都不怕？"

"那狗也不咬人啊……"

"狗怎么知道她是不是人？"

白以飒姗姗来迟。汽车大灯照向黎多情的时候，她感觉自己的人生迎来了希望和光明。那四条德牧改变目标，虎视眈眈地盯着白以飒的车。无论白以飒怎么按喇叭，都不离开，似乎无所畏惧。

"多情，你能跑过狗吗？"

黎多情举着电话苦着脸，回答："你猜……"

"算了、算了，我又不是来给你收尸的。"自打邵家知道白以飒是黎多情的帮凶之后，对她也不理不睬。白以飒愁眉不展了一会儿，突然灵光一闪，直接挂了黎多情的电话，然后拨通另外一个人的号码。

"喂？"慵懒的声音，对方听起来是一副没睡醒的样子。

白以飒清了清嗓子，甜甜地问："暮云哥哥，你在家吗？"

电话那边的人反应有些慢，似乎在回忆这个甜甜的女声是哪一位，几秒之后才慢吞吞地回应："在，在睡觉，怎么了？"

"那个，我有一个小小的请求。"

"什么？"

"说起来还有一点不好意思，咯咯，我的好朋友，现在正挂在你们家的大门上。你们家的狗狗不肯放人，你看你是否方便把狗带走，我好接她回家……"

两分钟后，邵家门口果然出现一个细高的身影。一声口哨过后，四条德牧乖得跟小宝宝一样摇着尾巴乖乖回窝。

周暮云站在大门前，看了看下车正朝他挥手走来的白以飒，又看了看自家别墅的楼上，舅舅邵万千趴在那里抽烟的英俊身姿，最后视线回到正准备从大门上面爬下来、满脸窘迫的黎多情。

"你每次出现在我面前的方式都很特别，这一次比上一次在我舅舅的婚礼上更特别。"

黎多情偏头瞟他一眼："谢谢你，我是不是成功引起了你、你的注意？"

周暮云刚想说"你想多了"，黎多情就一脚踩空。他本能地伸手去接，白以飒也伸手去接，最后三个人抱成了一团。

白以飒难得地将自己表现得像个软萌的少女，特别真诚地感谢："暮云哥哥，大恩……"

话没说完，白以飒突然停了下来。她直勾勾地看着周暮云，心想怕是要完蛋了，差一点"大恩不言谢"就脱口而出。萌妹子是不会说这种话的，这语气明显是江湖上的女侠客啊！

周暮云在等白以飒的下文，黎多情也在等。黎多情的一条眉毛挑得老高，好歹她的闺密也是名牌大学毕业的，怎么会出现话到嘴边就忘词的状况呢？

气氛变得有些尴尬。为了缓解这份尴尬，黎多情重重地点头，硬着头皮把白以飒的话接下去："她的意思是，你的大恩大德，我们俩来、来世再报。"

周暮云和白以飒都哭笑不得。

怎么了，她哪里说错了吗？大恩后面不就是大德吗？大德的后面不就是来世再报吗？

白以飒恨铁不成钢地看着黎多情，她来为闺密雪中送炭，闺密却给她来一个乱来版的"锦上添花"！

两人仿佛心有灵犀，都沉默地不再说话。白以飒郁闷地朝周暮云挥手"拜拜"，然后郁闷地打开车门上车，连汽车启动的声音都透着生无可恋的情绪。

周暮云走到自家屋檐下的时候，听到二楼的舅舅对他吹口哨。他仰起头，眉目冷清，从五官到神情没有半点与邵万千相似。

"长夜漫漫，暮云外甥你也无心睡眠吗？"

谁说他无心睡眠啊？要不是白以飒催命一样的电话铃声，他能睡到地老天荒，从拉斯维加斯到曼谷，再到家，连续奔波几天他看见床比妈都亲！

"无心睡眠又怎么样，和万千舅舅你把酒问月？"

邵万千对准自己外甥的脑袋弹了弹烟灰，皱眉道："少用那副不共戴天的眼神看我，我一把屎一把尿地把你喂大，我容易吗？"

周暮云翻了个白眼，不再理邵万千，径直回到自己的卧室。

车内。

黎多情一边咬着白以飒的奶茶吸管，一边悄悄地打量白以飒。如此反复四五次，白以飒先绷不住了："你想问什么就直接问好了，不用像旺仔牛奶一样斜着眼珠瞄我。"

黎多情长舒一口气："你喜欢那个男的啊？"

"哪个？"

"就刚刚那个，救我的那个。"

白以飒一脚急刹车把车子停在马路中间，气急败坏地敲黎多情的天灵盖："你清醒一点，不要被美色诱惑！救你的人是我、是我白以飒，不是他！"

黎多情捂着脑袋求饶："对对对，是你、是你，还是你！你是我永远的白马王子，白以飒，你是我永恒的小、小哪吒！咱们快开车吧，姐姐，人命关天啊，车不能停在马路中间啊，这条街也不是你爸买的，对吧？我们赶紧走吧、走吧……"

白以飒不肯送黎多情回家，非要带着她去做美甲，做完了美甲，还要带她去参加派对。黎多情揪着自己丑到极致的睡衣在白以飒面前扯来扯去，求白以飒放过她，她怎么可以穿着睡衣去参加派对呢？

白以飒不以为然，反正要参加的也是"睡衣趴"。

黎多情才刚走出绝望，又深陷入另一种绝望。大概这个世界上，只有她一个人会穿着这样的睡衣去参加"睡衣趴"了！

所以别人在撼天动地地高唱"GAGAohlala"（歌词）的时候，她在低头喝闷酒；别人撩起裙摆露出大腿、撩起长发露出尖下巴准备集体合影的时候，她在喝闷酒。喝到最后，她抱着服务生小哥，撕心裂肺地哀求："不要结婚啊，你千万不要结婚！万一我妈知道你结婚就要死掉了，我怎么办啊？我就没有妈了啊！"

黎多情的酒品是真叫人头疼。

黎多情喝断片了。

黎多情一觉醒来，发现自己赤身裸体地躺在一张奢华柔软的大床上。床很大，大到她两条腿劈个叉都能轻易装下。

"这个被子……"

黎多情摊开手掌，仔仔细细地摸了摸丝滑的床品，柔软亲肤，色泽鲜明，是极品中的极品。她再转动生硬的脖颈仔仔细细地观察了房间的装修与陈列，十分男性化，还是偏老气的那种。深棕色的实木地板和床头衣柜，美式的吊灯，纯白的地毯，木质的落地台灯，没有一样多余的装饰，放眼望去只能看到一个字："贵。"

"完了、完了、完了。"她想。

床头有牛奶和煎蛋，黎多情用指尖戳了一下半熟的蛋黄，居然是温热的，牛奶也是。她将叉子扔到一边，两指并拢，捏住鸡蛋的两边打个对折，将鸡蛋一口塞进嘴里。再喝一口温热的牛奶，胃里舒服了很多。

腰酸背疼腿无力，黎多情撅着屁股一骨碌地爬起来，想从雪白的床单上找到自己失去纯真的证据。但除了摸到几缕自己掉落的长发，其他的什么都没看到。

她盯着自己宝贵的长发看了一会，嘀咕着："这么粗暴，头发都给我扯掉了……

"接下来是什么呢？一个英俊潇洒、高大帅气的总裁从浴室里走出来，然后扔给她一张支票吗？如果是，请金额大一点吧……"

就在这时，浴室的门锁被人从里面拧开了。

黎多情屏住呼吸，心都提到了嗓子眼，双眸也瞪得浑圆。浴室门被拉开的瞬间，她将胸口的被子提到下巴处，接着，浴室里迈出一条又长又直的……大白腿？

白以飒赤裸裸地走出来，手上拿着半瓶身体乳，一边走，一边涂。

黎多情下意识地咽了一口唾沫，并不是为了眼前旖旎的风景，而是终于可以把心咽回肚子里了。她惊魂未定地拍了拍胸脯，喉咙发出宿醉后干巴巴的声音："你、你可吓死我了，我还以为自己让哪个土、土豪糟蹋了呢！"

白以飒一边将自己拍得"啪啪"响，一边冷笑道："你想得倒比你长得美多了，哪个土豪那么不长眼睛，能在昨天晚上对你下口啊？就你那酒品，我奉劝你结婚那天敬的酒全换成白开水，不然很容易出现乐极生悲的场面……"

关于昨晚，黎多情的记忆还停留在自己在角落里低头喝闷酒的时候，她若有所思地眯眼，摸了摸下巴："我昨天晚上都干什么了，裸奔了？"

白以飒横着眉瞪她一眼。什么裸奔，她要真愿意裸奔，昨天晚上就不至于上床睡觉时，脱她的衣服都不给脱了，张牙舞爪地揪掉自己好多头发！

白以飒现在想想都觉得头皮疼："你抱着服务生的大腿不让人家结婚，拿着麦克风满夜总会跑，钻个包房就要给人家吟诗。哦，对了，因为诗吟得太好，那包房的大哥想和你握握手，结果你一张嘴，吐人家手里了……"

黎多情被她恶心得直缩肩膀："那大哥没打我吗？"

"没有。"白以飒冷笑着一屁股坐到床上，送黎多情一个佩服的眼神，说，"大哥哪有时间打你啊？大哥忙着和你一起吐呢！"

黎多情懊悔地捂住半张脸，发自内心地对压根不存在于她记忆里的大哥报以深深的同情。

"这是哪里？"她问。

白以飒挥挥手，开始涂抹自己的脚丫："我哥家，刚好离得近，我就带你过来睡了。你重得像死猪一样，我根本拖不动，要不是我哥……"

"啊，你哥把我背回来的？我不会吐、吐你哥一衣领子吧？"

"不会的，我哥那么神圣的背是不可能背一个醉成死猪的你的，他连我都没背过。是我哥给保安小费，保安把你扛回来的。"

大概是想到她昨天晚上的丑样，白以飒兀自大笑起来。黎多情莫名其妙地踹了白以飒一脚，然后下床走向浴室。

黎多情觉得，自己跟白以飒大概是这个世界上最有默契的闺密。身高一样，体重一样，胸围一样，腿长一样，连每个月来"大姨妈"的日子都相同。

她们是钢铁姐妹花，情谊像人民币一样坚挺，但偶尔也有意外。比如洗完澡的黎多情不想穿自己丑陋的睡衣，而白以飒也不想出借她哥哥的衣服，于是，钢铁姐妹花暂时变成了塑料姐妹花，两人争夺白以飒昨天的连衣裙。最后两败俱伤，裙子被扯破了，一人穿了一身哥哥大得不像话的运动服出门了。

"以飒，我姨妈让我问你，我们家那边要拆迁的消息，是不是真的？"

"是啊！"白以飒一本正经地点头，"妥妥的准，真拆。"

"谁买的啊，真是青山集团啊？"

"对啊，就是你那个老不正经的后爹的妈。"

"邵万千他妈啊？"

"对，也是你后奶奶。"

连续多日下雨，夜市的生意非常冷清，姨妈的小火锅店干脆早早就关了门。

姨妈在看韩剧，黎多情一个人对着雨夜愁眉不展。这个小小的火锅店不仅是姨妈的生活来源和心血，更是去世的姨夫留给姨妈的唯一纪念。姨妈总说她不能搬走，如果她搬走了，姨夫就不知道去哪里看她了。

其实就算拆了姨妈也不会怎么样，生活还是要继续的，只是失望和难过会留在心里。

"姨妈，咱们去、去北京吧！"黎多情突然提议。

"去北京干什么，看天安门升国旗啊？"

"去北漂啊！咱们去、去北京租个门面开火锅店，没准还能发财呢！"

姨妈终于舍得将视线从电视剧中拉回来，满眼的不感兴趣，看着黎多情淡淡地说："不去，我要想发财不用去北京开火锅店。就你姨妈我这个姿色，想在H市找个六十来岁的大款，还是轻而易举的。"

"真逗，找、找一六十多岁的大款干什么？"

姨妈理所当然地说："反正有钱就行。那么大岁数了，难道还指望我跟他恩恩爱爱？"

"说得跟真事似的，我怎么没看见哪、哪个大款在我们家门前流连忘返呢？"

"你能看见个鬼！我们都搞地下的，现在流行这个！"

姨妈是刀子嘴豆腐心，就像对待梦恬恬那样。虽然每次嘴上都说要跟梦恬恬拼个你死我活，但每次都舍不得下狠手打，梦恬恬出了事也是第一时间赶过去。对她也是这样，总说她是拖累，是米虫，可还是大把大把地给她零花钱。一边骂着黎多情"你可真败家"，一边鼓励她"女孩子要富养，就要败家"。

从来都是姨妈照顾她，她唯一能做的，就是帮姨妈端端盘子、刷刷碗。记得刚考上大学那会儿，她还信誓旦旦地说将来要让姨妈住进大别墅，开大越野车。可是按眼前的情况来看，别墅是要泡汤的，跑车也不会有踪影，露宿街头倒是极有可能。

黎多情没有那么天真，不会认为只要去恳求邵万千，夜市就不会被拆，邵万千不把她拆了就已经算仁至义尽了。所以，她只能和姨妈站在统一战线，拒绝拆迁，店面是姨妈的，大不了她们母女二人一起做钉子户。

是的，她就是要成为一个标准的钉子户，说不定还是一个要走泼妇路线的钉子户。

我们都不可以小瞧自己的人生。即使暂时看起来平凡而普通，可谁又能保证我们未来就不会变得不凡而刺头呢？

黎多情对着玻璃窗皱眉，玻璃窗上就映出她拧巴的眉头；她对着玻璃窗傻笑，玻璃窗上就还她一个唇红齿白。还有身后姨妈飞来的抱枕，打在她的后脑勺上，然后传来她额头撞向玻璃的声音。

"傻笑什么，你又想什么歪主意？"

"没有，我就是想、想我妈了。"黎多情揉揉额头，捋起衣袖擦掉玻璃上的额头印，"她走的那晚也下这么大的雨，路上就像开、开锅冒泡一样，大雨飘得像烟雾被风吹、吹走一样，在路灯下看得可、可清楚了。街上一个、个人都没有，家里就一把伞，也让她带走了，她真是太坏了。

"我穿着贴身的秋衣秋裤，光着脚穿着拖鞋。那是那年北方秋天的最后一场大雨，雨点像冰块一样砸在我的脸上，砸透我单薄的衣裳。我追着那辆出租车，不停地喊妈妈。在滂沱大雨里，那拼尽全力的呐喊声如同蚊鸣，十七岁的我啊，哭得像被调皮的男孩子扯了头发的七岁小女孩一样，无辜也无助。我就想告诉她，她出去玩可以，但是要给我留一点学费啊，我就要上大学了，我都拿到通知书了，可是我没钱读书……"

真是伤感又愤恨。

"她对我一点也不好，一点也不！她从来都不是好妈妈，可我还是有那么一点想她。"

关于想妈妈这件事，这是姜芷离开以后，黎多情第一次从嘴里说出来。她一直没说的原因很简单，她说出来就是原谅姜芷了，说出来就显得她没那么倔强和坚强了。

也有可能是因为姜芷走后，这里再也没有下过那么大的雨。

黎多情难得感伤，却被姨妈嫌弃了，姨妈说："有空想你那个身在远方没有良心的亲妈，还不如想想为你操劳、为你奋斗，近在眼前的姨妈。"

"你有什么可想的啊？"黎多情红着眼眶看她。

"我……"姨妈也愣住了，她的确没什么需要黎多情想的，"我饿了，你赶紧给我做饭去，不要想着在这个家里不劳而获，劳动使你光荣，劳动使你快乐，快去！"

黎多情极不情愿地磨蹭到厨房。慢悠悠地打开冰箱门，拿出半个包菜和一小块瘦肉，准备炒一炒，随便对付又是一顿饭。这时，她的手机铃声突然响起来，她甩了甩手上的水珠，用免提接通电话。

"多情，江湖救急啊！"

来电话的人是她的大学同学，她们以前经常一起做兼职，关系还算不错。

黎多情剥掉一片包菜叶，气定神闲地说："怎么啦，你又在蹲在哪个厕所忘，忘记带纸啦？发微博求助不是更快……"

"这回不是了，我前几天刚接了一个工资超高的兼职，是在一个高级晚宴上当迎宾。"

黎多情啧啧两声："好好的模特不当，当什么服务员啊，你闲得……"

"少揶揄我，明知道我是十八线野模。再说这个宴会高级着呢，而且我就是领位倒酒，又不用端盘子。"

黎多情"哦"了一声。

对方又说："不过我公司刚好给我接了一个去海南拍婚纱照的活儿，我还没去过三亚呢，特别想去。而且帮我联络兼职的还是我一哥哥，就这么放他鸽子不好，他让我去找个和我一样标致的人代替。我肯定不想推荐我同事去啊，那帮绿茶、白莲花，万一有机会和哪个大款公子哥勾搭上了，以后都得用鼻孔看我。然后我就想到你了，人善、心美，形象端庄，温柔大方……"

"行行行，你别夸了，我去。"

"那我待会儿就把领班的地址和联系方式给你，你先忙吧。"对方的电话挂得和闪电一样快。

　　黎多情努努嘴，心想："这帮小崽子，连嘘寒问暖都省略了，一上来就提请求，一旦答应就立马消失，呸！"

第三章 ● ○
是福不是祸，是祸躲不过

宴会是一周之后，经过简单的培训，黎多情上岗了。

兼职在 Queen 酒店，会场提供迎宾礼服。青花纹样的古典旗袍，开衩高得离谱，差一点就露了屁股。

平日里只要不去店里帮忙，黎多情都是披散着长发，去店里的时候才绾一个简简单单的发髻。这会她对着镜子，用手指轻轻地抚摸自己如被牛舌头舔过的光滑发丝，黎多情忍不住有些想笑。

多少年没喷过这么多的发胶了？记得小时候，她总是在洗手间里踩着板凳偷喷姜芷的发胶，后来发现这玩意不洗就不会掉。梳头发时疼得她哭爹喊娘，之后就再也没碰过了。

黎多情的工作很简单，就是指引来宾入座，面带微笑地与来宾沟通，尽可能地满足他们的一切要求，然而大家基本没要求。

她轻松地驾驭跟高五厘米的高跟鞋，端庄地引领客人穿梭于宴会大厅。她侧头去听身后来宾的问话，当她再抬头时，不小心与前面低头按手机的名媛撞了个满怀。

"对不……"道歉的话刚到嘴边，黎多情一口唾沫咽了下去，立刻改口，"大姐，你干什么呢？差点把我撞、撞倒了，你知道吗？"

白以飒趁着没人注意，赶紧先往上提了提自己的抹胸裙："我说带你吃香的、喝辣的你不干，自己跑来这里当礼仪小姐，你的猪脑花都给你姨妈打火锅了吧？"

黎多情挤着一脸僵硬的假笑对她说："我干活去了，你走路小心，不要门牙磕没了，再把'波凌盖卡秃噜皮了'！"

白以飒笑得慈眉善目，一把抓住黎多情的手腕，贴在她耳边说："注意一下你的气质，你好歹也是礼仪小姐，怎么一激动还飙起方言了呢？"

黎多情点头微笑，用标准的礼仪腔对她说："好的，女士，您慢走。小心门牙摔断，膝盖摔破了皮，会出血结痂、落疤的。"

白以飒走了。她临走之前，朝着会场最前方瞭了两眼，黎多情顺着她的指示看过去，脑袋"嗡"的一声，真想两眼一闭两腿一蹬啊！

黎多情一直以为，她只是去一个有钱人的生日宴会当个普通的迎宾礼仪小姐而已。直到昨天下午才知道，这家宴会的寿星居然是赫赫有名的老艺术家邵海堂。

邵海堂她是不认识的，她倒是认识邵海堂的儿子，也就是邵万千。刚刚白以飒让她看的，就是邵万千。

前几天白以飒打电话找她，问她要不要一同去邵家的宴会。黎多情想着反正邵万千不会这么快又结婚，她也没必要看着人家。万一惹出什么不愉快的事情，还要连累白以飒。没想到啊，是福不是祸，是祸的话，谁也躲不过。

骑虎难下，进退两难，就是现如今的局面。

好在她站的位置在大门口，离邵万千有很远的距离。

黎多情回到宴会厅入口，准备迎接下一位宾客。突然，她感觉有人在背后捅了一下自己的腰。黎多情回头，看见一位满头白发的阿姨正笑眯眯地把手机递给她："小姑娘，麻烦你帮我们两个拍张照片，可以吗？我们十多年没见了，太不容易了。"

她定睛一看，这是国内一位专门演奶奶的知名演员，她连忙接过手机。等两位奶奶找好位置站好，黎多情举起手机："一、二、三，茄……"

"等等！"奶奶发话，"你这样会把我们照得又矮又胖，你蹲下一点，低一点。"

黎多情在不露出屁股的情况下，尽量压低自己的身体。

"再低一点，蹲下、蹲下，对对对，蹲下。"奶奶继续要求。

黎多情露出尴尬而不失礼貌的微笑，心想我这旗袍马上就要变成比基尼的遮羞布了。再说以这两位奶奶一米六的身高，她就算趴地上也照不成两米啊！

"这回可以了哦，我要照了呢，一、二、三，茄……"

"等等，等一下！"另一个奶奶突然朝着黎多情身后摆手，"哎哟，陈潇，快来、快来，我们一起拍张照片。你可是大红人，大忙人，见你一回太难了！"

单膝跪地的黎多情身体不由得猛地一僵，连脖子都跟着僵硬。她蹲在原地一动不动，手臂还保持着托手机的姿势，直到陈潇提着裙摆优雅地走到她面前，亲切地挽住两位奶奶的手臂。

装瞎，顺便装傻，黎多情嘴角挂着尴尬的微笑，目不转睛地盯着屏幕。随便按了两下屏幕，然后将手机还给奶奶，礼貌地点头示意后就准备离开。

陈潇的眼神像针一样，扎得她浑身难受。

"你是……巴厘岛的那个女孩子吧？"合照后，陈潇走近一步观察黎多情，待确定之后，突然握住了她的手腕，"是你，我记得你。"

这个举动吓坏了黎多情。按照正常剧情的发展，接下来她应该会被泼一杯香槟，或者挨一记绝世无双的大耳光。

然而这些都没有，就在黎多情不知所措之时，陈潇出人意料地对她寒暄："你怎么在这里当礼仪？万千呢，他知道吗？"

黎多情摇摇头，更加地不知所措。

陈潇贴近她的耳边，低声道："你很害怕我吗？你觉得我会在众目睽睽之下对你做什么吗？"

黎多情深吸一口气，正要说话，却被陈潇抢先："你放心，我和你不一样，我是名门出身，比你更懂得如何在公众场合掌握分寸。"

黎多情用手轻轻地推开她的肩膀，拉开两人的距离。先是面无表情地看了她两秒，再挤出无所畏惧的笑容。这招是白以飒教她的高级鄙视,不用翻白眼就可以杀人的:"那你可要……离我远一点了呀,陈小姐,我是多么……不懂分寸的人,你……领教过的。"

多断句,就少结巴,这也是白以飒教她的。

陈潇笑得倾国倾城,不屑地扫了她一眼后,扯着裙摆离开了。

黎多情长吐一口气,也走了。

今天是邵海堂的七十大寿,黎多情尽可能地避开所有可能认识她的人。之前是在国外,她小范围地闹一闹就算了。现在可是在国内,今天的排场可比他儿子结婚那天大得多。

觥筹交错,推杯换盏,气氛和谐而美好。黎多情尽职尽责地当着自己的小透明,远处的白以飒对她使眼色,让她去洗手间接头。黎多情和领班打了招呼就推开宴会厅的大门,朝着走廊深处走去。

这种悠长而气派的大理石走廊,总会令人情不自禁地挺起胸脯。黎多情快走到洗手间的转角时,正遇上一个身姿挺拔的高个男人低头打着电话走出来。抬头的一瞬间,他和黎多情都愣了一下。

黎多情以为,她已经见识过邵万千一生中最帅气迷人的模样,就在他当新郎的那天。没想到,有魅力的人只要换一身衣裳,就会别有一番风味。

极深的紫色暗纹西装,在灯火通明的走廊里才勉强看到一点点的紫调光泽。一双逆天的长腿直接霸占她的视线,发丝整齐有光泽。微微蹙起的眉头让他天生有些痞味的长相多了几分稳重,也恰如其分地与他的实际年龄吻合。

至少在她看来,今天这身打扮比他当新郎那天要沉稳大气得多。

邵万千简单地对电话里交代了两句,然后直接挂断。他将手机揣回西裤口袋里,饶有趣味地看着她,手插着口袋一步一步地朝她靠近。

在黎多情看来,这步伐充满了危险和挑衅。她并不想输,也尽力让自己看起来危险而不屑。

正当他们面对面时,由于忽略了地面,黎多情精细的鞋跟踩进了大概是这光可鉴人的走廊里唯一的一滴水渍中。她脚下一滑,整个人重心不稳地朝后仰去。

她的气质和气势一定会在这四仰八叉的一摔中荡然无存的！黎多情低声惊呼，邵万千本能地向前一步去拉她，结果抓了空，她结结实实地摔在地上。

黎多情疼得五官都拧在了一起，她单手撑着地面，额头一直冒冷汗，嘴里嘀咕着："完了、完了，我完了……"

邵万千看黎多情脸色不对，微微俯身，推了一把她的额头，冷嘲热讽道："醒醒，你摔的是屁股不是脑袋，怎么还摔傻了？"

"我好像骨折了，我不敢动了……"黎多情的小脸涨得通红，她伸手去抓他的手臂，试图借外力站起来。

邵万千没有拒绝，这不是开玩笑的事情。他的手臂不敢用力，也没有拉起她的打算："如果真的骨折了，我劝你现在不要动。"

"别别别，我试试，万一是估计错误呢……"黎多情攀着他的手臂往上爬，虽然吃力，但是她慢慢地感觉没那么疼了，只是刚刚那一下确实把她摔蒙了。

站直以后，她还试图往前走两步，邵万千一边扶着她，一边揶揄："今天我不结婚，也不相亲，你来干什么？"

黎多情挤着眉头，偏头看他："祝寿，不行吗？"

"给谁？"

"我爷爷！"

"你还要脸吗？"

黎多情冷笑，抬手擦了擦自己额头和鼻尖的细汗珠："脸？开、开玩笑，脸能当饭吃，我就不出门挣钱了！"

邵万千后悔扶她了，应该让她直接摔死才对。他用力往外一推，打算把这个烦人精甩开。黎多情却下意识地抓紧他的衣襟，并且狠狠捶了他的胸口："杀人偿命的！你这个、这个、这个……"

眼看着邵万千的脸像点钞机一样迅速地变了颜色，在暴风雨来临之际，求生欲令她本能地服软："这个徒有其表的小猪！"

邵万千蹙眉，虽然对她掐架和骂人的方式表示非常不解，但也算领教过一二。他修长雅致的手握住她纤细的手指头，然后将它们一根一根地从自己衣襟上掰开，他刻意压低的声音有一股说不清道不明的性感味道。在这纸醉金迷的大款世界里，他应该是一个独树一帜的存在。

他说："你呢，想认祖归宗的话，认错了家门。想讨感情债的话，更是找错了人。黎多情，我警告你，我们是两个世界的陌生人，不是好友，不是家人，不是情侣。所以你千万不要认为我会永远地包容你、原谅你。"

黎多情扬起下巴，努了努嘴："对，原谅我是上帝要做的事，你要做的是送我去见上帝吗？"

"美得你。"他冷哼一声。

两人之间正涌动着较量的火花，眼看就要"刺啦刺啦"地起静电。突然，一阵高跟鞋的踩地声靠近，接着，转角处又出现了一道高挑的身影。

在黎多情看来，这是流年不利。

在高挑的陈潇看来，这是冤家路窄。尤其是当她看见邵万千和黎多情面对着面，手拉着手，她的脸色当即也是五颜六色。

"怎么，邵万千，连给你女人正名的勇气都没有吗？还让她打扮得像个服务员一样潜伏在你身边！"

邵万千岿然不动，放开黎多情后，双手插进口袋，眼神淡漠地看着对面的陈潇："该说的话，我刚才已经和你说得很清楚了。从今以后，我们只能是点头之交，希望你不要过问我的私事。"

"你的私事？"陈潇不气不恼，就和刚才看见黎多情出现在宴会上一样。这样的脾气秉性，让人完全摸不清。她笑了笑，看看黎多情，又看看邵万千，声音温和地说，"她是破坏我婚姻的第三者，我看见她，就不觉得这是你一个人的私事了，这也是我的事。"

邵万千似笑非笑地点点头，并不打算与她争辩。陈潇也没有纠缠下去的意思，恰逢宴会大厅的门又被推开，她提着裙摆，落落大方地离开。

这叫人比人气死人啊，他对待有钱人家的千金小姐和对待她的态度也差太多了。看到不远处的白以飒正大步朝自己这边走来，邵万千欲言又止地看了黎多情一眼，随后也离开了。

"滑！"黎多情指着地面让白以飒小心，"滑，滑滑滑！刚刚我差点没摔到驾鹤西去！"

白以飒刻意绕开黎多情指着的地面，提了提抹胸，挽起她的胳膊就往洗手间走："你活得还挺高级，摔死就摔死，还要驾鹤，你买得起鹤吗？"

白以飒要是贫起来，她自己就能讲两个小时的单口相声。黎多情一边捂着自己的屁股，一边努力地配合她的大步流星："慢点、慢点，你慢一点，我疼。"

白以飒用臀部狠狠地撞了她一下："下流！"

"你慢一点，我屁股疼！"

"疼死你！"

白以飒把黎多情堵在厕所里，把她刚刚经历的事情都了解了，听得津津有味。

黎多情从白以飒的手袋里翻出口红，对着镜子补妆。忽然，她变得有些沮丧，无奈地叹起气来："以飒，我觉得自己特、特别坏，其实陈潇挺无辜的，你说我要、要真和邵万千有点什么也说得过去。"

"那你怪你妈啊！"白以飒挑起自己的刘海整理，"不要自责，要怪就怪你妈，一把年纪了还要为爱出走。还留什么遗书，多吓人啊。要换我，我也不能让邵万千结婚啊，这要让她知道了，她生无可恋真自杀了怎么办？人都是自私的，虽然陈潇无辜，邵万千也无辜，但他们都是陌生人。妈，可是咱亲妈，咱又不是上帝，不能热爱每一个世人。"

黎多情咂咂嘴，觉得白以飒是在为她强词夺理，但白以飒说的话似乎又很有道理。人都是自私的，在自己亲妈的生死面前，别说一个陈潇，千千万万个陈潇，黎多情也下得去手！

"而且我告诉你啊，多情。"白以飒一本正经地揽住黎多情的肩膀，模样十分社会，跟她这身精致的抹胸裙有些"违和"，"你想邵万千是什么家庭啊，还是你有多牛，多有背景？他要是真想和陈潇结婚，那是你能破坏的吗？你的出现只是一个契机，邵万千不过是顺水推舟接了你的戏而已。豪门里的故事多着呢，你连做个看客的资格都没有，懂吗？"

黎多情举着口红若有所思，扣上盖子后，又揉了揉自己的屁股："你这话听着有点看不起我的意思啊？"

"我说错了吗？"

是没错，她是没有看豪门风云故事的资格，可是那又怎么样呢？说得好像她稀罕似的。

两人回到宴会厅后，白以飒坚持要带她去小黑屋，并坚持认为自己的好闺密黎多情的肚子已经饿了，非要弄一口吃的给她。

黎多情自小就有胃疼的毛病。说来也奇怪，她一天三顿饭都是按时按点吃，虽然没吃过山珍海味，但也算营养均衡，更没有嗜辣如命的习惯，但胃就是偶尔会疼，尤其是饿的时候。

黎多情现在就有点胃疼，但她没有胃口陪白以飒钻进某个包房里去吃点心，领班一直盯着她呢。工钱还是要拿的，这一屁股不能白摔。

宴会散场的时候，已经晚上九点多，黎多情正尽职尽责地工作着，却被领班点名叫走。她一脸茫然地跟着，直到被领班带到房号为2026的房间门口。

"经理，这是？"她真想说"我只卖艺不卖身，把我往包房带算怎么回事啊"。

领班不觉得自己做得有什么不妥："刚才有位知名的经纪人让我带你过来，他感觉你的条件不错，想跟你谈谈。"

黎多情将信将疑时，领班已经按响了门铃。

黎多情知道自己长得还不错，但还不至于漂亮到走着走着就被星探发掘的程度，况且站在那一大堆礼仪小姐里，她也算不上出类拔萃。

开门的是个陌生女人，笑容看起来温和无害。她和领班热络地打招呼，黎多情没有任何防备地被推进去，领班却没有跟进来。领班走之前，顺手还帮她们把门关上了。

"请问……"疑问的话还没说出口，黎多情已经看到了答案。陌生女人只是挡箭牌，真正邀请她的人此刻正优雅地坐在沙发上。

陈潇露出女王一样的笑容，她放下手中的香槟杯，从容地望着黎多情："你好啊，黎多情小姐。"

黎多情扭头就往外走。虽然陈潇是个女人，还是个喜欢男人的女人，不会对她做出禽兽不如的事情，但女人和女人掐起来有时候更可怕。

她用力地去压门把手，发现根本压不动。黎多情抬起高跟鞋猛地一脚踢向房门，房门发出"砰"的一声。她的小脸憋得通红，冲着陈潇生气地吼道："把门打开！你有什么权利软禁我？"

"这话怎么说呢，你是自愿接受我的邀请而来，有人强迫你吗？"陈潇很冷静。

"行，那你说，找我什么事？"黎多情回到房间中间，在另外一张沙发上坐下，抱着肩膀，目不斜视地看着前方，"有话快说，我到下班时间了。"

黎多情觉得此时此刻自己的嘴巴非常争气，居然破天荒地一点都没有结巴。要不是场合不对，她真想对着镜子亲自己可爱的樱桃小嘴一口。

陈潇没有急着回答她的话，而是从笑容和蔼的女人手里接过包包拿出一大把化妆品。然后脱掉自己长裙的蕾丝肩带，打开小镜子，开始对着自己的肩膀涂涂抹抹："你确定你跟邵万千有个孩子吗？"

"我不确定，难道你确定？"黎多情反问。

"我啊？我确定。"陈潇说，"我确定你没有。虽然我不知道你到底有什么动机，但至少我知道你从来没生过小孩。"

"呵呵，你是想让我跟你说说，我十月怀胎的辛苦吗？"

陈潇笑了笑，说："明明是个小姑娘，非要说自己给人生了私生子，现在的小妹妹呀……"

黎多情也笑了笑，想说年轻人嘛，犯了错还可以从头再来。仗着年轻，她斜眼瞥向陈潇，当即吓得一句话也说不出来，。只见陈潇利落地收好化妆品，合上包包，然后抬手，"刺啦"一声，扯碎了她自己的肩带。陈潇白皙光滑的肩头和脖颈，画着许多道清楚又逼真的抓痕，她精致的脸蛋和下巴上也有。

黎多情下意识地摸了摸自己的脖子，后背窜起阵阵凉气。她的第六感告诉自己，今天她怕是要死在自己挖的大坑里。

跑，跑不出去；打电话叫人，似乎也来不及。经过一番思想斗争之后，她觉得自己应该给白以飒发个信息，让她带上铁锹，直接把她扬土就地埋了。

黎多情不傻，只是见识有点短。而见多识广的人总能在各种情况下对各种状况应对自如。

所以，当陈潇飞奔向房门口去拉门的时候，黎多情的本能反应就是冲上去阻止。

陈潇并不是不堪一击的柔弱少女，相反她力气大得惊人。门还是被陈潇打开了，开门的瞬间，门外的闪光灯显得格外生猛，硬是将黎多情这个平凡的小结巴闪成了不平凡的小瞎子。

黎多情从小到大拍的照，包括自拍都没这一秒钟拍的多。她的左手还抓着陈潇的肩膀，指缝之间缠着陈潇的长发，右手飞快地挡住自己的眼睛。她的大脑一片空白，心里不断地重复着两个字："完了、完了、完了、完了……"

房间里的女人扯住黎多情的头发，露出狰狞的嘴脸，似乎要与她一决雌雄，嘴里嚷着："别欺负陈潇，我和你拼了！"

开始有媒体上来拉架，有人叫保安，有人报警，剩下的一大群人举着相机和话筒随着故作狼狈的陈潇一同奔走。

黎多情的眼睛还在冒金星，身体已经被人按倒在地上。她的耳边全是渐行渐远的狗仔队的说话声，以及追着陈潇时声嘶力竭的提问。

"打人的女孩子是传闻中插足你婚姻的第三者吗？"

"邵家没有正面回应该女子的身份，她今天是来威胁你彻底退出三角关系的吗？"

陈潇掩面而泣，一路狂奔。

要不是手脚都被人控制住了，黎多情真想站起来为她卓越的演技鼓掌，陈潇完美地诠释了"绿茶"这两个字。

"我内裤，都、都快露出来了，能别拉着我了吗？"这是黎多情爬起来后说的第一句话。在强行平定内心的惊涛骇浪之后，她直接伸手打掉了那个即将伸进她嘴里的话筒。

陈潇那个胖胖的助理还在这里，这些媒体是不是她的人，黎多情无从判定。此时此刻，她特别想说："我只和我的律师对话。"

周围的人不停地在向她提问，甚至有意引导她说出他们想得到的答案。沉默，成了她保护自己最好的武器。

直到警察出现，要带黎多情回去接受调查时，她才哽咽着开口："我没打陈潇，伤是她自己画的，戏是她自己演的。"

如果没有被人拍到陈潇从房间逃跑时被她揪住头发的一幕，兴许这句话的可信度会更高。

在黎多情很小的时候，姜芷就教育她，不要轻易和坏孩子对峙，你永远都坏不过他们。你赢了，他们会打击报复；你输了，他们会幸灾乐祸。你赢了，爱你的人会担惊受怕；你输了，爱你的人会焦头烂额。

黎多情还以为自己这辈子都没机会体验到与坏孩子对峙，没机会让爱自己的人担惊受怕和焦头烂额，谁料天有不测风云！

白以飒光着脚丫，拎着抹胸裙风风火火地冲进派出所的样子，是她这辈子都忘不掉的场景。

看到无所不能的白以飒来了，黎多情的坚强在这瞬间就崩塌了。她扁着嘴掉眼泪，越哭越凶，白以飒也不是省油的灯，两个人干脆抱头痛哭起来。

"以飒，手、手机碎了，呜……"

"那怎么办啊？离你过生日还早，我打算你过生日再送你的……"

"提前半年，不、不行吗？呜……"

"我之前那个粉色的 iPhone，就用了一个月，虽然有点掉漆了，但你先用着，行不行？"

"行，能打电话就行，找不到你，我、我害怕……"

白以飒拍拍她的后背，拉开两人的距离，非常心疼地看着黎多情："你好像瘦了，他们是不是没给你饭吃……"

一旁的民警大哥有点看不下去了："不是，美女，你朋友刚进来半小时，合计着我们还得给她叫个外卖吗？"

白以飒猛地回身，伸出光溜溜的胳膊指着民警说："我说瘦了就瘦了，我要告你们严刑逼供！再说了，两个人打架斗殴，凭什么只审她一个人啊？那个人呢？"

"在医院。"

"她是纸糊的吗，吹口气就上医院？"

民警大哥刚要开口，白以飒挥挥手臂："停，我只和我的律师对话。"

黎多情只是一个平凡的老百姓，如果没有白以飒，很多事她只能从电视剧和小说里看到。

将黎多情带走的过程，并不是很容易，从片区派出所到分局，从分局到市局，最后白以飒一个电话打到了邵万千家里。

邵万千这个人，浑身上下每一个毛孔都散发着纨绔子弟的不着调气息。他听到白以飒说起此事后，幸灾乐祸地反问一句："你当我是她亲爸？这是她和陈潇的事，我为什么要跟着蹚这浑水？"

"你到底是不是个爷们？你有没有点担当？"

"你个小丫头片子，你这叫道德绑架，你们闺密两个都喜欢道德绑架。她妈喜欢我，我就得顾着她妈的死活？她捅篓子，我就得负责擦屁股？在你们眼里，我邵万千就是个冤大头吗？"

他的话让白以飒无言以对。邵万千的每一句话都在理。喜欢他，是姜芷自己的事情；扰乱婚礼让陈潇记仇，也是黎多情自己挖的坑。错在姜芷，错在黎多情，错在她，她们都知道石头是自己搬起来的，砸得自己脚疼也是应该的。可是，人都自私。

她们无法从道德的制高点去要求自己成全别人，世界上就是存在这样一群认亲不认理的人。

白以飒把电话塞给黎多情。黎多情刚哭完，内心正澎湃，一脸茫然地看向白以飒，不知道该说什么。白以飒趴她耳边教她："叫，邵叔叔。"

黎多情不肯叫，她想起自己在邵万千面前嚣张的样子，如果开口叫他叔叔，会特别打脸。白以飒捏起她手臂上的一块肉，转着圈狠狠地拧了一把，黎多情瞬间又飙出眼泪，声泪俱下地对着手机喊了一声："邵叔叔，我疼！"

几秒钟以后，邵万千挂断了电话。

白以飒拿回手机，问："他说什么了？怎么挂了？"

黎多情吸了吸鼻子，嘟着嘴巴，揉自己可怜的手臂："他就说了两个字。"

白以飒蹙眉思考："两个字？别哭？等我？乖乖？"

黎多情"哼"了一声，学着邵万千的语气说："活该！"

二十几分钟后，就在白以飒琢磨要不要软磨硬泡让她爸爸帮忙的时候，等在外面的几个狗仔的相机闪光灯又闪了起来。一辆黑色奔驰停在派出所门口，与此同时，民警大哥接了一通电话后，就让黎多情签个字，让她先回去。

黎多情和白以飒长出一口气，交头接耳地嘀咕"邵万千真是个刀子嘴豆腐心的好人"的时候，驾驶位的车门打开了。但下来的人并不是邵万千，而是他的外甥，周暮云。

周暮云先是吸引了周围几个媒体的注意，简单回答了几个问题。然后对白以飒和黎多情招手，让她们上自己的车，最后又从容地驱车离开。

白以飒见到周暮云，就有点不太像她自己了，而黎多情还是那个黎多情。

"那个，暮云哥哥，你的大恩大德我们无以为报，你要是不嫌弃……"白以飒狠狠地咬了一下自己的嘴唇，艰难地控制住想给自己一嘴巴的冲动，怎么每次都这样？

周暮云从后视镜里淡漠地看了她一眼，并没有说话。

气氛稍微有那么一点尴尬。黎多情看看沉默开车的周暮云，又看看懊恼不已的白以飒，非常冷静地握拳朝周暮云拜了拜："你要是不嫌弃，就受小女子一拜吧！"

在补刀这件事上，黎多情从未让人失望过。

周暮云把她们送到了白以飒哥哥的公寓楼下。停车后，他打开车窗，礼貌地问："介意我抽支烟吗？"

黎多情："不介意。"

白以飒："介意。"

黎多情一记眼刀子飞到白以飒脸上，无声地质问："人家的车，人家的烟，你介什么意啊？"

白以飒眨了眨眼，无声地回答："你懂什么？抽烟有害健康，我希望我们的恩人长命百岁，百子千孙！"

周暮云并没有关注她们之间的暗涌互动。听到反对意见后，他推回刚刚抽出的香烟，将烟盒放回口袋后就抬眸看了看耸立在不远处的高层建筑，平静地说："你们可以下车了。"

"我哥让你送我们去住他那里的？"

周暮云"嗯"了一声："还有我舅舅，一个让我把黎多情弄出来，一个让我把'幺蛾子姐妹花'送到他的公寓。这里安保比较好，可避免媒体的打扰。"

"幺蛾子姐妹花"惭愧地双双抿起嘴巴，自责极了。

"好好活着不好吗？"他从后视镜里冷冷地看向黎多情，"你为什么要去招惹陈潇？破坏她的婚姻，还要把她堵在酒店里打一顿，你要把自己置于什么样的立场？"

黎多情深吸一口气，有些无奈地盯着后视镜里的犀利双眸，不卑不亢地回答："我、我真的没有打她，是她骗我进去，伤是她自己画的，开门的时候我、我拦她而已，我没有揪她头发。"

两个人就这样一前一后在镜子里对望，周暮云似乎在思考她的话："陈潇可以利用自己的金钱地位，做到让所有人都相信真有传闻中破坏她婚姻的女人存在，并且，这个女人还动手打了她。你能让谁与你站在同一立场甚至是同一战场？"

"以飒。"她说。

白以飒坚定地点头。别说黎多情没打陈潇，就是打了，她也要站在黎多情身后无怨无悔、不求回报地替她擦屁股。

"那有什么用？"周暮云反问，"一个拿着父母信用卡美容、购物、旅游的富二代，没有她父母和哥哥出面，她没有钱没有权。靠她一颗行侠仗义的女侠心，能为你呐喊，为你祈福吗？"

这话让白以飒脸颊发烫，他说得她好像是个废物。但她仔细一想，他说得倒也没错。

黎多情沉默了一会儿，然后问："我会坐牢吗？"

这次换周暮云沉默了。白以飒拍拍黎多情的手安慰道："不会的，你放心吧，就算我去坐牢，我也不会让你去的。"

驾驶位上的周暮云不屑地冷笑一声："不用争抢，想吃牢饭，我可以帮忙把你们一起送进去。"

白以飒的伶牙俐齿在周暮云面前是没有用的，就像 hero（《英雄》）里的超能力者遇到了冷冰冰的海地人，超能力失效了。

"你刚才的笑一点也不可爱。"黎多情说，好像下一秒钟他就要站在陈潇的立场去讨伐她们了。

周暮云忽然转身，快速地扫了她一眼，又转回去坐好，平静地说："我从来都不可爱。"他手指有一搭没一搭地敲着方向盘，"你们可能不知道一件事，陈潇是我的艺人。"

两人双双瞪大眼睛，黎多情紧张地趴在座椅后方："你不会抓我的，对吧？咱俩差点就成亲戚了呀！"

白以飒添油加醋："对对对，差点、差点，你可不能站在陈潇那边啊！"

"我跟你们很熟吗？"周暮云反问。

两人双双闭上嘴巴。

"下车。"他命令道，"受人之托，终人之事，我的任务完成了。"

临关车门前，黎多情忽然弯腰看向车里："那个，谢谢你。"

周暮云点头，算是应了。

黎多情又补上一句："需要五星好评吗，亲？"

不等听周暮云回答，白以飒就把她一把拽走。

第四章 ● ○
他生气的样子真好看

黎多情想，她要为自己年少无知的冲动埋单了，尽管白以飒一直在安慰她没关系。但在白以飒看来，虽然她们和周暮云不熟悉，但她哥白以恒和周暮云熟悉啊，她哥要是不帮她，白以飒就用裸奔威胁他，或者以死相逼，让他必须负责到底。

白以飒滔滔不绝地说了很多。黎多情搂着她的胳膊，躺在不属于自己的奢华大床上，轻声叹息："我好像真的做错了。"

白以飒安静下来，大腿往黎多情身上一横，安慰道："不是所有事情说一句'我错了'就可以从头来过的。"

虽然黎多情的牢饭没有吃成，但是回家吃了一顿板子是真的。无论她怎么对姨妈解释自己真的没有打陈潇，姨妈都不愿意相信她，并且一定、肯定以及确定就是黎多情跟白以飒两人狼狈为奸，共同谋划并真的打了陈潇一顿。

陈潇的名字一次又一次地冲上新闻头条，网络上的谩骂铺天盖地。奇怪的是，那些所谓的谩骂和人肉搜索，都具有指向性的错误，黎多情的生活安静得像街头的那条流浪狗，吃吃喝喝、看家护院和瞎溜达。

陈潇对着镜头哭诉自己"胡编乱造"的感情纠葛，感谢关心她的粉丝，感谢媒体关注，感谢老天爷没有一个雷劈死她。她心存感激、心怀善念，她决定成人之美，不去追究任何人的责任，今后会将生活的重心放在工作上。她仍旧相信并向往下一次的爱情，即使分手，她和邵万千仍是最亲密的家人。

黎多情扔掉手中的遥控器，去洗手间打开洗衣机的盖子，拿出洗好的围裙，一件一件地挂晾起来。

窗外的街道映射着那些回不去的陈旧岁月。错落的电线杆，挂在电线杆上五颜六色的塑料袋，对面三、四、六楼窗户下面挂着的葱蒜辣椒，无不在彰显她的身份。

平凡又市井，普通而平庸。

她掐着腰，歪着脖子，感叹她脑子到底犯了什么病才会有如此的勇气去搅和邵万千的婚礼，从而导致如今的一幕幕惨剧。

最后，黎多情得出结论：一个傻子要是犯起傻来，真是十个诸葛亮和爱因斯坦也拯救不了，更何况她身后还有一个无论她走什么路都愿意为她添砖铺瓦的闺密。

黎多情转身去择菜的时候，家里的门铃响了。

姨妈打算包饺子，正在厨房里剁肉馅。黎多情回到客厅时，正看到姨妈手里拿着菜刀去开门。

门外的人是来谈拆迁的，这是她们第一次收到有关拆迁的通知，之前都是道听途说。现在有明确的文件下达，一条街都要拆，门市住宅，都会拆个片甲不留。

黎多情担心姨妈会拿菜刀砍人，赶紧上前从姨妈手里拿走刀。可姨妈异常地冷静，说了一句"知道了，我先看看"后，就把门关上了。

姨妈顺便回了房间，把房门也关上了。

黎多情一个人继续剁肉馅，和面，擀饺子皮，包饺子，煮饺子。姨妈一直没出来，黎多情把饺子摆在桌子上，蹬上运动鞋就下楼去散步了。

对于她们来说，拆迁就是所谓的"不可抗力"。

黎多情不想吃饺子，她想吃麻辣牛肉面。在隔壁的那条街上，有一家开了十几年的面馆很不错，牛肉好吃，面也好吃。面汤里没有浓浓的味精味道，这是她最喜欢的一点。

铺子是老铺子。虽然几年前翻修过，也不过是在墙上贴两片瓷砖，更换了一批随时可能坍塌的旧桌椅而已。

下午两点，虽然已经过了饭点，面馆里的人仍旧不少。想吃面的话需要拼桌。

门口停着一辆十分嚣张惹眼的白色大G（跑车），显得与这里格格不入。大款也多吃货，这里经常会有一些豪车停着，车主就是为了吃一碗面，比如白以飒和白以飒她哥。

走进小面馆，有位穿白色Polo衫的短发男人背对着门口坐在左侧中间，干净而挺拔的背影，看起来与周遭的人群环境格格不入。他独自一张桌，没有摆弄手机，就是安静地吃面，手边还放着一包印着面馆名字的纸巾。

"大碗的中麻中辣牛肉面，加一个煎蛋、一份肉。"黎多情朝忙碌的老板娘喊了一句。然后打开那个从来没插过电的消毒碗柜，拿出一个小碗、一个汤勺和一双筷子，转身找位置拼桌。

天气热，面条也热，吃饭的人不停地抽着纸巾擦汗，原本就不宽敞的桌子似乎也并不欢迎陌生人来凑热闹。于是黎多情走到那个格格不入的男人桌旁，礼貌地问了一句："你好，请问这个位置有人吗？"

男人戴着经典的金边飞行员墨镜，正低头吃东西。他闻言身体微微一怔，慢悠悠地仰起头，两块墨绿色的镜片直接映出她的模样。

黎多情眨眨眼，尴尬地抽动嘴角："这么巧，你也知道这里的面好吃？"

距离上一次见到邵万千似乎没过去几天，他却像换了个人似的。头发剪得短了一些，没有用发蜡发胶抓得整齐或梳得光亮，而是任由它自然清爽地垂着，却又没有半点凌乱邋遢的样子。相较于其他人吃麻辣热面时满面红光和油光的样子，他实在显得太斯文了。

邵万千没有回答黎多情这个位置有没有人，她已经径自坐下，摆好自己的碗筷，抹了一把额前的碎发，尽量让自己面带微笑地与他对视。

"我今天不结婚，也不订婚。"邵万千将刚刚挑起的面条放回碗里，隔着太阳镜，一本正经地对她说。

黎多情也一本正经地点头："我知道，我只是来吃一碗面而已。"

邵万千悄悄地撇了一下嘴角。如果不是太阳镜挡着，黎多情就会轻易看见他满眼的嫌弃。

黎多情的面上来了，满满的一碗，比邵万千面前那一碗要大上整整一圈。邵万千抬头扫了一眼这个分量，冷冷地哼笑了一声。

"你、你笑什么呀，我的饭量吓到你了吗？"

邵万千微微蹙眉，板起脸："怎么，你不仅要干涉我的婚姻感情，现在连我的表情都要管一管吗？"

"不是、不是。"她急忙摆手，非常慷慨地夹起一筷子牛肉放进邵万千面前已经吃了一半的面碗里，"那个，谢谢你。"

"谢谢我没结婚，也没再找人结婚吗？"

黎多情红着脸把煎蛋也放进他的碗里："不、不不不！我是要谢谢你那个。"

"哪个？"

"就那个，你让你外甥来、来取我的那件事。"

"取你？"他挑了挑眉，"取你的狗命吗？"

"接，不是取，我用错字了。"黎多情卷起一筷子面，一边吃，一边说，"我是真心实意地感谢你。骂、骂人可不符合你的身份气质。对、对了，你这面没结账吧？我请了！"

她慷慨地拍拍胸脯，仿佛请他吃的是一顿天价的山珍海味。

"你这个感谢，不是很有诚意。"他说。

黎多情以为他在嫌弃自己拿一碗牛肉面就把他打发了，心想好像是有那么一丝不够大气，于是她反问："那你说，怎么样算有诚意？"

"拿出你求我帮忙时的诚意。"他直言道。

黎多情仔细琢磨，发觉其实自己求他的时候也没什么诚意，这就难办了。

"那个，我求你那天吧，情绪比较激动还有点失控，我现在有点回忆不起来了……"

"我帮你回忆。"邵万千痛快地接过她的话，"你撕心裂肺地叫我邵叔叔。"

"啊……"她一脸顿悟的表情，"那个撕心裂肺是、是发自肺腑的，我现在要撕心裂肺就是、是装的，那才不真诚。"

邵万千摘下墨镜扔到一边，眼底带着些许怒气。

大概是没有休息好，黎多情注意到他脸上挂着重重的黑眼圈。配上他白皙的皮肤，就像熊猫掉色了一般。

"你……"邵万千正要开口说话，黎多情突然"啪"的一声把手里的筷子拍在桌子上，站直身体，双手抱拳，铿锵有力地说："谢谢叔叔，滴水之恩当涌泉相报，他日你若有求于我，尽管……"

"坐下。"邵万千放在桌面上的手指抬了抬，"你脑子不好的毛病又犯了是不是？给我坐下！"

原来所有人都是认真的样子最好看，哪怕是认真生气的样子。

小面馆里的客人对他们投来诧异而好奇的目光。黎多情一屁股坐下来，挑起一大口面条塞进嘴里，眼里尽是调皮的笑意，她含混不清地说："我是真心的，日后你有求于我的时候……"

"闭嘴。"邵万千冷漠地打断她，"我不会有求于你，日后都不会求你。"

黎多情偏头眨了眨眼，觉得这话听起来不太对劲。等她反应过来后，她撅起嘴巴狠狠地瞪了他一眼。

邵万千没有吃黎多情夹给他的牛肉和煎蛋。黎多情眼看他把最后一根面都吃完也不肯吃她给的东西，就问："你有洁癖吗？"

邵万千言简意赅地回答："没。"

"那怎么不吃牛肉和煎蛋呢？这家的煎蛋很好吃，边儿是酥的，心儿是半熟的，而且是土、土鸡蛋，特别香。"

"想吃我自己会买。"邵万千说完，又把煎蛋给她夹了回来。

"哎呀，你看看你！"黎多情夹起煎蛋翻来覆去看了两遍，"你是没有洁癖，你、你怎么知道我有没有洁癖呀？我给你夹的时候，筷子还、还没用过，面也没吃过，你这都用筷子吃过面了，筷子上有你的、的口水，汤里有你的口水，我怎么吃呢？"

邵万千优雅地拿起纸巾擦了擦嘴角，对她的长篇大论并不感兴趣。他不吃黎多情夹给他的东西，纯粹是不想在未来的某一天听到她厚着脸皮说你吃过我的鸡蛋，拿人手短吃人嘴软，你要帮我之类的话。

"我们吧，还没有可以共吃一个鸡蛋的亲密关系，这个蛋，我就不吃了。"黎多情自说自话，说着就把煎蛋夹到一旁。

邵万千吃完了，戴上太阳镜准备离开。他叫来老板埋单，顺手指了一下黎多情面前的那碗："两碗一共多少钱？"

"六十元。"老板说。

黎多情嘴里的面条还没咽下去，她的一只手已经高高举起："别别别，我请，这顿我请你，你别和我抢！"

邵万千刚刚掏出钱夹，就被她一手牢牢按住。她的另一只手由于来不及放好筷子，碗里红彤彤的麻辣汤不小心溅到邵万千胸前，麻辣汤的油印在洁白无瑕的Polo衫上显得格外刺眼。

邵万千低头看了一眼自己的胸口，似乎对"遇到她准没好事"这个事实已经认命。

他的手指修长，一看就是十指不沾阳春水的富家少爷。但力气不小，如果再用力一点，就可以直接把黎多情的手指掰个对折。

他从容地从钱夹里拿出一张一百元，递给老板："找钱。"

弄巧成拙，黎多情有些不好意思，她抿了抿唇，尴尬地说："你看我都说我请你了，你还非要抢着埋单……"

邵万千整理好老板找回的零钱，一边放入钱夹，一边用不屑的语气说："注意你的用词，我没有抢，只是做我该做的事。撇开我一直很讨厌你这件事不谈，女人的饭，尤其是你这么穷的女人的饭，我是不会吃的。"

——哈，我这么穷的女人？算你看得准！

"那你的衣服被我弄脏了，需不需要我帮你拿去洗？"

"在你看来，我是一个会跟女孩子计较弄脏了一件普通上衣的人吗？"

"嗯，你是。"黎多情诚实地点头，她还记得自己是怎么样被他困在游艇上晒成咸鱼的。

"狗眼看人低。"邵万千面无表情地说。

黎多情撇嘴，表示不赞同他的说法，但也不辩驳。

"你慢慢享受。"邵万千留下一句话，起身准备离开。

黎多情朝他挥挥手，然后低头吃了一大口面。咽下面她转念一想，自己不能就这么让邵万千走了，下次看见他还不知道是什么时候。

"邵叔叔，你等等！"黎多情扔下筷子，飞快地擦了一下嘴巴，像旋风一样追了出去。

邵万千已经打开车门，他的身形颀长，在这样的一条老街上，他和他的车都显得太过招摇了。

"等等！"她又喊了一遍。

邵万千侧身看她："又怎么了？"

黎多情想要快走两步，却没有注意到脚下的半块砖头，踩到砖头的边缘打了滑，然后就一个大劈叉横在他面前。她疼得两眼发黑，五官都挤在了一起。

邵万千被黎多情突如其来的绝活吓了一跳，在她劈叉的瞬间想拉她一下，却只抓到了她的衣领。

黎多情的圆领T恤被他拉得很高，她的半个脑袋都埋了进去，衣摆下面露出一块白皙的肌肤。黎多情单手扶着车门，一脸幽怨地翻着白眼看他："你是不是有毒？"

邵万千松开手指，任由衣领弹回她的脸上："你是神农，打算试一试到底怎么样才能把自己毒死吗？"

黎多情平复了一下自己的情绪，整理好衣服，撑着车门站起来，忽然有一种合不拢腿的感觉。

黎多情幽怨地整理好自己的状态，虽然身体内里疼得厉害，但面上还是云淡风轻的。她面带微笑，问道："邵叔叔，听说你们家把夜市那块地买、买下来了？"

邵万千的眉头微微蹙起，显然没想到她会问这个问题："有什么问题吗？"

黎多情哼笑两声，尴尬地挠了挠额头："我能有、有什么问题，我姨妈的店和房子都在那条街上，这要、要是被拆了，我们不就无家可归了嘛！虽然会有拆迁款，但说到底也、也不是钱的问题，我呢……就想你能不能给我几分薄面，我想……"她一边说一边看他的表情，可他戴着太阳镜，无法看清他的眼神和脸上的表情，"想让你不拆，那也是不可能的。"

"对。"邵万千惜字如金，"道理你都懂，还那么多废话做什么？你是想来我这里多要一笔拆迁费吗？"

"我就那么傻吗？"黎多情指了指自己的鼻子，"你当我是偶、偶像剧看多了，以为随随便便忧郁一下，哭一下，就有人把整条街的地皮买来给我吗？"她半抬起一条腿，揉着刚刚被拉疼的大腿，说，"要拆迁费，就更不可能了，你看我、我是那种见钱眼开的女孩子吗？停，你先、先别说话，我知道，你肯定要说像！"

邵万千被她滔滔不绝的自说自话弄得有点想笑，他见识过黎多情是多么戏精的一个人。

她跟他印象里的她妈妈姜芷有着天壤之别，姜芷漂亮，但和黎多情不是同一种漂亮。姜芷恬静文艺，说起话很温柔，就像是"诗和远方"才会出现的美人。

黎多情应该继承她妈妈的美好才对。

"你到底想说什么？"邵万千把车门打开一条缝，示意自己已经迫不及待地想要离开这里了。

黎多情的表情突然变得正经，她已经在内心谴责自己的厚颜无耻了。她硬着头皮继续说："我就想问问，你们买这块地来干什么？"

"种东西。"

黎多情一愣："什么，种东西，种什么东西？"

"吃的东西，土豆、白菜之类的，很多。"

黎多情咬着后槽牙拍了一把车门："别闹！这么大岁数的人了，怎、怎么说话这么不正经呢？"

邵万千似笑非笑地点头，微扬的嘴角带着些许戏谑："没闹，我这么烦你，哪有心情跟你闹？就是随心所欲地种点东西。"

"为什么？"她十分不解。

邵万千拉开她的手，然后拉开车门迈进一条腿，嘴角愉悦地向上弯，露出今天见面以来的第一个真正意义上的王之嘲讽："为开心，种着玩。"

他驾车扬长而去，留她一个人合不拢腿地往家走。

黎多情的腿真的很疼，每一步都走得惊心动魄，两条街的距离仿佛走了两万五千里的长征一样。

黎多情在楼道里爬楼梯的时候，听到楼上传来熟悉的争吵声。

这几年来，这种争吵已经成为她生活的一部分。所以她没有半点慌张，扶着贴满小广告的楼梯扶手继续走得稳稳当当。

她总觉得，梦恬恬是姨妈宠坏的，可仔细一想，姨妈还真没有溺爱梦恬恬。也许有些小孩天生就要往歪里长，真的没办法。

当梦恬恬的大长腿终于出现在黎多情的视线之内，她开始有些后悔刚才为什么不和邵万千多"尬聊"一会儿。

梦恬恬的逆天大长腿实在是令人羡慕，她居高临下地看着黎多情，仿佛黎多情才是那个讨债鬼。

她横出手臂拦住黎多情的去路："腿都合不拢了，你出去干什么了？"

黎多情懒得跟她计较，心里念着：好狗不挡道。

看到黎多情无视自己的存在，梦恬恬冷笑两声，按住她的肩膀，居高临下地说："我有事找你。"

黎多情不可思议地瞪大眼睛，戳了戳自己的胸口，反问："找我、找我有事？"

"这有什么可奇怪的？"

"奇怪啊，当然奇怪！"黎多情利索地从牛仔裤口袋里摸出一百块钱，是刚刚带下楼准备吃牛肉面的钱，"我就一百块，爱要不要，就这还是、是我攒了半个月纸皮和矿泉水瓶，卖废品换来的。"

"别说得好像你和我妈穷得揭不开锅了一样，我知道你们有钱。"

"你自己也说了，那是我们——我和姨妈——挣的钱，我们舍不得花，乐意攒着，怎么了？你说你挺、挺大个人，挺大的个子，怎么……算了，还是说说找，找我什么事。"

"我想见陈潇的老板。"

黎多情忍不住翻了个白眼："那你去找陈潇啊！"

提到"陈潇"这个名字黎多情就浑身不自在，总觉得这块石头是自己搬起来砸到自己脚上的。别人都是不经意地一砸，她这简直是瞄准了砸的。

"我要能和陈潇有这种交情，我会找你吗？"

黎多情反手叉腰，俨然一副村头泼妇要开骂的霸道模样："你和陈潇说不上话，我就能和、和她说上了？你要是不傻，也应该看懂了她的粉丝，是、是怎么骂我的，我有病啊，我去找她？"

"谁让你去找陈潇了？我说我想认识她的老板周暮云，他跟你从陈潇手里抢来的野男人是亲舅甥。"

亲舅甥怎么了呢？人家两人是亲舅甥，和她黎多情有什么关系？哪个都不是她生的。

"我拜托你，梦、梦恬恬，你能不能长一点脑子？你觉得我有那个本事把好端端一个大活人，从陈潇那种女人身边抢走？再说，我有没有私、私生子，你不知道？我要真跟姓邵的有点什么，我会让你有机会在我面前翻着白眼说话吗？"黎多情拿出做姐姐的气势，手指头在她面前戳来戳去，差一点直接戳在她的脸上。

梦恬恬纹丝不动地站在那里，冷笑："你和你妈共用一个男人，你还想在别人面前耀武扬威吗？"

黎多情被梦恬恬气得直咬牙，要不是心知肚明自己打不过她，就凭梦恬恬这没大没小的样子，她非要打到梦恬恬满地找牙。

她深吸一口气，恨铁不成钢地点头："行，我、我不耀武扬威，我土鳖一个，我帮不了你，你爱找谁就找谁去！"

黎多情一巴掌推开梦恬恬，就要上楼回家，可她太低估了梦恬恬的动手能力。

梦恬恬猛地一把揪住她的衣领，强行把她拽到自己面前："帮帮我怎么了？我红了就不会再回来折磨我妈和你了，你不帮我，我就继续当米虫。妈是我亲妈，她还是会给我钱，还是会想尽一切办法帮我解决麻烦。我又不是不努力，只是少了一个阶梯而已。"

梦恬恬说得没错，姨妈是梦恬恬的亲妈。就算梦恬恬每次回来都要跟姨妈大战八百回合，姨妈也舍不得看她没钱吃饭、没钱买衣服，收到她在酒吧打架斗殴的消息也还是要大半夜地跑去派出所。别人找到家里来要债，姨妈嘴上骂着要撕碎了梦恬恬这个王八犊子，可还是会从银行提了定期存款还债。

可是，姨妈是她妈，但不是四海之内皆是她妈，不是所有人都应该无条件地惯着她。

黎多情长这么大没几个人打过她，梦恬恬绝对算是揍她最多的人。此时此刻她的心情差极了，她学着梦恬恬的样子，一把揪住梦恬恬的领口，凶巴巴地吼道："你又不是我、我生的，我凭什么管你？你愿意当家里的米虫，当社会的渣滓，你愿意堕落，愿意不孝不仁不义，我凭、凭什么帮你！换句不好听的话，你打的是你妈，祸害的是你妈，又、又不是我妈，和我有什么关系？！少拿你妈来吓我，我不欠你们家的，你也不用在我面前装社会大姐大！"

这种时候，不动手简直不符合梦恬恬这个小王八犊子的人设了。她扬手就给了黎多情一记耳光，黎多情要还手，梦恬恬便利用自己的身高以及泰拳优势，掐住了黎多情的胳膊，夹着揍，按着揍，骑着揍。

201房的大门打开。手里握着痒痒挠和手机的大娘探头看了一眼就拿起手机，一边关门一边对着微信说："快快快，你快下来，你家两闺女又打起来了！你赶紧拉一下！否则一会儿你大闺女就要被打死了！"

姨妈是拎着擀面杖下楼的，二话不说就给梦恬恬的肩膀来了一棍子，然后推开梦恬恬，拉起被打得披头散发的黎多情就往家走。

梦恬恬没有追上去，反正她今天来也不是为了打架的，打黎多情，只能说是刚好顺便吧。

鼻青脸肿的黎多情哭得仿佛死了爹，头发被揪得跟鸡窝似的，她打不过梦恬恬只好拿姨妈发脾气："你把她掐死行不行？凭、凭什么这么欺负我，凭什么啊？求我帮忙，还打我，她凭什么这么霸道，凭什么？就怪你、就怪你，就你生的！就她那样的还、还养她干什么？还不如把、把胎盘养大了！"

姨妈拿来湿毛巾粗鲁地糊在黎多情脸上："你真有出息，哭得都要断气了，你跟她干啊，往死干，打死不用你赔！"

黎多情扯开毛巾愤愤不平道："我呸，你以为我是打、不过她？还不是怕你心疼！毕竟我寄人篱下，不想给自己找麻烦！"

姨妈正在给黎多情梳头，听了她的话，狠狠地拢了一把，帮她把发带绑好："少逞强，你打不过就说打不过！"

黎多情咧着嘴巴哭哭啼啼地走到洗手间，一照镜子，发现自己被打成一副鬼模样，更无法抑制自己愤恨的情绪。

"你你你！"她举着木梳对着镜子发誓，"好你个梦恬恬，等我去学完跆拳道，空手道，散打太极，我不打得你满地找牙，我、我就跟你姓！"

她"啪"的一声把木梳拍在陶瓷洗手盆上，扭头回了房间。

哭了半个小时，骂了半个小时，等黎多情消气了，姨妈拿着一盒冰激凌来讨好她："还气呢？"

糖衣炮弹解决不了黎多情现在的心头之恨，梦恬恬平时抢她的钱就算了，现在还打她的人，简直没有王法了。

"你就是给我吃、吃云南白药也抹平不了我心灵所受的创伤！"

"上哪里去给你弄云南白药？那东西挺贵的，你吃个冰激凌就好了。"

"我不吃！"黎多情义正辞严地拒绝，"你给我吃人参，我也不会帮她的！否则我岂不是贱到家了，被人打一顿，还要去帮她拉关系！"

姨妈"啧啧"两声，坐在床边撕开冰激凌的盖子，还特别温柔和蔼地喂她。黎多情心里一凉，知道这是姨妈要哄自己去帮梦恬恬了。

梦恬恬说得对极了，这是她的亲妈。

黎多情是不会向梦恬恬屈服的，但是架不住姨妈那一副老泪纵横装可怜的样子。

姨妈是这样说服她的："你就帮恬恬联系一下，反正也只是一个接触的机会，以后是好是坏她都怨不到你了呀，不然她以后老是咬着把柄说姐姐不帮她。万一她以后真的大红大紫了，你也是功不可没啊！"

黎多情就这样沦为一个无脑少女，去为"仇人"卖命了。

她找白以飒要来周暮云的电话，跟白以飒说明自己找他的目的后，她被损得像个孙子一样。

第一次打电话，周暮云说自己在B市很忙，明早回来，让她明天打。

第二次打电话，周暮云说正在S市开会很忙，让她明天打。

第三次打电话之前她犹豫了很久，生怕听到他说自己又跑到纽约、芝加哥去了……

要说找借口搪塞她倒不至于，毕竟对周暮云来说，她黎多情不算重要的存在，甚至可以说不属于某一种实质性的存在，而是一个迷你小透明。所以他可以直接拒绝她的电话，不需要找任何借口来搪塞她。

第四天，在一个万里无云的晴天午后，黎多情掐指一算，感觉这是一个打电话的好时机。于是，她再一次拨通了周暮云的电话。

"你好，我是黎多情，请问你现在……"

"我很困，在睡觉。"

"好的，那请问你什么时候有空呢？"

电话那边回复她的声音带着明显的睡意："我只有睡觉的时候才是空闲时间。"

"哦，那，不知道我什么时候方便……"黎多情小心翼翼地提问。

周暮云不客气地打断她："我想起来了，以恒说你找我有事，对吧？那你过来吧，现在过来，晚上我还有个会。"

黎多情以最快的速度洗澡换衣服，涂上防晒霜。随便摸起一支口红在嘴上涂上薄薄的一层，让自己看起来没那么邋遢，还算有一点血色和气质。

即使心中有千万种不愿意走进周暮云家大门的意愿，可黎多情实在无法厚颜无耻地把一个只有睡觉才空闲的大忙人叫出家门见面。

午后的太阳很晒，像要把人烤干。黎多情蹲在树荫下等出租车，好不容易等到一辆车，空调还是坏的。

这一路的自然风，吹得她头昏脑涨，直到下车站在邵宅大门外，她的脑袋里还像有苍蝇似的"嗡嗡"作响。

这是黎多情的耻辱之地。上一次来，她被四条狗追到挂在大门上下不来，这一回，她拒绝与那四条狗重逢。

"狗呢？"她鬼头鬼脑地巡视一圈，没有发现狗的影子。

大门敞开着，里面停着一辆黑色奔驰，有人在刷车，有人在陪刷车的人聊天。没有预想中森严的警卫，仿佛只是一个普普通通的大户人家。

"你好，我找周暮云先生，我和他约好来这里见面。"

两个保姆相互对视一眼，其中一个问："刚才说是个女的了吗？"

"是，是说有个女的一会儿来找他。"他指了指楼上，说，"周先生在房间，你上去找他就行。"

黎多情点点头说："谢谢。"还在担心会突然从哪冒出四条狗，"那个，狗呢？"

"旅游去了啊！每个月都出去呢！"

黎多情尴尬地笑，狗出去旅游？敢情她活得还不如土豪家的狗啊！

想想也是，白以飒家里的比熊还时不时要做个美甲呢！

别墅里有保姆在来回走动，不过大家似乎对有人来访习以为常，可能是家里经常会有外人来。

这是有些年头的气派欧式别墅，虽然装修与陈列都是新的，但格局还是比较老旧。走廊悠长，透过拱形的玻璃窗，可以看到后院别致的田园风景。

一草一木的颜色搭配都极为讲究，艺术家的家里果然不一样。白以飒也住着豪宅，可她的家里放眼望去，就只剩一个"贵"字可言了。

周暮云的房间门虚掩着，黎多情敲了敲门，没人答应。一个保姆抱着花瓶上楼，正好看到她在门外敲门，便客气地说："你进去叫他吧，不然他不会醒的。"

黎多情抿着嘴巴深吸一口气，指了指房门，问那人："这样好吗，会不会太不礼貌了？"

"没事的，他公司的人来都是直接进去的。"

她点了点头，推门进去，还特意敞开门，没有随手将门关上。

房间内只有一张舒适的大床，一个高大的衣柜，还有一张铺满文件的写字台。看来周暮云真的是一个在卧室里处理工作的大忙人！

房间的落地窗开着，雪白的落地窗帘随风微微摆动。周暮云穿着浅灰色居家服，身体半陷在柔软的大床上，睡得似乎并不深。

然而，黎多情先后用了咳嗽、轻声呼唤、轻拍巴掌和轻轻推搡这几种方法，都没能把他叫醒。

"他是不是死了？"

脑子里突然冒出这个想法，她就没办法控制自己的理智了，直接伸出两根手指放到他的鼻子下面。

就在这时，周暮云枕头下面的手机突然响起来，还连带着振动。

他突然睁开眼睛，就看到小心翼翼地俯在自己眼前的黎多情，两人均是愣了一下。

黎多情立马收回手指站直身体，飞快地指向他的枕头："电话、电话，你电话响了。"

周暮云摸出手机接通了，随后坐起来。他一边"嗯嗯"地回应着电话里的人，一边走到写字台旁边去拿自己的水杯，发觉里面没有水，又放了回去。

黎多情见状，立刻拿起他的水杯小跑出去，等她回来时，他已经挂了电话。

"谢谢。"周暮云接过水杯喝了两口水，拉过自己的办公椅让她坐下，自己则揉着太阳穴回到床上，半倚着床头，"你没洗头。"

"啊？"这个打招呼的方式有点唐突，完全不在黎多情的预料范围之内，她下意识地摸了摸自己的头顶，脸颊绯红，"很油吗？"

"还好，看来你已经认为我们是可以不洗头就见面的关系了。"他弯起嘴角，有些懒洋洋的，很柔和，还有些暖意，和他平日里冷冰冰的样子截然不同。

黎多情松了口气，也跟着笑："不好意思哈，打扰你休息了。"

"习惯了，你有什么事就直说，我喜欢听事情的重点。"

既然他这样说了，黎多情就开门见山地把自己有个天生欠揍，哦不对，是天生丽质且能歌善舞、多才多艺的妹妹这件事告诉他了。

"那你来找我干什么？"

"我……"她一脸茫然地看着周暮云，"不知道啊，我妹说找你就管用……"

"找我管什么用？"他平静地反问，"可以出名的机会有很多，她要真像你说的那么多才多艺，可以参加当下那些选秀节目，通过自己的努力来达成自己的目标。"

黎多情焦虑地挠了挠额头："哎呀,其实她,她唱歌跳舞一般般的！"

周暮云哭笑不得。

"她参加过两次选美大赛，一次得了最上镜奖，一次是在进入前十的时候退赛了，虽然成绩不错，但两个都没什么下文……"

"为什么？"

"我妹吧，脾气不太好，就……偶尔还会比较叛逆，小孩子嘛，难免……"黎多情仍然很焦虑，"哎，算了，你就当我没来吧。我妹是个惹祸精，万一她真进了你的公司，以她那个惹、惹祸能力，你肯定会暴跳如雷的。到时候不仅会破坏咱们这个，不用洗头就可以见面的友好关系，也许还会、会连带以恒哥一起遭殃，算了、算了，你还是睡觉吧！"

不帮梦恬恬做这个嫁衣，黎多情感觉对不起姨妈，帮梦恬恬的话，她又觉得自己纯属坑人。

"等等。"周暮云叫住准备起身的黎多情，有些忍俊不禁，"你在逗我玩吗？"

"没有、没有！"她像摇拨浪鼓一样地摇头，"我不会的，你每次都帮我，我是突然良心发现，不想坑你！"

"你有你妹妹的照片吗？"

黎多情点头，掏出手机翻开梦恬恬的朋友圈："我有她在酒吧蹦、蹦迪的小视频，行吗？"

周暮云无奈地勾勾手指："行吧，给我看看。"

片刻后，他递回黎多情的手机："还可以，下周三我在家，你把她带来跟我聊聊。"

"别别别，算了、算了……"

周暮云低声笑了笑："你还记得今天来找我的初衷吗？"

他长得眉目清秀，笑起来好看得有些过分。黎多情揉了揉自己有些发烫的脸颊，深呼一口气："那就，谢谢你，每次都只能对你说谢谢，总是给你添麻烦。"

事情顺利得出乎意料，以至于离开时，黎多情还有些恍惚。周暮云随她一起走出房间下楼，她突然想起什么似的拍了一下包包："你看我傻乎乎地空手来，应该给你带一点礼物的。没有你，我说不定都要吃牢饭了。"

"你不是陈潇的靶心，她要瞄准的不是你，不过是利用你而已。"

"嗯？"黎多情的大脑飞速地运转，"她瞄准的是你舅舅吗？"

"她不敢。理由你不需要知道，平安就好。"他说着，视线轻飘飘地扫过她的脸，"你眼角的瘀青怎么弄的，有人找你麻烦吗？"

"没。"她抬起手，用两根手指轻轻揉了揉眼眶，"是我自己不小心。"

"如果陈潇找你麻烦，你可以告诉我。"

她感激地摇摇头。

● ○ 第五章
两败俱伤

　　周暮云的身上有一股很浓的香水味，她不知道为什么看起来如此干净清秀的人会用这么浓郁的香水。或许这其中有许多令人遐想的原因，也或许，单纯是他个人喜欢而已。

　　两人走到楼梯口时，看到一楼客厅里，邵海堂正拿着拐棍对立在茶几旁的一幅油画指指点点。

　　黎多情有些紧张，看到周暮云诧异的表情后，更加紧张。

　　邵海堂抬起头，看到他们两个人，就对周暮云招招手，叫他下来。

　　待周暮云走近后，他恨铁不成钢地用拐杖敲着油画："一点长进没有！三岁画到现在，还是一个小学生水平！"

　　"您今天应该在日本，外公。"

　　"我爱在哪里就在哪里！"外公很有脾气地反驳，"看看你那个不成器的舅舅画的这东西，看得我心梗都要犯了！拿出去给我扔了、烧了，还好意思叫人送回来！"

　　"您什么时候有的心梗，我怎么不知道？"周暮云走上前拎起那幅在外公眼里一无是处的油画，准备按他老人家的要求销毁。

　　"现梗，不行吗？"

　　"行，梗吧。"

　　邵海堂虽已是七十岁的白发老人，但精气神完全不输年轻人。他

"哼"了一声，无意间瞥见正要穿鞋遁走的黎多情，语气立马变得严肃："你你你，那个穿鞋的小姑娘！"

黎多情转身，飞快地九十度鞠躬："爷爷好，我家里有急事，我先走了！"说完就转身去穿鞋。

"你转过来。"邵海堂拿出长辈的威严命令她。

黎多情微微侧头，一脸无辜地看着他："怎么了？"

"噢，我想起来了，我认得你，你就是破坏万千婚礼的那个女孩子。"

黎多情和周暮云都吃了一惊。

"你来干什么？"老爷子重重地敲了敲地板，"你不是和我们万千有关系吗？怎么又和我外孙搅和在一起？"他气急败坏地看向周暮云，"你怎么回事？到底是你舅舅和她有关系，还是你和她有关系，抑或是你在帮你舅舅处理他们两个见不得人的关系？"

周暮云沉默了两秒，几步走到黎多情面前，把手里的油画推给她："扔门外，保姆会处理。"

"扔了？"

"烧了也行，你有打火机吗？"

黎多情摇摇头。

"没有你还不走？"

"可是……"

"我留你一个人在这里，是不是不太厚道？"黎多情的话还没来得及问出口，周暮云便低头在她身后低语道，"你应该找个算命的看看运气，我外公一年下来在一楼停留的时间都不超过两个小时。"

这种运气还找什么算命的，应该找个福利彩票店去买几注彩票！

黎多情走后，周暮云回到邵海堂身边，扶着他坐下："她和我跟舅舅都没有关系，不过是一个朋友而已，今天来找我是谈工作的事。"

虽然邵海堂并不觉得自己老糊涂了，更不会老眼昏花，但事实上，他是真的有些糊涂，时好时坏，周暮云随便编个理由便把他糊弄过去了。他的眼睛还不时地向窗外张望，直至黎多情消失在大门口。

她的怀里，还抱着邵万千的油画。

黎多情从来没想过，邵万千会是一个如此有才华的人。

虽然她不会画画，也不懂赏画，但作为一个外行人来看，这已经是大师级别的手法了。

画上是一只白色波斯猫，卧在白色的大床上。猫咪的眼睛与毛发栩栩如生，床品高级的光滑质感也格外逼真。

画作是否优秀她无法做出专业的评价，但从细节上她可以看出，画它的人投入了大量的精力和时间。

这总比街边卖的印刷装饰画要好看得多。

刚刚她问过了，如果扔在他们那里，是真的要烧掉的，不然老爷子看到了会生气。

烧了太可惜了。上次楼上走水，把她们家客厅的一块瓷砖弄鼓起来了，正好回去可以把瓷砖砸了，然后买个粘钩，把这个挂上。

她没有多想为什么要在自己家里挂邵万千的画，只是有些担忧，她今后不会沦落到靠捡破烂为生吧？

邵家的宅子有些偏远，普通的出租车很难遇到，用滴滴打车，她心疼车费。反正她也不像周暮云那样赶着开会，就沿着马路溜达，吹吹火热的风，晒晒火辣的太阳。

她可是被邵万千当成咸鱼晒过的人，这点紫外线对她来说太小菜一碟了。

沿途走了十几分钟，好好的大晴天突然下起豆大的雨点，并有愈演愈烈的趋势。

黎多情没有心思感叹大自然的神奇和变化多端，只能尽可能地让怀里的油画贴近自己的身体，小跑到路边一棵小树下。

真的是很小的树，树身看起来不比她壮硕多少。稀疏的几片叶子被雨滴砸得"啪嗒啪嗒"直响，随后又"啪嗒啪嗒"地落在她的头顶和肩膀上。

通常情况下，这种晴天下的雨都是阵雨，很快就会过去。可这个"很快"，也说不准到底需要多久。

黎多情掏出手机，准备在打车APP上叫一辆车。谁知这个地方信号也不好，定位功能根本不好用，就在她焦头烂额时，对面车道上飞快地开过一辆白色大G，忽地急刹车停下，接着原地掉头，霸气十足地驶入她的视线，最终停在她面前。

　　车窗放下后，她看见了邵万千。

　　难得有人能把帅气沉稳与嚣张跋扈展现在同一张脸上，但邵万千就是这样的人。无论何时看到他，都会觉得他既是人中龙凤，又是地痞流氓。

　　邵万千双唇松松地叼着半支烟，用他一向打量她的嫌弃眼神望着她，仿佛是谁逼迫他了一样，不太情愿地吐出两个字："上车。"

　　黎多情花了三秒钟时间来思考上不上他的车。三秒过后，她什么都没思考出来，一条腿已经迈进车内。

　　这还思考什么？这时候再下车，岂不是更没面子？

　　面子暂时就不要了。

　　她把油画斜放在自己腿边，接过邵万千递过来的纸巾，发自肺腑地感激他："谢谢叔叔。"

　　"不客气，大侄女。"邵万千的声音格外轻快。轻快到令黎多情回忆起他当初戏谑自己说要把她扔到海里喂鱼一样，带着某种恶作剧即将得逞的快感。

　　"这雨下、下得真莫名其妙。"她用纸巾反复地擦着发丝上的雨水。

　　"是。"他应和一声，"晴天下雨，浇王八。"

　　黎多情佯装生气地鼓起嘴巴，一巴掌拍在他的仪表台上："你说谁、谁是王八？"

　　"叮铃、叮铃、叮铃、叮铃……"后排座位上突然传来晃动的铃铛声。她寻声望去，当即拔地而起，"砰"的一声撞到车顶又弹回座位上，痛得她眼冒金星，捂着脑袋叫妈妈。

　　邵万千自觉人生在世这三十六载也算见过一些世面，可他今天是第一次用双眼看清了"吓一跳"到底是怎么跳的。

　　后座上四条精神抖擞的德牧，正虎视眈眈地蹲在那里，开启了强大的护主模式。

其中一条已经呲牙，发出威胁的"呜呜"声，另外三条也跟着呲牙。

黎多情身上的鸡皮疙瘩都起来了，心想自己一个好好的黄花大闺女，不跟哪位翩翩公子有缘，偏偏跟这几条凶巴巴的大狗有缘。刚才还庆幸狗不在家，结果这就出现了！

她闭着眼睛往门上扑，一心想要逃跑，不料邵万千比她更快一步，直接按下中控锁。

黎多情哭着缩成一小团，苦苦地哀求："叔叔，我、我错了，让我回家吧，你们家的狗太、太威武雄壮了，我我我、我害怕……"

"可是外面下雨了。"邵万千一副怜香惜玉的模样，好像他真的舍不得她去淋雨。

"让我淋雨吧，我爱淋雨！"

黎多情激动的情绪影响了后面四条大狗的稳定性，其中一条"汪汪"叫了两声，差点把她吓得尿裤子。

她知道邵万千不会让这些狗扑咬她，可她怕这些狗控制不住自己，不是经常有一些大型犬不受主人控制乱咬人的新闻吗？难道邵万千不懂狗就是狗，谁也难保它们不会失控的道理吗？

"嘘！"邵万千竖起手指瞪了后座的大狗一眼，一脸玩味地对黎多情说，"本来它们睡得好好的，你非要拍着仪表盘吼我。它们对你的敌意来源于你对我的不尊重，你对我客气一点，它们就不会这么凶了。"

黎多情万分委屈地抹眼泪："我对你很客气了呀，是你说，晴天下雨，浇王八，你先说我是王八的……"

"我对你不客气没问题的，你对我不客气就不行了。"

黎多情皱眉，一脸不服气："为什么，凭什么？"

"因为，我有狗，四条。"他理所当然地撇嘴，反手摸了摸身后的狗头。

这个理由如此牵强，但当下她还能怎么办呢？只有无条件地屈服。

擦头发的纸巾变成了擦鼻涕眼泪的，她的眼眶鼻头都被搓得红通通的。

邵万千启动汽车，朝市区的方向开去："你没有我的电话吗？找我要提前预约，我不会整天宅在家里无所事事。"

黎多情往前挪了挪屁股，轻轻地"哼"了一声："少自作多情了，你哪只眼睛看、看到我是去你家了？"

"我两只眼睛都看到你怀里抱着我的画了。"

"你哪只眼睛看出这是你的画了？"

邵万千不屑地笑了笑。

他忽然觉得黎多情是个挺有意思的小姑娘，在他过去的人生岁月里遇到的那些人，无论平时多么刺头，在他面前都变得温顺乖巧。因为不会有人比他更刺头。用他小妈青山奈奈的话来说，他根本不懂女孩子，都随了他那个冥顽不灵的倔爹。

他是不懂女孩子，也不需要懂，他是一个励志要把自己的一生过得风生水起、潇洒自在的人。

但他又十分不喜欢唯唯诺诺的女人，就好比陈潇，说她胸太平撑不起衣服，她就隆个大的，说她腿太细穿裤子像筷子一样丑，她从此以后就只穿裙子。即使她身在富贵人家，从小被娇惯着长大，在他面前还是会不自觉地低下头，生怕让他有一点不高兴。

青山奈奈说他不会宠女人，这种女人需要宠吗？她们压根就不给他惯着的机会，想惯都不知道从哪里入手。

当然了，他自然也不怎么喜欢黎多情这种跟他对着干的，凡事都要跟他据理力争，嘴硬且不讲理，胡搅蛮缠还爱哭的女人。

可是偶尔，他也会觉得黎多情挺好玩。

顺毛摸不对，逆毛摸也不对。以为是球，踢一脚能踢出去，结果是榴梿，踢一脚在原地一动不动，还扎肉。

"画是你在我家偷的吗？"邵万千突然开口问。

"不、不是！"黎多情激动地否认，车内空间有限，她的音量稍微高了那么一点，后面的四条大狗就"呜呜"地给她敲警钟。她只好放低音量，悄悄地为自己辩解，"我没有偷，是、是你外甥，给我的。"

"他给你干什么？"他问。

"你爸爸说，像小学生画的，要拿出去烧掉，我路过，就帮忙带走。"说完，黎多情偷偷地瞥了一眼邵万千的表情，看看他是否会因为她诚实地讲出邵海堂的原话而恼羞成怒。

可他面上一片云淡风轻，仿佛黎多情说的事情与他毫无瓜葛："现在你可以说你的意图了，找我干什么？"

"什么也不干啊！"她眨了眨眼，无辜地说，"真不是找你啊，我是找你外甥，周暮云。"

邵万千不禁皱眉："怎么，你妈又相中我外甥了？"

"我呸！"她正想高声反驳，忽然想起大狗，立马捂住嘴巴，好半天不敢说话，大气都不敢喘一下，"我这次是有正经事找他！"

"怎么，你以前还因为不正经的事找过他？"

黎多情恨铁不成钢地拍了拍自己的嘴巴："你才不正经，你最不正经，老不正经！"

恰逢十字路口，绿灯最后两秒，邵万千平稳地开过去，正要反驳她"我都没说你妈老不正经，你好意思说我老不正经"时，右后方突然窜出来一辆速度极快的三轮车抢到他前面。他不得不用急刹减速，而此时十字路口的右方向，一辆失控的泥头车正按着喇叭一路疯狂地冲过来。

它先是撞上一辆停在红灯下的面包车，顶着面包车朝邵万千的大 G 撞过来。时间太短，邵万千根本来不及完全躲避，他一手猛打方向盘，尽可能地不让车的前半部分被撞，一手挡在黎多情的胸前，将她一把按回座椅里。

"哐当。"在他的手臂被她死命抱住的同时，后车门被重重地撞上，他的头部撞到身侧的车窗上，随后便两眼一黑，失去了知觉。

黎多情和邵万千这两个人，其中一个人必定是有毒的。本来各自的生活都好好的，只要凑到一起，必有一方受伤。

这回更甚，是两败俱伤。

黎多情是被白以飒和姨妈撕心裂肺的哭声吵醒的。

由于白以飒和姨妈赶来得太及时，导致她都无法休息好。

黎多情心里有些忐忑，两人哭得仿佛她已经过世了一样。她是死了在这飘着呢，还是缺胳膊断腿的快死了？

她自己也不确定，毕竟车祸猛于虎，她又是如此娇嫩。

正想试着动一动，就听到病房的门被人猛地一脚踢开。现在就算她动，姨妈和白以飒也看不到，更不会欣喜若狂，只顾看着踹门的人了。

硬闯进来的人是梦恬恬，她不走寻常路，也不爱敲门，她不爱说人话，也向来不说人话。

所以她进来以后没有先看一眼这个生死未卜的姐姐，而是劈头就问："她死了吗？能赔多少钱？"

"你才死了！"白以飒一个箭步从椅子上跳起来，扑到梦恬恬身上。

白以飒的战斗力并不像她看起来那样弱，毕竟家里条件好，多少有点护身的功夫。

姨妈本来是想抽梦恬恬的，无奈自己筋骨老化，没有年轻人那么迅猛，就慢了一步。这一步，又逆转了她的立场，她看到自己的女儿挨揍了啊！

梦恬恬再不好，也只能她打，不能让别人打！

于是刚刚还跟白以飒抱头痛哭的姨妈，立刻就和白以飒反目成仇了，扑上去连拉带拽地拼命护着自己闺女。

这样，梦恬恬就有了明显的优势。

这时，即使是半身不遂，黎多情急得也要痊愈了。她全身发力手脚并用，一个诈尸式的鲤鱼打挺从床上蹦了起来，一把拽掉扎在手背上的针头。

此刻的黎多情四肢血脉通畅，连指甲都完好无损，唯独有一点头晕。但年轻人血气方刚，一旦情绪上来了，还真是自己也无法控制，她毅然决然地加入到这场殊死搏斗中。

可黎多情就是个废物，没等摸到梦恬恬的头发，就被她一脚踹在肚子上，惊呼一声坐在地上。年轻不要怕输，黎多情继而愤慨崛起，再一次扑了上去。

一个大难不死的病号，刚醒来就挨打，肯定是无法原谅了。白以飒誓要跟梦恬恬这个白眼狼分个你死我活："我今天就替你家里人教育教育你什么叫尊老爱幼！"

"我女儿轮不到你教育！我生的我自己教育！"

"姨妈，你别拦着她，让以飒教育……哎哎哎，你别、别扯我头发，梦恬恬，你给我松开！"

三个女人一台戏，四个女人闹翻天。

就在四人闹得不可开交之际，病房的门再一次被人推开，这一次，是礼貌地推开。

周暮云和他的外婆，也就是邵海堂的续弦青山奈奈，一同来看望黎多情。毕竟黎多情是在自己家里人的车上出了车祸，他们来看看这边安排得是否妥当。

可是入眼的这一幕，着实让他们有些吃惊。白以飒扯着一个陌生女孩的衣襟，女孩扯着白以飒和黎多情的头发，陌生的中年妇女掐着白以飒的脖子，黎多情抱着妇女的腰，一条腿还在空中拼命地朝陌生女孩的方向踢。

这就是女人的战争，打得毫无秩序和章法可言。

周暮云扶着门把手愣了几秒，反手将门关上，与青山奈奈两步迈到她们身边，伸手去拉架，他出声怒喝："你们对受伤的人还有没有一点起码的尊重？！"

被揪着头发的白以飒听到这个声音后，宛如被人当头一棒，立刻从战斗的激情中清醒。

白以飒松了手，但梦恬恬不肯松手，于是周暮云便打算强行将她拉开。

在姨妈看来，这不过是又来了一个帮忙欺负梦恬恬的，她低着头猛着劲地朝他胸口冲上去，准备用脑袋直接把他撞吐血，然而这一下，被白以飒挡住了。

挡得结结实实，白以飒咬牙切齿地揉着自己的胸部，疼得直哼唧。

幸好这是真材实料，这要是假的，姨妈非得给她撞爆了不可。

周暮云并不想加入这场混战，他长手长脚地将四个人拉开，拉成一个宽阔的正方形，谁的胳膊腿也挨不到别人。他自己则站在中间，跟老师一样，用眼神向每一个人传达自己恨铁不成钢的气愤。

“你，回去躺下。”他先看着黎多情，下巴朝病床一扬。

黎多情倔强地噘起嘴巴，站在地上一动不动。

周暮云上前推了她一把，强行将她按回床上，并在这个季节、这个天气里，强行给她盖上棉被：“你的脑袋是不是不想要了？你不知道缝了针的吗？”

黎多情倔强的小表情立马切换成惊恐不已的表情，她小心翼翼地捧住自己的头说：“我……不知道啊，也没人告诉我啊，我一醒过来就、就开始跟她们打架了，你这样一说，我忽然感觉很疼……”

他拉下黎多情的手腕，在看到她头上的纱布渗出红色，手腕上也出现了抓痕时，不禁皱了皱眉：“疼就不要乱动，重新缝一次，更痛。外婆，去和医生说明一下情况，她的伤口需要重新处理。”他转身对青山奈奈交代道。

青山奈奈虽然是他的外婆，但并不是老太婆。她和邵万千同岁，是邵海堂晚年梅开二度娶的老婆，貌美且富有，家里人一直非常认可且喜欢她。因为她精明能干，性格讨喜，更因为她对邵海堂是真爱。

一个身价几十亿的日本富婆非要嫁给一个除了会画画什么都不会干、还特别大男子主义的倔老头，这不是真爱是什么？

由于生活优渥，青山奈奈从没如此近距离地接触过这样混乱的场面，她紧紧地抱着胸前精致的白色手包，吓得花容失色，连忙点头：“好的、好的。”她一边往外走，一边嘀咕着，“怎么这么粗鲁？这个女孩子这么粗鲁，她身边的人都这么粗鲁，太粗鲁了，简直粗鲁得可怕……”

周暮云看向另一边的白以飒。她头发凌乱，眼角也被抓破了，衣服被扯得七扭八歪，正手忙脚乱地整理着。

他叹了口气，对着梦恬恬扬了扬下巴：“你是梦恬恬吧，跟我出来一趟。"

"你谁啊，你？"梦恬恬不屑一顾地说。

周暮云单手插进口袋，皱眉道："不是你托你姐姐找我的吗？我就是你要见的周暮云。"

姨妈担心女儿，也跟着他们一起出去了，病房里就剩下黎多情和白以飒两个人。

白以飒站在离黎多情挺远的地方，默默地看了她很久，才有些幽怨地叹了一口气。

就是很普通的叹息，黎多情还是听出了一丝认命的感觉。即使是很普通的对视，她还是看到了白以飒眼里，那一丝无奈。

换做平时，白以飒一定会扑到她身边开启单口相声模式，她突然安静下来，倒让黎多情心里有些不安。

黎多情刚叫了一声"以飒"，青山奈奈就带着医生回来了。一群人浩浩荡荡地进来，给黎多情检查，拆纱布，清理消毒，再包纱布。整个过程，白以飒都站在远远的地方看着。

周暮云进来后，驻足在白以飒两米远的地方打量着白以飒："你这里被抓坏了，等会儿让护士给你处理一下。"

不同于往日面对他时的拘谨无措，白以飒大大咧咧地摆手："没事没事，我从小跟我哥在男人堆里混大的，皮糙肉厚，破这点皮不用上药。你去看多情吧，我出去透透风。"

说完，白以飒不给周暮云说话的机会，直接跑了出去。

医生给黎多情处理好伤口后，帮她重新扎针。一番批评教育后，又带着一群人浩浩荡荡地离开了。

青山奈奈坐在床尾的椅子上，端正得像日本首相夫人："黎小姐，看到你生龙活虎的样子我感到很欣慰。关于这场事故，住院的费用你不用担心，一部分由肇事司机承担，另一部分升级病房和服务的费用由我们承担。你主要以休养为主，想出院的时候通知我们一声，如果不想出院的话，就一直住着。"她微笑着说完，礼貌地对黎多情点了点头，仿佛在进行某种必须进行的仪式。

黎多情很不好意思，刚要坐起来回她一个礼，被周暮云及时按回去："你别动。"

青山奈奈继续微笑道："我先告辞，祝你早日康复。"

"哦，那个，阿姨，不对，奶奶再见！"

周暮云坐下来，有些不解："为什么叫她奶奶？"

"不然呢？"黎多情的眼睛瞪得老大，她一直以为邵万千这个貌美又年轻的老妈不是什么省油的灯。按常理，青山奈奈也应该不是省油的灯，可事实恰恰相反，青山奈奈懂礼貌有教养，不会像传说中的富家太太那么刁钻跋扈，"我不叫她奶奶，难道要叫她阿姨？那我岂不是成了你的长辈？"

"我叫她外婆，你应该随我叫，人是我带来的，为什么站在我舅舅那边叫人？"他又问。

黎多情眨眨眼，假装听不懂这乱七八糟的辈分，指着门口说："那个以飒，以飒受伤了，你快去看看吧！我一个工人阶级家庭的小孩，从小就皮糙肉厚的，这点伤没事，睡一觉就好了！"她见周暮云一动不动，便抖了抖自己的脚，"你怎么不动呢？她是你好朋友的妹妹，亲妹妹……"

周暮云板着脸站起来，帮她把床头的矿泉水拧开，再轻轻盖上盖子，放在一旁："我不是你们两个的什么人，你们没有资格把我推来推去。"

两人就这样一高一低地对视着，如果说刚刚白以飒的眼神是欲言又止，那他的眼睛写满的就是呼之欲出。

黎多情忽然开始害怕，害怕周暮云会说出什么她想听又不敢听到的事。

她自觉聪明地转移了话题，问道："你舅舅呢，他伤得严重吗？应该不会重的，不是说那啥遗千年嘛！"

周暮云没有立刻回答，直到眼底的暗涌慢慢恢复到平日的冷清："他撞傻了。"

黎多情愣了一下："什么意思？什么叫撞傻了？你骗人的吧？他

要真撞傻了，你们还、还有工夫来看我？肯定要举家来口诛笔伐声讨我……"

周暮云淡淡地点了一下头："他平安就好，傻不傻也不是很重要。"

"我可不可以冒昧地问一下……"

"我现在不想回答问题。"他说，"下次再问。"

黎多情十分干脆地朝他摆摆手："行，下次问，哎呀，我这个药好像有催眠的效果。"她打了个好不斯文的哈欠，然后拉高自己的被子，示意自己要当一名尽职尽责的伤患，准备睡觉了。

周暮云在离开之前，顺手帮她把病房的灯关上："你姨妈和你妹妹已经回家了，你饿吗？需不需要吃点东西？"

"不不不，我不吃。"她挥手，"晚安。"

"晚安。"

病房恢复安静，空荡荡的仿佛刚刚不过是她稀里糊涂地瞎梦了一场。等到走廊的感应灯也暗下来后，她掀开被子，趿拉着拖鞋走到窗户边，躲在窗帘后面向楼下张望。

这个时间，住院部的出入车辆并不多。饶是只有三两辆，黎多情也还是认不出哪辆是周暮云的。她只研究过他的人长得与众不同，没研究过他的车。

黎多情突然注意到远处路灯下有一抹熟悉的身影在望着她病房的方向，那个穿着白色连体裤背着红色小香的女孩子，那就是她永远的小哪吒白以飒啊。

黎多情试着推了推窗，可窗打不开，只能开一道小小的缝隙。在路灯之下显得落寞又孤独，浑身上下充斥着与"小哪吒"不符的落寞气质的白以飒，已经慢悠悠地走出她的视线。

幽暗的走廊里，周暮云靠在冷冰冰的墙上，轻轻一偏头，就看到黎多情站在月光下的单薄背影。她站了多久，他便看了多久，走出医院的时候，踩的便是刚刚照过她的月光。

黎多情记得自己看过一本鸡汤类的书，名字乌七八糟的她记不住，只是对其中一句印象很深——不知如何结束的故事，就不要去开始。

鸡汤嘛，多半是废话，但是偶尔会让人共鸣那么一下子，就一下子。

现在的她，已经没有心思和鸡汤共鸣了，满腔都是怨气。她想知道姨妈和白以飒来医院的时候是不是太着急了，以至于忘记带脑子，还是她们就认定了她出个车祸就会死呢？

如果都不是，那来的时候，为啥没想到她一个走到哪里都要推着输液瓶的人，需要有人帮忙买个果篮盒饭什么的呢？

黎多情在床头的柜子里翻了翻，没看到自己的包，也没看到手机。这就意味着，她连去楼下买小食品的钱都没有。

刚刚周暮云问她饿不饿的时候，她为什么要装作一副"妖怪速速退去，咱俩从此山水不相逢吧"的鬼样子？说实话就好了。实话就是饿，饿了就会胃疼，胃疼就会心情低落，心情低落就会忍不住流眼泪。

不用做一个假装坚强的人。打架失败了哭，受到委屈了哭，来"大姨妈"不开心哭，考试没有一百分哭，反正任何时候想哭就哭，不打扰别人，不麻烦别人，是一件很幸福的事。

白以飒说过，想哭的时候不能憋着，因为肚子是用来盛美食的，而不是用来装眼泪的。

实在饿得受不了了，黎多情推着自己的输液瓶去了护士站，以自己是邵万千女儿的名义问到了他的病房，然后径直地奔了过去。

她与邵万千的病房刚好在走廊的两端。一路走过去，沿途的感应灯一盏一盏亮起，她越走越觉得有气势，不禁嘟囔了两声："这跟接驾似的……"

触景方会生情。在过去的几年里，其实她不是常常能想起姜芷，因为姜芷这个妈本身没什么作为，鲜有母女情深的回忆能让她茶余饭后来琢磨。但最近，因为邵万千，黎多情经常想起姜芷。

越想越觉得姜芷身为人母，却一点当妈的样子都没有。但无论怎么样，姜芷养育了她，不仅没有打过她骂过她，没让她劈过柴挑过水，还让她吃饱了肚子，穿上了好看的衣裳。她虽然没有白以飒生活那么富裕，但也多亏了不着调的姜芷，她才能生得细皮嫩肉，才能用墨水将这个世界描绘一二。

所以她惦记姜芷。

如果姜芷愿意回来就好了，就算她再不喜欢邵万千，也愿意接受他当自己的后爹。

想到如果邵万千当了自己的后爹，她就一不小心升级成了富二代，黎多情心中还是暗暗地高兴起来，简直是两全其美。

可惜，邵万千肯定是万般不愿搭理姜芷的。

丢人啊丢人，姜芷，你好歹是一个知识分子，为什么非要在一棵歪脖树上吊死？

邵万千的病房门半敞开着，里面没有开灯，昏昏暗暗的。只有走廊冷白的灯光照进去，撑起一片光明。

这哪里像个病房，明显是 VIP 中的 VIP，环境配置比她住的高级太多了。

黎多情站在门口，病床上空荡荡的，没有看到邵万千的人影。床上的被子掉落在地上一半，床头柜子上的花瓶里插着一束含苞待放的鲜花，摆着一个没拆开的精致果篮，还有个不锈钢的保温饭桶。

黎多情也不知道用饭桶来形容这个饭盒准不准确。她小时候也用过差不多的保温饭盒，但仅两层而已，而这个应该有很多层吧，她想。

她在门口敲了敲门，等了半天都没有人应，便径直走进去。因为房间太安静，黎多情也不好意思太大声，悄悄地压低嗓子叫了一声："邵叔叔？"

她翻过放在床头的卡片，看到上面清清楚楚地写着"邵万千"三个字，这才放心地坐下来。

黎多情碰了碰果篮的包装袋，"哗啦哗啦"的声音听起来有些刺耳。她借着走廊照进来的微弱光线一样一样地辨认，发现里面居然有快熟的牛油果和新鲜的车厘子。大款果然不一样，出手都是大手笔。

她一手按在那个保温桶上，一下一下地敲着，经过片刻的思想挣扎后，她决定先探一探。

"哇……"打开盖子后，她忍不住感叹，"鸡煲翅！这个香味真是……"

令人目眩神迷啊！

她拿出最上面的一层，在看到第二层后，又感叹："哇，吊烧排骨……还有焦香味道呢！"

拿走第二层，她终于忍不住咽了咽口水："小白菜，这是……鱼子？"

拿走第三层，看到最后一层时，她肚子的"咕噜"声已经在房间里回荡了："干贝菜心山药粥，青山酒家的味道！"

黎多情的胃又隐隐作痛了，她咬牙告诉自己一定要有出息。连续咽了好几次口水后，她把保温桶里的菜品一层一层放回去，大义凛然地转移视线，看向别处："我不饿，我叫黎不饿！"

虽然嘴上这样说，但身体还是诚实的。可她不敢吃，她不知道邵万千是否吃过东西了，万一一会儿他回来要吃东西怎么办？

一番思想斗争之后，她决定，先吃为敬！

吃饱了才能恢复得快，恢复得快才能出院快。出院了，她就不用再当他的负担了，他也不用内疚带着她出车祸的事情了。

如果他不内疚的话，她就吃得更心安理得了。本来她淋雨淋得好好的，明明就是他让她上车才出车祸的，他必须内疚！

所以这个饭，她必须吃。

黎多情发誓，这是她长这么大吃过最纠结的一顿饭，思想斗争堪比当年报考大学志愿时，她曾因为到底上清华还是上北大而纠结得掉头发。分数出来后证明是她想太多了，清华和北大，无论哪一个，都离她十万八千里远。

她走到门口，伸头看向病房外的走廊。在确定没有找到邵万千归来的身影后，她独自坐在他的病床上，开始享用他的高级病号饭。

如果她能每天吃到这么美味的食物，她相信，她今日的魔鬼身材是保不住了。黎多情拿起遥控器打开病房的电视，找到一部演着家长里短的电视剧来消磨时间，心情突然变好了。

黎多情是一个很容易满足的人。她左手拿着粥，右手抓着排骨，左腿盘起，右腿一晃一晃地荡在床边，时不时地随着电视里的对白傻笑两声。

一点征兆都没有，病房门口突然出现一个长头发女人，黎多情"啊"地叫了一声，差点把怀里的粥打翻。她紧张地发问："你找谁啊？"

"你是谁？为什么在这里偷吃别人的东西？"长发女人的手"啪"一声拍在开关上，病房里顿时明亮起来。

黎多情没有见过这个人，看她一身打扮，也不像是邵万千那个阶层的，但似乎骨子里有一股天生的倔强。这让她看起来有着不同于常人的漂亮，说话的声音里也透着一股倔强，听起来脆生生的。

"我没偷吃啊！"黎多情的小腿不晃荡了，紧紧贴在床沿，一脸戒备地看着长发女人，"我这是光明正大地吃。"

"哪里光明正大了？你连灯都不敢开！"

黎多情咬了咬后槽牙，心想：不开灯吃东西也不能叫偷吧？谁家偷东西还坐在主人屋里面消化的！"我吃你家粮食了，你管那么宽？"

"呵呵。"女孩子皮笑肉不笑地晃了一下头，"还真是，这饭就是我送来给邵万千的，你吃的就是我的粮食。"

这就十分尴尬了，黎多情总不能孩子气地说吐出来还给这个女孩子吧，无论如何她要找一个合理的台阶让自己下。

脑子不够用，运气拿来凑，黎多情正思考该用什么方式把这个被自己吃到见底的保温桶放回去，就听到外面走廊上由远及近传来熟悉男声。

邵万千一路讲着电话，嘴里叼着一支未点燃的香烟，脑袋上缠着一圈又一圈的白布。他没有穿医院的病号服，而是穿一身素色的居家睡衣，胸前的扣子只系到腹部，敞着衣襟痞里痞气地晃进来。

他看到病房内的两个女孩，明显地愣了一瞬。接着恢复他那一副桀骜不驯的样子，晃到床边，一屁股坐下来。

"哎哎哎，我的脚！"黎多情皱着眉往回收腿。

邵万千扫了一眼她油汪汪的嘴和小手，面无表情地说："往里点。"

黎多情努努嘴，没有顶嘴，乖乖地往后挪了挪屁股。

邵万千从枕头下面摸出打火机，径自点燃嘴里的香烟。把刚刚买来的烟盒往床头柜上一扔后，他冷冷地望着站在病房中的长发女孩："我不是让你回去了吗？"

"我偏不！"女孩的态度十分坚决。

"死缠烂打如果有用，世界上就没有单恋一说了。如果所有人都像你这样没皮没脸的，就算把我剁碎了也不够分。"袅袅烟雾弥漫在邵万千的面前，他漫不经心地拿起旁边的不锈钢小碗，看了一眼里面的小白菜，又"咣当"一声扔回去，"谢谢你的饭，还有果篮和鲜花，等你结婚的时候，我会给你封个大红包。"

黎多情下意识地把沾着排骨汁的手指放进嘴里，黑白分明的眼珠像两个灵活的玻璃球，在两人之间来回扫视。按邵万千的说辞来推断，这应该是他另一个前女友。

女孩突然抬手指了指躲在他身后的黎多情，不服气地问："她是你现在的女朋友吗？你跟陈潇彻底玩完了是吗？我比不过陈潇，我还比不过她吗？"

黎多情突然感觉自己手里的保温桶重如千金，直接压在她的脸皮上。谁能料到这饭是前女友送的呢？来的时候也没有小护士通知她会有这一出啊！

"天真。"邵万千冷笑一声，反手一把将黎多情扯了过来，手臂跨过她的肩头，将她牢牢地揽在怀里。黎多情被他猝不及防地拽走，身体一时找不到着力点，只能任凭摆布地靠在他怀里。她暗自想着：邵万千这个渣男的手段也不怎么样嘛，随便搂一下就想让前女友难堪，前女友可不是吃素长大的。

事实证明，黎多情还是小瞧了他。

邵万千不单是把她搂在怀里，还随手打开床头柜子的抽屉，抽出两张纸巾，抓着她的手腕，仔细地给她擦手。低头看到黎多情的嘴巴还没擦，又抽两张纸，给她擦嘴："比不比得上，还是要看时间。我喜欢你的时候，你就是无法比拟的存在。冰冻三尺非一日之寒，你做了太多让我失望的事情，别说无法比拟了，你连比的资格都已经失去了。"

邵万千在为黎多情做这些事的时候，动作熟练又自然，仿佛他已经这样照顾她许久了。

这真是令人心慌意乱的动作啊！

她将这种心慌意乱当成正常现象，只要不是瞎子，被邵万千这种高富帅搂在怀里，小心脏都会像脱了缰的野马乱奔吧？

想到他如此娴熟的动作大概是经由他阅女无数锻炼出来的，她就忍不住鄙视他。她的小手脱离他的控制，绕到他身后，狠狠地掐了他一把。

邵万千的视线从女孩身上绕回来，轻飘飘地落在黎多情身上，抓住她作祟的手指扣在自己腰上："你别闹。"

女孩的眼泪在眼眶里不停地打转，强忍眼泪的样子看着蛮可怜的，黎多情忍不住又在心里骂了邵万千两遍："渣男。"

邵万千的烟灰已经老长一段，在他说话的时候，不小心掉在了裤子上。他松开黎多情，站起身抖了抖裤子，然后收拾桌上的保温桶。他把所有剩菜都倒进垃圾桶，然后去病房内的独立洗手间里把盆盆碗碗冲洗一遍，再用纸巾擦干表面，递给笔直站在门口望着他的女孩："这个挺贵的，你上班赚钱也不容易。拿回去再洗洗，还能接着用。"

女孩的胸口不住地起伏着，宣泄似的大叫："邵万千！"

邵万千皱眉，竖起食指放在嘴边："嘘，这里是医院，不是菜市场。还有啊，你要记住，对我讲话要礼貌，要客气，不要这么凶巴巴的。我已经不是你的男朋友，而且我脾气不好，很容易动手打人的。"

这应该算是苦口婆心、好言相劝了，女孩倔强地一把抢过自己的保温桶，狠狠地瞪了黎多情一眼，转身就头也不回地跑出去了。

黎多情抱着膝盖坐在枕头上，忍不住撇嘴："别人是万花丛中过，片、片叶不沾身，你这是什么？万花丛中过，一、一片不放过？你说说你，到底伤了多少女孩子的心？她们上辈子造了什么孽，这、这辈子遇到你？"

"你不如问问你妈，问问她自己知不知道自己上辈子造了什么孽。"

邵万千板着脸回答，径自拿起一瓶矿泉水拧开，还不等他喝下去，就被她不客气地劫走，她问："你知道喝水的声音应该是什么样的吗？"

邵万千显然没有料到她会突然问出这样一个没头没脑的问题，也跟着没头没脑地回答了："咕嘟？"

"错！"黎多情贱兮兮地举起矿泉水瓶，一口气喝了大半瓶，喝完还用充满期待的小眼神看向他，"听到没？"

"还是咕嘟。"

"是吨！吨！吨！"她重重地强调。

"咕嘟。"他淡然地否定她的说辞，拿了一瓶新的矿泉水，打开喝了几口。

"是吨！吨！吨！"

他突然用矿泉水瓶底敲了一下她的嘴巴："一个拟声词也说得结结巴巴，吨就是吨，还吨吨吨，你不是吃饱了吗？吃饱了就滚回去睡觉。"

黎多情"哼"了一声，从他的病床上下来，穿上拖鞋，背着手十分不满地说："我是关心你的安，安危才来看你的，不要把我的一片好心当、当成驴肝肺。"

"好心……"他戏谑地笑，"你是关心我的安危，还是关心我饭的安危？"

"虽然我、我吃了你前女友的饭，但我并不知道那是她给你送的啊，谁会知道你下、下午出车祸，晚上就惊动前女友啦，我以为是周暮云给你送的。"这话半点都不假，黎多情将双手插进病号服的上衣口袋，继续说，"我这个人虽然出、出身不怎么样，但冥冥之中，我就觉得自己应、应该是母仪天下、心系苍生的命，所、所以我关心你的安危也很正常。万一你变成植物人了呢？万、万一你半身不遂直流口水了呢，万一你缺胳膊断腿、秃顶了呢？"

邵万千正在整理被她踢乱的被子，听完这句话，眼神像刀子一样扎到她脸上："我就不能完好无损吗？"

"不、不能，那怎么体现我心系苍生啊？那不显得我、我是母鸡孵小鸭，多管闲事瞎操心吗？"

邵万千冷笑一声，不羁的眉眼间浮现些许愉悦："黎多情，你就庆幸你不是我亲生的吧。"

"我巴不得是你亲生的，富二代的身份谁会抗拒，我又不傻……"

"你要是我亲生的，我一天会打你八遍，让你知道什么叫小树不修不直溜。"

"啧啧啧。"黎多情露出不屑的表情，她已经摸清了邵万千的脾性，完完全全就是一个刀子嘴豆腐心的人。他的眉眼里有着天生的精明，透着一点坏，可心地并不及嘴巴那般狂放恶劣。她学着他的样子冷笑，"你还有心思修理我？不如好好想想自、自己有多少情债没还，弄得自己像段王爷一样，处处留情。"见他瞪眼睛，她不服气地瞪回去，"凶什么凶？现在你可没有狼狗，也没有保镖。"

邵万千挑了挑嘴角，不再继续跟她争辩。他四平八稳地往床上一躺，对她招招手："过来，我搂着你睡。"

"呸，你这个老不正经的，谁要跟你睡！"

"不跟我睡，还不滚回去睡觉？你叔叔我年纪大了，作息要规律。"

黎多情撇撇嘴，完全感受不到困意。不知道该去哪儿，该干什么，她只好朝他伸手："我的手机呢？"

"不知道，大概在车里。"他说。

"那你的呢？"

"难道你认为我是先给咱们俩拍了一张受伤的照片，又把手机放进贴身口袋里之后才晕过去的吗？我怎么知道手机在哪里？"

"可是……"黎多情嘟了嘟嘴，很不高兴地抬起一条腿，用脚尖一下一下地点着地面，干脆走到他的床前，往他面前一蹲，双手托腮，一脸天真地看着他，"我不困，睡不着，你陪我聊天。"

"不，我困。"

"我给你讲、讲个笑话，你就不困了。"

"我不想听，一个结巴讲笑话有什么可听的。"

黎多情用尽毕生力气给他讲了一个她觉得很好笑的笑话，结果邵万千连嘴角都没抽动一下。

她干脆拿起他的拖鞋垫在自己屁股下面坐下，趴在床沿上喋喋不休，她问的问题他若不愿意回答，她就掐他的手臂。她说要听他和姜芷的故事，并摆出一副翘首倾听的天真烂漫模样，却被他寥寥几句就把故事讲完了。

　　黎多情看过姜芷的自传，在自传里邵万千跟姜芷的故事可是十分丰富的。她本以为邵万千会以一句"那真是小孩没娘说来话长"来搪塞她，没想到他会真的开口讲他们之间的故事。

　　按照邵万千的说辞，他跟姜芷当年的故事是十分苍白的，不过就是姜芷青春貌美，刚刚调入他所在的学校，邵万千误把她当成女同学"撩"了。后来知道她是老师并且大自己很多岁，他就老实了很长一段时间。慢慢地，一来二去，不清不楚，直到有一天姜芷邀请他去家里吃饭。

　　年轻气盛的邵万千觉得自己完全可以拿下姜芷了。可到了家里，才发现这个长得跟小姑娘一样的姜芷，已经生了一个那么大的闺女，接着便落荒而逃了。

　　后来姜芷找过邵万千几次，说要告诉他一个秘密。等他做好心理准备决定听的时候，姜芷又反悔了，决定保守住这个秘密。

　　邵万千觉得姜芷脑子有毛病，就再也没搭理过她。

　　毕竟曾经两心相悦过，也就勉勉强强算有一段姐弟恋吧。

　　黎多情好一会儿没有说话，邵万千侧过头看她，发现她已经趴在自己的床沿上睡着了。他推了推黎多情的肩膀，本意是想将她推醒，不料她人没醒，身子一歪，眼看就要躺到地上了。幸亏他眼疾手快，一把揪住她的衣领，黎多情的脖子软绵绵地向后仰去，发出一声如同猪叫一般的鼾声。

　　黎多情身上的病号服松松垮垮的，邵万千稍一用力，她领口的纽扣就被扯开两颗。女孩丰腴白皙的胸口瞬间袒露在他眼前，纯白的内衣，边缘是一圈蕾丝花边，可爱又不失性感。

　　邵万千的呼吸变沉，他忽地坐起身，长腿落地，弯腰将她抱起。他在海上抱过黎多情，知道她有胸有屁股，个子也不矮，体重也还算标准。

邵万千让黎多情躺在自己刚刚躺过的地方，看着她，心里犯愁，觉得违背了他正人君子的行事作风。

"正人君子"这四个字在邵万千脑海里反反复复出现了好几遍后，他半眯起眼睛，视线大大方方地落在黎多情的胸口上，"正人君子"四个字彻底烟消云散。刚刚是他多虑了，他忽然想起来，自己从来都不是正人君子。

大概是躺得不舒服，黎多情劈开腿，想要睡成一个"大"字。小腿一抬一放，一脚踹在了邵万千的裤裆上。

这一脚，踢得是相当有力，邵万千嘴角抽搐，痛得弯下腰。他握住黎多情的脚踝准备扔到一边，睡梦中的黎多情感觉受了束缚，带着一股怨气地猛抽回，再一脚蹬出去。

邵万千闷哼一声，顿时冒出一身冷汗。这一脚简直要把他的灵魂踹出肉体，这小丫头睡个觉翻个身都要使出洪荒之力吗？

他强忍着把她大卸八块的冲动，把她无处安放的小腿扔到一边。

邵万千俯身靠近黎多情，近到可以清晰地感受到她的呼吸，他皱眉侧耳，想从她的呼吸中判断她是否在装睡。半分钟过去了，她的呼吸平稳绵长，是深睡的状态。他用手指捏了捏她尖尖翘翘的小鼻头，也没见她眼皮抖一下，看来不是装的。

"刚刚是谁说不困来着？"

他盘着腿坐在她的身侧，从枕头下面摸出两人的手机。打开黎多情的微信，扫了他的二维码，通过好友验证后关机，再放回去。

黎多情的手机没有密码，他的手机也没有密码。青山奈奈曾说，手机不设密码的人都是奇葩。

那他这算不算大奇葩遇见了小奇葩？

这是他第一次听到身边有人说"奇葩"这两个字。他曾经很纳闷，青山奈奈一个二十岁才开始学说中国话的日本姑娘，怎么会中国话说得比他还要利索。

邵万千考虑过要不要去睡沙发，后来还是直接躺在了黎多情身边，不过他先帮她把衣服的扣子扣好了。万一明早有人在他和黎多情都还未醒的情况下进来，那就说不清道不明了。

可是，三十六岁的他，还是太年轻。年轻到没有多想，在黎多情这个小姑娘身上，往往会发生很多难以预料的事。

● ○ 第六章
我只想知道你是不是喜欢她

　　黎多情的睡相不是很好，除了没翻跟头，剩下能干的基本都干了。三番四次把胳膊抢在邵万千身上就算了，最后竟连自己的枕头都不知道睡到哪里去了，硬生生地把他挤到一边。邵万千不敢和她硬碰硬，黎多情的额头缝了针，他不能让她睡个觉都睡到头破血流。他只好耐着性子一次又一次把她推开，直到他困得实在推不动，就任由她自由发挥了。

　　于是，他们两人醒来时，窗外已是朗朗乾坤，窗内却是众目睽睽。

　　青山奈奈和周暮云，以及周暮云的母亲，也就是邵万千的亲姐姐邵万万，带领着一干医生护士，正用不可思议的表情盯着他们两人。

　　黎多情是被说话声吵醒的，她眯着眼睛看到病房里外三层的人，猛地坐直："干吗？干吗？你们干吗用瞻仰遗体的眼神看着我？"

　　她的脖子有点痛。黎多情揉了揉自己的胸口，眼角不经意瞥到身后有人。猛地一回头，看到邵万千愁眉不展，她当即"啊"地叫了一声："你是谁？"

　　这个问题问得好，问得邵万千整个人都僵住了。周暮云也愣了一秒，青山奈奈礼貌地请教身边的医生："她有可能失忆吗？"

　　逢车祸就失忆，这是电视剧里才有的情节。如果人能这么轻易就失忆，黎多情早就出去碰瓷了！失忆的人太幸福了，两耳不闻窗外事，事不关己高高挂起，简直就是她的理想生活。

可她没失忆啊！黎多情飞快地拍了拍嘴巴："不、不对，我一紧张说错话了，我是想问，你、你怎么在这儿？"

"我应该在哪儿？"邵万千伸了个懒腰，发现自己现在浑身上下，除了伤口不疼，其他哪里都疼，都是被她折腾的。尤其是胸口，不知道她到底把他的胸膛当枕头睡了多久。

"不对。"黎多情慌乱地揉了揉脸颊，又问，"应该是，我、我为什么会在这里？"

邵万千不屑地笑了一声，下床推开窗，从烟盒里抽出一支香烟咬在唇间："因为我善良。"

说完，他留下一屋子茫然的人，径自走进洗手间，"砰"的一声关上了门。

黎多情尴尬地苦笑，看着周暮云的眼睛有些躲闪："真、真不是我自己爬上来的，我可不是那种为了攀高枝不择手段的人……"

她磨磨蹭蹭地下了床，走到周暮云的面前，垂着头说："我还要打针，先回去了。"说完她还兀自点点头，"一会儿见。"

"不一定，我没说过要见你。"擦肩而过时，周暮云特别不给面子地开口。

黎多情继续点头："不见拉倒。"

黎多情走后没多久，周暮云的母亲邵万万将周暮云叫到门外，走廊上早已没有了黎多情的影子。

邵万万年纪比青山奈奈还要年长不少，但她身上没有青山奈奈的那股精明压迫感。毕竟她不是商人，只是一个出身不错的千金，嫁给了商界大亨，小半生都在相夫教子，连穿着打扮相较于青山奈奈也显得随意许多，一身缥缈的中式长裙将她衬得温婉大气。她手中拿着一个绿色刺绣小包，此时也被郑重地放在走廊的窗台上。她目光平和地望着自己的儿子："这个女孩子就是你推掉你父亲为你介绍的梁氏千金的原因吧？"

周暮云双手插进口袋，黑色的衬衫，黑色的西裤，让他看起来挺拔而孤傲："我没说过。"

"你是我身上掉下来的肉，有些话你不用说，我从你的眼神里就已经看出来你在想什么。"她说，"刚刚你看到她睡在你舅舅身上的时候，脸侧的青筋都暴出来了。以我对你的了解，换作别的女孩子，哪怕被你撞见一丝不挂地趴在你舅舅身上，你也不会有反应。"

"所以呢？"他不想与母亲争辩对与错，至少养育他这二十几年，她从没犯过错。

"你知道妈妈并不在意你选的女朋友是什么样的出身，性格好坏，漂亮与否。"

"可是父亲在意。"他打断。

"也不是绝对，他只是担心与你身份不对等的女孩子对你不是真心的。"

他点点头："那你们为什么从来没有为舅舅担心过这件事？"

"因为你对情感的认知比他更单纯。如果你也是十几岁就带着女孩子到处跑的男孩子，或者你经历过不同层次、身份的女孩子，我们也不会怀疑你对感情和人品的基本认知。"

"说白了，你们还是要干预我的感情生活。"

邵万万觉得自己的苦口婆心会令儿子反感，决定长话短说："我不会干预，但我不希望是这个女孩子。"

"为什么？"

"我不希望你跟一个和你舅舅有关的女孩子纠缠在一起，你的女朋友是谁都可以，全世界的女孩子都可以成为周暮云的女朋友。但是你的亲舅舅只有邵万千一个，将来我和你父亲不在了，你那些堂兄弟和叔叔都是靠不住的，大把人觊觎周家的产业，而你舅舅绝不会。"她用细腻温热的双手握住他的手，说，"不要有侥幸心理，万一呢，你是选舅舅，还是选她？你知道舅舅待你多好，如果没有他，就没有现在的你。"

邵万万听到邵万千的声音，便先回到病房，留下周暮云一个人在走廊上吹风。

他是欠邵万千一条命的。周暮云十岁那年经历过一场恐怖的火灾，他和外婆被困在没有窗的阁楼里奄奄一息地等死,是邵万千凭着一腔孤勇冲进火场。当时他和外婆都濒临死亡,邵万千只能背走一个。最后,他选择背走周暮云,放弃了自己的母亲。

很多人说邵万千很浑,殊不知他的浑,都是外婆惯出来、宠出来的。如果可以,邵万千一定愿意用自己的命换她的命,可他要活着,还要把周暮云带出火场。正因为他深爱自己的母亲,明白如果她当时还有力气开口,也一定会把活下去的机会留给自己的外孙。

换作以前,他不会相信邵万千跟黎多情这样的倒霉蛋会有什么瓜葛,但刚刚的画面确实吓到他了。

邵万千是绝对不会让一个不是他女朋友的人,躺在他身上睡觉的。

可话说回来,似乎也是母亲敏感,周暮云并不觉得自己多喜欢黎多情。最多就是觉得她有那么一点特别,也许是特别蠢之类的。

他在门外一直站到病房里的人陆续离开,青山奈奈临走时对他招了招手:"别忘了明天要跟我去日本。"

他点点头:"不会忘。"

看到青山奈奈得意又精明的笑容,周暮云忽然感觉自己很幸运,幸运到不需要爱情了。如今他所拥有的一切,都没用上他父亲的一分一毫,全是青山奈奈成全的。用青山奈奈的话说,世界上哪有那么多真正的白手起家,更多的是财富继承财富,财富生出财富,他只要不把她交给他的一切挥霍掉,就称得上是成功了。

周暮云走进病房,看到邵万千正在扒果篮里的山竹,掰开后凑到嘴边一挤。他鼓着腮帮转身,看到周暮云一点声音都没有地出现,忍不住愣了一下,含混不清地说:"你怎么还不走?在这儿干吗?我又没死,留着守孝吗?"邵万千又掏出一个山竹,掰开后送到周暮云嘴边,"来,暮云外甥,舅舅喂你吃甜甜的山竹。"

周暮云面无表情地推开,开门见山地问:"为什么要封锁陈潇被打的新闻?"

邵万千将山竹塞进自己嘴里,不屑地说:"我不想自己的名字跟她的名字一起挂在头条上。"

"那你的钱白花了，你的名字还是和她一起上了头条，但是黎多情的名字没有。那么多记者拍到了现场，现在却连一张她的照片都没有。"

邵万千不耐烦地皱眉："还有这种事？谁办的？你吧，不是你吗？我不是让你办吗？"

"你只让我按住陈潇，没有让我按住媒体。"

"我让你按住她也没毛病，我们都知道她为什么这样做，无非是新戏要上线，无耻地炒作。这种不要脸的行为，难道不应该制止吗？你就让你公司的艺人用这种方式在娱乐圈兴风作浪？"

周暮云冷冷地说："你什么时候这么关心娱乐圈的事情了？你在转移话题，还当我是当初被你用一块糖就骗得团团转的傻小子吗？"

邵万千扔掉手里的山竹皮，抽出两张纸巾擦嘴和擦手，极为嫌弃地睨他。

周暮云又问："昨天晚上你特地打电话问我在和黎多情的姨妈谈了什么谈那么久。得知是因为她妹妹的事后，你说的那句'看着不错，可以试试'是什么意思？我问过梦恬恬，她没见过你，那么你只是从走廊的这一端看到另一端站着一个女孩，你就知道还不错吗？"

邵万千的脸色慢慢沉下来，他板起脸时的冷酷无情，实在不输周暮云。邵万千目光冷峻地直逼周暮云："你到底想说什么？从什么时候开始你敢质疑我的决定了？长成青年才俊就可以无视长辈了吗？"

"不敢，你是舅舅。"他说，"我只想知道，你是不是喜欢她。"

"她是谁？"他挑眉。

"黎多情。"

邵万千抬手往周暮云身后一指，铿锵有力地送他一个简单明了的字："滚。"

"你不否认，就是承认，看来你真的很像外公。"他挑了挑嘴角，"都喜欢老牛吃嫩草。"

不用邵万千说第二个"滚"字，他就自行离开了。

邵万千本来是有些饿的，早餐还没送到，被周暮云这么一气，顿时饱了。

他一直以为自己在周暮云眼里是高大伟岸如同神一样的存在，没想到他眼里的自己如此没品位。他不会喜欢黎多情这种麻烦精。是生活太过平淡了，或是日子过得太闲散，让他有时间跟这种除了好之外一无是处的女孩子恋爱。

帮她，无非是他预感到如果不帮，她最终走投无路的时候，还是会哭着嚷着来搅和自己帮她。他是在减少自己的麻烦。

如此单纯而已。

他拿起手机给青山奈奈发了一条信息："暮云晚熟，找医生给他看看。"

青山奈奈回复了两个问号。

邵万千："开始叛逆了。"

青山奈奈："怎么，离家出走了？"

邵万千："犟嘴。"

青山奈奈："不用医生，多半是欠揍，先打一顿看看效果。"

出院当天。

黎多情依依不舍地看着自己的高级病床，一点也不想离开。

虽然说住院如坐牢，每天无所事事，打针、睡觉、吃饭、看电视，可她这等咸鱼贫民的理想生活就是躺和吃啊！

姨妈每天来送饭的时候都会说，多吃一点才能好得快，这样晚上才能回去帮她干活，在这个家里不能只吃饭不干活。

黎多情心里有十万个不服气，她住院这段时间，可从来没吃过一顿姨妈送的饭，姨妈送来的东西都被邵万千吃了。

她每天早中晚三顿准时准点地拿着小饭盒去找邵万千。不能总是白吃人家的东西啊，所以她决定交换，一盒换一盒。

一开始邵万千是拒绝的，架不住她软磨硬泡，结结巴巴、滔滔不绝地给他讲起粗茶淡饭的好处，一来二去的邵万千也就同意了。况且她姨妈做饭还挺好吃的，只是没他家里送的花样多高级而已。

黎多情整理好病床，简单收拾了一下，发现自己的全部行李就是三个小碗、一把陶瓷小勺，都是姨妈带来的。她向护士要了一个塑料袋，将它们叮叮当当地装进去，一路拎着去找邵万千。走到门口，发现他居然也在收拾行李。

　　她低头看看自己手里红彤彤的丑陋塑料袋，不禁撇嘴。大款就是大款，同样在医院里躺着，她出院的时候穿的是入院那一身，还要带碗回家。而他，一个真皮行李袋，左一套睡衣右一套睡衣，叠得整整齐齐。脚上穿着蓝色的英伦皮鞋，恶搞款的高筒袜，身上穿着破洞白色牛仔九分裤，上身是橙色 T 恤，背上还背着一件烟灰色衬衫，衣袖绕过脖颈在胸前打了个十分简单的结。

　　"叔，你这是出了院，准备直接去给杂志拍封面吗？"黎多情甩着塑料袋，伴随着"叮当"声走过去。

　　邵万千今早的心情似乎不是很好，他懒洋洋地抬了抬眼皮："滚。"

　　"我对你的滚已、已经免疫了，你每天让我滚一百遍！"

　　"那你为什么还不滚，听不懂人话吗？"

　　"懂啊！"她一屁股坐在床上，"但你让我滚我就滚，那显、显得我多没面子，我让你滚，你怎么不滚呢？"

　　一大清早就来抬杠，邵万千瞥了一眼她手里的塑料袋，面无表情地说："你没让我滚过，你让我滚个试试？"

　　"滚。"她学他平时嫌弃的样子说，本以为会有什么高端的抬杠等着自己接招，没想到他皮笑肉不笑地挑起嘴角："好。"

　　说完，他利落到底地将行李袋的拉链拉好，拎起来就往外走。

　　"嗯？"黎多情一头雾水，他这是什么套路？怎么不按常理出牌？

　　她拎着塑料袋追出去，跟在他旁边大步流星地走着："叔，你这么着急干什么去啊？你今天不吃早餐了啊，你家里人送饭了吗？"

　　"不吃了，我赶着去相亲。听说我爸昨天把暮云当成了我，他脑子的病越来越严重，他想抱孙子，我要抓紧。"

　　黎多情越听，眼睛瞪得越大。他话音落下，她就一胳膊抢在他胸口，挡住他的去路："你、你这个人，怎么出尔反尔呢？不是说好不、不结婚的吗？我白给你当枪使啦？我帮你摆平了陈潇还帮你摆平了前前女友的纠缠，我这么辛、辛苦地帮助你，你自己怎么不知道珍惜单身的机会呢？"

邵万千皱眉："这话听起来怎么那么不要脸呢？"

"这话说得好像我以前多要脸似的。"她一把抢过他的行李袋，挎在自己的胳膊上，"我是不会让你去相亲的，你死了这条心吧！再、再说君子一言，驷马难追，你前天都对、对天发过誓要继续将你钻石王老五的形象发扬光大，当一个谁也配不上的知名老光棍！"

邵万千"哼"了一声："我怎么记得是你强行举着我的手指对着灯泡，还无耻地以我女儿的名义替我宣誓的呢？你现在真是撒得一手好谎。"

"过程不重要，重要的是结果。"她左手挎着行李袋，右手抓着塑料袋，还要挽住他的胳膊，那几个小瓷碗随着两人的步伐在邵万千的肚子上撞得"当当"响，"叔，我觉得，你这个人的性格跟我妈很像，都挺不着调啊！不对，都挺特、特立独行潇洒自在的，你现在年纪轻轻就被婚姻束缚，肯定会很难受的，有了老婆你就不、不能出去野了，回家晚了是要跪洗衣板的！手机里的小妹妹都是定时炸弹，说不定哪一天，'砰'的一声，就、就爆炸了！你就适合当光棍，真的。"

"先把你这个破塑料袋给我拿走。"邵万千说。

"我就两只手，还能往哪里拿？"她一点听话的意思都没有。

路过护士站的时候，黎多情被小护士叫住："黎多情小姐，这个要签一下字。"

黎多情只能暂且放他一马，飞快地签好名字，然后继续挽住他的胳膊，塑料袋里的小碗继续敲在他的肚子上："别相亲了呗，叔，我请你吃早餐，你再考虑考虑。"

"不去。"他不假思索地拒绝。

"可是我饿了，我胃疼。按时吃饭才能有个好身体，虽然我不希望你结婚，但我还是衷心祝福你长命百岁啊！"

她就这样连哄带骗地将邵万千带进了医院外面的包子铺。

黎多情出院的时候没人接，她觉得这是正常的，毕竟这段时间姨妈白天医院家里两边跑，夜里还要开店，等到她出院，终于不用送饭了，才不会来接她。用姨妈的话说，好好的一个人还走不回家啊？要不是医院的饭难吃又贵，姨妈也不会来送饭。

但邵万千也没人接，这就不正常了，毕竟人家是有钱人家的大少爷，有点排面、有点气场都是应该的。她点了两笼小笼包，又要了两碗绿豆粥，和他面对面地坐好，她好奇地问："你家里人呢，怎么没人来接你呢？"

"我这么大一个人，会找不到家吗？"

"我姨妈也、也这么说我的，你们中年人的想法还挺统一的。"她意识到自己的说法不太妥当，又改了口，"中青年、中青年……"

医院门口的早餐店，味道不能指望有多好，凑合着吃。邵万千觉得不好吃，只吃了两口粥。黎多情吃了一笼包子和一碗粥，准备付钱的时候，邵万千按住了她的手，然后自己掏出五十块钱按在桌子上。

"吃女人的饭很丢脸吗？"她问，"我请、请你一顿也没什么的。"

"严格意义上来说，你在我眼里算不上女人。"

黎多情在桌角抽出两张纸巾擦嘴，边擦边说："算你女儿吗？"

邵万千将头撇向别处，特别无奈地笑了笑。

虽然这个小姑娘无理取闹的时候令他咬牙切齿，但有的时候也挺可爱的。看得出来她跟白以飒是好闺蜜，都是一面自以为是地耍机灵，一面又单纯天真得不像这个年纪的女孩子。

吃完早餐后，邵万千要去停车场开车。昨天晚上青山奈奈就已经让司机把车停过来，留下钥匙，并告诉了他位置，在南停车场。

南停车场在住院部的后面，黎多情很不情愿地跟在后面："回去扣你家司机的钱啊，不、不知道主子刚刚满血复活，还让他走这么远的路来提车。"

"是你非要拉着我去吃饭的，本来不远。"

终于到达南停车场后，邵万千忽然停下脚步，黎多情一脸茫然地停住，四下张望，没发现什么突发情况："怎么了，有埋伏？"

"你跟着我干什么？"他问，"你不是发了毒誓以后再也不坐我的车了吗？大难不死又嫌命长了？"

"不是。"她觉得这里有点晒，用手掌遮住额头，苦着脸看他，"我拿手机啊，你不是说我手机被你忘在车里了吗？"

"我说过吗？"

黎多情狐疑地瞪了他半晌，医生会不会误诊了，其实是他失忆了？"你说过的，就、就我们刚出事故住进来那天，我找你要手机，你说逃命的时候没想着拿手机。"

邵万千思考片刻，好像是有那么一回事，他从容地从自己的裤子口袋里拿出她的粉色手机递给她。黎多情一把抢过来，小孩子一样"哼"了一声："总耍我……"

她点亮屏幕，屏保被换了，换成了她单脚踩着椅子，捧着汤碗喝汤的侧颜照片，松松垮垮的病号服将她衬得好似得了不治之症："你偷拍我？用我的手机拍的，我怎么没看到你拿我的手机？"

"用我自己的手机，光明正大拍的。"

"你拍得我像五十多岁的大妈。"

"女人啊……"他轻轻地摇头，"总把自己照片丑陋的原因归咎于相机。"

黎多情注意到电量是满格，她清楚地记得那天她出门去找周暮云的时候，手机只剩百分之三十电，她觉得一去一回时间不长，就没带充电宝。看来邵万千还特地帮她的手机充满了电。

"我可以走了吗，烦人精？"

烦人精黎多情点了点头，跟他挥挥手，算是告别。转身走两步又小跑回来，堵住他的路："叔，咱们互相留个电话吧，万一我以后有事找你呢？"

邵万千微微歪头，一脸的不耐烦："你哪来那么多的事儿，就不能老老实实过日子吗？"

"可能我命中注定有两次大波折吧！"黎多情笑嘻嘻地搂住他的胳膊，"叔、叔叔，邵叔叔，留一个呗！"

"大声点，如果你叫破喉咙的话，我可能会考虑一下。"他戏谑地笑着。

这句话勾起黎多情心中一段不太愉快的记忆，让她想起自己被晒成咸鱼的可怕回忆。现在想想，她的脸上还火辣辣地疼，她一把揪住他垂在胸口的衬衫袖，作势就要把他勒死。

"你个大骗子，上回我就是听了你的鬼，鬼话，结果我叫破了喉咙，你却把我扔到海里了！"

邵万千从来都不是怜香惜玉的人啊，哪能受得了这样被她欺负，直接把她抱起来摔在汽车的引擎盖子上，按住她的大腿死活不让她下来。

"烫、烫、烫屁股！"黎多情张牙舞爪地大叫着。

过了好半天，他才松手："再闹就脱你一层皮。"

停车场外的主道上，一辆黑色奔驰缓缓驶过，周暮云坐在后排，漠然地看着远处的一切："回邵宅吧，我累了。"

邵万千到底没有跟她交换手机号码，黎多情撇着嘴，目送他开着豪车缓缓驶出停车场，路过她身边的时候还得意地鸣了两声笛。

鸣笛是真的，得意是她自己臆想的。

此时此刻她要做的第一件事，就是把自己那张丑陋的屏保换掉。她打开相册，选了一张之前下载的卡通壁纸换好后，忽然想起一件事：他是怎么把他手机拍的照片换成自己的手机屏保的？

这么多天没用手机，微信里应该很多条未读消息，可她打开以后，居然空荡荡的。她正疑惑时，微信弹出一条语音消息，名字只有一个大写的英文字母"S"，头像是一个铃铛，就是那种绑在狗脖子上的铃铛。

黎多情不记得自己有这个好友，点开消息，她将手机放在耳边，意外地听到邵万千的声音："忘记告诉你了，关于你上次说的，如果夜市拆迁重建，可不可以给你们留一个最靠近原来铺位的位置，我仔细考虑过了，不可以。除了商场和写字楼，街边的店铺都是拿来卖的，除非你能买下来。"

黎多情只用了几秒钟的时间来心疼自己的钱包，转念一想，这个心疼实属多余，她压根买不起，疼都没地方疼。

至于姨妈有没有钱买，她相信就算姨妈有那么一点点存款，也是舍不得拿出来的。一来是姨妈要给恬恬存一点嫁妆；二来，按着邵万千的说法，夜市和其相邻的几条街拆掉以后，是要建购物中心和写字楼的，并且要将整条街规划成百年文化风情街，到时房价要比现在翻几倍。姨妈那点存款，拿出来买个火锅店是不够的，买个包子铺恐怕还得掂量掂量。

　　所谓造化弄人，上天从我们手上夺走的，往往都是我们最不想放手的。

　　她按下录音键，给邵万千回消息："你明知道我买不起，你是故意气、气我的吗？"说完她想了想，又补充一句，"你什么时候加了我的微信？你偷偷地对我的手机做、做过什么见不得人的事？"

　　邵万千没有回她消息。黎多情并不意外，他看起来就不像一个喜欢陪别人聊微信的人，兴许排队等他回信息的漂亮姑娘很多，他一转头就会把她这个烦人精抛诸脑后了。

　　黎多情一个人顶着炙热的太阳，慢吞吞地晃到了公交车站。白以飒的电话打来时，她正对照着站牌找回家的公交车。

　　"你在哪儿呢？"白以飒劈头盖脸地问，"病房怎么人去楼空了？"

　　"什么人去楼空？我什么时候有、有过楼啊，我连个床板子都没有好不好？"

　　"你不是今天出院吗，人呢？"

　　"在医院外面啊……公交站。"

　　"你给我回来！"白以飒气吞山河地对她吼道。

　　黎多情吓一跳，一脸的莫名其妙："回去干吗？"

　　"我来接你出院啊！"

　　"你不是去 G 市相亲了吗？"

　　"为了接你出院，我才特地提前飞回来的，所以我限你三分钟给我回到病房！"

　　黎多情觉得太阳晒得人发慌，不想来回走，干脆拒绝："不回，你来公交站。"

"不去，你回来！"

黎多情气得鼻孔都大了两圈，一路掐着腰大步流星地走回医院，直奔向住院部。

白以飒穿了一身花里胡哨的长裙，头发烫得跟《哈利·波特》里的赫敏一样，戴着一个夸张的太阳镜，趴在护士站和小护士聊天。

"这位花、花蝴蝶大姐，您点的漂亮外卖送到了，麻烦签收一下啊！"黎多情将手里的红塑料袋放到护士站的大理石台上，一只手扶着台面，另一只手拉过白以飒的一缕卷发放在眼前仔细研究。

白以飒拍掉她的手，然后从行李箱后面拿出一捧百合推到黎多情怀里，又从随身携带的香奈儿包包里拿出一串珠子，不由分说挂在她脖子上："你拎个破袋子干吗？出院是好事，怎么也要有点排面，鲜花必不可少。这个，我特地在 G 市请回来给你保平安的。戴上它，医院里的妖魔鬼怪都不敢跟着你，保证你这辈子毫发无损，连剪指甲都费劲！"

"可是我都出院了啊！"黎多情拿起珠子看了看，一点也看不出门道，"这玩意准不准啊？你什么时候还封建迷信起来了？"

白以飒拉起行李箱，一把抓起她的破塑料袋，肩抵着肩，将她推向电梯："出过怎么了，咱这不是重出了一遍吗？刚刚那个不算数！"

"以飒，这个法力无边的珠子不用一直戴着吧，我怎么瞅着我戴上后像沙僧呢？"

"先戴两天意思意思吧，让它认认主。"

"哦。"黎多情还想问问，白以飒花了多少钱请的这个珠子，贵不贵，主要是掉色不……

圣诞节前夕。

不得不说白以飒的那串珠子果然法力无边，多亏了这串珠子，她这几个月过得格外安稳。

夜市已经进入拆迁阶段，很多商户陆陆续续搬走，加上天寒地冻，夏夜的热闹早已不复存在。

姨妈在中心商城四楼的餐饮店找了一份切配菜的工作，一个月三千五百块钱，早十点到晚十点，中午也要在店里休息。辛苦倒不是多辛苦，只是自由的时间少了许多。

黎多情在招聘网上找了一份销售的工作，上班的地点也在中心商城附近，朝九晚五。偶尔加班的时候，她就去商场等姨妈下班，然后一起吃个消夜再回家。

这份工作来之不易，一开始黎多情是打算跟朋友们一起做平面模特，可是姨妈并不是很看好这份工作，总觉得是在吃青春饭。虽然她家恬恬也在吃这碗饭，可好歹恬恬已经进娱乐圈里了，而且她死活也管不了，因为恬恬不听她的。

姨妈觉得黎多情应该干一份直到五十岁也可以靠本事吃饭的工作，还给她描绘了一番五十岁膝下无子、孤苦无依的单身生活。

黎多情顺着姨妈的话一联想，那简直太惨了，那是连喝粥都舍不得放米的生活啊！当时她没有细究自己明明前程美好为什么会落入那般窘境，只觉得姨妈说得对。

她和很多乖宝宝一样，无条件地相信自己的长辈是世界上最对的人。

黎多情的长相是没有问题的，学习能力也是没问题的，唯一的问题就是她结巴。

姨妈说，这样别说工作了，就是找对象都成问题，先去看看口吃吧！

黎多情气坏了，为此还和姨妈大打出手，负气得两顿饭都没吃。

黎多情怨姨妈，既然舍得给自己治病，为什么不早点治，要她结巴这么多年？这都结巴习惯了，万一改不回来怎么办？

姨妈却说，因为她总觉得黎多情自己能好起来。

黎多情的口吃是心理问题，所以要心理医生来治。众所周知，看心理医生是很烧钱的，这是黎多情长这么大花得最多的钱。因为花的钱太多了，姨妈说，把给她准备的嫁妆都拿出来花掉了。

为此，黎多情又跟姨妈大打出手，她坚持认为，羊毛不能出在羊身上。

姨妈却说："你还敢反对！羊和羊毛都是我，和你有什么关系？"

黎多情觉得姨妈说得有道理，这一仗，暂且算姨妈赢。

值得庆幸的是，治疗非常有成效，黎多情的口吃本就不严重，现在很少会有结巴的时候了。

但有一点让她沮丧，就连白以飒也跟着沮丧了一下。因为原本黎多情的计划是，等遇到一个绝世好男人，那个男人会用真爱慢慢地平复她内心的创伤，也许她的口吃就治愈了。真是浪漫又省钱的好方法，可是这个想法已经被姨妈的人民币终结了。

最开始黎多情找了一个文职工作，后来她发现，这个职位太过安静，不适合她，她需要一个展现自己流利口才的工作，于是换成了如今的销售。

第七章 ● ○
收起你那一文不值的优越感

晚上八点半，黎多情正对着电脑上的表格发呆，马上就到月底了，这月的业绩怕是又要垫底。

白以飒安慰她不要难过，虽然开始这几个月垫底很伤自尊，但以后，等她习惯垫底，就不会难过了。

手机在桌上发出"嗡嗡"的振动声，黎多情翻开层层叠叠的文件，找到手机，看到屏幕上的名字，不由得一愣，随即接听："嗨。"

"嗨得没精打采，你在加班吗？"

"对，你呢？"

"我？"对方顿了一下，"刚把你妹妹训了一顿。"

"你动手我也可以理解的，不要打脸就好了。"她笑笑说。

"你明天还要加班吗？有没有空一起吃饭？"

黎多情眉头皱起，将电话拿离耳边，放在眼前仔细看了看，确定对方是周暮云，便问："就咱们两个？"

"不然呢？"

"那多没劲啊，你又不爱说话，往那儿一坐就像兵马俑似的。叫上以飒吧，等下你给她打电话，你们约好地点告诉我就好。"

周暮云在电话那边沉默了很久，才答了一个"嗯"字："你怎么不结巴了？"

黎多情笑嘻嘻地反问："惊不惊喜，意不意外？"

又是过了很久，周暮云回了一个"嗯"。

挂断电话，黎多情看了眼电脑上的时间，觉得没什么头绪，干脆下班。

她从办公桌下的柜子里掏出棉被一样的羽绒服，挎上包包，走到打卡机旁边去打卡。

"多情，你要下班啦？"办公室的角落里传来同事慧慧的声音。

"嗯，下班了。"

"等等！多情，我刚收到信息，我男朋友胃出血进了医院。我这里有两个表格要处理一下，明早要交，你帮我处理一下好不好？我已经做好一部分了，最多四十分钟就搞定！"

这个办公室里，加上经理，一共六个人，没一个能让她喜欢的。黎多情实在想不明白，同样是吃白米饭长大，她们的心眼怎么就长得那么不健全？

黎多情故意抬手看了看手腕："哎呀，恐怕不行，你等下发我邮箱吧，我晚上回家帮你弄，我现在要赶着去接小朋友。"

"你不是没结婚吗？"

"去接阿姨家的，今天不是平安夜嘛，她跟学校去商场参加表演了。她爸妈出差，我这几天都要接的。"

"哦，那好吧，那你夜里记得帮我做哦！"

黎多情笑着摇了摇手里的钥匙，"哗啦啦"作响："拜拜。"

这是她来这里上班的第二个月，还差六天就是两个月整，但这已经是慧慧第三十多次叫她帮忙加班了。

今天慧慧男朋友胃出血，前天她妈妈胆囊炎，大前天她爸爸心脏病。这个人为了偷懒把自己家里人浑身上下的器官都诅咒了个遍。

就算黎多情是个软柿子好捏，也不能这么捏啊，这样捏下去迟早会捏烂掉。

刚到公司那会儿，她还指望自己的勤快懂事能换来一点前辈的指点，谁知道指点是没有，但指指点点就有。

原因是黎多情曾坐过一次白以恒的顺风车，加上她确实可能有那么几分漂亮吧，总之那以后别人连开玩笑的语气都是酸的。

当然还有可能是她曾经不小心拿下了一个慧慧谈了很久都没能拿下的客户。

可她也无辜啊，客户喜欢她啊，最后死活就要跟她签单，她也告诉客户自己就是帮他多了解一下市场，签约的事跟之前的客户经理联系就好，客户就是不听呢，总不能不要这个客户吧！

外面又开始下雪了，大街小巷的圣诞节气氛已经非常浓厚，到处都是摇摇摆摆的圣诞老人，圣诞树上挂满了五彩斑斓的小灯。

黎多情爱死了这里的冬天，她喜欢穿厚厚的衣服，喜欢在雪地里打滚，也喜欢滑雪。

滑雪是白以飒教她的，不过通常白以飒是去国外滑雪，而她就在本地随便滑一下。

步行到姨妈上班的地方要十五分钟，虽然穿着高跟鞋，但她一样可以来去如风。

因为太冷，黎多情在路边买了两个烤红薯，一个口袋里放一个，暖融融又美滋滋，一路打着滑溜往中心商城走去。

途经一段下坡路，沿路有几家生意特别火爆的音乐烧烤吧，透过玻璃可以看到里面人声鼎沸。黎多情光顾着看热闹，一个不留神，脚丫子就踩起了凌波微步，最终"扑通"一声摔在其中一家烤吧的门前，身体还十分不甘心地往前滑了一米多。

冰上飘着小雪，那是最为致命的，比厚重的大雪还可怕。

她当即就感觉自己好似失去了下半身，差点以为从此以后只能靠轮椅坚强地度过下半生了。

她侧身躺在地上，龇牙咧嘴地捂着自己的屁股，大口大口地呼气。

随着音乐烧烤吧的大门被推开，有几个人三五成群地走出来，一双锃亮的黑皮鞋缓步走到她面前，充满戏谑的熟悉声音从空中落下："你躺这儿要饭呢？要饭的钵忘带了吧？"

黎多情气愤地抬眸，白眼仁露了一大半，看着就像冤死索命的女鬼似的："大过年的你能不能说点好听的？几个月没见你，你一点长进都没有，还像个正经叔叔吗？"

邵万千不屑地轻笑，抓着黎多情羽绒服的衣领将她从地面提起来。也不知道她在马路上乱跑了多久，她的小鼻子冻得通红，眼睛也被风吹得眼泪汪汪，看起来楚楚可怜。

虽然很疼，但黎多情知道自己没有伤筋动骨，不然真是一点都不敢动。

几个月不见，邵万千除了穿得多了点，从肉眼上看一点变化都没有。

"你看看自己哪里摔坏了没？"他问。

黎多情摸摸胳膊，摸摸腿，忽然想起自己羽绒服的口袋里有烤红薯，赶快拿出来一看，果然，它们已经被她庞大的身躯压烂了！

她哆哆嗦嗦地从兜里摸出一个小塑料口袋，里面是烂掉的红薯，还有一小部分从塑料袋里挤了出来。

红薯死得相当壮烈。

"好好的一个小姑娘，走路兜里揣一袋屎，你什么毛病？"邵万千一脸嫌弃，嘴角不由自主地抽动了一下。他抓着黎多情的手腕用力地往外甩，把红薯甩掉后，伸手进口袋里摸纸巾，没摸到，干脆摘下自己的名牌围巾包在她手上，帮她粗鲁地擦起来。

黎多情一把抢过邵万千的围巾，像疯子一样拿着围巾往他脸上糊："这屎可香了，你尝尝啊！叔，你快尝尝！"

邵万千的同伴在不远处叫他，他三两下将她的双手反剪，低头在她耳边说："几个月没见，你也一点长进都没有，不懂礼貌，而且闹起来没完没了。"

"别说几个月了，即使我出走半生，回来仍是少年！"她不服气地狡辩。

邵万千轻轻耸耸肩，将她从自己身边推开，稍稍整理了一下大衣，挑起嘴角坏笑："出走半辈子回来还是少年，那你可真是一点长进都没有。"

黎多情恶狠狠地竖起一根手指，直指马路边："快走，你个渣男叔叔！"

邵万千自然不在意她用"渣男"这两个字来评价自己。反正她不是第一个这样说的人，当然，也不会是最后一个。

黎多情将围巾递给他，不等送到他面前，他就翻着白眼侧身躲开了："扔掉。"

黎多情"哼"了一声，敷衍地对他挥手告别，她抓着这条无论是看起来还是摸起来都价值不菲的羊毛围巾看了半天，决定不听他的。这围巾洗洗还能用，再不济也能改成两副鞋垫。

第二天早上，下了一夜的小雪终于停了，窗外白皑皑的一片，姨妈做好了饭，窝在椅子里织毛衣。

黎多情裹着毛毯，打着哈欠走到窗户前把窗户打开。积在阳台上的细碎小雪花随着冬日的冷风一股脑地涌进屋子里，她侧身站到一旁，给风雪让路。这是她每天早上都会做的事，开窗放风，换换空气。

她将自己裹得像个粽子，然后在姨妈的对面坐下来。她感觉脚下冷嗖嗖的，干脆蜷起膝盖将一双赤裸的小脚也放在椅子上。然后伸手拉过汤碗，给自己盛出一碗，用勺子敲敲碗边，对姨妈说道："你先吃饭吧，一会儿还要上班呢，别织那个破玩意了！"

"什么叫破玩意，你知道我这纯羊毛的毛线多少钱买的吗？"姨妈瞪了她一眼，感觉有些冷，打了个寒战，"你把窗户给我关上，开一会儿就行了，还真想将暖气房改冷库？"

"我才开了几秒啊，你觉得冷就多穿衣服呗！"黎多情含着一口汤，烫得舌头都打不开卷，最后她还是放下汤碗，走到窗户前将窗关好，"你这人活得真矛盾，不开窗吧，你说空气不好容易生病，开窗吧，你又怕冷，真惹不起。我又不是看门大爷，愿意整天跟窗户、大门较劲。"

"你爱开不开，爱关不关，我要是感冒发烧你也跑不掉。"姨妈"哼"了一声。

黎多情打了个哆嗦，继续坐下喝汤："不，你不可以生病，你一定要长命百岁，身体倍儿棒，吃嘛嘛香，话你随便乱说，病你一个都不要得。"

姨妈放下毛线团得意地笑笑："算你有良心，还知道心疼你姨妈我。"

黎多情挤了个十分难看的假笑给姨妈，说："你身体倍儿棒吃嘛嘛香还能伺候伺候我，你要是生病了，我天天上班干活，下班回来还要伺候你，做饭、洗衣服、擦地，完了还要喂你吃药、给你倒水，太遭罪了。"

"怎么不把你懒死呢？"

黎多情撇撇嘴，心里默默地反驳，她还真没见过谁是懒死的。"都说了你不要织那个破毛裤了，梦恬恬根本不会穿，她穿个丝袜都算给你面子了，你还指望她穿毛裤？"

"你都能穿她有什么不能的？万一哪天想穿，总得有吧？"

"去年不是织了吗？这东西也不是纸糊的，还能穿一年就坏啊？再说她一年最多穿一回。"黎多情顿了一下，觉得自己说错了，梦恬恬应该一回都不会穿，"你给我织个呗，你看我那个，毛都快磨没了……"

"我都织一半了，你怎么不早说你想要呢？还得拆，我们恬恬腿多长，你腿才多长……"姨妈没好气地瞪她一眼，拿起半个馒头，就像咬冤家似的放进嘴里，"你一说我就想起来，多情，你是穿毛裤还是吃毛裤？你瞅瞅你那毛裤被磨成什么样了，再说这都什么天了，你还穿毛裤，你以为你是梦恬恬呢，大雪天光着屁股？这个时候你应该穿棉裤了，你知道吗？"

说着姨妈激动地站了起来，直奔向她的衣柜，然后拉开柜子，扯出一条松松垮垮搭在柜子边缘的毛裤，恨铁不成钢地指着她，咬牙道："你就嘚瑟吧，等你到了我这个年纪，你就得坐轮椅！"

黎多情不理她，一口气将整碗汤喝光。她要是在姨妈这个年纪坐轮椅，那梦恬恬岂不是都活不到姨妈现在的年纪？

姨妈强行没收了她的毛线裤，翻出她的棉裤扔到床上："穿这个，怎么不冻死你呢？再让我发现你穿毛裤在外面走，看我不把你扒光了然后扔外面！"

于是，在圣诞节这天，别的年轻女孩恨不得把夏天的背心和短裙穿出去玩的热闹日子里，黎多情穿上了又丑又暖的姨妈牌笨棉裤。

所谓笨棉裤，就是自己剪裁，自己塞棉花，以及自己缝制。

黎多情不爱穿这个东西。总觉得自己穿上这东西，再搭一件红棉袄，配两条麻花辫，送进村里就是村花代表了。

好在姨妈给她做这条棉裤时，已经考虑到她是一个二十岁正值貌美年华以及将要找对象和嫁人的大姑娘。因此，这条笨棉裤，比起她小时候穿的那些笨棉裤，已经轻巧许多了。

"你看，穿上这个后，我外面的西裤扣子都扣不上了！"

"你不会吸口气？"

会，吸气她当然会，把自己憋得脸红脖子粗后，她终于把扣子扣上了。

黎多情站在镜子前左照右照，怎么看都觉得这双臃肿的大腿和她脚上精致的高跟短靴不和谐。她硬着头皮出门，一股强劲的冷风吹来，除了鼻子酸了一下，居然一点都不觉得冷。

看来"不听老人言，吃亏在眼前"这句话是对的，该穿棉裤的时候，还是不要一意孤行了。

由于圣诞节的缘故，路上的行人显得特别多，公交也比平时拥挤，黎多情踩着点进公司，围巾都来不及摘，就匆匆忙忙地跑到打卡机那里按手指。

"多情，快快快，快把昨晚你帮我整理的表格发给我，上面等着审。"同事慧慧显然比她更急。

黎多情当即惊慌地一拍脑门："我对不起你，慧慧，我错了！怎么办、怎么办？我忘记了，我现在做还来得及吗？"

因为黎多情从不食言，所以慧慧没想到她会有这一手，顿时也慌了。两个人正急得直跳脚，就见经理推门进来，对办公室里的人勾了勾手指："开会。"

"完了，我死定了，你害死我了，黎多情！"慧慧偷偷地掐了黎多情一把。

"对不起啊，我真不是故意的，最近脑子浑浑噩噩的，总是忘事情。"嘴上对不起，心里笑嘻嘻。黎多情不疾不徐地走到自己的办公桌前，放下包包，摘掉围巾，脱掉羽绒服，并把围巾和羽绒服卷在一起，塞进桌子下面的柜子里。然后整理了一下白衬衣的衣领和系在领口的丝巾，接着从椅背上拿下日常穿着的灰色西服穿上，最后抱起笔记本电脑，扭着因为穿了棉裤，所以显得格外丰腴的屁股走进会议室。

今天上午的工作内容就只有一项——开会，全公司的大会。通常这种会议都是冗长无味的，各个部门进行工作汇报以及工作规划，然后等待领导下达指示，表扬，批评等。

然而这些事全跟她无关，她只是销售部的一个小职员，领导是没工夫在大会上关注她这种小角色的。

部门经理在总结这个月销售冲刺计划时，点名表扬了慧慧，夸她努力认真，这个月的各项任务指标都领先，还特地夸奖了她整理的资料、做的表格越来越清晰明了，在数据分析上也有独到的见解。

可是，这些大部分是黎多情做的呀！

黎多情一边抠着指甲上的碎钻，一边在心里翻白眼。正好听到领导让慧慧提交昨天交给她准备的两组数据，慧慧的脸色相当难看："那个数据有一点问题。"

"什么问题？什么问题都不要紧，拿上来，我们大家一起分析。我们是一个团队，有问题可以一起面对。"

"不是的，经理。"慧慧幽怨地看向黎多情，"我昨天临时有事，数据没整理出来。"

此时，部门经理的脸色已经比慧慧还要难看三分了。黎多情在电脑上敲下最后几个数字，并将文件保存好后，她举起手腕向经理示意有话要说："数据在我这里。不好意思，经理，昨晚慧慧让我帮忙整理这些，是我没做好，不过我刚刚整理了一下，大致上已经没有问题了。"

她将电脑递过去，抱歉地对经理笑笑。

经理粗略地扫了一眼她的屏幕，觉得没什么问题，再次看向慧慧："上周，我们销售部的慧慧连续几日加班，已经将西南地区市场的一些相关数据整理好了，这对我们接下来入驻西南地区市场将起到至关重要的作用，下面请慧慧为我们阐述一下相关内容。"

慧慧当即一愣，迷茫地看着经理，仿佛对此事全然不知情。

另一位同事杨瑶突然脸红，拍了拍慧慧的手臂："昨天经理让我转告你这事，我忘记说了。"

慧慧的人缘不是很好。虽然她确实有些业务能力，但为人总是偷奸耍滑，一副心机满满的样子，因此大家都不怎么喜欢她。这会儿全是看热闹的，大家都等着好戏上演。

黎多情又举起手，继续不好意思地对经理笑："经理，要不我来吧，上周慧慧在准备展会的内容，工作量很大，我看正好有这个机会接触这些东西，就主动帮她整理了，我对这些数据更了解。"

投影仪的屏幕上已经打开了那个PPT，制作人"慧慧"两个字在此时显得十分刺眼。

为了销售部的名誉，黎多情代替慧慧中规中矩地完成了阐述。

散会后，经理把销售部的几个人带进小会议室，劈头盖脸地教育了慧慧一顿："别以为你业绩不错我就不敢开除你，如果今天不是有黎多情兜住你，你就给我直接走人！"

黎多情正专注地低头抠手指，经理的矛头也指向了她："还有你，黎多情，你是不是工作太闲了？看看你一个月就签了几个客户，你还有时间帮别人干活？"

黎多情一肚子的委屈啊，她在上班时间是没空帮别人干活，但下班的时间都被占用了啊。三天两头地在家熬夜办公，当初高三时她要有这个精神，估计都上北大了。

聪明如她是不会还嘴的。因为她们经理最讨厌的就是别人理由一大堆，所以她必须吃下这个哑巴亏。

回到销售部后，经理被高层叫走，办公室里只剩她们几个人。慧慧默默地走到黎多情的桌子前，拿起黎多情桌上的一本书重重地砸在办公桌上。黎多情正在弯腰整理裤脚，被慧慧吓得猛一抬头，后脑勺撞到桌角上，疼得她龇牙咧嘴，顿时也没了好气："你干什么？"

"黎多情，你也太坏了，看不出来你这人平时故意表现得傻乎乎的，实际上这么有心机。你不想帮我做事你就直说，在背后捅刀子算什么本事？！你要真觉得自己聪明，不如好好去开发客户，算计我你能有什么好处？你就是嫉妒我！"

　　慧慧离得太近，近到让黎多情感觉十分不舒服，她甚至能闻到慧慧混杂着化妆品味道的口气。黎多情下意识地往后退了一步，一只手扶住腰肢，一只手轻轻地点在办公桌面，咬着后槽牙听慧慧发泄完。她强压着自己的愤怒，决定以理服人："第一，我不傻，也不存在故意表现得傻乎乎这回事，是你自以为聪明，所以你看谁都觉得是傻乎乎的；第二，我拿的是公司的薪水，替你工作不是我分内之事，你的工资奖金一分钱也没给过我，不要以为我是新人就任你欺负；第三，我觉得自己挺聪明的，但聪明不一定要用来算计你，是电视剧不好看还是手机不好玩，我闲着吃饱了撑的算计你？第四，你最好照照镜子，看你有什么值得我嫉妒的？你是比我漂亮，还是比我身材好？不就是一个月比我多拿四千块钱吗？我也不是拿不到那四千。出来工作是我选择的一种生活方式，我不像你，需要玩命赚钱去倒贴男朋友。所以，你就收起你那一文不值的优越感吧，我一点都不稀罕。"

　　黎多情说完还十分淡定地笑了一下，下颌也不自觉地上扬，身高加上高跟鞋的优势，将她衬得十分有女王的气质。

　　精致的妆容，丰腴的胸部，纤细的小腰，笔直的大长腿，在整个公司里，她的姿色都算上乘。唯独这条棉裤，让她的小肚子看起来鼓鼓的。虽然看起来有那么一点丢份，但现在不是在意棉裤的时候。

　　倘若黎多情本就是这种尖锐的人就罢了，可她自从来到这里，就一直逆来顺受。现在黎多情突然反驳，这让向来霸道的慧慧感觉到很不舒服，很不开心，她非要和黎多情一较高下，她必须让黎多情深刻地意识到，她才是这个办公室的大佬，下一任经理必须是她。

　　可惜黎多情不给她这个机会。黎多情抱着肩膀一屁股坐回自己的办公椅上："大家同事一场，我不想与你闹得太僵，你如果非要倚老卖老，那我就让你看看什么是年轻气盛。"说完她笑笑，"你不是让全公司的人都知道我下班被豪车接走了吗？你难道就不好奇他是谁，是干什么的吗？"

慧慧气得鼻孔都比平时大了两圈，其他的同事过来将她拉走："哎呀，你不要欺负多情嘛，她才毕业没多久，还是小朋友呢，说她两句就算了。"

另一个同事一脸八卦地站起来，问："多情，开豪车的男人到底是谁啊？"

黎多情腼腆地笑："以后再告诉你，我暂时只想当一个凭自己本事找工作赚钱的普通人。"

"哎呀，你就说嘛！"

黎多情笑而不语，淡定地翻开笔记本电脑，打开文档。

见她不说，大家也会回各位，该干什么就干什么了。黎多情的手腕微微一抖，在屏幕上打下一行字："人生在世，全靠演技，今天吹牛吹大了，差点兜不住，嘻嘻嘻……"

隔壁的同事突然凑过来，她手速极快地切换文档。

"哎，多情，过两天年会的礼服，你租到了吗？"同事问。

"哦，我有，之前别人送的，没什么场合穿，正好年会用。"

"那你有多余的吗？有的话借我一套，等等，谁送你的？贵不贵？"

"还好，三万多、四万多，你穿什么码数？"

同事一听立刻摆手："算了、算了，我去租一套吧。烦，你说开个年会干什么还要穿晚礼服啊，穿羽绒服我就有……"

黎多情义正辞严地点头："对，重点是冷，我妈非要我穿棉裤，到时候棉裤配晚礼……"

黎多情的午餐是一碗泡面。她懒得下楼去吃，就随便吃一点。一整个下午她都忙得抬不起头，下班时间一到，她的手机就准时地响了起来。

"在路边，打双闪。"周暮云惜字如金地交代。

"哦，好，我两分钟就到，以飒呢？"

"在我车上，她车送修了。"

黎多情挂了电话，抱起羽绒服匆忙地去打卡。

白以飒可不是一般的富二代，她自己名下都有三五辆车，不可能那么巧几辆都送修了。不过既然有暮云哥哥接送，她的车不坏也得坏，必须坏，必须修。

眼看电梯门就要关上，黎多情一边挥着手一边喊"等等"。有人帮她留门，她和几个同事踩着高跟鞋跑进去。因为怀里抱着羽绒服，她没有注意自己的包包很夸张地顶了出去，正好顶在慧慧的腰上。

慧慧一巴掌拍在黎多情的包包上，气势凌人地说："你天天弄一这么大的包，里面装了几百万现金似的！"

"啊呀，你一说我才想起来，我朋友给我买了一袋子好吃的，我还没来得及吃。"说着黎多情手忙脚乱地打开自己的包包，随手掏出一把进口小零食，分给电梯里的同事，人人有份，分到慧慧手里时，慧慧直接推了回去："我不要，你自己吃吧。"

"不用跟我客气，我自己也吃不完。"她还是将零食硬塞给慧慧，然后拉好包包的拉链。

有人问："多情，这零食到底是谁送的？哪有普通朋友会经常买零食送人的？"

黎多情笑而不语，待电梯在一楼停下后，她和慧慧一同走出去。

一行人说说笑笑地走到大厦门口。冬天大厦的门口偶尔会有些滑，如果瓷砖上飘着一层小雪花就更可怕了，下台阶的时候，大家总是很小心。不过今天没有飘雪花，黎多情也就没多留意脚下。才迈下一级台阶，她就感觉身后有人轻轻撞了她一下，她的另一只脚顿时踏空，黎多情低呼一声，以一个极难看的狗啃泥的姿势摔了下去。

慧慧急忙跑下台阶去扶她："没有几百万的现金，你就不要背这么大的包嘛！你没事吧？你这包太大了，我不是故意撞你的，你快起来看看摔坏了没！"

因为知道出门就有车坐，所以黎多情的羽绒服一直抱在怀里没有穿。这下她的衣服围巾散落一地，手腕也火辣辣地疼着，也不知道摔坏了没有。她趴在冷冰冰的水泥地上一动也不想动，心里念叨着，是不是因为以飒送她的那串平安珠被她放在枕头底下日日摸、夜夜摸，摸掉颜色了，所以才失灵了。

"多情你起来啊！"其他同事也围了过来，"不会摔到骨头了吧？"

"我不起！"黎多情继续趴在那一动不动，她想一个鲤鱼打挺，飞身而起顺便给慧慧来一个一击毙命的回旋踢。可她学艺不精，电视剧里只演了练功的结果，没演练功的过程。

"黎多情？"

熟悉的寡淡声音从人群头顶传来，身边的同事都目瞪口呆地等着黎多情的回应，而黎多情对此置若罔闻，专心地趴在地上。

周暮云只穿着一件黑色毛衣，没穿外套，他俯身蹲下来，推了推黎多情的肩膀："你很热吗？"

"不热！"

"那你在零下二十度的地面上趴着，是修炼吗？"

"我委屈！"

"起来也可以委屈。"不等她同意，他自作主张地把她扶起来，"果然每次出现，你都要惊天动地。"

黎多情气呼呼地站起来，狠狠地朝慧慧翻了个白眼，捡起自己的衣服拉上周暮云就要走。周暮云却纹丝不动，冷漠的目光落在慧慧的脸上，他盯着她看了半天，直到慧慧的面色渐露难堪。大家都以为他要给自己女朋友报仇，生怕两人打起来，一个个在大冷天里哆哆嗦嗦的不敢走，只听见他用比这天气还要寒冷的语气对慧慧说："我看到是你故意推的她，你们女孩子之间的事我不想参与，但你做这种事，很下作。"

慧慧一时窘迫，随后不屑地冷笑："你知道她怎么对我的吗？她抢我的客户，在公司大会上抢我风头，让我难堪，你们有钱就可以这么欺负人吗？你真有钱，就别让你女朋友出来上班啊，跟我们一群穷光蛋抢饭碗算怎么回事呢？"

黎多情正要辩解，周暮云突然伸出手臂揽住她的肩头，安慰地拍拍她，同时示意她不要开口说话："你跟我抱怨这么多，无非就是你自己的锋芒不够，本来我还打算回家说说她不会维护人际关系，现在我改变主意了。你不要一副你穷你有理的模样，再让我知道你欺负她，我就让你看看有钱人到底是怎么欺负人的。"

黎多情非常及时地在旁边扬了扬下巴，然后她感觉自己这样太幼稚了，又及时地把下巴收回来。

周暮云从黎多情手里接过包包，手掌继续揽在她的肩头，带她走向停车处，帮她打开车门，再帮她关好车门，自己才绕回驾驶座。

白以飒正捧着手机专心致志地玩游戏，指甲的碎钻晃得人睁不开眼睛，看到黎多情上车只是抬了一下眼皮："圣诞快乐！"

"剩蛋，剩下的笨蛋。"车里很暖和，黎多情忍不住打了个哆嗦，凑到白以飒身边环住她的腰身取暖，"我记得你们家是几代富豪，你怎么越来越像暴发户了？满手的钻。"

"脚上也有，要不要我脱鞋给你看看？"

"不看。"

白以飒掀起自己的毛衣，让黎多情把手贴在自己的肚皮上，继续专心打游戏："我先打完这把。"

黎多情靠在她的肩膀上，抬手轻轻敲了敲周暮云的座椅："谢谢你，其实你刚刚不用帮我的，我可以自己撕她。"

周暮云淡漠地在后视镜里看了她一眼："你觉得我的演技不好吗？"

"不是、不是，我觉得二打一不公平，你就应该放手让我一个人跟她撕！"

白以飒突然抬头："撕谁？怎么了，你挨欺负了，哪个不要脸的？"她说着就把屏幕一关，一巴掌拍在前排座椅上，"不吃饭了！开车回去干她，有一个我撕一个，有一群我撕一群！不给她们点颜色瞧瞧，她们还真当我的闺密苍白无力好欺负！"

黎多情从白以飒的肩上抬起头，按住她跃跃欲试的双手："你知道是什么事吗？你就撕一个、撕一群的，能不能理智一点？"

"不能！"白以飒甩开黎多情，恨铁不成钢地拍着她的大腿说，"干架不需要理智！你都被人欺负了，我怎么还能冷静理智？我难道还要拿个小本本、小铅笔列出 abcd 来分析事情的缘由始末啊？"

"你怎么不问问我，是不是我把别人欺负了呢？"

"不存在的啊！"她对黎多情的人品还是很放心的，"不过，就算是你欺负别人了那又怎么样？只能说明这个人倒霉。根据弱肉强食的自然生存法则，她就该被欺负，她只能被你欺负，她敢反抗，就是她的不对，我必须跟你站在同一战线上，我必须拉帮结伙地带着人跟你一起去欺负她！"

黎多情拿过白以飒的手机打开，抓起她的手腕将手机塞进她手里："你快玩你的游戏吧，名媛的气质全没了，周暮云不是你的小哥哥了，你不娇羞了？"

白以飒用肩膀顶了她一下，低声嘟囔："我这正激情澎湃呢，还娇羞什么？换了我被欺负，你还能坚持娇羞啊？"

"我会保护你的，你知道的。"

黎多情不觉得自己是个软柿子。但和白以飒这块硬石头比起来，她基本也就只能算个软柿子。性格上她确实比白以飒温柔许多，但这不代表她就任人欺负。

关于她是多么厉害勇敢的小姑娘这件事，还要追溯到两人的初中时期。当时白以飒因长得漂亮，穿得也好看，被一群小地痞看上。他们追求不成就想硬来，一大群小地痞把她堵在巷子里。白以飒可不是吃素的，捡块砖头挨个抡，无奈寡不敌众，最后只能靠在一辆面包车上等死。

当时黎多情正好要去打酱油，是真正的打二斤酱油，手里拎着一个空酱油桶，穿着人字拖傻乎乎地从巷子口路过，看到这场面当即就准备扭头往回跑。正在此时，远处传来消防车的鸣笛声，她体内见义勇为、助人为乐的神经顿时一抽，拎着酱油瓶子走进了巷子里，对着一群手持棍棒的小混混大喊："警察来了，那边有大人报警！快跑吧，来了好几辆警车，警车马上就到了！"说完，黎多情便一头冲进人群，捡起掉落在地上的棍子塞进他们怀里，"快跑、快跑，警察找到你们肯定要拘留！我哥都进去一个多月了！"

非常幸运的是，不知道哪儿来的两个野孩子，也从巷子那边慌慌张张地跑过来，不知道发生了什么，只听到他们嘴里急促地喊着"快跑、快跑！"

人群开始慌乱，有一个两个跑了，剩下的都跟着跑了。黎多情一把抓起体力不支的白以飒就往自己来的方向跑。其间白以飒摔了一个跟头，黎多情压根没心思问她疼不疼，怕她耽误自己的救人计划，最后酱油桶都扔了，两只手连抱带拽地将她拉进自己家楼道。一关上楼道口的铁门，黎多情就蹲在昏暗的角落里，像拉风箱一样"呼哧呼哧"地喘气。

就这样，黎多情一不小心成了白以飒的救命恩人。在白以飒看来，这就是过命的交情，一路上那么多人看到她被混混带走，只有黎多情伸出了援手。

后来白以飒问她，当时是怎么想的。

黎多情告诉她，当时是怎么想的不记得了，只记得有些后怕。

白以飒问她，是不是后悔了？万一她也卷进来，仗义挺身的后果很有可能就是跟自己一起被欺负。

黎多情特别诚实地说："是的。"

白以飒毫不在乎，她觉得自己这辈子只需要黎多情救一回就够了，以后都换她来救她。

实践证明，白以飒这嘴巴是真毒。自从她们成为闺密后，她真是不知道救过黎多情多少回了。单论上课期间闹肚子、来"姨妈"不带纸巾的这些事，她就已经救过黎多情十几回了。

第八章 ● ○
原来他很需要这个烦人精

三人驱车来到一家川味火锅店，古色古香的装修风格，门口盘着一条威严的巨龙，灰瓦之下挂着一排大红灯笼，明明自成一派，却非要在旁边放两棵五彩斑斓的圣诞树。

黎多情指着其中一棵树问白以飒："看，这叫什么？"

"叫什么？"白以飒一头雾水，"叫圣诞树啊……"

周暮云从她们两人身边经过，微微俯身说了一句："她应该是想说中西合璧。"

黎多情向他竖起大拇指，挽着白以飒的胳膊跟在他身后入座。

周暮云让黎多情先看菜单。黎多情看了一圈，把白以飒爱吃的一起点了，然后把菜单递回给他，周暮云直接叫来服务员下单："我没有什么不吃的，一会儿以恒来了看他想吃什么再加。"

"我哥也来啊？"白以飒觉得意外，"他怎么那么闲？"

"你这话问得我不知道该怎么回答。我怎么知道他为什么那么闲？在我印象里他一直不怎么忙。"其实是白以恒先找他吃饭的。白以恒找他，他就想到了白以恒的妹妹白以飒，想到白以飒，他就想到了黎多情。于是，他约了黎多情。

"那个，服务员，再加个猪脑，我哥爱吃这个。俗话说得好，吃什么补什么，我哥最适合吃猪脑了！"话音刚落，白以飒的后脑勺便迎来重重一击。

白以飒吃痛地缩脖子，黎多情赶快护住她，顺手给她揉了揉："哎呀，你轻一点啊，等下打傻了也是你带回家照顾！"

手里捧着两个铁质礼盒的白以恒没有听黎多情的劝阻，又拿铁盒在白以飒的脑门上"咚"的一声敲了一下。

白以飒正想发飙，白以恒突然将礼盒递到她面前想息事宁人，然后将另一个递给黎多情。

黎多情笑眯眯地接过来，甜甜地说了一句："谢谢哥！"

白以飒"哼"了一声，本来也该说谢的，但这两下平底锅不能白挨，这是敲她脑袋的补偿！

女孩子都是喜欢收礼物的，无论是贫穷的黎多情还是富有的白以飒。

两人是一模一样的红色心形礼盒，黎多情喜上眉梢，一脸期待地扯开丝带，悄悄掀开边缘，故作神秘地朝白以飒抛飞眼。

白以飒急得不行："你看到什么了？表情这么惊喜……"

"还什么都没看到。"黎多情如实交代，"好像有很多红色的细纸条。"

黎多情神秘兮兮的眼神飘到桌子的另一面，白以恒也调皮地朝她挑了挑眉毛。可视线落在周暮云的脸上时，她清楚地看到他原本带着笑意的眼神突然落向别处。

"当当当，礼物揭晓！"黎多情一把掀开礼盒盖子，里面是当下最流行的YSL口红两支，"哇，以恒哥你可以啊，都知道送女孩子口红了！"

白以飒在一旁翻白眼："哼，买两支色号一样的，拿来吃啊？"说着，她开始拆自己的礼盒，不留任何悬念直接一把掀开，随即瞬间黑脸。

黎多情在一旁笑得前仰后合，拿起白以飒的礼物翻来覆去地端详，生怕自己认错了："哈哈哈……真是增高鞋垫啊！我还以为有什么玄机，结果什么玄机都没有，真是增高鞋垫！"

不知哪里吹来一阵阴风，白以飒两鬓的发丝跟着飘荡起来。

黎多情一边笑，一边安抚："冷静、冷静，你要冷静啊，以飒，你是名媛，是淑女，你要端庄，要斯文……"

白以飒气呼呼地扣上盒子，心不甘情不愿地抱怨着："我发现你越来越无聊了，越来越幼稚，送鞋垫就算了，还买一么贵的盒子，你这是要送我一场空欢喜对吧？幸好我没给你准备礼物，不然我就亏死了。"

黎多情拿起自己盒子里的两支口红，放在白以飒面前互相敲了敲："你一个，我一个，这才是以恒哥买两支相同色号给我的目的，我猜得对不对？"她扬眉朝白以恒笑，对方也只是笑而不语。

白以飒朝哥哥翻了一个巨大的白眼，接过黎多情给她的口红，飞快地揣进兜里："这个色号我有了，囤着吧！"

黎多情拆开口红的包装，将口红拧出来，在手背上轻轻滑了一道，十分娇艳的玫粉色。这个颜色其实是很挑人的，但她的肤色可以驾驭："以恒哥，你为什么要送以飒增高鞋垫啊，你觉得她矮啊？"

白以恒刚给自己和周暮云倒上茶水，闻言抬头："是她自己总说她矮，尤其是站在周暮云身边，冬天都不敢穿雪地靴。我这是为了让她既能穿雪地靴，又能愉快地站在暮云身边。"

此话一出，席间的另外三个人同时愣住。

黎多情挠挠头，看看白以飒，又看看白以恒，唯独不看周暮云："以恒哥，你这是要替以飒向暮云哥提亲了吗？"

"也行。"白以恒落落大方地转身面对周暮云，"真的，暮云，你考虑一下我妹妹，门当户对，长得也漂亮。"

周暮云因为要等他的下文，好半天没接话，黎多情也在等，可是白以恒并没有下文向他们说明。

"没了？"周暮云问。

"对啊，没了，还有什么？首先，你们家要门当户对的，其次，你需要一个带得出门的，这两点我妹妹都符合了。"

"我以为你会给我列举她更多的优点。"

白以恒摆摆手："没有，她没什么优点可以让我拿出来吹的。"

服务员开始上锅、上菜，一直没说话的白以飒突然打断哥哥："这话你也真敢说，万一暮云哥哥有喜欢的人了呢？万一他喜欢黎多情呢？你突然就帮我安排婚姻大事，是不是有些唐突？"

黎多情尴尬地笑笑，轻轻打了她一下："你比你哥还敢说呢，谁喜欢我，那得多瞎啊？"

"万一就有人瞎呢，这个世界上总有人是瞎的吧？"白以恒并不认同黎多情的自卑，"不管你认为自己多差，总有人会认为你是最好的，是无价之宝。"

黎多情咬着筷子若有所思，脸颊两边垂着松软的发丝，她说："瞧你把我说的！按照你的说法，有人喜欢我，我就一定要喜欢他？我也是有选择权的好不好？万一我就看上了一个不喜欢我的呢？"

"不会吧？"白以恒完全不能理解两个妹妹之间的话题，继续添油加醋，"怎么会有人不喜欢你呢？我是不能理解为什么会不喜欢你，你长得好看，身材也行，性格不错，温柔懂事，可爱开朗，要真有男的不喜欢你，那他八成就喜欢男的了。"

"就你了！"黎多情郑重地将筷子一放，"就你了，以恒哥，我喜欢你，你喜欢我吗？是你说的，你要不喜欢我，就是喜欢男的了。"

"别闹。"白以恒当她在说玩笑话。

"没闹啊，你有啥不值得我喜欢的啊？有钱、帅、性格随和，人又稳重，还有幽默感，你简直就是我的梦中情人啊！"

白以飒在旁边做了一个呕吐的动作："我还要吃饭呢，你们两个别在这互相吹捧了，说谎可是要被雷劈的。"

黎多情故意以不经意的方式扫了沉默的周暮云一眼。两人对视后，她的视线又突然落向桌上开始"咕嘟咕嘟"冒泡的火锅。

"哎呀，我突然胃疼。"这个胃疼疼得有些假，演技一点都不走心。嘴里喊着胃疼，黎多情的纤纤细手却扶住自己的额头，她向白以恒招手，"以恒哥，我胃疼。"

"你胃疼捂脑袋干吗？"白以飒不解道。

黎多情愣了一下，立刻改成捂肚子："以恒哥，我胃疼，陪我去医院看看吧。"

白以恒正在吃东西，指了指火锅清汤的那一边说："饿的，你一饿就胃疼，吃点东西就好了。"

"好不了！"

"能好，你是属驴的吗？这么倔，快吃！"

黎多情干脆站起来："不吃，我就要去医院！"

周暮云放下筷子站起来，眸光淡淡地看着她，说："我送你去。"

"我不，我就要他送！"

白以恒、白以飒兄妹两人同时诧异地抬头看向她，一时半会儿没摸清她的门路，兄妹两人沉默地对视一眼。

白以飒："哥，她不是真喜欢你吧？"

白以恒："妹，她不是真喜欢我吧？"

"我不管，今天我就要去医院。"黎多情突然耍起了小孩子脾气，抓起围巾三两下给自己围好，羽绒服粗鲁地往身上一套。"哐啷"一声把椅子往后推开一大块位置，她绕过白以飒走到白以恒身边，气呼呼地看着他，"走啊，去医院啊，你怎么这么不解风情？"

白以恒没想到这小姑娘动真格的，拿纸巾擦嘴的动作都比平时迟钝半拍，他看了看自己的妹妹，又看了看自己的好友，茫然地起身："那你们两个先吃吧，暮云你一会儿把我妹送回家啊，我先跟多情去趟医院。"

现在的黎多情是真的有一点胃痛，她挨不了一点饿。

她站在火锅店门口等白以恒，没过一会儿，他抓着车钥匙匆匆走出来："你怎么样了？去二院吧，比较近。"

黎多情站在原地不动，歪着头看他。

"走啊，你不说我不解风情吗？这不解着呢！"

"我不去医院，你就是不解风情。"

白以恒皱眉，琢磨片刻，问："怎么算解风情？"

黎多情上去就是一脚，被他灵活地躲开了："你这蛮不讲理的劲儿越来越像以飒，近墨者黑，近猪者肥！"

黎多情"哼"了一声，挽住他的胳膊往街上走："我说你不解风情是因为你不像我这么聪明，不懂得给他们两人留私人空间。我像个一米六九的灯泡，你像个一米八九的灯泡，我们跟两个落地台灯似的戳在那儿多没劲。"

白以恒觉得她说得有一点道理，就顺了她的意思，两人一起流浪街头。

他们正商量着接下来去吃点什么的时候，白以恒的手机响了起来，有几个朋友非要叫他去喝酒。可将黎多情一人扔在圣诞夜的街头，他有些于心不忍。

黎多情并不想当他的拖油瓶，无论如何也不让他留下来陪她。如果带着他，她就没办法吃自己想吃的东西，还要照顾人家公子哥的高级胃。

她想吃炸串、炸鸡排、烤肠、烤冷面……白以恒是不会吃这些东西的，他跟他妹不一样，他的胃一点也不接地气，垃圾食品一概不碰。

两人在大街上一个拉一个推，活像小两口闹别扭，最后黎多情重重地一跺脚，指着马路对面的烤肉串店："那咱们吃羊肉串，鸡胗，一会儿去买烤面筋、炸里脊、炸鸡排！"

"我不吃那些东西。"白以恒为难地说。

"我吃，不吃你就回家去！"黎多情挥挥手，作势就要走。白以恒跟着她往前走了几步，想要拉住她的衣袖，不料她猛一回身，凶巴巴地指着他说，"再拽我，我就带你吃路边摊！"

白以恒放弃了，他不能理解为什么黎多情和白以飒从小就对路边脏兮兮的东西感兴趣。

黎多情目送他三步一回头，恋恋不舍地消失在人头攒动的街头，然后自己摩拳擦掌地一头扎进人堆里。

在她眼里，美食不分高低贵贱。

幸好今天听了姨妈的话穿上棉裤，这会儿黎多情才能无所畏惧地站在外面吃东西，只是有点冻手。她已经将胳膊在羽绒服里缩成企鹅翅膀一样，尽可能地让自己的手背也藏进袖子里，可仍挡不住寒风对手指的侵袭。

吃掉最后一口里脊肉，她决定先找个地方买副手套。

黎多情已经不记得自己上一次逛杂货铺是什么时候，有一两年了。大学的时候，她比较热衷于逛商场里名创优品之类的店铺，但白以飒不喜欢。每当她试图从店里拿个十元、二十元的物件，白以飒总会按住她的手腕，大义凛然地说："你需要这个是吗？我有多余的，德国、美国、法国、意大利进口的，我送你。"

她在街上找了一家看起来挺有格调、人气又很旺的精品店，然后在帽子手套的架子旁试了一大圈，最后挑了一副连指的挂脖手套，一根粗粗的毛线往脖子上一搭，左边一只，右边一只，毛线是纯白色的，手背上缝着一个立体的大草莓，看起来可爱极了。

价格就不那么可爱了，居然要四十八块钱，这是痛并快乐着的消费。

她翻来覆去地看着自己洁白又可爱的小手，美滋滋地走出小店，扣上帽子沿街往前走，准备再去吃点东西。

偶然间她看到一个小小的木质招牌，只写了"寿司"二字，门面小得可怜，只有一扇门的宽度。

她突然就想吃寿司了，回头望着街上那些冒着烟的路边摊，她毅然决然地走进寿司店，心里还念着："我果然是个善变的女人啊！"

店内的面积也不大，做寿司的不是日本厨师，而是一个朝鲜族阿姨。矮矮胖胖的，普通话说得不太好，一直在自言自语，寿司也只是普通的朝鲜饭卷，没有日料那么丰富，不过味道是真的好。

她吃了三份，还打包了两份带走，准备带回去给姨妈尝尝。

偶尔，她会被自己的孝心感动。不过回家还是要气一气姨妈，问问她的宝贝恬恬怎么不给她买点吃的送来，然后姨妈就会问，那你妈姜芷怎么不受着你的孝心呢？

两个人互相在对方的伤口上撒盐，你一把我一把，乐此不疲。

黎多情在温暖的小寿司店里坐了很久，才将自己全副武装，踏上回家的路。

藏蓝色的夜空中七彩灯光交相辉映着，这样的冬夜并不冷清。饶是她一个人走在街头，也会被人群的热闹感染，没有半点的孤独寂寥之感。

尤其是当一个个头上戴着发光犄角的学生，拎着一篮子包装精致的假玫瑰前仆后继地扑向她，一脸天真地问她"姐姐要不要买一朵花"时，她就更加不觉得寂寞了，还有那么一点烦。

难道看不出单身人士是不需要买玫瑰花的吗？天气都这么冷了，依然挡不住这些学生勤工俭学的热情。

突然，一个手里夹着一捧玫瑰花的小女孩冲到她面前挡住她的路。黎多情吓了一跳，缩着肩膀拒绝："我不买花。"

"有个哥哥让我送你的！"小女孩抽出一枝玫瑰交到她手里，又低头从自己随身携带的大包里翻出一个红色的恶魔犄角发卡，点亮后递给她，"还有这个，也是那个哥哥送你的。"

黎多情没敢接，生怕接过来小姑娘就抱着她的大腿要钱。她眯着眼睛四处寻望："哥哥？哪来的哥哥送我东西，忽悠我的吧……"

周暮云和白以飒在一起，白以恒早就走了，再说他们两个也不像能送这种东西的人啊……

她准备绕开女孩走开，女孩却飞快把花和发卡塞到她手里，喊了一句"哥哥给完钱了，真不要钱"就跑开了。

花和发卡都掉在地上了，黎多情弯腰将它们捡起来，把玫瑰花插在羽绒服口袋里后，她再一次四处巡视了一圈，确认没有发现任何可疑的"哥哥"后，便直接将发卡戴在头上。

这回好了，她跟大街上故作天真无邪的大龄少女一样故作天真无邪了。

在公交站附近，她看到卖烤红薯的小车，可笑又可气的回忆突然涌上心头。正当她出神之际，她的面前停下一辆出租车，车门打开，几个妙龄女孩叽叽喳喳地下来，黎多情寻声看去，正好与她们的视线撞个正着。

"你是黎多情吗？"其中一个打扮得花枝招展的女孩开口。

黎多情拉下围住半张脸的围巾，咧嘴一笑："是黎多情本尊没错了！"

女孩们一下子簇拥上来，亲热地围着她转。

"昨天约你，你说今天有约，你约谁？看样子你约的是西北风啊！"

"你可真是，哎哟，看看你这个黑羽绒服，都能拖地了，你这么不修边幅，什么时候才能脱离单身人士的队伍啊？"

"别别别，你们别瞎说，看多情兜里插着玫瑰花呢，是不是有对象了？"

黎多情特别可惜地扁着嘴摇头："并没有，我仍是单身汪大军的优秀一员。"

"你这是要去哪儿？干什么？"一个短发女孩问。

"回家睡觉啊，明天还要上班。"黎多情回答。

"上什么班，单身人士还这么拼，别回家了，今晚就当一回脱缰的单身人士。"

黎多情义正辞严地拒绝："不行，我爱工作，工作使我快乐！今天晚上我要是跟你们一起当了脱缰的野狗，明天我们经理就会把我打成傻狗！"

"那咱就不干了呗，姐姐带你当十八线野模，有活就干，没活就睡！"说话的是夏天让她帮忙去邵海堂寿宴上替班的女孩。

这几个女孩子，都是她的大学同学。她们班是全校闻名的美女班。当初学校艺术节需要组织一个模特队，全班一共二十九个学生，选上十六个，黎多情和她们都被挑中了，这几人算是和她关系最好的同学，毕业后大家没有大学时联系得频繁，除去那些去外地或回乡发展的同学，剩下的就只有几个人了。

平日里她们都是无事不登三宝殿的主，除非有正经的事才找她，当然这也主要是因为她们都不太喜欢白以飒。

白以飒也不喜欢她们。追本溯源呢，算了，女孩子之间互相看不上很正常，压根就不需要追本溯源。借用白以飒的话就是："就看你不顺眼，怎么着吧？"

黎多情的反抗单薄而无力，她像加长版的大企鹅一样被一群摩登女郎绑架着走。她们架着她的胳膊来到她们早早订好的夜总会包房。

一句"不醉不归"让黎多情顿时脑仁一疼，就她这个酒量，她在第一轮就会被淘汰。

包房内很热，别的女孩纷纷脱掉自己的羊毛大衣，露出精心装扮的内里，该露肩膀的露肩膀，该露肚脐的露肚脐。只有黎多情这个活得真实且接地气的姑娘，需要先摘掉手套，再摘掉围巾，最后脱下羽绒服，露出自己纯白的修身工装衬衣，以及被棉裤撑得满满的工装西裤。

乍一看，她最丑，但也最正经。

房间里很暖和，她干脆连颈上的丝巾也一并摘掉，然后解开胸前的两颗纽扣，挽起袖子，顿时觉得清凉许多。

为了庆祝单身人士的圣诞，她喝了第一瓶啤酒；为了庆祝她不结巴，她喝了第二瓶啤酒；为了庆祝她们多年的友谊坚如磐石，她喝了第三瓶酒。接下来的酒，已经不需要特地庆祝什么了，大家的情绪都高涨，酒瓶子快与手掌融为一体了，抢都抢不下来。一群漂亮的女孩在震耳欲聋的音乐声中肆意地摇摆。

只有黎多情一个人端正地坐在真皮沙发的中间，一脸严肃地看着她们。

她是坚决不会随她们一起摇摆的，因为她会吐。她不想吐，她怕吐到棉裤上明天就没有穿的了，如果姨妈因此再逼她穿两条毛线裤，那她就更臃肿了。

黎多情觉得自己有些头晕，想出去吹吹风清醒一下，她记得白以飒告诉过她，感觉自己醉了就不要吹风，一吹风，人就彻底醉了。

她的腿大概有自己的想法，此时她就想去吹外面零下二十度的风。

她推开包房大门，一路扶着墙走出夜总会。冷风一吹，她顿时打了个激灵，脑子感受到前所未有的清醒，只是实在太冷，她站了几秒就跑回大厅。

大厅已经足够暖了，这股暖意又让她头昏脑涨，她不得不再次推动旋转门，将自己转到门外。

来来回回几次以后，黎多情感觉自己仿佛进入了仙境，走路深一脚浅一脚，在夜总会悠长的走廊里转来转去，愣是看不清包房上的阿拉伯数字。

"完了，我是不是酒精中毒，而且毒气已经攻上眼珠了？好像离瞎不远了。"她自怜地捧住自己的脸颊，十分舍不得和自己这双水灵灵的眼睛告别，虽然它们不是很大，不会让人看上一眼就终身难忘，也没有摄人心魂的特殊能力，但与她的脸是天作之合啊！

邵万千从包房里出来接电话，远远地就看见一抹似曾相识的身影。由于灯光昏暗，加上那个身影又死死地贴在安全通道的大门上，他有些看不清，于是一边讲电话，一边朝着那人的方向走了几步，定睛一看，还真相识。

他敷衍地对电话那边交代了几句，然后迈开长腿，向黎多情的方向走过去。只见她一会儿用脸贴门，一会儿转过身用屁股撞门，仿佛跟安全门有仇似的。他对黎多情的酒品是有一点了解的，也体验过她醉酒后的疯癫状态。邵万千下意识地皱起眉头，待走近了多看几眼，他的嘴角又忍不住上挑，这姑娘似乎穿了一条很厚的棉裤，屁股和大腿被撑得圆鼓鼓的，看上去颇有几分滑稽。

"小结巴。"他立在她身侧，声音低沉地叫她。

"小结巴"这三个字激怒了已经变得伶牙俐齿的黎多情，她额头顶着门板，在心中无声而愤怒地反击："你才结巴，你全家都结巴！老娘已经不结巴了！"

原本用天灵盖顶着门板的黎多情忽地仰起头，双眼迷离，脸色潮红。在几番视线的重影校准之后，她看清了站在自己面前这个高大男人的面容，霎时咧嘴傻笑一声："我还以为是谁呢，竟然如此不要脸，叫我小结巴！打人不打脸，骂人不揭短，你听过没有？不对，我现在不结巴了……"她忽然很开心地抓住邵万千的胳膊，扯着他的衬衣晃了晃，"我不是小结巴了，我已经不结巴了！邵叔叔，我已经不结巴了，你快恭喜我！"

邵万千挑起一侧嘴角，戏谑地笑笑，伸出一条手臂挡在她的身侧，防止她随时栽倒："所以你是来这里庆祝自己不结巴的吗？"

黎多情摆摆手，一阵反胃让她下意识地鼓起腮帮捂住嘴巴，可她并没有吐："不是的，其实也算是吧，不过不完全是……"

"你要吐吗？"

"不吐。"她坚强地咽下一口唾沫，"叔，你帮我看一下，这个门，我怎么推不开呢？我朋友她们是不是走了？我衣服还在包厢……"说话间，她身子一软，直接摔进他的怀里，嘴里还振振有词，"哎，这个大理石，怎么说软就软了，这我怎么站得住啊。邵叔叔，你不要多想，我可不是故意对你投怀送抱，我绝对没有半分这个意思，我是一个很本分的女孩子。"

"你哪里本分？你能租个萝莉去闹别人的婚礼，你算哪门子的本分？"为了不让她瘫软在地上，邵万千环在她腰上的手臂迅速收紧，让她不安分的脑袋靠在自己胸口。不过黎多情这个酒喝得像磕了药似的，整个人在不停地前后摇摆。

"我那叫足智多谋，叫果断勇敢，怎么叫不本分呢？再说，你喜欢的是姜芷，我喜欢的是周暮云，我怎么会对别人投怀送抱呢？你就是大款也没有用，不是我吹，就我这姿色，找个大款还是很容易的，大款我也要挑着找的……"

邵万千今天才知道，原来喝醉了爱吹牛这个毛病是不分性别的，男女通用。他捏着她的下巴，扬起她红扑扑的小脸，皱着眉头盯了半天，忽然板起脸，严肃地问道："你刚刚说你喜欢谁？"

"周、周、周……哎，叔叔，你听到了吗，我怎么好像结巴了呢？"

邵万千不喜欢女孩子一身酒气，其他男人应该也不喜欢。女孩子身上应该香喷喷的，或者带着淡淡的洗衣粉味和奶香味，但当几种味道混在一起，就令人格外头疼了。他皱眉，厉声警告她："黎多情，你给我记住，你不喜欢周暮云。"

"那我喜欢谁呀？"她还不乐意了，怎么自己有个喜欢的人还需要旁人指手画脚？

"你不喜欢周暮云，你喜欢周经理。"他将"周经理"三个字说得字正腔圆，"记住，你喜欢的人是周经理。"

被他这样托着下巴很累，黎多情不舒服，想把下巴收回来，无奈他根本不收手，于是她只好乖乖妥协："那好吧，我不喜欢周暮云了，我喜欢周经理，我，黎多情，以后不要喜欢周暮云了，虽然他长了一张帅气的学霸脸，虽然他把我从大门上救下来，还帮我摆平了陈潇，虽然他帮我把恬恬安排得明明白白，虽然他总是帮助我，可是我——"她态度坚决地拍了拍自己的胸脯，"喜欢的是，我们的周经理！"

这番话还是令邵万千很满意的，他不屑于向一个小姑娘炫耀其实帮她的人一直是自己而不是自己外甥这种话，说得好像他和外甥争功似的，不够大气，也不够深沉。如果她的喜欢只是因为他帮过她几次，那这种喜欢也是十分肤浅的，不值一提。

他打算把黎多情拖走。黎多情却不领情，她转过头又扑在安全通道的大门上："等会儿，叔，你先帮我看着到底是几号包房，我还要找我的衣服呢，我一千二百多块钱买的羽绒服还在里面。"

邵万千攘着她纤细的小胳膊稍显无奈，他指了指门框上方的四个大字，心平气和地告诉她："这上面呢，写着'安全出口'，你和你朋友在楼道里喝酒、唱歌吗？"

"哦，那不对，不是……"

这一次他不由分说，强行将人架走。黎多情继续耍赖："你这个人怎么这么讨人厌呢？还粗鲁得要死！你应该抱着我走，公主抱你会不会？你别夹着我，我肋骨都要断了！"

为了让她心甘情愿地闭嘴，不要闹得自己好像强抢良家妇女一样，他干脆利落地一弯腰，将她打横抱起。黎多情终于安分下来。为了不被他晃得头晕，她只好乖巧地靠在他胸口，用手指去戳他穿着毛衣的胸口，发现这针织孔挺大，继续往里戳，戳完这里戳那里，把好好的毛衣戳出了几个大窟窿："其实仔细想想吧，叔，我发现我没那么喜欢周暮云，正常女孩都会喜欢他的，我只是正常女孩而已。也可能是我到了该喜欢人的年纪，总要喜欢一个人的嘛……"

她确实对周暮云有一丝好感，但这丝好感，在经过与白以飒的友情对比之后，就显得十分不堪一击了。总而言之，她愿意失去一百个周暮云，也不愿意失去一个白以飒。

得出这样的结论之后，她发现周暮云在她的人生里应该是一位普通的过客，不值得，也不该被看重。

她还说了些什么，在包厢门打开的一瞬间，尽数被淹没在震耳欲聋的音乐声里。

这里太吵了，吵得黎多情一个脑袋要分裂成四瓣，她抡起拳头捶邵万千的肩膀，还撒娇似的在他怀里踢了踢。

邵万千感受到了她的不愉快，于是叫人把音乐消音，包房里他那些举着麦和举着杯子的朋友，不约而同地望着他，不知道发生了什么事情。

邵万千旁若无人地将黎多情放在角落里，正要直起身，却被她一把勾住脖子。喝醉了的人下手没有轻重，他被吓了一跳，单手撑住沙发，下巴还是不可避免地撞到她的额头，她顿时一咧嘴，作势就要哭："你个不要脸的……你居然打我……"

邵万千皱眉，一把捂住她的嘴巴："你才不要脸，你敢哭，我就把你扒光了扔外面，让你冻死。"

黎多情点点头，又摇摇头，极力地从他的魔掌中挣脱出来，哀怨地说："你这个死变态，把我这种尤物都扒光了，居然只想着冻死……"

"不然呢，你想让变态干什么？"他低头扫了一眼她胖鼓鼓的棉裤，顿时一点旖旎的想法都提不起来。

黎多情觉得自己好像哪里说错了，于是干脆改口，悄悄地说："我想喝水。"

他拉开黎多情的手臂，在朋友们异样的眼光中给她倒了一杯热茶，然后扶着她的脑袋，喂她一口一口地慢慢喝下。

"我去叫你朋友来接你，她们在哪个包房？"放下茶杯后，邵万千问道。

按照黎多情说的房号，他找到了黎多情朋友们所在的包房。推门进入后，他看到的不仅是几个与黎多情同龄的漂亮小姑娘，包房中间还站着一排夜总会的年轻男孩，他才迈进去，就有个女孩子指着他说："那我就选这个穿毛衣的了！"

邵万千忽然后悔了，后悔自己刚刚要把黎多情交给她这群狐朋狗友。想到如果今天不是自己在这里遇到黎多情，她到底会发生什么，他就气就不打一处来。他怎么也想不到那小丫头会有这样的一群朋友。所谓物以类聚，人以群分，由此可见，黎多情也好不到哪里去。

他板着脸拍亮了包房里所有的灯，用一副家长的口气质问这几个女孩："黎多情的衣服在哪里？"

女孩们一脸茫然地看着他，反应了半天，才有个人反问："你哪位啊，凭什么拿她的衣服？她人呢，是不是让你捡走了？"

邵万千懒得搭理她们，他在沙发上扔着的一排女士大衣中，找到了一件最普通的黑色长款羽绒服，还有一条毫无精致美感可言的毛线围巾。他记得昨天晚上看到黎多情摔跟头的时候，她穿戴的就是这身，再看看那些精致的名牌手包，应该没有一个是她的，于是他直接拿着这两样东西就走了。

两个女孩立刻跟了出来，一路追着邵万千的大步流星，在他回到自己包房之前挡住他的去路："哎，你这人，你谁啊？你一来就抢我朋友的衣服，要取衣服她自己不会取？你赶快把黎多情交出来，不然我们就报警了！"

"报警？"邵万千冷笑一声，"用不用我告诉你报警电话是多少？"

"有本事你报啊！"一个女孩说。

另一个马上接话："你报啊，你敢吗？警察来了你就完了，少拿警察吓唬我们，我们也是上过大学的！"

邵万千这辈子最讨厌跟女人讲道理，因为女人根本不讲道理，他侧身推开包房门，让她们自己看黎多情到底在哪里。

包房里很安静，安静得有些可怕，两个女孩子看得目瞪口呆，邵万千忽然感觉不妙，他转头，顿时长叹一口气。

只见黎多情一只手死死地抓着水杯，像只猴子一样蹲在沙发的椅背上，满眼戒备地盯着坐在侧边沙发上的那几个男人。

其中一位青年鼻子出血了，两个鼻孔里塞着卫生纸，幽怨地与她互瞪，另外几名青年，由喝酒改成喝茶，都离黎多情坐的地方隔得很远。

他大步地走到黎多情身边，扔下她的衣服，从她手里抢下茶杯，冷冰冰地质问道："为什么打人？"

黎多情委屈巴巴地抱着膝盖，指着受伤的青年说："他扒我裤子！"

不等邵万千开口，门口黎多情的朋友先炸了："报警，必须报警！"说着两人一起举起手机拨110，邵万千的朋友见势不妙，纷纷上前劝说。看得出来，大家都是懂礼貌的斯文人，并不是肥头大耳、满肚子肥油和花花肠子的坏人，可毕竟他们都喝了酒，不好的事情更容易发酵。

在两个小姑娘看来，这些人是要组团欺负她们。

邵万千不理那群人，抓着黎多情的胳膊把她从沙发靠背上拽下来："你跟我说说，他是怎么对你的？"

"就是，我一睁开眼睛，就看见他在脱我裤子。"她已经醉得一塌糊涂，还要作出一本正经的样子，真是难为她了。

鼻孔里塞着卫生纸的青年表示自己比窦娥还冤，气得半天没说出话来："不是，小姑娘你能不能讲讲道理？！"

"不能，臭变态！"

"我怎么就变态了？我就过去给你倒了一杯茶水，你睁开眼睛就泼我一脸热茶，还把我鼻子打出血了。我就算没见过女人，也不至于把哥们抱回来的人的裤子给扒了吧？"

黎多情揪住邵万千的衣袖，晃悠着站起来，不服气地指着自己裤子上的拉链："这是什么？我裤子自己会开吗？"

邵万千先是垂眸扫了一眼她的裤子，发现她的拉链确实是开了，里面的棉裤争先恐后地往外挤。他弯腰，用手指扒拉两下她的拉链，无奈道："你这棉裤从哪儿弄来的？祖传的吗？棉裤太厚，把拉链撑坏了！没人脱你的裤子，你真当自己是什么尤物？"

黎多情不信，弯腰研究了半天，她实在窝得想吐，就直起身来："我不信，你跟他们是一伙的。"

她这样说话，一点也不出乎他的意料之外，他把黎多情的两个好朋友带过来，让她们帮黎多情鉴定一下她的拉链到底是怎么开的。

两个小姑娘蹲在那里又是拉又是拽，憋得脸红脖子粗："我的妈呀，黎多情你真是一个奇葩，都多大了还穿这种棉裤，我外甥都不穿了好不好？！"

"棉裤是无辜的……"黎多情努努嘴，不乐意地说。

"行了，别管这破玩意了，这一看就是你自己撑坏的，谁脱裤子只拉拉链，不解扣啊？你赶紧跟我们回去吧！"

黎多情现在浑身软得很，谁拽跟谁走，邵万千却将她们三人拦下了："你们两个回去，她留下。"

"凭什么啊，你谁啊？"女孩问，她用力拍了拍黎多情的脸蛋，似乎想让她清醒清醒。但一不小心拍得太响了，就像是给了黎多情好几个耳光，"黎多情，你醒醒，你认识这人吗？这男的是谁啊？"

黎多情"哎呀"叫了好几声，捂住自己受到皮肉之苦的脸颊使劲揉了两下，忽地咧嘴一笑，扑到邵万千身上，得意扬扬地说："这是我爸爸！你们都不知道吧，其实我真实的身份是个富二代！"

"真的还是假的，你不是说你爸死了好多年吗？"

"对啊！"黎多情猛一击掌，"之前是死了！不过有钱能使鬼推磨啊，他又活了……"

虽然她们不相信黎多情的说辞，但是可以肯定黎多情与邵万千是认识的，并且交情颇深。

"多情，我们觉得吧，你还是跟我们回去吧……"

邵万千当即伸出一条手臂拦在黎多情和她的朋友之间："不行，她跟你们能回去哪里？"

邵万千不会放任她出去胡闹了，当即将这两女孩赶出门，然后拿起羽绒服给黎多情穿好，围巾也粗略地缠上，只露出两个鼻孔喘气，随后就要带人离开。

"我怎么看着这女孩子这么眼熟呢？"一位青年绞尽脑汁地回忆着黎多情的这张脸，突然一巴掌拍在另一位青年的肩膀上，激动地说，"我想起来了，这就是那个在他婚礼上搅局的小丫头！"

邵万千像抱着一个巨大的蚕蛹一样抱着黎多情走出包房，鼻子被打出血的青年还想跟他讨说法，邵万千只留下一句："你去住院吧，我报销。"然后人就消失了。

　　他把黎多情放在车后排的座位上，想让她躺下，可黎多情仿佛故意跟他对着干似的，死活不肯把腿弯起来，偏要直直地伸着。他用手掰她的小腿，她就蓄力地往死里踹他。

　　夜里温度低得可怕，邵万千只穿了一件单薄的毛衣，被风轻轻一吹就吹透了，跟光着膀子的区别不大。最后他实在没有办法，只好把她的鞋子强行脱下来，挠她的脚心。

　　这可真是灵机一动的好办法，不然他们都会冻死在这里。黎多情受不了痒，"哼哼唧唧"地曲起腿，邵万千就趁此时机，"砰"的一声关上车门。

　　然而下一秒，黎多情就像诈尸一样从座位上跳起来，用力地拍着车窗。邵万千没搭理她，自顾自地绕到驾驶座，带着一身寒气上了车："你叫什么？"

　　"我叫黎多情呀，你不记得我的名字了吗？好难过，你都不记得我的名字了……"

　　邵万千发动汽车，打算让车子先暖和起来："我没问你叫什么名字，我问你大吼大叫的干什么……"

　　"哦，我以为你要把我留在车里呢，这样是不可以的。新闻上经常报道有家长把孩子留在车里自己消失几个小时，结果呢，由于太热了，孩子闷死了。"

　　"哦，你多虑了。"他调试车内的温度，并将手掌贴在空调风口，平静地回答道，"我不会把你扔下，你也不是孩子。况且现在是冬天，你只会冻死，不会热死。"

　　"那我就放心了。"黎多情松了一口气，又软绵绵地躺下，"你要拉我去哪儿啊？先说好，不能回家，姨妈会把我打骨折的，也不能找以飒，以飒和她的暮云哥哥在一起，万一……万一他们两个今天会发生什么，我岂不成了电灯泡？我想想……去、去找白以恒，上回我

138

喝醉的时候，就是他……"

黎多情突然侧身干呕了一声，下面的话也就没说完。车内够温暖，她的眼皮很沉，舌头也懒，她不想看漫天的迷雾，也不想再开口说话了。

邵万千开车缓缓地前行着，漫无目的地在街上开了一会儿。在十字路口的红灯前停下时，已经是午夜时分，街上没有什么人，只有一排排的汽车尾灯，偶尔看见一两个行人，也是裹得严严实实，低着头匆匆走过。路边的霓虹招牌没有将这个夜晚衬得多么热闹，反而更加衬托出寒冬深夜里没有人气的萧条。

他一只手的手指头在方向盘上一下一下地敲着，另一只手抽出一支香烟松松地咬在唇间，因为没找到打火机所以没有点燃。等红灯的时间太长，他很无聊，索性打开遮阳板上的镜子，借着车内鹅黄色的暖光从镜子里打量自己。

有棱有角，三分英气七分痞气，英气是沉稳的，痞气是不羁的。浓眉深眸，高鼻薄唇，皮肤看起来像二十几岁年轻人，眼神里却有三十几岁人的阅历与沧桑……

怎么看，他都不应该输给周暮云吧？

当然，这不意味着他喜欢黎多情，只是他并不觉得自己输给周暮云。在邵万千的眼里，周暮云还是一个毛都没长齐的傻小子，是不能与强大的他相提并论的。

可他的心中有一股莫名的挫败感，还有那么一丝气愤。

后座上，黎多情的鼾打得比他那四条大狼狗加起来还凶猛，真是小小的身体里蕴藏着巨大的能量。

他不知道该带她去哪里，便找了一家看起来还可以的酒店，开了一间房。

大堂接待问邵万千要大床房还是双床房，他犹豫了一下，说要大床房。他不打算在这里住，只想把她安顿好。

开好房间，他到车里来接她，黎多情躺在他的怀里，还在打鼾，可谓是喝没喝相，睡没睡相。就这样她还让他往白以恒家里送，估计白以恒那个矫情少爷，会直接吓死在她床边的吧？

想到这里，他又有些气愤，看似挺干净纯粹的小姑娘，交一群狐朋狗友，还有，她居然在白以恒那里过夜。白以恒可从来没说过他和自己妹妹的闺密有过什么特殊的关系，他压根就没承认过她的位置，她倒是挺主动的。

　　这乱七八糟的男女关系加上她特别没有眼光，居然没有看上他，而是看上了他外甥，仅是这些就足以令他产生想把她扔到冰天雪地里冻一夜的冲动了。

　　他将黎多情放在靠窗的床上，拉开她的羽绒服拉链，解开围巾，发现她整个人已经汗津津的了。应该是车里太热，他又把她裹得太严实的缘故。

　　他去洗手间拿了一条湿毛巾回来，帮她擦了一把脸还有脖子，随后，毛巾停在了她衬衣领口的上方，他正考虑要不要擦，黎多情就迷迷糊糊地"哼唧"两声醒了。她半睁开的双眼看起来十分迷离，而且没有聚焦，她直勾勾地看着天花板："我……想尿尿……"

　　邵万千"哦"了一声，将毛巾扔到一旁，扶着她的肩膀坐起来，再架着她往洗手间走去。

　　"这是哪儿啊……"

　　"白以恒的家里。"他大言不惭道。

　　"以恒哥呢……"

　　"在睡觉。"他继续胡编。

　　走到马桶边上，她正要一屁股坐下去，便被他像拎小鸡仔一样拎起来："你是打算直接尿在棉裤里吗？我可是不会给你洗的。"

　　黎多情迷糊地摸了摸自己的裤子，发现确实没脱，便弯着身子开始跟自己的扣子做斗争。可是她的肚子太鼓了，棉裤又厚，加上裤腰过紧，裤子外面的纽扣几乎完全陷进棉裤里，一点伸手的空隙都没有。黎多情越想尿就越着急，越着急就越解不开，最后急得"哼哼唧唧"地快要哭出来。

　　邵万千皱眉看她演了半天的独角戏，最后终于看不下去了，只好蹲下身来帮她一把："吸气。"

黎多情："呼……"

"吸！吸！深呼吸！是吸气，不是呼气。"

黎多情："呼……"

算了，不用深呼吸了，反正这破裤子的拉链已经坏了，也不差一个扣子，邵万千的手指猛一发力，只听"砰"的一声，扣子被他拽下来了。

"脱吧。"说完，他转身出去了。

这个行为看似君子，但也仅仅是看似。他出去关上门，靠在洗手间对面的墙上等她时才发现，整个浴室都是透明的。而此时的黎多情就在他对面，双手托腮帮，手肘支着膝盖，正坐在马桶上犯迷糊。

大概是忘记了屋子里还有人，黎多情提好裤子还不忘冲水，迷迷糊糊地回到床上。作为一名精致的女孩，睡觉怎么可以穿衣服呢？于是她一件一件地脱掉，将它们扔到地上，然后拉起被子给自己盖好，继续做着美梦。

"好渴呀……"她咕哝着。

邵万千趴在她床边听了好几遍，才听清她说的是什么。他给她打开一瓶矿泉水，一小口一小口地喂她喝下。

"我的头好痛啊……谁给我揉一揉啊，好痛……"

"你睡个觉怎么这么多戏呢？"他嘴上嫌弃，身体还是诚实地靠在床头，用拇指和食指捏住她的太阳穴，反反复复地轻揉着。不知揉了多久，他的胳膊有些酸了，想着她应该睡熟了，他也有些困了，就想回去了。毕竟一直对着一个只穿着内衣，拿他大腿当抱枕的香艳尤物可不是舒坦的一件事。

可他才松手，她又开始"哼哼唧唧"："你不要停嘛，很舒服的……"

在遇到她以前，他一直觉得自己不是什么好人，现在才发现，他对自己根本没有正确的认知。面对这么明显的诱惑，他居然还想着把她扔到大雪里冻一晚上，如果他是小人，恐怕这世上就没有君子了。

他换了一个更舒服的方式，侧身躺在她身边，继续当他尽职尽责的奶爸。

说来也奇怪，他以前挺怕这个烦人精缠上自己的，可是好几个月不见她，他又觉得少了点什么似的。这几个月他过得很不开心，直到平安夜在街上偶遇摔跟头的她，他才觉得这几月的阴霾突然散开了。

原来他就是太闲，已经闲到生活索然无味，需要这个烦人精来热闹一下的地步。

当然，这并不能说明，他就是喜欢她的。

今天这般照顾她，也无非是要对得起她叫自己的那声"叔叔"，仅此而已。

慢慢地，邵万千的眼皮也重得抬不起来了，不知不觉地睡着了。半梦半醒之间，他仿佛看到自己起床，拿起车钥匙离开酒店的情景。在寒冷的冬夜里，他开车回到郊区的大宅里，他记得腕表上的时间是清晨四点多。

然而这一切，不过是他软玉在怀时做的梦而已。

第九章 ● ○
小丫头不懂事

当邵万千朦朦胧胧醒过来时，只感觉小臂发麻，腰也有些酸，鼻息间有淡淡的酒气，还有女孩子身上特有的淡淡香味。

他挪了挪手臂，缓缓睁开眼睛，看到了另外一双惺忪蒙眬的睡眼，两个人之间的距离近到无法一眼认出对方是谁，看着看着都快变成斗鸡眼了。

窗外天空阴沉沉的，还飘着雪花，落地窗帘只拉上了一半，房间里也阴沉沉的，看不出时间。

他向后仰头，又低头看了一眼自己的胸口，当即一愣，他衣服呢？

黎多情就没他这么淡定了，撕心裂肺地哀号一通后，一个鲤鱼打挺从床上弹起来，掀开被子四处找衣服。

邵万千也跟着坐了起来，在他抬起的大腿下面，她看到了一摊可怕的褐色印记，上面还有一丝鲜红。

黎多情突然安静了，像盯着杀父仇人一样盯着邵万千，恨不得将自己的眼神化为毒针将他戳个稀巴烂。

昨夜他没有喝酒，就算他喝了酒，也不至于做出这么缺德没品的事情。他是不需要喝酒壮胆的。可他真不知道，睡觉之前还穿在身上的毛衣是怎么脱掉并掉在床底下的，还有黎多情的文胸和内裤，怎么就不翼而飞了。

这件事情完全可以拍摄两期《走近科学》和《未解之谜》。

"小结巴，我……"

"你闭嘴！你个禽兽，衣冠禽兽，乘人之危禽兽不如的衣冠禽兽！"黎多情骂着骂着就哭了，指着床上的血迹说，"你怎么这么无耻？你是我妈妈喜欢的人啊！你怎么可以这样？你怎么可以这样对待姜芷的女儿？我是姜芷的女儿啊……"

她披头散发、赤身裸体地跪在床上痛哭流涕的模样真丑。本来他是不内疚的，被她这样一哭，他也忽然觉得自己不是人，居然把好好一个女孩欺负到哭得这般歇斯底里。

邵万千抿了抿唇，想要拉过她身后的被子帮她遮一遮身体，顺便向她解释一下："我上次看别人这样哭的时候还是哭丧，你理智一些，虽然我衣服没了，但我的裤腰带都没解开，不能凭……"

"啊！"黎多情尖叫着打断他的话，看到他伸过来的手更是发怒，顾不上捂自己的胸，她反手抓起床头柜上的烟灰缸就朝他的小臂砸去。

烟灰缸是金属制造的，看起来十分高档，拿在手上也很有重量，这一下砸得不轻。邵万千痛得收回手，冷脸瞪着蛮不讲理的黎多情，再次伸手去拉被子时，几乎带着一股怒气。

黎多情吓坏了，还以为他打算一不做二不休……为了保护自己，她再次抢起烟灰缸敲向他的额头。

他饱满光洁的额头，连蚊子都不舍得上前叮一下的好看额头，一声闷响之后，鲜血顺着他的额角流下来。

他的眉骨很高，血滴流过他墨色的眉头，滴在他长长卷翘的睫毛上，又沿着他的脸颊一直流到下巴。

黎多情抱着烟灰缸浑身发抖，惊慌失措地望着他："我我我……我不是、不是，我不是想、想、想打死你……"

邵万千从没受过这种委屈，这窝在胸口里的怒火，在他完美的人生规划中，是压根不应该存在的，他不屑于为任何事将自己气到发抖，可黎多情是真的让他气到发抖。

"是你先做错事的。"黎多情哆哆嗦嗦地指责道，"我我我……

我要回家了……"她的声音里带着哭腔。

"凭什么呢？"邵万千心想。

他猛地拉开黎多情的手臂，从她怀里抢走沉重的烟灰缸扔到地毯上，随后将她扑倒在床上。

既然她认定了他是个乘人之危的小人，那他还当什么自命清高的假君子？！

这一刻的邵万千是可怕的，他高大健壮，拥有着成年男人可怕的生猛力量，拉扯她不费吹灰之力。她的挣扎如同沦陷在巨浪里的海草一样无力，她只能任由他摆布。

在此之前，黎多情从不认为邵万千是真正危险的，他不过是刀子嘴豆腐心，爱捉弄人。正如她在此之前也从未想过，他会将那双属于渣男特有的好看的魔掌伸向自己。

这份可怕不单源于他给她带来始料未及的害怕，还因为她手里这满满一抔的信任，被他无情地打翻在地。信任如同杯子，杯子碎了，只剩下一地玻璃碴。

原来男人发起狠来这么吓人，无论她怎么抓挠都改变不了他的想法，如此慌乱之际，他居然还能腾出手来解他自己的腰带、纽扣以及拉链。

邵万千没有穿棉裤，也没有穿毛线裤，甚至一条单薄的秋裤都没有穿，牛仔裤里面就是内裤。这说明什么？说明他嘚瑟啊，就像姨妈说的那些冬天里光大腿、穿裙子的小姑娘一样。

但此时俨然不是该关注他嘚瑟不嘚瑟这个问题，因为邵万千这个人渣，已经连内裤都拉下去了。

黎多情彻底崩溃了，她觉得自己应该发挥聪明才智在三十六计和七十二变里选一个逃生的妙招。书到用时方恨少啊，三十六计和七十二变里到底有哪些，她都说不出来。

"我我我，我会告到你倾家荡产！"她哭着嘶喊。

邵万千目光狠戾，两颊的肌肉紧绷绷的，对她的威胁毫无反应，甚至表现出了一丝不屑。这让黎多情在愤怒和委屈之上又多了一分不甘。

她扭头，狠狠地咬住他的手腕，在他将身体压向她的那一刻，她用几乎绝望的语气咬着牙对他哽咽道："我会恨你一辈子的，我永远都不会原谅你。"

她的眼睛被泪水氤氲得模糊朦胧，可不甘和倔强又显得格外清晰，她带着恨意的怒视像一把刀子一样插在他身上。邵万千停下来，居高临下地看着他，如同一个高高在上的昏庸国王，用他的高傲羞辱着她："是你主动招惹我的，现在又说恨我，不原谅我，你凭什么觉得，我会需要你的感恩、你的原谅？"

他抽身而退，在她的面前旁若无人地提好裤子，黎多情也趁着这个时间飞快地从床上爬起来，极限逃生似的爬到地上，捡起衣服裤子便胡乱地往身上套。

穿裤子的时候还不小心撞到了床脚，疼得她直皱眉头。

邵万千则慢慢地平静下来，慢条斯理地套上毛衣时，黎多情还在跟自己的棉裤作斗争。他懒散地坐进沙发里，笔直的长腿搭在一旁的茶几上，一脸淡漠地看着忙碌的黎多情，冷声道："等你回家冷静下来就会发现，其实你高估了自己的魅力，我还不至于勉强你这种姿色的女人。"

黎多情手上的动作顿了一下，长发凌乱地卷在衣领里，她偏头，泪汪汪的眼眸里满是不屑："臭不要脸，人渣。"

邵万千撇撇嘴，表示："随便骂，你开心就好。"

黎多情气势汹汹地抱着羽绒服离开了，邵万千保持着这个姿态，在房间里坐了许久，久到感觉腿都麻了，才想站起来换了个姿势。

他先走到床边，掀开被子，对着床上的血迹仔细观察了半天，仿佛这不是象征一个女孩的贞洁，而是参透它就可以参透一桩骇人听闻的灭门案。

他转身，站在落地窗前，看着外面飘零的碎雪，远处的高楼如同置身于迷雾之中，连街上的车水马龙都显得影影绰绰，很不真切。

他可以百分之一百地肯定，昨天晚上他没有动过黎多情。就算他睡到忘我，脱了衣服，也不至于忘我到再把裤子穿上、系好。

那么，会不会是她来月经了？

想到这里，他开始考虑要不要给她打个电话提醒她一声。但如果他的想法是真的，很快她自己就会知道，接着，她就会被她自己的鲁莽打脸，她会懊恼至极，会悔不当初，会主动给他打电话道歉……

所以这个电话不能打。

还是去医院吧，流血过多死在这儿就不好了，听不到这个烦人精的道歉，他会死不瞑目。

然而事与愿违，邵万千并没有等来黎多情声泪俱下的忏悔，人家压根就没搭理他。

黎多情当天是一路哭着回家的，她没经历过男女之事，始终觉得自己对这件事看得并不重。她没有强烈的贞洁观，只要遇到真心喜欢的人，她不介意把自己交出去，哪怕最后两人分道扬镳。毕竟她也是看过很多言情小说的老司机，不至于天真烂漫到连这都不懂。

可事情真正发生了之后，跟设想中发生的，还是有很大区别的。尤其与她发生这件事的是大错特错的人，那个人是谁都行，哪怕是周暮云，哪怕是白以恒，反正是邵万千就不行！

他可是差一点就成为她继父的人啊，这得是多么重口。

好吧，不是差一点，是差很多点。

姨妈不在家，黎多情可以将自己彻夜未归的狼狈整理好，换衣服、洗澡，以及思考人生。

浴室的热水已经放了有半吨了，她身上的衣服一件都没脱，排风扇也没开，浴室内到处弥漫着氤氲的水汽，跟桑拿房无异。

她在思考："到底要不要报警？如果报警，她的证据足不足，内裤是不是先不要洗？万一那个禽兽不如的邵万千吃上瘾了这一口，动不动就威胁她去侍寝，啊呸呸呸……"

敌不动，她不动，先洗自己。

脱裤子的时候她看到自己内裤上的血迹，不由得皱眉，为什么还会有血？她的'姨妈'才过去不到半个月，不可能是来大姨妈。忽然，她有了另外一种联想。

会不会她太弱不禁风，他又太强悍勇猛，导致她被玩坏了，血崩了？会不会明天一早，她在家里会死于失血过多？邵万千在酒店也死于失血过多，那他们岂不是成了殉情？

她可以跟任何人殉情，但是跟邵万千不可以，于是她飞快地洗完澡，换上干净清爽的衣服，戴上帽子、手套、围巾，直奔医院。

头疼，在车上她就只有这一个想法，疼到想吐。眼前一闪而过的是邵万千像野兽一样扑向自己的画面，那时脸颊上、唇瓣上微凉而湿润的感觉又再次被她想起。她飞快地摇头，使劲瞪着眼睛去看外面的风景，甚至一个字一个字地念出远处高楼上的广告语。她认为，只要专注于一件事，就会忘记另一件事。

到了医院，她像个巨大的蚕蛹一样从挂号处走到妇科。坐在主任医师面前，她红着脸，结结巴巴道："那个，大夫，我昨天晚上吧，第一次，流血流了一夜。"

医生毕竟是见过世面的人，面对小女孩的娇羞表现得很麻木："上次月经是什么时候？"

"刚走不到半个月呢……"

"去里面，把窗帘拉上，裤子脱了躺床上等着，都脱，内裤也脱。"

尽管她心里是百般的不愿意，还是硬着头皮躺上去。

黎多情只记得自己是如何忐忑地走进医院的，却不记得自己是怎么迷迷糊糊地从医院走出来的。

医生检查完毕以后，告诉她一个令人十分震惊的结果，她宝贵的贞洁还在，血流不止是因为她月经不调，大姨妈提前了。

黎多情浑浑噩噩地朝公交车站走去，她摸了摸自己空荡荡的胃，想吃点什么却又提不起半点胃口。想到邵万千被她冤枉了，还被她砸得头破血流，她就更没胃口。

黎多情的心里很失落，说不上什么原因。也许是'大姨妈'在作祟，她在车上看着车窗上生出的冰花都觉得格外伤感，眼泪控制不住地往下落，全数埋在她拉得老高的围巾里。

湿漉漉又微凉的脸颊让她想到了邵万千的吻，也是湿漉漉而又微凉的，还有他粗硬的胡楂儿，像一团刷碗的钢丝一样反复地蹭在她娇嫩的皮肤上。于是这股湿漉漉与冰凉的触觉里，又多了一种奇妙而可怕的火辣辣的感觉。

忽然，她脸红了。

后面座位的男孩子慌张地拍了拍黎多情身旁的女孩："到站了，快快。"

黎多情也稀里糊涂地跟着下了车。她茫然地站在公交站台上，认命地掏出公交卡，准备坐下一班车继续前往公司。

人倒霉的时候，不仅喝凉水会塞牙缝，就连喝西北风都塞牙。她手指头往兜里一插，发现她的钱包不见了，估计在医院门口上车的时候人太多，她又心不在焉，被扒手顺走了。

算了，反正也没多少钱，就是可惜那个挺可爱的零钱包，是白以飒送她的，好歹也算是奢侈品。

黎多情扣上帽子，缩着肩膀，顶着冷风步行了两站地。到公司楼下时，人都快冻透了，失去了妈妈牌的温暖棉裤，她的人生已经不适合再吹冷风。

办公室里温暖如夏，黎多情跟大家打招呼的时候顺便脱了羽绒服，接着便直奔经理办公室。理由她都想好了，就说自己来'大姨妈'疼到晕厥，刚从医院赶回来，她还有工作没有做完，她热爱工作，工作使她快乐。

黎多情已经做好了被批斗的准备，谁料，领导不仅没有生气，还很意外："你怎么来公司了？"

黎多情一愣，这个问题太唐突，压根没按她设想的剧本来，她需要反应一下怎么回答才能做到滴水不漏。

"哦，我……想上班。"

"你不用上班了。"领导整理着手里的文件，从容地说。

黎多情吓得嘴巴都合不上了，她站在办公桌前呆呆地望着自己领导。就她不用上班了这件事，也没有人通知她啊！人事没通知她，同事也没通知她，领导更是连个短信都没发。

黎多情想到应该是昨天和慧慧发生了不愉快的事情，今天她没来，没准背后被人穿了什么小鞋。

她想着自己是个有底线、有尊严的姑娘，不能像村门口的大黄狗一样呼之则来、挥之则去。就算要走，她也要堂堂正正地走，死要死个明白。

"我能问问为什么吗？"收起自己善良柔软的外衣，穿上坚强的铠甲，黎多情无所畏惧地直视经理的眼睛，不等经理开口，便朝着他开起连珠炮，"虽然我的业绩不是最好的，但我很努力，我每天最早来公司，最晚下班，客户满意度也一直最高，我相信努力就会有回报。而且我一直在进步，我相信，假以时日，我一定可以为公司带来可观的利益，难道其他优秀的老员工不需要经历最开始的空白时期吗？所有人都是一样的，将来我会比她们更优秀，那么为什么我不能上班呢？您不让我上班，请说出能说服我的原因。"

这次换经理惊讶得合不拢嘴，他越过自己的眼镜愣愣地看了黎多情半晌，说："你不需要这么激动，如果你觉得身体没问题了，可以去干活了。如果身体还是不舒服，不要硬挺，健康才是革命的本钱。"

"呃……等等，好像哪里不对。"黎多情发现自己是个失败的导演，她完全不明白自己手中这变化多端的剧本，敢情不是要开除她，而是让她休息？

可是，经理怎么知道她需要休息呢？事有蹊跷啊……

"怎么，又不想干活了？那你到底是想干还是不想干？"

"干干干，我爱工作，工作使我快乐！"她一脸谄媚地附和道，"经理，你平时看起来挺严肃的，没想到你人还挺好的，这么体恤下属。"

"是啊，人不可貌相，我看你平时也挺本分安静的小姑娘，没想到你是能搬动老总给你请病假的厉害角色，深藏不露啊……"

黎多情尴尬地咧嘴一笑，指了指身后："我去干活了啊……"

她一头雾水地走出办公室，下意识地拍拍胸口，安慰自己是虚惊一场，心里却觉得事有蹊跷。她哪里是和老总有着千丝万缕关系的厉害角色啊？她是连老总到底是何方神圣都不知道的小喽啰。

黎多情回到办公桌前，打开电脑，端着水杯发了一会儿呆，大概想明白了一部分，仅仅是一部分，并非全部。

知道她今天需要请假的人只有邵万千，这是她想通的一点。她想不通的是，邵万千到底是她的大老板还是与她的大老板相熟。

总而言之，都与邵万千脱不了干系。

落地窗外的天色渐渐发暗，玻璃上映射着办公室内的灯光布景，冬天的日照总是短得可怜。她若有所思地叹气，经过再三思考，还是放下了手里的电话。算了，还是不要知道他的死活了，他死不了，祸害遗千年，他不会在那里一直躺着等死的。

邵家别墅的客厅里，抽着雪茄、抱着狗的邵万千忽然连着打了两个喷嚏，怀里的狗都被他吓得哆嗦了，他自己也被震得头皮火辣辣地疼。

"谁骂我？"这是他的第一反应。

周暮云带着一身寒气回到家里，看到邵万千头上绑纱布的别致造型，很是意外："你头怎么了？"

"被人打了，你看不出来吗？不然我会自己敲它？"邵万千不以为然道，长腿不耐烦地对着一直啃他袜子的另一条大狗踹了一脚。

周暮云换上拖鞋，向他走来，弯腰仔细观察了一会儿他的头："看得出来，我表达错了，我想问的是，谁把你打伤的？其实你应该像外婆一样，出门的时候带两个保镖，不然你们这种心直口快的人是很容易被打的。"

邵万千推开身上的大狗，站起来，单手插着口袋，夹着雪茄的手指在周暮云的肩头点了点："你才是心直口快、容易被打的人，别以为你长大了我就不敢揍你，我是懒得搭理你。"

说完，他径直走向厨房，给自己倒了一杯热水，然后慢吞吞地走出来。周暮云还以为他是刀子嘴豆腐心，还贴心地为自己倒热水，内心暖融融地准备伸手去接，不料邵万千"啪"的一声把他手掌拍掉："你残疾了，喝水不能自己倒吗？"

"我不喝水。"周暮云面无表情地说，"报警没？"

"报什么警？"

"你的头这么不值钱了，随随便便都可以被人打一顿？"

邵万千"哦"了一声，坐回沙发里，拿起放在茶几上的手机翻看信息，漫不经心地回答："小丫头不懂事，犯不着跟她计较。"

周暮云皱眉，他可不记得邵万千是个多么宽宏大量的老好人，事实上他挺刻薄的，如此被他眷顾的小丫头，他很是好奇："哪个小丫头这么嚣张？"

"黎多情啊。"邵万千不以为然地说。

周暮云的身体微微一僵，沉默片刻后，他弯腰摸了摸趴在沙发上的大狗，然后径自上楼。直到他的脚步声消失在楼梯间，邵万千才若有所思地抬头，也摸了摸身旁的大狗："看不出来你还挺有魅力，谁都想摸一把。不过，你的主人，只能有我一个。"

青山奈奈陪邵海堂参加完晚宴回来，看到邵万千正趴在地上跟狗玩得不亦乐乎，再一看他头上受了伤，便关切地问："你头怎么了？打架了？"

"嗯。"他抬头看到父亲那张万年不变的冰山老脸，立刻没心情了，敷衍地回答她。

邵海堂那张扑克脸他从小看到大，实在看烦了，加上邵海堂都一把年纪了，不仅蛮不讲理，还十分刻薄霸道，这让他更加喜欢不起来，幸好有青山奈奈这个和事佬在。

"嗯一声就完了？怎么处理的啊，谁打的啊？"

"小事，你不用管。"

邵海堂不知道哪里来的气，反正就是看他不顺眼，气呼呼地就要上楼，青山奈奈见邵万千不愿多说，也没有再问。她打算把邵海堂送回房间后，直接去找周暮云问个清楚。

当周暮云说出黎多情的名字后，青山奈奈先是抚了抚额头，后叹息："又是她，她戏可真多啊！这孩子怎么一天到处惹是生非，真应该让警察管一管她。"

青山奈奈离开后不久，周暮云拿起房间里的马克杯下了楼，他先去厨房倒了杯水，然后路过邵万千时故作不经意地问："你怎么还在这里？"

邵万千转头，疑问道："我应该在哪里？"

"刚刚外婆问我你被谁打了，我如实交代了，她说这小女孩太皮，需要管教，就打了两通电话。"

"哦。"邵万千撇撇嘴，"奈奈她现在行事作风这么大姐大了吗？"

"你不去救她吗？或者派我去救她。你不当她的守护神了吗？"

"不用去。"他扬起嘴角，笑容狡黠，"你当我三岁半，说骗就骗啊？我是不了解奈奈还是不了解你？跟我玩这个……"

周暮云语塞。

"你赢不了我的。"

"你说哪方面？"

"任何方面。"邵万千自信地说，"我在外面撒谎骗人的时候，你还在咬奶嘴。"

"万一是真的呢？"

"如果有这种万一，青山奈奈以后就不会出现在我们家。"

"你就这么喜欢黎多情吗？"周暮云问。

邵万千挑眉："我喜不喜欢她是一回事，青山奈奈动不动她是另外一回事。"

"她比奈奈还重要吗？"

"我数三个数。"邵万千指着楼梯，"你给我滚回房间去，不许问为什么。一……二……三……"

话音刚落，周暮云立即转身，从小到大，这三个数都很管用。别的家长是不是吓唬人他不知道，反正邵万千不是，每次他跟不上这个节奏，都是少不了要挨一顿揍的。

邵万千说得对，周暮云赢不了他。

这几天，邵万千都在等黎多情道歉的电话，人都瘦了好几斤，也没等来她的电话。

当然了，就算他在等黎多情主动联络他，也不代表他就是喜欢她，他只想得到应得的道歉。

明天就是元旦假期，黎多情忙得不可开交，很多东西要提前做好，加上假期结束后过不了几天又要开年会。销售部虽然全是女孩子，但是谁也没有太突出的才艺，只有黎多情一个人会弹钢琴，因此除了全部门要一起跳一支舞，她自己还有个节目。

弹琴事小，跳舞事大，不是她笨，是她的同事笨，总共五个人，有三个跟不上节奏，踩不上鼓点，黎多情看着这些人的肢体动作，头皮一跳一跳地疼。

自从她跟白以飒说了自己和邵万千那诡异的经历之后，白以飒的八卦之心就无法控制了，整日神经兮兮地给她发语音消息："今天叔叔给你打电话没有呀？"

她可不想接叔叔的电话，不打正好。

白以飒的消息又准时地挤进来："今天叔叔约你了没？"

黎多情："没有，不要再问了，我和邵叔叔只能是我和叔叔，不会发展成我和别的。"

白以飒："那元旦我们出去玩啊，我哥说带咱们去玩。"

黎多情："不去，我要去帮姨妈干活。"

白以飒："那我也不去玩了，我去帮你干活吧！"

这不是白以飒的玩笑话，但黎多情只能让它成为玩笑话，白以飒是一个连碗筷都没捡过的人，更别说刷碗干活了。

姨妈是不享有法定节假日休息的，只有加薪。假期商场客流太大，姨妈忙得焦头烂额，太辛苦了，她去帮一帮姨妈，姨妈就可以少一点辛苦。

姨妈少辛苦一点，回到家里的脾气就小一些，她的日子就好过一些，免得她们整天打个鸡飞狗跳的。

黎多情是最后一个离开办公室的，腕表上的时针已经指向十一点。电梯停在一楼的时候，她才想起来刚刚周暮云给自己打过电话，问她在哪里，说来给她送圣诞节那天她落在他车里的包，那通电话还是八点多的事情。

这都过去两个多小时了，他不会一直在楼下等吧？

她匆忙地从大厅跑出去，周暮云的车就停在大厦正门靠左的第一个停车位，十分显眼。他本人正靠在车外抽烟，笔挺的长款大衣，衬得他体态修长，气质斯文，他在第一时间看到了她，朝她招了招手。

黎多情小跑着下台阶，他还很不放心地上前走了几步，皱眉说道："看来你上次摔得不够疼。"

"我以为你回去了呢，不好意思，让你等了这么久。我一忙起来就忘了这件事，你倒让人省心，也不再给我打个电话，万一我把这事彻底忘了，直接走掉了怎么办？"

"不会的，我一直在车里看着，不可能让你溜掉。"

两人在车外聊了一小会儿，黎多情陪周暮云把烟抽完，他打开副驾驶的车门，邀请她上车："走吧，我送你回家，这么晚了没有公交车，你也是要打车回去的。"

"好吧。"黎多情笑，"我不坐副驾驶座，不爱系安全带。"

周暮云点了点头，没有说什么，关上了副驾驶座的门，又打开后座的门。待她坐好，自己才回到驾驶座。

这条街的沿街两侧都画满了停车位的格子，现在虽然没有全部停满，但因为附近有几家酒吧，所以车位也所剩无几。周暮云启动汽车的时候，特地从倒车镜里看了一眼对面街不远处停着的一辆黑色A8，它沉寂在一整排黑色的汽车中，并不是那么明显，他还是一眼就认出，那是青山奈奈平日的座驾。

"你吃不吃消夜？"周暮云突然问。

正低头摆弄手机的黎多情本能地"嗯"了一声，其实她真有那么一点饿，但没有与他一同消夜的打算："我刚在公司吃了泡面，现在一点都不饿。"

"哦。"

周暮云的汽车缓缓启动，然后消失在长街上。而刚刚被他反反复复看了好几眼的 A8 车内，音响里传出节奏感强劲的舞曲，震耳欲聋，邵万千的手肘撑在车窗上，偏着头，望着他们离开的方向出神。

等到周暮云的尾灯消失得无影无踪，邵万千才缓缓地变换姿势，准备启程回家。

晚饭的时候，邵万千在白以恒那里遇到白以飒，听到白以飒给黎多情打电话，黎多情说要加班，很多事情需要做。他想着在这里等她下班，问问她是不是应该对自己脑袋上的纱布有所交代，不料他才到这里没多久，就看到周暮云也来了。

看到黎多情对他笑得那么腼腆，邵万千忽然想起她咬牙切齿地说会恨自己一辈子的表情。这一想不要紧，心里竟然拧着似的疼，这叫什么啊？没有对比就没有伤害，有了对比以后，他感受到让人无法招架的暴击。

看来之前他死不承认自己喜欢黎多情的想法要靠不住了，如果不喜欢她的话，他怎么会吃这么酸的醋？

他喜欢黎多情，这是一件很可怕的事情。虽然他喜欢过很多女孩，但从来没有哪个女孩会让他如此"不想喜欢"。

从黎多情的公司到她现在的住所，开车大概二十分钟，周暮云把车停靠在路边，抬头看着一排排老旧的居民楼，不由得皱眉："你住这里？看起来连物业都没有，你经常加班回来这么晚，会不会不安全？怎么不住离公司近一点的地方？"

"没什么不安全的，习惯就好了，公司那边房租太贵了。本来我是住我姨妈家的，那边拆迁，这是我姨妈一个朋友的房子。你别看这小区很老，家里装修得可好了，原本是给儿子用来做婚房的呢！"她指了指外面一家蓝色招牌的面馆，接着说，"我最喜欢这的原因是这家店，麻辣面特好吃，小馄饨也好吃，可惜今天太晚了，改天有机会请你尝尝。"

"好。"

黎多情拍了拍他特地给自己送来的包包，笑道："那我就先回去了，你也早点回去休息，这么晚还麻烦你，我怪不好意思的。"

周暮云不置可否地抿了抿唇，突然问："你不怕鬼吗？"

黎多情被他问得一愣："怕是怕，不过我白天不做亏心事，半夜不怕鬼敲门。"

"你确定你没有做亏心事吗？"

黎多情又是一愣，她不明白周暮云突然这样问她是什么意思，这仿佛是讨债的人才该问的话："你这样一问，我似乎又不是很确定了……"

"不确定什么？不确定自己怕不怕鬼，还是不确定自己有没有做亏心事？"

"都……不、不太确定……"

周暮云疑惑地挑眉："看来是你真不确定，口吃的毛病都吓出来了。"

"那，没事的话……"

"有事。"他斩钉截铁地说，"夜路太黑，我送你上楼。"

黎多情惊讶地倒抽一口气："啊？上、上楼？"

"嗯，有什么问题啊？"

何止有问题呢，问题还非常的大，他就这样莫名其妙地大半夜跟她回家显然很不合适啊，两个人进屋总不能偷偷摸摸一声不发，如果出声惊醒了姨妈，那就可怕了。

姨妈不仅会揍她一顿，还会怪他第一次登门连礼物都不带。再说，如果让白以飒知道了，白以飒又该作何想法……她越想越复杂，这都哪儿跟哪儿啊……

"这么晚了，我姨妈都睡了，改天白天吧，我再邀请你跟以飒一起来我家里做客，好不好？"她委婉地将周暮云拒之门外，企图从他深沉的双眸里看出点什么，可他眼里平静无波。

周暮云挥了一下手，让黎多情下车，自己也下了车，捞起大衣穿好，走到黎多情身边打开手机上的手电筒，朝着她家的方向晃了晃："你误会了，我没有去你家做客的打算，再说第一次去有长辈的家里，应该带一些礼物，也不应该在半夜打扰。我只是要送你到家门口，年关将近，老城区的治安不好。"

黎多情长舒一口气，为缓解自己的自作多情，迅速地露出了尴尬又不失礼貌的微笑。

这条路上是有路灯的，但原本只有几盏，又因为年久失修，现在还在发亮的更少了，加上设备陈旧，亮度有限，还不如月光有用。

两人并排保持一定的距离往前走，气氛原本一片祥和，周暮云偏偏要打破，他问："你知道我舅舅头破血流这件事让我家里人多担心吗？"

"啊？"黎多情故作惊讶地瞪大眼睛，声调也提高不少，"你舅舅受伤了，还头破血流了？这么严重啊，那他现在还好吗？住院了还是在家休息呢？"

周暮云淡淡地笑了笑："你这么惊讶做什么？他严不严重你最清楚。"

"我不清楚，我们的私交没那么好的。"她做着垂死挣扎。

"所以，私交没那么好，是你把他打成那样的理由吗？似乎有些牵强。"

黎多情学着他的语气反问："所以，你是替你舅舅来向我讨要医药费的吗？"

原本直视前方的周暮云听到这句话忽然扭头深深地看了她一眼，他停住脚步，在一盏发着惨白灯光的路灯下，拉住她因为摩擦而"哗啦哗啦"作响的羽绒服袖子，让她跟自己一起停下来。

黎多情的心跳得很快，胸腔里面的"扑通"声响得惊天动地，就像那天被邵万千占便宜的时候一样慌张无助。她可以理解自己的慌张，但无法理解这种无助。她是喜欢周暮云的，但为何与他独处，她居然会感到有些害怕，不是怕他会做出和邵万千一样的事情，只是怕他会说出一些让他们从此再见面会陷入尴尬的话。

所以她站在这里，显得战战兢兢。

周暮云倒显得十分大方："如果是别人把我舅舅伤成这样，我会做的不仅仅是讨要医药费那么简单了。可伤他的人是你，他自己都没有追究的打算，我又有什么资格问责？"

"哦，其实也不是我非要伤害他，我虽然不是出身名门，但起码的教养还是有的，不会无缘无故地无理取闹，更不会平白无故地出手伤人，不是我夸自己温柔懂事啊，你别多想。我只是有自知之明，知道打坏了邵万千我是赔不起的，所以，肯定是他欺负了我，我才动手的。"

"好，我相信你。那我去替你向他要个说法，你告诉我，他是怎么欺负你的？"

"他！"到嘴边的委屈，硬生生地憋回去，三思之后，黎多情说，"是个浑蛋就对了。"

周暮云"嗯"了一声，沉默良久，他在思考，是什么样的欺负，会让她不愿开口诉苦，而是将邵万千总结成一个浑蛋，但是他能想象到的，都是他不愿意见到的。

夜晚的风实在有些寒凉，他抬手帮她收紧羽绒服的领口，沉思片刻后说："黎多情，你是不是有些讨厌我？"

黎多情摇摇头。

"那你怎么老是推开我？"

"什么时候？"黎多情立即反驳，"我什么时候推过你？我就那么粗鲁吗？"

"你好像特别爱装傻，你知道我说的是什么意思。"周暮云微微皱眉，继续说，"你似乎很想把我和白以飒撮合在一起。"

"你看出来了，以飒不好吗？"

"好。"

黎多情耸耸肩："那不正好嘛！"

"不是她好，我就要喜欢，好女孩太多了，每一个我都要喜欢吗？如果是我喜欢的，她可以什么都不好。"

黎多情点点头："我知道了，以后我不会故意撮合你们了，你想顺其自然地发展嘛，我懂的，我们快走吧，我好冷啊……"她说完就小跑起来。

周暮云大步跟上去："等等，多情，我还有话说。"

黎多情哪敢停，脚下像踩着风火轮似的："你不是不爱讲话的吗？

今天怎么话怎么多？小心冷风灌进肚子里，回家肚子疼得你喊妈妈。"

"黎多情！"他的语气突然加重。

黎多情小跑的步伐猛地停住，她回头，猝不及防地，她的脸撞到他的肩头，瞬间在他的大衣上印下一块粉渍。她飞快地抬手假意捶他，实则是不着痕迹地弹掉粉渍："你撞死我算了！"

周暮云忽然捧住她的脸颊，气势汹汹地瞪着她："你跑什么跑？"

黎多情胳膊用力一甩，推开他的手臂，气势汹汹地瞪回去："那你追什么追？"

"是你突然跑，又突然站住的，你讲不讲理？"

"对。"她一拍脑门，想起来自己为什么突然站住了，"你不会不知道以飒喜欢你吧？"

"我……"

黎多情做了一个停止的动作，打断他的话，义正辞严地说："算了，不管你知不知道，你现在都知道了。我呢，单身家庭长大，对男人没什么概念。在我看来，这个世界上最重要的人就是我妈，除了我妈就是我姨妈，除了我姨妈就是白以飒，我是不会允许任何人伤害她的。你在你舅舅身上应该领教过我到底多胡搅蛮缠讨人厌，我不会纵容任何一件有可能伤害到她的事情发生，包括你。"

"你觉得以飒更重要。"周暮云的目光渐渐黯淡，问道。

"对，很重要。"正因为她身边没有什么亲人，所以她深知这十年感情到底有多重要。她才二十几岁，未来的日子里，可以遇到无数个周暮云。可一旦失去了白以飒，她很难再遇到像白以飒那样不计得失、无论富贵贫穷都真心待她的朋友。

"好，能有你这样的朋友，也算白以飒人生中的一大幸事。"他先一步走在黎多情前面，"走吧，你不是冷吗？"

周暮云真的只将她送到家门口，看着她开锁进门，听到她将门反锁后才离开。

黎多情到家的第一件事就是卸妆洗脸，把面膜从热水盆里拿出来，撕开包装后趁着热乎劲儿赶快将面膜贴在脸上，这才终于能躺进暖融融的被窝里。

"我是喜欢周暮云的吧？真的喜欢吧，我没感觉错吧？"她在心里默默地问自己。

如果是真的，那她严重怀疑自己心理有问题。别人都巴不得自己喜欢的男孩向自己告白，她倒好，一想到他要对自己说的话可能是告白的内容，居然忍不住害怕，仿佛这是一层要命的窗户纸，一旦捅破不是两败俱伤就是你死我亡。

不过也极有可能是她自作多情，她总是自我感觉良好，万一人家压根就不是要告白呢？不管了，宁可错杀一万，不能放过一个。

她翻了个身，打开微信，看到白以飒发来新年红包。满心欢喜地打开，只有一分钱，黎多情立马发了一毛回去，以示报复。

白以飒多好啊，长得好，性格好，人品好，简直是新时代的三好学生典范。如果她是男孩子，黎多情是铁了心要娶白以飒的，这么好的白以飒，她自然舍不得伤害。她很了解白以飒，她知道白以飒那种心大的人是极少有人能伤害她半分的，但如真有，那她黎多情必然是其中一个。

哎呀，她不会是喜欢以飒吧，黎多情像个神经病一样在被子里哈哈大笑。她要是喜欢以飒就好了，就没那么多复杂的事情了。以飒肯定会从了她，想到这里，她的幸福感油然而生，简直要"爆棚"。

才开心了一小会儿，她又想起了邵万千，想到他头破血流地俯身，宛如要将自己吞噬的样子，想到他像野兽一样撕咬自己的肌肤……

她想了很多，后来又想到姜芷，最后迷迷糊糊地睡过去，做了一整晚的梦，梦境像裹脚布，又长又臭，乱七八糟。可怜她第二天还要去帮姨妈刷碗。

第十章

有我在，不会有人欺负你

有一种假期，叫别人的假期。黎多情的假期十分惨烈，简直是昏天暗地，就像有刷不完的碗筷，倒不完的垃圾，每次看到前厅的服务员又推进来一车脏碗筷，她就有想甩手套走人的冲动。

可是姨妈很淡定，也不急躁，真真是达到了"我爱工作，工作使我快乐"的境界。

假期的最后一晚，她拖着疲惫的身躯和姨妈一起回家，连澡都懒得洗，就直接躺在床上。

"我都说了不让你来，你非要来，你怎么那么欠呢？"姨妈一边捡起地上的脏衣服，一边嫌弃道。

"我这不是为了讨好你，好让你多给我攒一点嫁妆吗？"

"你急什么啊！我看你这个德行，没有三五年是嫁不出去的，肩不能扛，手不能提，谁娶你回去当佛像供着啊？"

黎多情撇撇嘴，打开手机刷朋友圈，在羡慕嫉妒恨中沉沉睡去。

她觉得姨妈说得不对，凡事都有万一。万一就有哪个不长眼睛的大款偏要把她娶回家供着呢？两人刚好两情相悦，那不就一拍即合吗？

黎多情的自我感觉良好不是空穴来风，她必须承认，也不得不承认，自己是有几分姿色的，具体是几分呢？大概是五分。

这五分姿色是她的天生丽质，后天依靠穿着打扮，还能再加个两到三分。

加两分时，穿得差一点，加三分时，穿得好一点。

比如年会这天，她原本打算穿前年从白以飒衣柜退休、送到她这里养老的一条白色蕾丝连衣裙，但和白以飒聊到过这事情之后，白以飒坚持要将自己去年退休的一件走秀款礼服送她。

有一个有钱且十分大方，还与你身材相仿，不介意与你共享美丽的闺密，简直是人生的一大幸事。

她欢天喜地接受了白以飒送她的礼物，但由于白大小姐前一晚玩得太开心，忘记了她要给黎多情送礼服这件事，导致在年会当天的早上，黎多情才收到迟来的大礼。

"好饭不怕晚。"这是白以飒说的。

黎多情拎着精致的包装袋去洗手间换衣服，从衣服被拎起来的那一刻，她就开始有一种头皮发麻的不好的预感。

裙子好看是真好看，不过这也太有心机了。黑色的双层连衣裙，里面是吊带修身裙，长度只及臀部下面一点，勉强能到大腿中间，外面是一件近乎透明的黑纱，上面修身，下面微微蓬松，直至脚面。黎多情撇嘴看着镜子里的自己，薄纱因为紧贴皮肤，身材一览无余，下半身的大白腿若隐若现，隐藏在简洁端庄之下的，是满满的性感。

她给白以飒发信息："为什么不挑一个保守一点的？我可是本分人家的闺女。"

白以飒回她："穿棉裤本分，你穿吧，我这不是为了让你艳压群芳吗？"

白以飒的目的达到了，她何止是艳压群芳，还鹤立鸡群，遗世独立，谁都不愿意往她身边站，她只能独自一人。

他人的羡慕嫉妒可以满足女人的虚荣心，可在这种会场环境中，黎多情倒更希望能有两个交头接耳的伙伴。

"算了，我黎多情乃一介下凡的仙女，岂能与你们这帮凡夫俗子勾肩搭背、拉帮结派？我就该形单影只，方能显得我与众不同。"

做好自我心理建设后，黎多情端庄稳重地走进会场，随便找个位置坐了一会儿，直到她的独奏节目为年会做开场表演。

每当才艺展示的时候，她就会发自内心地将姜芷这个不靠谱的妈感谢一番，谢谢姜芷那么不着调还不忘记培养她。

黎多情不是常在聚光灯下，偶尔上一次台，还是有些紧张。她一直在深呼吸，毕竟下面有百十来个人在看着她。

她全神贯注，自然不会注意到会场里有外人落座。一身休闲打扮，好似刚刚从高尔夫球场赶来，头上还戴着高尔夫球帽的高个男人入座在最角落里。尽管满场都是西装革履的精心着装，但没人能将随意打扮的他的贵气比下去半分。

有人注意到公司的大领导向角落里去了一趟，交头接耳说了几句后，领导回到了自己的位置。

独奏之后有两个小游戏，然后又是销售部的舞蹈，黎多情作为领舞，可以说跳得最卖力，满身是汗。下台换衣服时，由于吊带裙没有弹性，她穿了好半天才穿上。

等她出来时，同事已经走光了。

她在走廊里偶遇到售后部的领导，礼貌地叫了一声"林总"后，发觉对方看自己的眼神并不简单。尤其是他们之间原本很少讲话，这个林总今天却像他们是挚交一般热络，说话间还拍了拍她的后背。

黎多情送他一个尴尬又不失礼貌的微笑，快步离开，并在心里念叨着，这种咸猪手领导，今后一定要离他远一点。

节目、游戏都结束后，便只剩下了吃吃喝喝，由于明天放假，大部分人今天都决定不醉不归。酒过三巡后，众人丑态百出，原本八竿子打不到的人，这会儿全喝成了兄弟姐妹。

平日里不会喝酒的女孩子，也架不住一拨又一拨的人来劝，多少会喝上一口。

黎多情今日格外出息，做到了滴酒不沾，她自知不胜酒力，喝多以后全场就得看她一人表演，再加上来与她碰杯的全是男同事，她更不敢喝了。

她端着一杯矿泉水与各个部门熟悉或不熟悉的同事碰杯，无论别人怎样劝说，她都不肯把水换成酒。

可是喝了一肚子水，她也是十分难受的，来来往往的人酒气越来越重，说的话越来越难听懂，她决定找个空气新鲜的地方转一转。

年会所在的酒店常常置办婚礼，推开会场大门往前走不远就是另外一个宽敞的大厅，看样子应该是今天办过一场婚礼，门外的鲜花拱门还没得及收，签到台上的新人照片也还在，礼仪公司的人正在卷地上的红毯。

她弯腰仔细地看了看签到台上的新人照片，新郎长相平平还胖乎乎的，新娘倒是貌美如花。她正琢磨是什么样的爱情让两个看起来样貌如此不相配的人走到一起时，忽然感觉腰上变重，一只热乎乎的大手直接捏住了她半边腰肢，吓得她尖叫着跳起来，她惊慌失措地扭头，看到刚刚在洗手间门口就对她伸出过咸猪手的售后部林总正一脸暧昧地朝着她笑。

林总身上有一股令人作呕的酒气，她本能地向后退了两步，直到后背撞上鲜花拱门："林、林总。"

林总的舌头已经不怎么灵活，拉着黎多情的纤纤玉手，十分恶心地夸赞它是多么柔软、多么顺滑，接着又夸赞她的工作能力多好，对接的客户问题最少。不像其他销售只顾着自己签约，留下一堆烂问题让售后跟客户交接，好人他们做，坏人售后做。例行公事般的夸奖结束后，他终于进入正题，笑得满脸油腻地告诉她，销售部的经理不久后会调去分公司，问她有没有升职的意向。

黎多情搪塞来搪塞去，也没能将林总搪塞出去，他握着黎多情的手臂，像握着五百万现金似的，生怕一松开她就飞走了。

林总认为，不想当将军的士兵不是好士兵，以黎多情的能力和潜力，完全有资格胜任经理的职位，但这个将军可不是随随便便就能当上的，这需要有贵人相助。

黎多情听了只想笑，她一个业绩倒数的小职员怎么就突然成了当将军的料子？她委婉地拒绝后，准备返回会场。不料林总压根不让她离开，勾住她的腰肢一把将人搂紧在怀里。

"你不要着急走，多情，你考虑一下，你当上经理的月薪是多少？当普通销售月薪多少？哪有人放着到手的钱不拿？多少人求我当这个贵人我都拒绝，到时候咱们两个双剑合璧……"

黎多情用力地挣扎，可醉酒的人力气实在是大，她听到衣服发出"刺啦"声，不知道是哪里在撕扯中开了线。为了顾及同事之间的颜面，开始她并没有大嚷大叫，只是呵斥的语气加重了一些，可是很突然地，他的手在她胸上捏了一把。

面对他的得寸进尺，黎多情决定撕破脸皮，就在她准备放开喉咙大喊"非礼"的时候，林总放在她身上的手臂忽地抽离了，接着便响起了林总的咒骂声。

有人从后面硬生生地掰开了他的胳膊。

黎多情惊慌不已地捂着胸口，眼泪含在眼圈里，她靠在墙边大口大口地呼吸，定睛一看，这位身着高尔夫球手装扮的救美英雄居然是邵万千。

这哪里是英雄救美，这是禽兽争霸啊！

林总把手里的酒杯往婚礼签到台上一放，气势汹汹地撸起袖子，但不等他有下一步动作，邵万千已经抢先一步，一脚踹在他的膝盖上。待他单膝跪地正要奋起时，邵万千抓住他的手腕用力向后折去，惨痛的叫声从林总口中传出，但痛苦并没有就此结束。

邵万千冷冽的目光落在桌上盛着半杯酒的玻璃杯，他一手将林总的手腕按在台面上，另一手迅速抓起玻璃杯，手起杯落，猛地朝林总的手指砸上去，尖锐的破碎声后，便是林总杀猪般的号叫。生孩子的叫声，差不多也就这样吧，真是没有半点男人的骨气。

这一系列的动作迅猛至极，速度极快，不给敌方任何喘息和还手的机会，也并非暴怒之后乱打一气，很显然，下手的人有些身手。

林总躺在地上捂着自己鲜血淋漓的手指，满地打滚地哀号。

邵万千也受伤了，由于震碎的玻璃杯太过锋利，他的手指也被割伤了，同样鲜血直流。他抬起手腕，肃杀的目光从林总身上回到自己的手指上，他冷冷地看了两眼，再次看向地面。

邵万千冷漠地向前走了几步，一脚踩在林总的裤裆上，弯腰抓住林总的衣领强行将他从地上拎起，让他像一摊泥一样堆那里，用只有他们两个能听得到的低沉声音说："原本我可以用更高级的方式来收拾你，但现在我反悔了，我要先出口气。"

邵万千起身，一脚踹在他的额头上，只听"咚"的一声，林总的后脑勺重重地磕在地面。

黎多情又被吓了一跳，捂着嘴巴战战兢兢地拉着邵万千的衣角，哆嗦道："完、完、完蛋了，快、快跑吧……"

邵万千看到她鼻涕眼泪糊了一脸，精心准备的妆容变得花里胡哨，单薄的肩头缩成小小的一团，他心头三米高的怒火又涨了好几米，连坟头草的品种都替躺在地上的那人选好了。

除了愤怒，更多的是心疼，是的，是心疼，这两个字在此时此刻用在他身上，十分精准。

他自己都狠不下心欺负的人，凭什么让别人欺负？

在邵万千眼里，这个男人对黎多情的搂搂抱抱远远超出了他那天脱裤子的行为，他是可以被原谅的，但这个人不能被原谅。

走廊里开始有人看热闹，黎多情见自己拉他袖子没反应，便狠狠地掐了他手臂一把："快跑啊……"

说完，黎多情抓着他的胳膊，拎着裙摆，顺着旋转楼梯往下跑，步入酒店大堂也没有停下来的意思。邵万千反手抓住她的手腕，把即将冲进旋转门的黎多情拉住，皱眉道："你疯了？穿成这样往外跑相当于裸奔。"

"你才疯了呢！"她抬手抹了一把眼泪，脸上原本竖着一条的黑色眼泪在脸颊上横着涂开，看着惨不忍睹。她压低声音，咬牙切齿道，"你知不知道你刚才杀人了？你最后那一下，他肯定没命了，你趁着家里有钱有关系，赶紧跑路吧！"

邵万千板着脸，一言不发，突然捏着她的下巴来回晃动她的小脑袋："你生活得这么艰苦吗？连防水的眼线笔都买不起？"

黎多情被他气得直翻白眼，都什么时候了，他就算遇事再从容，也不至于脑回路如此清奇啊,这是关心她用多少钱买眼线笔的时候吗?

酒店大堂一楼的保安拿着对讲机与同事沟通,机警地看着他们两人,随即想要拦住他们二人。

邵万千一把扯开自己休闲外套的拉链,迅速脱下后将黎多情的身体轻轻一包,半搂着她快步走入旋转门。北方冬日特有的冷风瞬间灌入衣裙,黎多情咬着牙磕磕绊绊地跟着他往前跑。

"我们去哪儿啊?"黎多情呼吸急促地问道,喘出的白雾迅速在风中散去。她太冷了,原本就怕冷,才走没几步,她的鼻子便被风吹得通红,声音也开始忍不住发颤。

"不是你要带我私奔的吗?我怎么知道去哪儿?"

"我什么时候说带你去私奔了?我让你跑路、跑路!"

"咱们两个一起跑路不就是私奔吗?有什么区别?"

"当然有区别了,跑路是畏罪潜逃,私奔是什么?"

"私奔也是潜逃,是一样的。"

"不一样!你别说话了,我不想跟你说话!"

邵万千的嘴角不经意地上挑:"为什么?我刚刚救了你,你就这么对待你的恩人?"

"我就不想说,我冻牙!"

邵万千收紧手臂,几乎是半抱着她一路向前。他是男人,在冬日的街头奔走一会儿不碍事,但黎多情不一样,身上只有一层单薄的衣裙,大腿基本相当于赤裸的,他怕在外面待久了,黎多情会冻出毛病,于是带着她跑进一家花店,推开门的瞬间,暖气扑面而来。

黎多情脱下冰凉的外套,站在屋子里面不停地搓手、跺脚,邵万千只是打了两个冷战,没她这么夸张。

花店老板站起来说了一句"欢迎光临",静静地等待着这二位特殊客人的吩咐。

邵万千看都没看老板一眼,黎多情更无暇顾及,只问他:"我们来这儿干什么?不是私——呸,跑路吗?"

邵万千的手机突然响起,他拿起来看到是青山奈奈的手机号码,便直接接了起来。黎多情不知道他从电话中听到了什么，只说了寥寥几句后就结束了。

黎多情还在等他的答案，他转身粗略地扫了一眼店里，说："买花。"

"买花、买花干什么啊？"就算要买，也应该买点干粮、矿泉水之类的，谁跑路还要抱一捧怒放的鲜花啊？

"老板，帮我包几枝玫瑰，别太重，太重她拿不动。"邵万千用凝固了鲜血的手指掏出钱夹抽出三百元钞票扔在吧台，然后回到黎多情身边，毫无征兆地捧着她的脸颊，在她唇上极快极轻地吻了一下，"花是送你的，算我表白的，你在这等我一会儿，我马上回来。"

说完他就夺门而去。黎多情想要跟出去，可风实在大，她又缩了回来，焦急地站在门口看着他的身影消失在街角。

她的手上还沾着丝丝血迹，是与邵万千拉扯时被他蹭上的，她想碰碰自己的脸颊，只好翻过手背紧贴上来，明明摸起来是冰的，她怎么觉得这脸颊和耳朵都快热化了？

黎多情坐在老板提供的小板凳上，捧着邵万千送的花，喝着老板赞助的茉莉花茶，安静地等他归来。换作平时，她一定会觉得无聊透顶，可当下她脑子里全是警察将他就地正法的画面，偶尔还要切换到他满身寒气地朝自己俯身，冷冰冰的嘴唇和平静无波的双眸。她的心脏像是坐过山车一样，一会儿上去，一会儿下来，一会儿想哭，一会儿想骂。

保持着内心波涛汹涌的状态，她在香气馥郁的小店里等了将近三个小时。

不敢给他打电话，连信息都不敢发，也不敢对任何人提起这件事，只能握着手机紧张而眼巴巴地等。这期间，公司同事打来的电话一通又一通，振得她掌心都发麻，她都没有接。

黎多情从没想过自己有一天会沦落至此。她忽然想起姜芷走的那个夜晚，她一个人哆哆嗦嗦地从漆黑一片的夜里走回家，裹着被子坐在沙发上抱着自己的膝盖，也同样眼巴巴地望着家里的大门，期盼它被人推开，期盼看到姜芷熟悉的身影。

回忆得多了，久了，她才惊觉，原来邵万千待她真的挺好。他不像他所表现的那般混账，虽然他嘴上总是与她针锋相对，可到后来，他每一次都让着她。

圣诞夜那晚，如果不是他把她带走，她也不知道自己是否能从那个地方全身而退。至于刚刚，虽说林总不会在那个地方把她怎么样，邵万千的出手也过重，可只有真正关心她的人才会那般生气吧。

黎多情的手指在自己的唇上轻轻地碰了碰，邵万千那副从容无畏的样子又浮现在眼前，肩上的外套还残留着他身上惯有的男士香水味道，她忽然很想哭。

微信语音发起的声音扰乱了黎多情的思绪，她看到了邵万千的名字和他特别的狗铃铛头像。她飞快地接起，手腕和声音都无法克制地发抖，焦急无从掩饰，才说了"叔叔"两个字，就像个受了委屈的小孩子一样瘪起嘴巴，仿佛随时要来一场昏天暗地的号啕大哭。

邵万千听出来她这是要哭，只说了"憋回去"。

黎多情的号啕没实现，大哭也没成功，只敢把含在眼眶里的两滴眼泪挤出来擦掉："你在哪儿啊？"

"我不能去接你了，一会儿会有司机过去，他会把你安全送到家。"

"那你呢？"

"你不用惦记我。"他停顿了一下，说，"以后我会联系你。"

"那警察会把你抓起来吗？"

"怕什么？不抓你就行了。"

黎多情还想再问他几句，邵万千以有事为由匆匆挂断。很快，邵万千派来接她的车停到花店门前，两个熟悉又陌生的魁梧男人大摇大摆地走进来，其中一人手里捧着一件男式长款羽绒服，叫她："黎小姐。"

"嗯！"黎多情看着这两位大哥，规规矩矩地应了一声，就差稍息立正敬礼了。

她第一次去邵万千家里时，就是这两人把她"劫"走的。当时天热，两位大哥穿着圆领T恤，脖子上的大金链子让她至今都记忆犹新。现在已经是寒冷的冬日，大哥虽然穿上了毛衣，但金链子仍旧十分高调，闪亮亮地放在毛衣外头，仿佛一条纯金的毛衣链。

黎多情穿上羽绒服后低头看了一眼，衣角已经落地了，是邵万千的无疑。她捧着邵万千送她的这束包装纸多过玫瑰的花束上了车，副驾驶座上的大哥很贴心地拿了两张在饭店带回来的湿纸巾递给她："擦擦脸吧。"大哥稀里哗啦地翻了一通，又递给她一个奇土无比的小镜子。

黎多情拿起来打开一照，差点没晕过去，这脸花里胡哨得和挖煤工人有得一拼，她刚刚一直沉迷于自己的内心大戏，完全忘了自己还是娇俏姑娘这码事。

哎呀，刚才邵万千就捧着这么丑的脸亲下去了，口味这么重吗？

简单地处理一下脸上的妆容后，她将小镜子还给大哥，顺便礼貌地询问道："大哥，我能问问邵叔叔在哪儿吗？"

坐在副驾驶座的大哥摸了摸自己光溜溜的后脑勺，说："你这，叫差辈分了，你管邵万千叫叔叔，管我们叫大哥，那回头我们不也得把他叫叔吗？"

开车大哥"哼"了同伴一声："各论各的呗，你非跟一小姑娘一起论辈分干什么？非亲非故的。"

"也是。"

两位大哥通过她的话，引出许多话题，黎多情的存在感顿时全无，隔了好一会儿，她才又小心翼翼地往前凑了凑："大哥、大哥，你们是不是忘了车里还有我呢？我想问问，邵万千人在哪儿？"

"在局子里。"副驾驶的大哥说。

"什么橘子里？我还苹果、香蕉、大鸭梨呢！"开车的大哥说。

坐在副驾驶座的大哥忽然给自己的伙伴一拳头："老板说在局子里，就在局子里。"

开车的大哥恍然大悟："哦，进去了。"

以前没看出来这两人这么喜感还不靠谱，他们明明看起来很威严啊！

不知道他们的话能不能信，看来他们没有对她说实话的打算，黎多情也就没有再问。上车时，黎多情没有交代自家的地址，他们将她送到后，她下车，大哥也跟着下车，在她身后两米的地方一边聊天，一边跟着。

黎多情停下脚步，指了指灰蒙蒙的天空："大哥，你们要是不绑架我，就回去吧，这大白天的，我也丢不了，天多冷啊。"

两位大哥点点头，做出往前走的手势，示意她继续："没事，不用管我们俩，我们这是职责所在。"

"对对，我们这是拿人钱财替人消灾——这么说好像也不对，跟要杀人灭口似的，主要是我们老板说，白天坏人也多，宁可错杀一万不能放过一个。"

黎多情默默地叹了一口气，没再跟他们争辩，想必他们也知道自己住在哪栋楼、哪间房，邵万千是谁啊，他谁都不用是，只要他有钱，就没有他查不到的事情。

大哥和周暮云一样有礼貌，也一样体贴，非要看着她进家门。可是今天姨妈休息在家，要是让姨妈看见她被这两个彪形大汉送回来，姨妈会一口咬定她被包养了，或者干脆说她被邵万千包养了，天天刨根问底地折磨她，想想她都觉得可怕。

她对大哥挥挥手，示意他们躲到楼梯拐角后面，大哥们善解人意，下了半层楼，在扶手上探出两个水煮蛋一样光溜溜的脑袋，目送她进屋。

她出门时不是这身装扮，回来却着实有些落拓，身上还穿着男人的衣服，手里捧的花都要比她这个人看着精神许多。姨妈围着她问了半天，愣是什么都没得到，最后留下一句"到底不是亲生的，生分起来一点不含糊"。

黎多情心事重重地没搭理姨妈，反应过来后，对着客厅大吼一句："你亲生的跟你不生分，你亲生的是你的贴心小棉袄！"

姨妈的回应是一只飞在门上的棉拖鞋。

黎多情躺在床上不知道什么时候睡着的，醒来时天色已黑。房间没有开灯，房门开着，客厅的光线照进来，在她的床上留下一个矩形光斑。

她微微一动，浑身酸痛得要命，额头上的湿毛巾掉落在枕头上，偏头去看时，发现枕头边上放着一支温度计，水银柱的顶点停在三十九度。

她发烧了？她摸摸自己的脸颊和额头，是稍微有一点热，可身体又很冷，真是发烧了。她勉强撑着身体坐起来，脱掉还未换下的礼服，从衣柜里翻出毛衣和毛裤套上。

家里弥漫着一股浓郁的姜汤味道，黎多情浑浑噩噩地走进厨房，看到姨妈拿着勺子在锅里搅来搅去，便走到姨妈身边，将头靠在姨妈的肩膀上准备撒娇，心里想着，不是亲妈胜似亲妈。可眼睛往锅里一瞟，她当即不乐意了："哎呀，我的妈，你这放了多少姜啊？你这是煮姜汤吗？你这是要熬姜汁啊！这能喝吗？就算不是亲生的，你也不能给我下毒吧，这要喝进去还得了？"

"少在那儿胡说，怎么就不能喝了？我尝尝。"姨妈拿勺子舀出来一点，吹了好几口，放到嘴边，这一尝不要紧，一尝就辣得她咳嗽半天，脸都憋红了。

黎多情不可思议地瞪着她："我刚才说什么来着，你分明是要毒死我……"

姨妈一胳膊肘把她推到一边："碍手碍脚的，我还给你下毒，我要弄死你就不管你了，让你烧死。这加点水不就好了吗？大惊小怪的，一看就没生活阅历。"

黎多情抚着额头往外走，有气无力道："对对对，你说得对。你生活有阅历，煮个姜汤煮得像火锅底料似的。女儿都快烧傻了，不给喂点退烧药，居然煮姜汤，你有阅历……"

"少在那废话，药在抽屉里，你自己不会吃啊？姜汤是给我自己喝的，我早上出去买菜吹冷了，怕感冒，不行吗？"

自己找就自己找，黎多情在抽屉里找到一盒退烧药，翻来覆去看了半天，走到厨房对姨妈说："过期了……"

"过期了几天？"

"十……二天。"

"没事，吃吧。"姨妈淡定地一挥手，"抽屉里还有一盒维生素C，差不多也过期了，你抓紧时间吃一下。"

客厅的餐桌上有温着的白粥，还有一小碟橄榄菜，黎多情就着菜喝了一小碗粥，吃完药又喝了满满一大杯热水。

姨妈在沙发上看着电视喝着姜汤，黎多情走过去躺在姨妈的腿上，跟她一起看。黎多情带回来的鲜花，被姨妈插进一个装了大半水的山楂罐头的玻璃罐里，娇艳浓郁，好看得与这个简单朴素的房子不搭，周围的一切都灰蒙蒙的，泛着陈旧的味道，只有它们鲜活刺目。

黎多情脑子里黏糊糊的，扯哪头都扯不开，身体难过加上心里难过，眼泪不受控制地就往下落。她的眼泪打湿了姨妈的裤脚，大概是感觉到有些凉，姨妈弯腰看了她一眼，心疼道："你哭什么啊？"

"我就想哭。"她像孩子一样任性地回答。

"你从小就爱哭，一点事不顺心就能号一整天，每次去你家，我都让你哭得脑袋疼。这都多大了，还动不动就哭，你烦不烦人啊？"

"烦人，就哭。"

"我也觉得你挺烦人的。"

烦人，这两个字是邵万千总对她说的，姨妈和他一样，嘴上总是说她讨人厌，可还是对她好，想到这里，她哭得更凶了，甚至直接抱住姨妈的大腿开号。

哭了很久，姨妈不劝不怨，直到她自己渐渐平息，姨妈才说："我上一回见别人这么哭，还是哭丧。"

邵万千好像也这么说过。

"你是不是失恋了？"姨妈脑子灵光一现，问出这个问题。

黎多情茫然地抬头，抽噎道："没有，我还没谈恋爱，怎么失恋？"

"那不有鲜花吗？"

"我捡的。"

姨妈扬起下巴，朝沙发另一端的男式羽绒服看去，示意那就是证据："你捡个鬼。"

黎多情在姨妈的腿上蹭了蹭，抱住她的胳膊，委屈道："姨妈，我不想在那儿上班了，我想换个工作。"

"在公司里受委屈了？"

黎多情没点头也没摇头，算是默认。姨妈想象不到她受了什么样的委屈，可是姨妈也绝不甘心自己的女儿深陷年轻人的钩心斗角里，一心认为是办公室里的女孩子们挤对她。姨妈给黎多情绘声绘色地讲了很多报仇的好方法，这么看来，姨妈确实是一个很有阅历的女人。

　　可姨妈说的这些，并不是黎多情委屈的源头，她心中的委屈，她不愿意拿出来给人看，连她自己都不愿意看。

　　姨妈把歪门邪道的大小道理给她讲了一大通，最后说："要我看，你那个工作不做也行，你就出去给人家当平面模特也能赚点生活费，还不累。"

　　"不是你说那是青春饭，吃不久吗？"

　　"没准以后你就嫁大款了呢，慌什么……"

　　黎多情这一次病得很重，白天还好一些，到了晚上就烧得厉害，姨妈以为是药过期了没用，特地新买回来一盒，可这烧十分顽固，退了没几个小时就卷土重来。

　　第三天晚上，原本黎多情体温已经降下来一些，吃完饭又开始烧。黎多情秉着发烧就要多出汗的原则，喝了一大杯水后盖上三层被子，昏沉沉地睡过去，手机落在客厅里，前前后后响了三四次都没听到。

　　最后一次是因为姨妈觉得太吵了，看到这个尾号好几个六的陌生号码打了好几次，便接起来："多情发烧睡着了，你别打了，明天再找她吧。"

　　中年妇女的回答干脆利落，说完就挂了电话，连那边是谁都不问一声。是谁都不好使，她这会儿正追电视剧，没工夫和别人寒暄。

　　大概半个小时后，门铃都没有的老式防盗门被人在外面砸得哐哐作响，墙上的挂钟显示时间接近十二点，这大半夜的，把门砸成这样，是要入室抢劫吗？

　　她站在门口对着外面吼了一句"谁啊"，听起来很不客气，还带着一丝怒意。

　　"您好，我是来探望黎小姐的医生。"

　　姨妈愣了一下，进厨房拿起家里那把剁骨头的砍刀，返回后，大声道："我姑娘在屋里和朋友喝酒打牌，他们都说没叫朋友来，你赶紧走吧，再敲门我报警了啊！"

门外的人没再回答，姨妈拿着砍刀将耳朵贴在门上，试图用这种方式来掌控这些人的去向，可迟迟没有听到任何脚步声，只有男人交头接耳的说话声。

"你好，我是邵万千，刚才和你通电话的人是我。"

姨妈这才拧开门锁，先是向外探了两眼，然后才把门打开。脸色自然是不好看的，和手里的砍刀瞧着无异，都是铁灰色，并透着一股寒气。

门外的邵万千脸色也没好看到哪里去，他身上还是那身休闲装，不过换成了米色，头上的高尔夫球帽也戴着，只是外面多了一件厚厚的灰色长款羽绒服。他面上礼貌和气，里子里却急得想剥掉耽误他时间的人一层皮。

姨妈没有让他们进屋的意思，邵万千只好再次表明来意。正要开口时，姨妈突然让出大门，把他们带进客厅，用砍刀指着沙发，让他们落座，并没好气地开口道："黎多情的亲妈不在，我现在就是她亲妈。你先给我说说，你以什么身份进我们家门，还带着人来给我闺女看病，别跟我说你大半夜不睡觉就是为了来我们家发扬白求恩精神。"

不知道姨妈这把砍刀拿得稳不稳，邵万千随行的医生长着一副斯文样，从开门那一刻两个眼珠子就没从这把刀上离开过。他无论如何也想不到，走出医院也会有医闹这么可怕的事情发生。

"你觉得什么身份妥帖，我就是什么身份。"他的视线在电视机旁的鲜花上停留了片刻，总觉得哪里不对，直到注意到鲜花下面的瓶子上贴着山楂罐头的字样。

"我觉得你是她爸才妥帖！"姨妈说。

邵万千冷静地点头："可以，那我现在就是她爸。"

他这个人是有几分骄傲的，平时轻易不会向别人妥协，但身为男子汉大丈夫，要能屈能伸才行，况且人家只说他是黎多情的爸，又没让他当黎多情的儿子，算不上吃亏。话说回来，倘若非要是黎多情的儿子才能来看望她，那他就是呗，这个便宜让黎多情占了也没什么。

姨妈一时语塞，她实在没想过邵万千这个人会出现得这么突然，突然到她还没来得及准备点什么问题刁难他，她挥着砍刀指向黎多情穿回来的那件羽绒服问："我家多情穿回来的这衣服是你的？"

邵万千睨了羽绒服一眼，点头："是。"这衣服确实是他的，买回来只穿过两次，他大部分的衣服都只穿个两三次。

"那我家多情大冬天的穿着棉裤出去，光着大腿回来，是因为你？"

"是。"无可非议，虽说是黎多情自己提议要带他跑路的，但将衣着单薄的她带出酒店的确实是他。

"那我家多情发烧就是你造成的？"

"嗯。"如果他不胡闹，不带她乱跑，她不会发烧。

"那我家多情带回来的花也是你送的？"

邵万千犹豫几秒，没有立刻回答。思来想去，这也不是瞒得住的，便诚实地点头："是。"

"这是当爸的能干出来的事？你跟姜芷怎么回事你心里没数吗？你有钱我们惹不起，我们还躲不起吗？没见过你这么不要脸的，祸害完了人家妈，又来祸害人家女儿，你出门不怕被雷劈吗？"姨妈义愤填膺地站在他对面，掐着腰指着他的鼻子骂，末了还嫌语气不够重，加了一个字，"啊？"

他活了三十来，只有他父亲邵海堂用这种姿态训斥过他，黎多情姨妈的举动确实让他很不舒服。他也真是没想到，高中那会与姜芷的几面之缘，会让今日的自己落下如此难听的口舌。

不知道姜芷到底是如何绘声绘色对别人讲述他们的事情的，反正他现在很想把这人揪出来问个明白，他邵万千到底和你姜芷有什么关系。

"这些东西，跟多情现在的身体健康比起来都不重要。"

"我自己家的死了算我的！"

邵万千强压着心里的一团火，沉稳地起身，从姨妈手中拿走那把吓得医生瑟瑟发抖的大砍刀，"哐当"一声扔到茶几上："你要砍我就快点，不砍的话，我就先去看多情了。"

说着邵万千拍了拍医生的肩头，示意他跟自己走。

这个老房子不大，客厅小得和邵万千的浴室差不多，卧室有两间，一间关着门，一间敞着门关着灯，借着客厅的灯光，他看到床上铺着的好几层厚被子中间鼓起一个小包。

他按亮了房间的灯，先一步走到床边，被子边缘露出乱糟糟的一团黑发，他往下拉开被子的一角，看到脸色烧得通红的黎多情。

这被子是老人家自己弹的，不像他平时盖的羽绒被那般轻盈。邵万千连着掀开三层，越掀越气，这不烧死也要被压死了！

最后一层棉被掀开，他直接伸出微凉的手抚上她饱满的额头和滚烫的脸颊，黎多情的皮肤很白，此刻却烧成了粉红色。

姨妈看他的动作好像是要把黎多情全身摸个遍，立刻上前来阻止："你再这样我报警了啊！"

邵万千冷漠地看了她一眼，给医生让出位置让他给黎多情量体温。

"你报吧，我也可以跟警察说一说你蓄意谋杀。"

姨妈仿佛听了天大的笑话："真好笑，我谋杀？孩子是我的，我谋杀？你谋杀还差不多！"

"她这么难受，你还拿这么厚的被子压着她，这是哪门子当妈疼孩子的态度？"

"你有孩子吗？"姨妈突然问。

"没有。"

"那你凭什么质疑我照顾孩子的方法啊？我的孩子就是这么养大的，每次她们发烧我都是这么治疗好的，怎么到你这里就成了我谋杀？"

邵万千看到姨妈又掐上了腰，中年妇女的叉腰动作是很可怕的，这意味着她们准备拉开长线跟你对战。她们是不会输给别人的，只能输给更厉害的妇女，所以他不打算跟她争辩下去。

"三十九度二。"医生给邵万千看了一眼温度计，然后打开随身携带的医药箱，准备给她打针。

邵万千快步走到客厅，从沙发上拿起黎多情穿回来的那件羽绒服，然后把自己身上这件也脱下来，都盖在她身上。

"羽绒服能有棉被保暖吗？"姨妈翻着白眼说。

两万多一件的羽绒服他不信比不过那铅块一样的棉被。他们在房间里说话的时候黎多情没醒，倒是医生给她打针的时候因为她的血管太弱，医生用力拍了两下，把她拍醒了。

黎多情迷迷糊糊睁开眼睛的时候，针头已经扎了进去，这一下让她清醒不少。当看到一个陌生男人坐在自己床边后，黎多情近乎透支的身体仿佛被注入了新的活力，扯开嗓子就叫，并附上殊死一搏的拳打脚踢："滚！啊，救命啊，非礼啊！"

邵万千把自己的朋友推开，坐到床边强行按住黎多情的手脚和胳膊，不费吹灰之力就将她轻飘飘的小身板抱进怀里。大手牢牢抓住她胡乱飞舞的拳头，速度极快地将已经滚起的针头拔出来。看到黎多情的手背流血了，他接过医生递过来的棉签按住，而黎多情又开始哇哇大叫。

黎多情说不上多优秀，但从小就很乖，从来不像别人家的小朋友乱跑乱叫，不夸张地说，她从来都不是熊孩子。

姨妈还是第一次见到她这么"熊"，不，"熊"都不能准确地描述她现在的样子，简直是驴，惊得姨妈半天没说出话，心想：她这不是烧傻了吧？

她疯狂的举动不小心掀掉了邵万千的帽子，露出他额头上贴着纱布的伤口，大概是被她刚刚的乱拳打个正着，纱布上渐渐渗出鲜红的血迹。好在头上的伤口小，早就好得差不多，疼是很疼，但邵万千无暇顾及，也并不在意。他拉过滑落一旁的羽绒服，严严实实给她裹上，抱着她靠在床头，紧紧按着她的手脚，声音低沉又耐心地说："好了，多情，乖一点。"

黎多情刚刚做了噩梦，醒来又看到陌生人，加上发烧脑子不清醒，这会儿有些分不清是梦还是现实。她在邵万千的怀里难受了好一会儿，委屈地瘪嘴："我好难受啊……"

"你就这点本事，还想要跟我私奔。"他下颌贴在她的额头上，感受到她滚烫的体温，愈发心疼。

"私奔"两个字，让姨妈险些腿软坐到地上。千算万算没算到，黎多情会把自己也折在邵万千身上，她们母女上辈子是造了什么孽？

　　黎多情攒了许久的力气在刚才那一闹中消耗殆尽，现在身体软绵绵的，像一条粗棉绳一样，想扶起都难。她想表达一下自己的愤慨之情，可只能从鼻孔呼出两股热乎乎的狠气："我什么时候要跟你私奔了？"

　　"不是已经奔过了？"

　　黎多情长出一口气，嘴巴再也懒得动一下，没多一会儿，又迷迷糊糊地睡着了。医生给她另一只手扎针的时候，她醒了一瞬，又被邵万千哄睡了。

　　医生跟他打过招呼，去客厅里等候，姨妈因为不放心邵万千，所以搬来一张小板凳，坐在床尾盯着他的一举一动。邵万千为了不打扰黎多情也不说话，看都不看姨妈一眼，免得一个眼神不到位，这个人再不依不饶地啰唆个没完。

　　每次他认为黎多情已经睡熟想要把她放在床上时，黎多情都会无意识地半眯着眼睛，顺便哼唧两声。反复几次都是这样，也许是习惯他的体温贴着，忽然离开会发冷。没办法，邵万千只能一直抱着她，最后实在是自己的腰受不住，也怕她的腰受不住，干脆抱着她一起躺平，让她枕着自己的胳膊。

　　姨妈是个了不起的中年妇女，往小板凳上一坐，看着手机，好几个小时不换姿势，直到邵万千这个举动激怒了她。

　　这也太不拿她这个当家长的当回事了！姨妈愤怒地起身，凶巴巴地上前，抓住他的袖子往外拽，压低声音警告道："你还得寸进尺呢，给我下来！"

　　邵万千皱眉将她的手掌甩开，做出一个噤声的动作，然后挥挥手，明显是赶她走。

　　姨妈要是那么好说话，那就不是姨妈了。她觉得自己必须是个有立场的后妈，然而就在这时，黎多情"很合时宜"地哼唧了一声。

　　女儿养大了胳膊肘终究是要往外拐的。她心里头虽然八百个不愿意，但看着黎多情实在难受，也就没再追究，气呼呼地回去自己的房间，

"哐当"一声摔上门。

这一摔，把黎多情两只眼睛惊得睁圆，眼看就要瘪嘴哭出来。邵万千狠狠咬了一下后槽牙，连忙拍着哄着安抚道："没事、没事，关门声，别怕，我在这儿看着你，不会有人欺负你。"

姨妈在屋里琢磨了一会儿，想起自己的包还在客厅，包里还有身份证、银行卡和好几百块钱，虽说邵万千家财万贯看不上她那几百块钱，那客厅不还有不是家财万贯的普通人吗？防人之心不可无啊。

于是她又开门出来了，走到客厅拿起自己的包。路过黎多情的房间时，与擎起身体回头盯着门口的邵万千的视线对了个正着。她又生气了，"哐当"一声，再一次摔门。

黎多情这回真哭了，哼哼唧唧了很久，邵万千也心力交瘁地哄了很久。他是没哄过女孩的人，周暮云小时候也哭，他哄，但周暮云不是丫头，哄起来没那么费劲。再说周暮云也不会哭得让人摸不着头脑，他哭的时候会提要求，只要满足了，眼泪就收回去了。

可是黎多情的眼泪让他毫无头绪，也十分焦虑。

一夜未合眼的邵万千，半个身体都被黎多情的汗水浸透了，可想而知她身上的衣服有多糟糕。

他一夜不睡，客厅的医生也一夜没睡，在客厅刷了一夜朋友圈——

"已经三点了，邵大公子不让我睡觉。"

"已经四点了，邵大公子还不让我睡觉。"

"已经五点了，邵大公子自己不睡觉的时候，别人都不许睡觉。"

"六点，天色微亮，我问邵大公子我能睡觉吗，公子曰睡什么睡！"

"七点，又饿又困，邵万千这个老王八犊子，还不让我睡觉。"

"八点了，各位，八点了，没有人性，邵万千这个禽兽，女朋友生病，不让我睡觉，没有天理啊！"

"九点，睡美人终于退烧醒了，我好开心，可以回家睡觉了，邵大公子是好人……"

"九点十分，邵万千这个浑蛋，应该下地狱，他居然让我睡沙发！等到夜里睡美人不再反复发烧才肯放我走，奉劝大家交友要谨慎，对待邵万千这种人渣要避而远之。"

邵万千是很容易有黑眼圈的人。这一夜下来，他看起来像被壮汉将双眼各打了一拳，加上苍白的脸色，他看起来更像是大病一场的人。

黎多情的烧终于退了，她觉得自己身体十分轻快。虽然还是没什么力气，但已经没有那种要被自己骨头架和脂肪压死的沉重感。她很舒畅地翻身，睁开眼睛，看到近在咫尺的邵万千满面倦容地盯着她，被吓了一大跳："天哪！你怎么在这？"

"惊不惊喜，意不意外？"他的声音低沉而沙哑，听着精神不是很好。

黎多情一骨碌坐起来，紧张地抻着脖子往外看，压低声音偷偷摸摸地问："你怎么进来的？我姨妈呢，没打你吗？"

"大人之间的恩怨轮不到你操心。"邵万千抬手将她因为被汗水浸湿而粘在脸颊上的凌乱发丝别到耳后，平静地说，"我昨晚就来了，是你烧糊涂了不记得，你仔细想想。"

黎多情拧着眉头绞尽脑汁地回忆，终于想起来一点。若不是邵万千在床边，她会以为昨夜发生的事都是做梦。

"我姨妈在家吗？"

"在睡觉。"他答。

她越过邵万千的身体轻手轻脚地跳下床。看姨妈的房门还关着，于是把自己的房门也轻轻地虚掩上，不敢关死，怕落锁的声音会让姨妈听到。

回到床边，她犹豫了一会儿，抬腿迈上床，回到自己的枕头边，瞪着一双湿漉漉的大眼睛，看着一身慵懒的邵万千问："你妈把你捞出来了？"

邵万千没回答。

她又问："花了多少钱摆平的，得好几百万吧？你怎么不说话啊？你不会想让我掏这笔钱吧？"她感觉不妙，讨好道，"你知道我给不起，不然你看我值多少钱，把我卖了还你钱吧……"

"你觉得你能卖多少？"

"真卖啊？"她难以置信。

"回答我的问题。"

黎多情抿了抿唇，说："那也要看看怎么个卖法，是包年还是包月。包月呢，一个月十万吧，包年的话，就一百二十万呗。"

"你对自己的身价评估有如此明确的价格和态度，很出乎我的意料。"

黎多情挠挠额头，这是她随口编的。邵万千实在是有些累，连简单的加减法都要在脑子里反复计算半天，他说："按着你的意思，包你五十年，只需要六千万。"

黎多情心里一惊，有钱人真不一样，六千万还少吗？六千万对她来说简直就是天文数字，怎么从他嘴里说出来，就跟六十块一样轻松？她收紧小腿，抱着膝盖，将下巴搁在自己的膝盖上，偏着头说："叔叔，你真的被抓走了吗？"

"没有。"他推翻自己早早做好的所有恶作剧打算，如实跟她交代，"我不是十几二十岁的男孩子，我知道下多重的手。他死不了，最多住几天医院，他想要赔偿我赔得起，就看他愿不愿意因为猥亵女孩进局子里待着。"

"可是他愿不愿意，只要我出面报警，他都是要进去的啊……"

"不。"他拒绝了黎多情的提议。

她茫然地望着他："为什么不啊？"

"因为我要让他在外面待着，慢慢折磨他，见他一次给他裤裆一脚。"

难怪她成不了大事，成大事者都要心狠手辣。她能想到的惩罚就是报警，让警察把他关起来。折不折磨的，她没有那些花花肠子，也不是有仇必报的江湖女侠。面对真正的恶人，她能依靠的只有法律。

邵万千用手指轻轻地拽动她的毛衣袖口，将她飘远的思绪拉回："以后，如果我不在，你不要穿得那么性感出去。"

这话黎多情不爱听，立即翻白眼给他："合计你这意思，强奸犯不是他本身有错，是怪我们女孩子长得好看、穿得性感？你这人不仅禽兽，还直男癌，你又好到哪里去？你跟他也没差多少。"她想到那天在酒店的画面，忍不住撇嘴，"你比他还过分呢，那个人渣只是动手动脚，你是动真格的！"

"你这人，真是歪。"他直率地评价完，又说，"我没有说别人犯罪是你的错，我是在教你怎么保护好自己。因为我没有本事去说服每一个强奸犯不犯罪，所以我只能说服你。要你学会在遇到那些知人知面不知心的坏人时，如何让自己不成为他们关注的焦点。"

"我不听，什么歪理邪说，我爱穿什么就穿什么。"她赌气道。

邵万千不与她计较，任由她耍性子："好，你爱穿什么穿什么，三九天你穿上比基尼出去嘚瑟都可以，反正我都在。"

黎多情突然很警觉地瞪起眼睛："我们公司年会那天，你是不是尾随我？"

"尾随你干什么？强奸你吗？想的话，不用等到那天。"他懒洋洋地撑着身体坐起来，浑身骨头架子都要散了，身体乏累得不行，到底不是十几二十岁，熬这一夜就浑身难受。

"那你怎么在那儿？"

"我就不能参加婚礼吗？"

"不能，像你这种身份的人去参加谁的婚礼会穿得像打高尔夫球一样，还戴个帽子，生怕别人看出来你一样。"

他伸手在她下巴上打了一下，看她倔强的小样挺可爱的，嘴角上挑笑了笑，算是给这苍白的绝世美颜上了点鲜活的颜色："还行，不算傻得太离谱。我就是特地去年会上看你的，但不是尾随，你们总经理光明正大地带我进去的。"

"为什么？"她不解。

"什么为什么？你是想问为什么他带我进去，还是想问我为什么去看你？"

"都想问。"

邵万千从容地笑笑："我是这家公司最大的股东，说白了，我才是你的大老板。我想低调地去凑个热闹，他不需要知道为什么，只需要带路就可以。我戴帽子，是因为这里不好吹风。至于我为什么要去看你，"他顿了一下，指了指自己的额头，渗血的纱布早就被他朋友换掉，这会儿看着白白净净的，"因为我想等年会结束把你就地正法，让你给我道个歉。我等你很多天了，你都没给我道歉。"

黎多情觉得他这个说法有些可笑，冷嘲热讽道："我为什么要跟你道歉啊？说白了，你那是强奸未遂，我没告发你就不错了，我还给你道歉？"

"是你先打我的。"他说，"你冤枉我，还打了我，所以我生气，生气就不理智。但我最终还是理智地停下来。"

"我的妈啊，你真好笑，这叫强词夺理，你都把我……嗯，衣服脱光了……"

"不是我脱的。"他坦承道，"那天我没喝酒，如果是我脱的，我会承认，我没你想的那么窝囊，敢做我就敢当，没做的，我也不认。你看到床单上的血，应该是你来月经了，我说得对吗？"

黎多情感觉自己有点理亏了，邵万千看起来是有一点浑，不像周暮云和白以恒看着庄重本分。可按着他这般自大桀骜的性子来推断，他若敢脱别人的衣服，就一定敢认的。杀人他都不怕，这世上也没什么他怕的事情了。

她别扭了好一会儿才说："你就是老流氓，衣冠禽兽，我不接受你的反驳。不说那天，就说你把我扔在花店吧，你你你、你不是还、还、还……亲了我一下……"她越说声音越小，最后小到自己都听不见了。

邵万千一如既往地落落大方："男未婚女未嫁的，你都愿意跟着我私奔了，我怎么就不能亲你一口了？"

黎多情气急了，涨红着小脸，狠狠在他肩头上掐了一把。样子虽然咬牙切齿，但力气是软绵绵的，大病初愈的人也生猛不到哪里去："我什么时候跟你私奔了？你会不会讲话，那是跑路、跑路，不是私奔！"

"女人真善变。"他笑道，心情似乎很好，长臂一伸，将她捞进自己怀里。不顾她软绵绵的拳脚，心想借机就把自己该说的、想说的都说出来，总放在心里头惦记着难受。

"砰"的一声，姨妈破门而入，像黑脸门神一样叉腰站在门口。邵万千的手松了，黎多情立刻挣脱开，老老实实地坐在一旁。

姨妈身上那身睡衣，邵万千怎么看怎么眼熟。他想起黎多情挂在自己家大门上那晚，好像穿的就是这身，土味十足。姨妈挽起袖子，双腿与肩同宽，气质彪悍地指着他，呵斥道："邵万千，我警告你，昨天小姑娘生病，我懒得跟你计较。今天我就把话撂这里，你想要动多情，除非你从我的尸体上踩过去。你爱祸害谁祸害谁去，别打她的注意。你自己摸着良心，你今天进我们家的门，你对不对得起姜芷？如果姜芷回来，怎么看你们，怎么面对？"她又指着黎多情，恨铁不成钢地说道，"我没点名骂你，你不要侥幸。你要是站在你亲妈的立场，怎么折腾我都可以睁一只眼闭一只眼。但你要跟他私奔，还送送花谈谈恋爱，你想都不要想。你要是还有一点良心，就想想你妈，你亲妈。"

黎多情委屈，狡辩道："不是你想的那样，姨妈。"

"我瞎吗？我谈过恋爱、结过婚、生过孩子，你那点猫腻我看不懂？我吃的盐都比你吃的米多！"

"不咸吗？"黎多情低声嘀咕。

姨妈当即火了："什么？你再说一遍，来，黎多情，你再说一遍。"

"你不咸吗？"她真的又说了一遍。

姨妈二话不说，操起拖鞋就奔她来了。这回大病初愈的理由也保不住她了，能保她的，只有邵万千。于是拉架的邵万千，很无辜地挨了很多拖鞋底子。

拖鞋是胶底的，说不疼，竟也火辣辣地难受。他是个男人，挨几下都觉得不舒服。一想到黎多情大病初愈就要挨揍，邵万千心一横，一把抓住姨妈的手腕，抢走她手里的拖鞋扔到门外。姨妈虽然力大无比，但和邵万千比起来还是小巫见大巫，她只能干瞪眼干着急。

邵万千板起脸，一本正经且十分严肃地开口："姨妈，你再这样我要发火了。"

黎多情躲在他身后，忽地一偏头，心想他怎么叫姨妈呢？

姨妈自然也发现这个称呼不妥，他太把自己当自家人了，他怎么能随着黎多情称呼她呢？气得她眼珠子都鼓起来了："你叫我什么？"

邵万千愣了一瞬，下意识地看向黎多情，他思忖片刻，重新改口："妈？"

这还了得！姨妈的炮火朝他转移了，趁邵万千放松之际，立马脱下另外一只拖鞋，照着他的肩膀、后背和屁股就是一顿抡。

风水轮流转啊，这次换黎多情来护着他了，死命拦着姨妈，还不忘用脚踢他："你先走吧！"

邵万千真是跟这种蛮不讲理的女人扯不清，说了一句"告辞大姐"，然后抓起自己的羽绒服便夺门而去。

一直在客厅手足无措的医生朋友觉得自己终于解放了，捧着医药箱小跑着跟上。才出大门，就被邵万千盯上："谁让你出来的？你回去，睡沙发。"

"不是，那个万千啊，我想回家，我害怕，不想挨揍。"

"回去。"

"好嘞！"

邵万千看着他委委屈屈地退回去，"砰"的一声从外面帮他把门关好。然后"哼"了一声，穿上羽绒服，慢悠悠地迈下楼梯。

回到黎多情家客厅的医生，一脸谄媚地对着姨妈笑："大姐，我是好人，我跟邵万千不熟，他花钱雇的我。"

姨妈"哼"了一声，没搭理他。

● ○ 第十一章
只要你不哭

　　黎多情的这场病消耗了她人生中非常重要的七天。因为人生中的每一天都只能过一遍，不会重来，所以这七天就这样白白浪费了。其间白以飒来看过她，给她买了一堆补品，黎多情后来打开看过才发现，里面居然有脑白金……

　　白以飒来看她那天，见她头不洗脸不擦地躺在那儿，顿时心疼得眼泪都要掉下来了。可一听说邵万千是黎多情的大老板，邵万千要带她私奔，邵万千还亲了她，邵万千还把姨妈叫妈，白以飒的眼睛顿时大了好几圈，眼泪也被硬生生地憋回去，只剩一颗澎湃的八卦之心。

　　后来黎多情又把姨妈说的话跟她说了一遍，白以飒澎湃的心也就熄火了。闺密两人头靠着头，纷纷叹息，谁也没道出来为什么要叹息。

　　黎多情恢复上班的那天早上还收到白以飒的信息："我相信以邵万千的手段会弄得你们公司那个人渣生不如死。你要实在觉得别扭，就不做了，回家待着，我养你。"发完这条信息后，白以飒直接在微信上给她转了一万块钱，并说，"我哥昨天打赌输给我的，你先花着，我以后一个月跟他打一回赌，坑他一个一两万，够养你了吧？"

　　黎多情给她回了一个"发财了"的小表情，问："那到底是你养我，还是你哥哥养我啊？"

白以飒："有啥区别？我哥的钱就是我的钱。"

黎多情没收，也决不会收，她又不是落魄到吃不上饭。她还买得起兰蔻的精华香和迪奥的香水，她有两千块的羊绒大衣和皮靴，也有足够的与朋友聚会旅行的钱。虽说不及白以飒那般富有，但也不至于一贫如洗。她赚的每一分钱都花在刀刃上，没花的钱，姨妈都帮她存起来当嫁妆，她还是可以自给自足地生活得很好。

走进公司所在的大厦时正值上班高峰期。她第一个走进电梯，进去就站在最角落里低着头发信息。很快，偌大的电梯满员，大家一个挤着一个，比早晚高峰的地铁还可怕。这部电梯直升二十六层，每一层都有很多公司，挤在她眼前这几个，没一个是她认识的。

可总有巧合。靠近电梯门口的几个女孩子恰好是她们公司的。不知哪根筋没搭对，在议论她和林总的事情。

"今天下班我们去医院看看林总吧，再不看看人家都要出院了，怎么也要送点水果过去意思一下。"

"真是烦死了，越是钱紧的时候越是破烂事多，销售部那个叫黎多情的女的是不是有毛病啊？自己贱嗖嗖地勾引，被男朋友撞见了就把责任推在林总身上，害得人家挨打，这种女的也真是奇葩。"

"什么男朋友，你可真天真，销售部的人看到了，说那不是她男朋友。她男朋友是单眼皮的，长得斯斯文文的，这个长得像混血。"

"真的还是假的？"

"全公司的人都知道了，就你孤陋寡闻。是林总亲口对阿华他们说的，她在洗手间勾引了林总。林总一开始拒绝了，后来喝了一点酒，她又勾引林总去外面，还说在外面订好了房间。你看她平时那副清高的样子，果然越是清高的女人越是闷骚。"

黎多情的上牙磨着下牙，电梯里的人在不同楼层陆续地出去了。黎多情出去的时候，里面还有几个人，那两个嚼舌根的同事走在前面，没有注意后面有人。刚推开公司的大门，就被她叫住："等一下。"

两个女孩回头，看到是黎多情，心里立刻明白了个七七八八，敷衍地笑了笑，匆忙就要进去。黎多情几步上前，挡住她们的路。公司里的人差不多都到齐了，有吃早餐的，有喝热水看新闻的，已经有人抬头向他们这边看，紧接着，几个独立部门也有人从各自的办公室里探头出来。

"在背后传别人的闲话，叫你们，你们当作没听到做贼似的走掉了，是不是孤儿，这么没教养？"

"你说谁是孤儿谁没教养？你有教养，你有教养你别干出那样的事啊！"

"我干什么了？"黎多情冷冷地直视她们，态度咄咄逼人。

"你干什么你自己心里清楚，你要真那么纯洁可爱，犯不着全公司都在说你那点破事吧，怎么没人说我呢？"

"因为你丑。"黎多情直言道，个子高加上高跟鞋的好处就是随身自带藐视 BUFF（增益状态），她下巴微扬，嘲讽道。

两个女孩子抱着肩膀冷嘲热讽："你好看，你最好看，你要不这么好看能东勾引一个，西勾引一个吗？像我们这样的没人要，我们丑，你不一样，你好看，是个男的都想要你，看样子你也是没少被男人要。"

"我要像你这样，我妈早抽我了。既然你是孤儿，没有爹妈管教，我就替他们管教管教你这张破嘴。"

黎多情就要动手，被同行的女孩拦下来："黎多情，你也太过分了！闲话又不是她第一个说的，她就跟我一个人说了而已。全公司都在说你的事，难道你把全公司的人都打一遍吗？你说我们没有教养，你就有吗？有教养的人就随随便便动手打人吗？你要是真怕别人说，你别做啊！"

黎多情冷笑一声："你说得对，今天谁敢站在我面前议论我，我就抽他的嘴巴，谁都不例外。"

刚刚还与她叫嚣的女孩子，这会儿也安静了。她们不是真正了解黎多情，不能预料真正被逼急了的她会怎么样。

男同事觉得这事不大，纯属女孩挡不住她们八卦的嘴才惹祸上身，于是纷纷出来劝阻，说着算了算了，不要跟她们一般计较。

黎多情本来也没打算真的伤人，她还没失去理智。

她去了经理办公室，经理见到她很是意外，好像每次她请假回来经理都很意外。现在黎多情知道了，这是因为帮她请假的人是总经理，一个连请假都是总经理来开口的人，面对经理的时候却总是战战兢兢，经理自然觉得意外。

"你好了？"经理居然主动关心起她来。

黎多情点了点头，眼珠一转，又觉得事情并不简单。什么叫她'好了'？她哪里坏了？身体确实是好了，但心里头还是坏的。她笃信自己发烧不仅仅是受了风寒那么简单，她上大学跟朋友一起出去当平面模特的时候，光着脚丫在大雪地里给影楼拍婚纱照，也没见发烧。所以她生病，也可能与惊吓有关。

于是，她又摇摇头："不是特别好。"

"那你就继续休息，休息好了再来上班。"

黎多情刚要开口，经理抢先一步替她说了："你爱工作，工作使你快乐嘛！我知道的，但是工作是永远做不完的，你这样只会拖垮自己。"

如果她刚刚来上班的时候没有偶遇那两个女孩，也许她会觉得这是经理发自内心对她体恤。可现在她不这样想了，她坐在经理办公桌的对面，面色平静如水，缓缓地说："我是来辞职的。您平时对我很好，教会我很多东西，谢谢您这段时间的照顾。"

经理一脸惋惜地点头："那都是我应该做的，你自己也很努力上进。不过既然你有更好的去处，我还是支持你的。"

这段虚伪的对话如果让白以飒听到，肯定是要当面毫不留情地翻个白眼。其实这个经理除了骂人训人，完全没教过她任何东西。

"谢谢，那我就先去副总那边，跟他说一下让林总在公司大会上给我道歉的事。等林总给我道完歉，我就离职，这几天我会把手上的客户和工作整理好，把工作交接明白。"

经理放下手中的文件，摆出一副准备苦口婆心劝导她的姿态："多情，林总这个事情吧，虽然我不是很了解事情的具体经过，但我希望你慎重考虑一下。你年轻条件好，想去闯一闯是好事，请假都是公司大领导亲自开口。林总不同，他在公司做了很多年，工作能力是被上级领导认可的，公司很珍惜他这样的人才，不管你们曾经好没好过，今日留一些余地，日后也好见面。况且现在他人都被你的朋友打到住院缝针，他也没向你追究责任啊。他就算有什么让你不舒服的地方，这一顿打也解气了，是不是？你呢，也就宽容一些，别让他以后在公司太难做人，你觉得呢？"

黎多情点了点头，很温和地笑了笑："您说的道理我都明白，现在您和公司的同事都只听到他的片面之词，都觉得是我先勾引林总才有了这些乱糟糟的事，可这并不是事实。林总确实是公司认可的人才，他的前程也固然重要，但这些与我无关，我为什么要委屈自己、牺牲自己来成全他的前程呢？对我来说，前程就是一碗热饭、一件新衣，它们远没有我的尊严来得重要。您不是我，不知道我受了什么样的屈辱，所以您不应该、也不能劝我宽容。"

"多情，这就是你太固执了，如果这件事闹大了，只会更加有损你的尊严啊，再说如果林总要告你们故意伤人怎么办呢？你没考虑过这个问题吗？"

"我的尊严来源于我行得正，坐得端，不是我隐藏别人对我的侵犯和远离他人的非议就有尊严了，这是自欺欺人。至于他想告我故意伤人，那就让他告吧，正好可以让警察来给我一个公道。"

"多情，你这是在给自己制造不必要的麻烦。"

黎多情站起身，扶着椅背说："我想过宽容，但他不值得。"

在今天来之前，黎多情只有一个想法，就是离职，并没有想过让林总道歉。毕竟他的行为当时被及时制止了，再加上他被邵万千打了一顿，身体上没少遭罪，算是警告他往后的人生路要走得规矩一点。可当她在电梯里听到那些话后，就改变主意了。

她可以原谅一个醉酒后行事荒唐的同事，可以对他避而远之，但她无法原谅清醒后的人渣。倘若林总可以给她打一通电话或者发一条短信，诚实地向她忏悔致歉，她就不会追究。

可他头脑清醒后做的第一件事就是向她泼脏水，明明是他猥亵，现在却成了她私生活不检点，她有意勾引他。明明她是受害者，在家大病一场后，竟然成了众矢之的。

她离职以后确实可以去陌生的公司重新开始，甚至远离这个行业，不再与其他同事有接触。反正在这里她也没有交到真心朋友，也没来得及建立完整的事业圈。可她为什么要让别人戴着鄙夷的有色眼镜看待她呢？

这对她来说，不公平。

黎多情回到自己的办公桌前，用毛巾把桌子、电脑擦得干干净净后才坐下。她打开电脑，开启文件夹，看到那些密密麻麻的文件，那是无数加班的结果，不止为钱，也为争一口气。

这一口气，对于活人来说，是何其重要。

原来不喜欢她的慧慧，很想落井下石。但慧慧看到了今天黎多情据理力争的样子，所以她把自己的嘴巴闭得特别严实。和慧慧关系很好的女孩倒是主动开口了："多情，你没怎么样吧？我们大家都挺担心你的，还很想你，不知道你什么时候回来。"

黎多情笑笑，是担心她，还是想看她笑话？真担心的话，她请假这些天，她们会连条慰问短信都没有？

"谢谢，我也想你们呀，其实在家特别无聊，我不爱在家待着。"

"对对对，我也是，放假我也不睡觉，一定要出去玩才行。对了，那你跟林总的事情要怎么处理呢？听说他住院了，等他回来，你们会不会很尴尬啊？"

黎多情甜甜地朝女孩一笑："所以我是不是应该让他出不了院？"

午休时，黎多情叫了一份海鲜比萨，才刚送到，就接到邵万千发起的视频消息。他头上的纱布已经拆掉，穿着一件纯白的衬衫坐在车里，面无表情地问她："你吃饭了吗？"

"正要吃。"

"吃什么？"

"比萨。"

"几寸？"

"十二寸。"

"你是猪吗？你自己一个人吃十二寸的比萨？"

黎多情托腮，点头："我是。怎么了？"

"你带着比萨下楼，我在你们公司的大厦楼下等你。"

"干什么？"

"你下不下来？你不下来我上去。"

黎多情关掉视频，把刚刚打开的包装又扣好，装进塑料袋里，穿上大衣走出办公室。

她以为邵万千有什么正经事找她，可是她高估了这个人。他本身就不是什么正经人，哪里来的正经事？

邵万千的车就停在路边，见到黎多情走出来，怕她看不到，特地鸣笛两声，放下车窗。他换车了，一辆挡风玻璃上夹着临时牌的白色奔驰。

黎多情打开后排车门，迅速地钻进驾驶位后排，开门见山地问："找我干什么？"

"炫富。"

黎多情翻了个白眼："又哪根筋不对？炫富就炫富，让我带比萨下来干什么？"

"替你分担，怕你撑死。"

黎多情死死抱住自己的比萨，一点也没有想要将它分享出去的意思："你不是炫富吗？既然你这么有钱，何必来抢我穷人的口粮呢？再说我这粗茶淡饭的，你这么尊贵怎么吃得习惯？"

"你还带了茶？"他一脸惊奇地扭头，试图从黎多情的手里看到点什么，只见她慢吞吞地从大衣口袋里掏出一个老干部标配、泡着茶的玻璃保温杯。

他笑道，"你真可以。"

黎多情"嗯"了一声，算是回应他。

"你怎么不叫我叔叔了？"他问。黎多情那股烦人劲今天居然没了，这不正常。

黎多情没理他，打开水杯，慢悠悠地喝了两口。

"我爸给我介绍了一个女的，让我明天去相亲。"

黎多情还是没搭理他，这太反常了，换作以前她肯定要闹个鸡飞狗跳。

黎多情也说不上为什么在面对邵万千的时候突然有了一种心如死灰的感觉，并非是真正的心如死灰，而是她强迫自己不去为他的事情澎湃活跃。她觉得自己做得很好，这场内心戏不露任何表演痕迹，尽管她此刻非常想跳起来给他一个嘴巴子，并严厉地责问他："怎么又要相亲？能不能让伤痕累累、疲惫不堪的本姑娘休息几天？！"

可她什么都没有做，打算在车上沉默地吃完午餐再回去办公室里睡一会儿。她"哗啦啦"地打开比萨的外包装袋，刚要掀开盒子，邵万千便伸手按住："你把这东西当饭吃吗？"

这话问得！别说十二寸的比萨了，就是十二寸的大饼吃进去那也是当饭的。她不说话，邵万千也不说别的，直接从她手里抢走盒子，扔到副驾驶座上："我们去吃点别的。"

"那我的比萨怎么办？我花钱买的，不浪费吗？"

"一起吃，不浪费。"

邵万千带着黎多情来到一家火锅店，很巧的是，圣诞节那天，她来的就是这家店。

"我在这里吃过。"待服务员将他们引导到位置上后，她抱着比萨坐下，视线在店里来来回回地飘荡着，悠悠地开口道。

邵万千将菜单推到她面前，问："这是青山万千公司旗下的火锅品牌，第三直营店，今年预计要开三十家直营店，加盟店由全国二百二十家扩展到四百至五百家。"

上次来的时候，周暮云可没说这店是他们家的。不对，也许是邵万千的，并不是周暮云的，毕竟周暮云不是他儿子，周暮云也不姓邵。

她兴致索然地撇撇嘴："味道一般，不过有钱人任性，公司有实力，想怎么扩展怎么扩展。"

“味道一般吗？”他问。

黎多情低头在菜单上选了几样东西，看都不看他，不屑道：“就是一般，不如我姨妈做的好吃。”

“看来你不仅性格不怎么样，脑子不怎么够用，嘴巴也不怎么好使。”他说。

黎多情“啪”的一声放下铅笔，冷眼瞪他：“何止，我眼睛还不中用呢，瞎得很！”

邵万千被她这突如其来的小脾气震得一愣。都说女孩的心思你别猜，前辈诚不欺他，这真是没办法猜。他微微倾身，手掌如柔软的热毯一样包住她按着铅笔的小手，微凉的触感融进她的掌心，她想要挣脱，他便用力地紧紧抓住。黎多情的眉头皱得紧紧的，瞪着他雅致的手指关节，一看就是十指不沾阳春水的大少爷。

“你干什么？”她羞愤地问。

“为什么突然发脾气？”他反问。

“我没发脾气！”她答。

“没发脾气，你这么凶干什么？”他又问。

“我没凶！”

“黎多情。”他突然变得一本正经，严厉地看着她，说道，“我可以容许你偶尔跟我撒娇，但是，撒泼不行，想都不要想。”

“你是谁啊？你管我！”她更生气了，使劲往回拽自己的手。可他偏偏不松开，力气又大得出奇，挣来挣去，最后遭罪的只是她的皮肉，“你松开，你管不着我！我想撒娇就撒娇，想撒泼就撒泼，我现在就要撒泼！”

“本来就挺烦人的，现在还学会作了，你是不是欠打？”他严肃道。

黎多情的眼眶一下子就红了，眼泪疯狂地涌上来，在眼眶里打着转。她已经打算好要隐藏自己的委屈，可是这委屈太大了，像一口沉重的大锅从天而降，砸得她又疼又慌。泪珠已经遮蔽她的视线，邵万千的脸被挡住，只剩一个模糊的轮廓。

“憋回去。”

"憋不回去了……"黎多情想，随着眨眼的动作，泪珠开始成串地往下落，他爱抓着她的手就让她抓着好了。她嘴巴一瘪，痛痛快快地哭了出来。

　　正值午餐高峰期，火锅店里座无虚席，虽然她哭的声音不大，但哭得很凶。明明挺好看的小脸，愣是哭得拧成一团，引起周围不少人侧目。

　　邵万千深吸一口气，默默松开她的手。黎多情自由了，但她自由后的第一件事不是撒泼，而是趴在桌子上，继续痛哭。

　　他抬手揉了揉黎多情的小脑袋，一时之间不知该说什么，只好起身坐到她旁边，搂着她的肩膀硬生生把她拉到自己怀里。黎多情哭得直抽搐，每抽搐一下都仿佛下一秒就要一命呜呼，可怜又好笑。

　　他用手掌轻轻地在她背上拍着，低头亲了一口她的额头。谁知黎多情对这个吻很敏感，哭里抽空，抬手一把将他的脑袋推到一边："滚！"

　　"我不滚。"

　　"我让你滚，你就要滚！"她抽噎着宣布，十分任性霸道。

　　他沉吟片刻，学着她刚刚的语气，说道："你是谁？你凭什么管我？我想滚就滚，不想滚就不滚，我现在就不滚，偏不滚。"

　　她委屈地呜呜半天，说："你、你这个浑蛋……"

　　其实，他觉得，黎多情不适合哭，她不哭的时候是真好看，带着灵气的那种好看，像个小仙女，这一哭起来……按理说应该是梨花带雨、楚楚可怜、惹人疼爱，但她不按常理出牌啊，哭得像家里办丧事。每次他看黎多情哭，都觉得她哭得特别丧，哭得他心里跟着一揪一揪的，特别难受。

　　邵万千拿起桌面的筷子，"啪"的一声敲在她向下咧着的嘴唇上，疼得黎多情直哼哼。

　　"你怎么这么矫情？"她哭着摇头，想要摆脱他的大掌对自己下巴的控制。结果还是老样子，她越挣扎，他越用力，她的下巴被他捏得生疼不说，脸上的婴儿肥都快要被他捏爆了，脸上那满满的胶原蛋白可是她青春的象征。

黎多情"略略略"地说了半天，他一个字也没听懂。直到黎多情无奈地用手指头敲他的手背，他才意识到自己把她捏得太紧了，导致她说的话全成了"略略略"。

他这才松开她的下颌。

黎多情哭着质问："你是我的谁？你能不能离我远一点，永远消失的那种，再也别让我看见你！"

"这是你的真心话吗？"他平静地问。

黎多情肩膀抽动得更加厉害。仿佛下了极大的决心，良久之后，她重重地点头，带着浓重的哭腔说："是真心的。"

邵万千沉默了许久，久到黎多情不敢抬头看他的眼睛，久到她以为他就要抬屁股扭头就走，却听到了他戏谑的低笑，他说："我不信。"

黎多情瞪着猩红的眼睛，照着他的肩头狠狠地捶了几下，是真的狠，也是真的用力，捶得很疼。邵万千不生气，连挡都不挡，任由她"撒泼"。等她闹完了，他才说："一点都不可爱。"

黎多情不服气，梗着脖子问："那你告诉我什么叫可爱？是你一声不响，想消失多久就消失多久，想出现就出现，只要你出现，我就像哈巴狗一样对着你摇着尾巴叫叔叔吗？这样就可爱了吗？你真把我当你家的哈巴狗吗？你想稀罕就抱起来稀罕，你不想稀罕，你就看都不看一眼？"

"我什么时候消失了？"他被问得莫名其妙，竟也觉得有些委屈。

"少则几天，多则半年！"

邵万千皱眉："我没消失。"

"消失了，我说消失就消失了，出完车祸你就消失了，圣诞节之后就消失了，在花店消失了，我发烧之后你也消失了！"她越想越气，哪有人这样，从来不发信息打电话，连朋友之间的寒暄都没有，最奇葩的是，这个人连朋友圈都不发！一旦离开她的视线，就仿佛从未进入过她的生活。

这是她所认为的消失，和邵万千所理解的消失不一样。他抽了几张纸巾为她擦掉眼泪，见她有鼻涕，又将纸巾堵在她鼻子下面："擤。

198

出完车祸，是我一直没找到与你有联系的理由，所以没联络你；圣诞节之后，是因为我受伤了，还在跟你生气，我在等你给我道歉，可是你迟迟没有理我；在花店那天，我临时接到我妈的电话，我爸老年痴呆严重，自己出门走丢了，我们都回去寻人了；至于你发烧之后，我是想你可能需要休息和冷静，所以一直没打扰你。你看，今天你第一天上班，我就主动来找你了，不是吗？倒是你，你要是真在意我消没消失，为什么不给我打电话，或者给我发条信息？"

"我找你干吗？我没有事情找你，也没有理由找你，更没有身份找你。"鼻子通畅后，她说话也清晰了许多，"你对我又亲又抱的，按理就应该是你找我，而我呢，只要你不跟别人相亲、结婚，我就不需要找你。"

"那我以后天天去相亲吧，这个问题就迎刃而解了。"邵万千说。

黎多情愣了一下，生气地吼道："你滚啊！"

"嘘。"他捏捏她红彤彤的小鼻子，宠溺地笑道，"你别说，你真像我小时候养的哈巴狗，看见我就高兴。我出去度假回来就生气不理我，我再走就对我乱咬乱叫，裤子都给我咬穿了。"

黎多情朝他翻了个白眼，指着门口，气呼呼地说道："滚，开车滚。"

邵万千点点头，起身就走。黎多情急了，一把拉住他的衣袖，哀怨地看着他："你干什么去？"

邵万千指了指黎多情对面的座位，说："我回去坐啊……"

黎多情松开他，觉得自己很丢人，才说完让人滚，又拉住人家。她不知道如何缓解这种尴尬，只好拿起纸巾擤鼻涕，左一遍右一遍。邵万千担心她把鼻子擤坏了，推走纸巾盒，拿过菜单继续看。他垂着头，不看她，无视她的尴尬，声音低沉沉的让人安心，说道："不用难过了，我以后会每天给你发信息。"

"凭什么你不让我难过，我就不难过了？我偏要难过！"她重重地"哼"了一声，抱着肩膀扭头看向窗外。邵万千不经意地抬头看她一眼，发现她这个气鼓鼓的小模样还挺有趣。

这种有趣不是人人都有的，但凡真正聪明懂事的女孩子，都不会像她这样闹起来没完。也由此可见，黎多情的生活一点也不凄苦，一定是她身边的人都这样纵容娇惯她，她才这般没心没肺。可见，幸福这种东西，不能完全由钱决定，钱只会让幸福锦上添花，却不一定是那块"锦"。

黎多情是不能挨饿的，原本该吃饭的时间错过了，加上痛哭流涕也很消耗体力，这会儿她已经饿得胃直抽筋。原本想绷着自尊坚决不吃一口他的火锅，可肉的味道实在诱人，哪怕这个锅底并没有姨妈做的味道好，她还是暂且放下脸皮，大口大口地吃起他夹进自己碗里的肉。

一口羊肉一口比萨，一口牛肉一口比萨，一口虾滑一口比萨，黎多情的饭量还是挺惊人的。按照常理，女孩子应该畏惧这些高热量的食物。黎多情其实不畏惧，但生活不需要事事特立独行，否则就显得太不合群了。大家都怕的她也要意思意思，但偶尔也会想不起来意思。

等她吃饱喝足，邵万千的脑门上已经起了一层细密的汗珠，他碗里的酱汁还一滴未动。也就是说，他到现在一口都没吃上。

黎多情拿起纸巾抹了一把嘴，从兜里掏出一支口红涂了两下。口红管反光，她顺便照了照自己的肿眼泡，狠狠地瞪了他一眼，问："你不吃把我拉这里来干什么？我本来只想吃比萨。"

邵万千刚给自己涮了一块毛肚，听了这话，又放下了："你一直巴拉巴拉个没完，气都把我气饱了。"

他不提还好，一提她就来气。眼睛像水龙头开关似的，一眨巴，眼眶就通红，眼泪也滚得蠢蠢欲动。就在她准备咧嘴之际，邵万千急投降："别哭，我吃饭，这就吃，只要你不哭。"

黎多情的眼泪果然立竿见影地收回："你这么怕女孩子哭，以后不用讨老婆了，女人是水做的，都是这样的。"

邵万千见过的女人还真挺多，黎多情这种的是第一个。他也不知道自己着了哪门子道儿，居然上赶着看上这么个玩意，最可气的是她还不怕他，总是逼着让从不妥协的他去妥协。

邵万千吃东西的时候很安静，不像周围的人吃得那么热火朝天。黎多情百无聊赖地咬着一块比萨边，咬几口，吐出来，如此反复，眼睛倒是从没离开过一直专注吃东西的邵万千。

到底是书香门第、富贵人家出身,吃什么都带着一股斯文的高级感,她一个女孩子都没有他看着端庄。于是,她忍不住"啧啧"两声。

邵万千没搭理她,安安静静地吃完午餐后,他说:"你们林总快出院了,我打算……"

"等等!"她打断邵万千的话,态度坚决地说,"你什么都不用打算,我有我的打算。。"

邵万千看她一本正经的样子有些好笑,便福至心灵地挑了挑嘴角:"好,那我听听你什么打算。"

"我打算让他道歉。"她冷笑一声,抬手叫来服务员,"我要埋单,等等我先团购两张代金券。"

服务员直接找来经理,经理拿着一个小本子递给邵万千,等他签好字便拿走了。

"你是不是瞧不起我?"黎多情生气道,"凭什么每次吃饭都是你埋单?"

邵万千刚刚点燃一支香烟含在双唇间,烟雾在他面前袅袅生起,淡淡的烟白色令他浓烈的英俊有几分削减。他眸光淡淡地望着她,抬手把经理叫来,撕了刚刚签字的本子:"让她埋单。"

黎多情一头雾水。

花了三百多块钱的黎多情,吃了一肚子肉,生了一肚子气,最后大步流星地走出火锅店。

回公司的路上,黎多情"吸溜吸溜"地喝着自己带来的茶水,邵万千听她喝得津津有味,就想向她讨一口。黎多情很大方地把保温杯递给他,邵万千接过来先是闻了闻,是很普通的铁观音味道,倒是杯口一股口红味。他尝了一口,立刻递回去,他表示不能理解普通老百姓喝普通茶叶的乐趣。只见黎多情拿回保温杯,用车里的抽纸把他喝过的地方仔仔细细地擦干净。

"你只打算让他道歉这么简单吗?"他突然想起来两人刚刚讨论的有关林总的问题。

"不是简简单单的道歉，是在全公司大会上诚恳地向大众还原事实。"她说。

"他要真这么明事理，也不会做那么龌龊的事情。如果他不肯道歉，你有什么打算？"

黎多情轻哼了一声："那我就闹，满城风雨地闹，找媒体闹，上微博闹，花钱买热搜闹。"

"你要知道，你这样做的话也会将你自己置于舆论旋涡中，网友们的三观不一定都刚正不阿，对你一定会有成千上万的负面评价。"

"那怎么了？我行得正坐得端，他们爱说什么就说什么呗，法律没说穿得性感犯法吧？我妈和我老师也没教过我穿得性感就是不道德啊，我为什么怕人说？知错就改，善莫大焉，他要一开始认错态度良好，我就不与他计较，他不仅不认错，还到处散播谣言说我勾引他，污蔑我私生活混乱，我就要计较了。你没听过一句话吗？正义只会迟到，不会缺席。"

邵万千从后视镜里看到她雄赳赳气昂昂的表情，还是觉得她天真："好，那我让他在大会上给你道歉。"

"我自己可以，不需要你！"

邵万千没再接这个话题，而是问她："你什么时候让我尝一尝你所谓的'好吃的火锅'是什么样的？"

这个好吃的火锅底料，只有姨妈会炒，她又不会，但她总不能带邵万千去姨妈家里吃吧？也不能等姨妈炒好了底料，她捧着锅出门吧？

汽车行驶到黎多情的公司楼下，她准备下车时，邵万千却突然伸长手臂抓住她。黎多情"哎哟"一声，一脸看好戏的表情，讥诮着问："你是不是舍不得我走啊？"

邵万千骨结分明的手指慢慢松开，视线火烧一般地望着她，深情地应道："嗯。"

黎多情的脸一下红了，心脏跳得快要蹦出嗓子眼，她慌慌张张地打开车门，抱着保温杯跑回大厦里。

黎多情发现，自打这顿火锅以后，一想到邵万千的脸，她的心脏就"怦怦"直跳。她不得不承认，如果从一个女人角度去看他，他是真的迷人，正经的时候像个正经美男，不正经的时候，像个不正经的美男，反正怎么看都是美男。

由于常常心跳加快，她每隔几个小时就要给自己把脉，生怕自己就这么活生生被"心跳死"。

黎多情日日等，夜夜等，就等着林经理出院她好发功。

就在一个特别不起眼的周一早上，林经理悄无声息地出院了，并且悄无声息地上班了。这一天是要开全公司大会的，黎多情见到他，正是公司职员陆陆续续涌进会议室的时候。

她心里正琢磨着等会散会先从哪开始弹劾他，就见林总自己走到会议室中间，拿着话筒，脑袋低得都快垂到自己胸前了。他开口便是道歉，态度端正而真诚："很抱歉耽误大家宝贵的会议时间，我要借此机会向我司黎多情小姐致歉。年会当天出于我个人轻浮的举动给黎多情小姐带来了不适，我非但不知悔改，还恶意散播有关黎小姐个人作风不检点的谣言，引起同事之间的舆论，也给黎小姐惹来非议，让一个正直、努力且宽容的女同事置身于沉重的心理负担中，让她无法专心在工作岗位上为公司创造价值，严重影响了她的个人形象以及人际关系。我被打入院并非黎小姐教唆他人，而是路人的正义行为，今日我特地在此澄清。我对不起黎小姐，对不起各位领导同仁，这件事让我愧对于养育我的父母，教育我的老师，支持我的同事，信任我的领导。我自发检讨，是希望将来的我可以内心坦荡，不再心怀愧疚，也是希望无辜的黎小姐能给我一些宽容，给我一个重新做人的机会。如需要赔偿，我愿意配合。最后，请黎小姐和各位领导同仁监督我的行为，我会以实际行动向大家证明，我仍是值得同事和领导信赖的人。"

会议室里鸦雀无声，黎多情已经很久没有感受过这种死亡般的寂静。印象里是只有高中自习课上，班主任偷偷站在后门时才能有如此体会。

随后，总经理缓和了一下气氛，会议便正常进行着。

黎多情的功还没发，敌方就已经缴枪投降了，这让一桩轰轰烈烈的大事变得悄然且无味地退了场。

　　她是不相信姓林的有那么高尚的人格，就在前一天早上，她还听一个刚刚看过林总的男同事说，他是不会放过黎多情的，一定要她赔到倾家荡产。结果今天他就顶着纱布出院来道歉了……

　　这其中必然是邵万千动了手脚。对他而言，对付林总这样的小人物应该不费什么工夫和心思，可对她而言，这是头等大事。

第十二章 ● ○
男人都口是心非

清白和晴天一样，都来得太突然，有些不爱八卦的同事也会在背后说一句"我就说多情不是那样的人"，也有一些钟爱八卦的同事会补充一句"事情没有我们看到的那么简单，这个黎多情还是有来头的"。

但正义就是正义，最终它来了，不算早也不算晚，中规也中矩。

黎多情觉得自己应该离开了，如果不走，以后自己随便有个风吹草动都被拿来嚼舌根。她猜林总应该也做不了多久，邵万千不会让他马上走，他肯定会让林总留在这里接受一段时间的非议，让他自食恶果。他也不会让这种人在他的公司里作威作福，带坏风气。

她交上辞呈，不到三天就把工作交接完毕。她穿着毛呢大衣，抱着一纸箱的个人物品，用手肘顶开公司大门。

以前看电视剧里那些白领抱着纸箱离职的情景，她一直觉得他们特别帅气，果敢又潇洒。如今自己真有这么一天，没想到，嘿，还真是这种感觉！

可邵万千不那么想，他觉得黎多情一定难受坏了，而且是痛不欲生那种。她那么爱哭，肯定会把家里的楼梯哭塌的。前有孟姜女哭长城，后有黎多情哭楼梯。这听起来就十分生猛，哦，不对，是令人心痛。

他开车去黎多情的公司接她，刚刚停车，想着给她一个惊喜。打电话过去却被告知她刚下公交车，已经到家门口了，他只好掉头去她家。

他不是想看她哭鼻子,只想在她哭鼻子的时候凶她一句:"憋回去。"

因为黎多情而产生的诸多怪癖,令他严重怀疑自己得了可怕的心理疾病。比如此刻,他特别想看到她倔强又无助,闪着泪花的大眼睛。虽然接电话的时候,黎多情没表现出半点悲伤的情绪,但他觉得那很可能是她装的。

黎多情不喜欢在大冬天里打电话。尤其今天下了雪,鹅毛一样的大雪花洋洋洒洒地往下落,不紧不慢的,落在皮肤上直接融化,被风一吹,冻得要命。

小区楼下的水泥地因为年月太久,地面被磨得光溜溜的,飘雪的时候特别滑,她小心翼翼地走着,生怕摔断自己的门牙。

走到单元门前,她听到了熟悉的争吵声,心顿时凉了半截,梦恬恬来了。

果不其然,下一秒,梦恬恬风风火火地直冲出来,走到她脚下还故意用力铲了她一脚。黎多情手里捧着箱子,没有任何防备,也无法保持平衡,"哎呀"一声之后,她重重地摔倒在地,脑袋撞在地上发出"咚"的一声,有些沉闷,但箱子里的东西散落的那刻倒十分清脆。

这一摔摔得不轻,黎多情的眼前直冒金星,一会儿黑,一会白。她差点就以为自己被梦恬恬这记"夺命铲"铲到一命归西。

不等她声讨梦恬恬,穿着毛衣毛裤、拎着鸡毛掸子的姨妈就出现了。黎多情觉得救星来了,伸手叫了一声姨妈,可姨妈看都没看她,直接从她身体上跨过去,直奔梦恬恬,这亲生母女二人就在寒冬大雪地里疯狂地抢着一个小黑包。

包是梦恬恬的,不用猜也知道,梦恬恬又来拿姨妈的钱。

"你今天要是不说明白你拿钱干什么,你死都别想拿走。这里面有你姐姐的嫁妆!"

梦恬恬才不管什么姐姐、什么嫁妆,她这个人吧,长得是人样,但是基本不干人事。可黎多情要管的呀,她就是姐姐!嫁妆就是她的,再说那嫁妆里面还有她自己存下来的钱!

一番垂死挣扎后,黎多情咬着后槽牙站起来,滚着一身白雪,气势汹汹地冲到梦恬恬身边，怒吼道："你是吸血鬼啊，要不要脸？整天就知道要钱！"

梦恬恬来者不拒，先是一脚将黎多情踹倒，又把亲妈推到雪地里，她举着自己的小包，说："一直以来你们就因为我不会读书嘲笑我，因为我长得好看，追求者多就说我早恋，是我自己选择的不会读书和长得好看吗？会读书有什么了不起——"她讥讽地瞟了一眼散落在地上的纸箱和私人物品，继续说，"还不是被人开除？你们认为我花钱大手大脚，我告诉你们，在娱乐圈里，我是最穷的人，别人买一个名牌用三天，我要用三个月，用三年！总说我对不起家里，但家里对得起我了吗？你们给过我想要的东西吗？包括现在！"

她手臂一挥，将手里的包重重地摔在姨妈脚下，红着眼眶说道："现在你们还是瞧不起我，我好不容易签了大公司，很快就会有出人头地的机会。我不想和公司那些女孩子挤在一个宿舍里，想买个属于自己的房子，想过自由又安稳的生活，不行吗？你们一个、两个的自私鬼，只想着自己那一点点钱，以后我赚了钱，我会不还给你们吗？！"

黎多情爬起来把梦恬恬的小包拿到手里，她的手已经冻得通红，粘上雪花又融化，指尖慢慢变得僵硬，几乎失去知觉。可她还是动作飞快地打开包包，翻到那张属于姨妈的老旧的银行卡，一把塞回姨妈手里，搀扶姨妈起来："你想买房子可以，等你自己赚了钱，想买多大的就买多大的，我们都会对你佩服得五体投地。"

她话音才落，梦恬恬照着她的肩膀，就是狠狠一脚，直接把她踹得人仰马翻、四脚朝天，连带着姨妈也跟着摔了个结结实实。

"黎多情，你就是个傻瓜！你自己没妈疼，你也见不得别人有妈疼。自从你来我们家，有什么好的东西都给了你，现在更好了，我的房间成了你的，我的嫁妆成了你的，你霸占了我的一切，你还整天惺惺作态地当孝顺的乖乖女，你才是最不要脸的那个！你以为你给我介绍了新东家，我就会对你感激涕零？真可笑，你巴不得我天天不回来，只有我不回来，你才是有妈的孩子！"

梦恬恬哭了。

在黎多情的印象里，梦恬恬从小到大都是把别人弄哭的人，她从不抱怨，不高兴的时候只会骂人打人，脾气暴躁得不如一头好驴。

姨妈大概很多年没见过梦恬恬哭了，所以她当即投降，拿着银行卡大义凛然地往梦恬恬手里塞，慷慨又怜爱地说："买买买！买房子，自己住！是妈妈不好，让你受委屈了！"

"凭什么啊？"黎多情委屈至极地坐起来，红着眼眶问，"你要给你闺女钱也行，把我的钱拿出来还给我！"

"她会还你的！"姨妈说，想了想补充道，"她不还，我还！"

梦恬恬拿着战利品头也不回地离开，姨妈想给她擦眼泪，可梦恬恬不给她机会，姨妈转头来拉黎多情的衣袖，让她起来，黎多情别扭地甩开姨妈，大吼道："我用不着你扶，你又不是我亲妈！没听到你亲生闺女说吗，我占着人家妈了！"

"冻死你个小崽子！"姨妈压根不理会她的眼泪。

没办法，眼泪流多了，就显得不珍贵了。黎多情从小哭到大，用实践向世人证明，女人就是水做的，一点都不掺假。

姨妈穿得少，光着脚蹬着拖鞋，不想在这大雪里头哄黎多情。于是踢了她屁股一脚，凶巴巴地说："赶快给我起来，会冻出痔疮的！我可上楼了啊，我死了再没人替我闺女还钱，你再愁出毛病来……"

黎多情抓了一把雪，愤愤地朝姨妈扔过去。

屁股底下实在太凉了，黎多情由坐着改成蹲着，手掌兜起来放在嘴巴前反反复复地哈气，又继续对着十根聚起来的手指头哈气。好不容易缓过来一些，就蹲着挪到自己的纸箱旁边，一样一样地捡起自己的东西，吹掉上面的雪，将它们放进箱子里。

玻璃杯碎了，玻璃沙漏也碎了。又不能放在这儿不管，万一哪个邻居出来不小心摔倒，会受伤，弄不好受伤的就是自己。她拿起被冻得硬邦邦的鼠标垫将碎玻璃都铲起来，倒进垃圾桶。

黎多情来来回回地捡着东西，其间她还要不断地对着手指头哈气，不然真的很难坚持下去。

楼上自家的阳台窗户突然被打开，姨妈在上面叫她："黎多情，你是不是不着急回家？不着急你去超市给我买两根葱、两头蒜，再买两个土豆和一块五花肉！"

黎多情鼻子发酸，又一屁股坐下，带着浓重的鼻音对着空旷的天空回应道："知道了！"

雪越来越大了，很快就将她黑亮的长发覆盖，肩头后背都是棉絮一样的大雪花。天空灰蒙蒙的，既不高，也不清明，混沌得令人难受，黎多情隐藏在臂弯里的哭声越来越放肆，她又想姜芷了。

受了委屈，总要想些人，她原来也是有妈的小孩，也是妈的心头宝，可是现在，她妈不见了。

姨妈再好，也是别人的亲妈，她不能挑姨妈的理，可她也想要一个一心只为她一个人的妈妈。姜芷如果在，一定不会让梦恬恬拿走她的钱，一定不会让她在雪地里摔跟头，如果梦恬恬敢打她，姜芷一定会跟梦恬恬拼命。

她才不想去买土豆和五花肉，她想把手插进姜芷的毛衣里。可姜芷不在这里，她对姨妈不可以像梦恬恬那般肆无忌惮，她要懂得感恩，懂得回报。

"妈……"她哭着含混不清地叫着，已经不记得到底有多久，没有放肆任性地叫姜芷一声"妈"。

她呜咽的声音在老旧的楼梯之间回荡，混着大雪飘落的声音，像极了北风肆虐的呼啸声。

忽然，她感受到肩上有一股热乎乎的重量，一件温暖的大衣扣在她的身上，有人小心且温柔地拂去她头上的碎雪，接着这人便用围巾罩住她的脑袋。等她泪眼模糊地抬起头，便用围巾在她下巴上飞快地打了一个结，像极了过去农村阿姨的打扮，也像图画里的鸡妈妈。

黎多情慢吞吞地扎进他的怀里，僵硬的双手挤进他的腋下，眼泪和鼻涕全数蹭在他的名牌毛衣胸口，她说："邵叔叔，我想我妈，你让她回来吧……我求求你了，我想我妈……我想要妈妈……我想回我妈家……"

邵万千轻声叹息，像抱个大孩子一样正面将她抱起来，朝自己的车走去。

车里很暖和，她忍不住打了好几个寒战才缓和过来，邵万千与她一同坐在后座上，罕见地将愁容挂在脸上。

"叔……"

"嗯？"

她擦了擦鼻涕，可怜巴巴地望着他，问："你上高中的时候，是不是就长这么老？"

邵万千以为她会因为自己悲伤的情绪而同他探讨一些复杂的人生问题，没想到她开口就是羞辱他。他摸了摸自己觉得是鬼斧神工的下巴，诚实地摇头："还真不是，我上学那会儿用现在的话说就是特别小鲜肉，细皮嫩肉的那种，因为我妈特别白，白到发光的那种。怎么突然问这个？"

"那你上高中的时候一看就是翩翩少年，我妈怎么那么傻，喜欢你？"

邵万千无奈地笑笑，原来她真正的问题在这里等着。他伸出自己的右手，手指纤长，骨节分明，清爽雅致，美中不足的就是中指、无名指和小指头的中间关节处，都有一点点薄茧。黎多情伸手戳了戳，有点硬。

他说："按理说，我这种家庭条件，手上是不会有这种东西的，对不对？"

黎多情傻乎乎地点头，觉得这句废话很有道理，连她这种条件的手上都没有茧，更别说邵万千这种富家子弟了。

"我读了八年高三。"

黎多情吃了一惊，八年高三。拥有这种毅力的人都是战士啊，一年都要人命了，还要读八年……

"因为我妈？你不是说你们认识不久？"

"你妈？"邵万千不屑地冷笑一声，"你妈算什么人物，至于让我为她重读吗？"

他顿了一下，又说："因为我爸想让我考 Q 大的雕塑系，我考了七年都没考上，七年高考，我的美术成绩基本都在全国前三，除了 Q 大，其他所有美院都抛来橄榄枝，只有这所学校，对美术生有小分要求，不是数学就是英语，很不巧，我每年都是他们要求的那一科不达标。"

"我还以为你是学霸……"

"只有语数外好才叫学霸吗？难道我拿了七年全国美术前三，都不算学霸？"

"也算，偏科严重一点的学霸。"

邵万千瞪她一眼，不搭理她了。黎多情觉得自己可能伤害了一个上了八年高三的人的自尊心，赶忙补救："不过没关系，第八年你就是真正的学霸了。"

"第八年，高考之前我们校长找我谈话，劝我那年一定要加油把自己送进大学。不然他那张老脸都没地方放了，全市都知道我在他们那儿读了八年高三还考不上大学。"邵万千眉头一皱，似笑非笑道，"正好那年我爸认识了我后妈青山奈奈，她是我们全家唯一一个跟我说考那学校有什么用的人。咱们家有的是钱，花不完，成不成名能怎么样？然后我就把书包扔了，高考都没参加。"

"你这……你是个反面教材。"

"我什么时候向你自夸过我是青少年的人生标杆了？我上学那会儿混到老师向我认错，上课画画，下课打架，是学校一霸，是典型的反面教材。尤其后来我比同学都大几岁之后，更没人惹我，我就是在第八个高三认识你妈的。"

"所以你跟我妈，是成年人之间的恋爱。"

"我再说最后一遍，黎多情，我跟你妈没谈恋爱。是你妈自己一厢情愿，跟我没关系。"

黎多情抬手就给了他肩膀一捶："不要脸！"

虽然被欺负得莫名其妙，但邵万千不打算与她计较，只有小孩子才会对自己信任的人莫名其妙地发火。她是小孩子，他是她信任的人。

"我不想跟你这个学渣做朋友了，你读书少，以后我们的三观会不合，会吵架的。你走吧，我妈说了，不要跟傻子玩，会变傻！"

"不。"他义正辞严地拒绝，学着她小孩子撒娇的语气说道，"我就是要我们天下第一好！"

黎多情破涕为笑，这样一个三十几岁的大男人陪她胡闹，逗她开心，她忽然不那么难过了。

窗外的雪真的很大，已经大到了五米开外人畜不分的境地，可她还是在茫茫大雪中轻易看到了自己的破纸箱，指尖在窗上点了点，发出"嗒嗒"的声响："叔，你去帮我把我的东西捡回来吧。"

"你自己怎么不去呢？"

"我怪冷的。"

"我就不冷了？自私鬼！"说完，他打开车门迈下长腿。

黎多情傲娇地扬起下巴，笑道，"嘴上说不帮，身体还是很诚实嘛！"

邵万千冷笑，嘴角微微上挑，又回到了他成熟狡黠的样子。"砰"的一声关掉车门后，他绕过车尾走回自己的驾驶座，再"砰"的一声关上前车门。

黎多情觉得他是故意的，于是打算自己去拿，不料他直接将门落锁，缓缓前行："都是些什么破玩意，不要了。"

"干吗不要啊？我的电脑还在里面！"

"叔叔给你买新的。"

"你宁可花钱买新的也不下去拿，你就这么懒！"

"对，千金难买我乐意。"

雪路难行，黎多情不知道他要带自己去哪里。车内放着柔和的情歌，她躺在后座跷着二郎腿，跟他聊着自己为什么在雪地里号啕大哭，都是因为那个梦恬恬，她做梦都想打掉梦恬恬的大门牙。

她不仅抱怨了梦恬恬，还抱怨姨妈，可只允许她一个人抱怨。邵万千只说了一句"你姨妈是偏心了"她就暴跳如雷，差点拿生命来捍卫她的姨妈，邵万千干脆一言不发，他何必做得里外不是人。

邵万千带她来到一处很高档的小区，车子驶入地下停车库，电梯直上二十二楼。指纹解锁防盗门的跃层公寓，宽敞明亮，装修简洁又不失高档。所有的东西看起来都很新，应该是不常住，客厅里却有一股淡淡的茉莉花香，看来又有保姆在照料。

"你不是住在郊区那个别墅吗？"

"是啊。"邵万千脱掉大衣随手扔进沙发里，走进厨房去烧水，"难道你想跟我去那边住吗？"

"我为什么要跟你住啊？我自己有家。"

"你家在哪里？"他探出半个身体，笑道，"刚刚是谁哭鼻子说想回自己家，不想在姨妈家来着？"

"那这儿也不是我家啊。"她小心翼翼在沙发上坐下，发现这沙发软得出奇，坐上去舒服极了，便上上下下来回坐了好几次，"我可买不起这么好的房子，我那点钱，买这里一个厕所都不够，现在钱都被恬恬拿走了，我连厕所都买不到了。"

"别妄想了，厕所不单卖。"他的声音伴着水流声从厨房传过来，"我允许你把这里当成你自己家，允许你把我的当成你的。"

黎多情伸了个懒腰，脱下外套找了一圈挂衣服的地方都没找到，只好将大衣搭在沙发一角。她脱掉左脚的拖鞋，发现地板是热乎乎的，干脆把两只拖鞋都脱下来，只穿着棉袜悄无声息地走进厨房："你是打算金屋藏娇吗？"

声音突然在耳边响起，邵万千吓了一跳，尽管黎多情此刻的目光看起来十分不正经，但他还是一本正经地反问："你想当娇吗？"

"我想当富二代。"她莞尔，一语双关，踮着脚尖跳到冰箱旁边，打开冰箱门，发出一声惊叹。

用琳琅满目来形容冰箱里的东西一点都不过分，进口食品、新鲜蔬果塞得满满当当。

"我们正常过日子的人家冰箱都不会这么满，你这东西有人吃吗？如果没人吃，不是会坏了吗？"

邵万千很少来这里，虽然一直有保姆打点这里，但他没让保姆在冰箱里备吃的。他也好奇地走过来，拿起几样食品看了看，都是日本超市的标签，撇了撇嘴，说："应该是我妈买的，或者她让保姆买的，定期会换的。"

"你妈为什么相中你爸没相中你啊？"黎多情关上冰箱，靠在门上双手抱肩，满眼疑惑地问道，"你们看起来年纪相仿，你长得也还算能入眼，至少和你爸比来你年轻气盛啊，为什么没选你呢？完全想不通啊，她比你姐姐还小吧，你爸都能当她爷爷了！"

邵万千没有立刻回答她的问题。而是先打开壁橱上方的柜子，拿出一个杯子，倒上一杯开水，放到一旁凉着，才转过身来对她说："爱情本身就是一件特别不讲理的事，没有谁更好就要喜欢谁的道理。你对绘画不了解，自然不知道我父亲的才华有多迷人，他只是这两年来老得特别快，脑子也不好而已。比起我妈喜欢我爸这件事，我觉得，我喜欢你更不可理喻。"

虽然，黎多情能从各种事件中感受到邵万千对自己的喜欢，可当他亲口说出和她亲耳听到时，她还是挺震惊的。

"我，那个，喝口水。"她伸手去拿那杯热水，还没碰到杯子，便被邵万千一把握住手腕。可能是太紧张了，太害怕无法控制这种场面，她慌慌张张、口无遮拦地说，"你喜欢的人应该是姜芷，不是我。再说你这么老，我可看不上你。你不仅老，脾气还臭，说翻脸就翻脸，说消失就消失，一肚子鬼主意。别人都说男人是大猪蹄子，你这一把年纪了，就是腊猪蹄子，你就算拉着我的手深情款款地告白，我也不会答应你任何要求，你再这样，我就要报警抓你了！"

按照常理，或者按照电视剧及小说的推理，他应该一把将她搂进怀里，或者霸气侧漏地将她的身体固定在墙上，然后宣布："从今天起，你就是我邵万千的女人，你没有拒绝的权利。"

而她要一边拼命挣扎，一边喊着："不要、不要，你这个无耻的登徒子！"接着他便要强吻她，或者干脆将她抱起来扛上楼扔到宽阔的欧式、美式、日式，反正不能是中式的大床上……

她觉得这样的总裁真是俗气得很，手段就跟祖传的一样没新意。如果邵万千敢这样做，她一定会狠狠地嘲笑和奚落他。

可现实是，她的话音刚落，邵万千就松开了她的手腕，十分冷漠地说道："这是一杯开水，你是打算烫死自己吗？"

黎多情有些生姨妈的气了，所以她没有听姨妈的话买土豆和五花肉，反正买了她也吃不下，她的心还在为她的人民币流泪不止。

她在邵万千的房子里窝了三天，吃他的粮食，玩他的电脑，睡他的床。

邵万千可没那么闲，不能一天二十四小时陪着她。早中晚会有手艺了得的钟点工来给她做好饭，她喜欢吃肉和蔬菜，不爱吃鱼，虽然每天的菜都会有鱼，但她从来不吃。

这些不是邵万千亲眼所见的，是阿姨说的。

他基本都是早出晚归，白天偶尔也会回来，不过他回来的时候她都在睡觉，第一天睡在沙发上，第二天睡在地毯上，第三天睡在楼梯边上，差点让推门而入的他误以为她是刚刚从楼梯上滚下来晕倒了。他把人抱起来才发现，她只是坐在这里打游戏，困了就地休息，反正地板也是热乎乎的。

第三天晚上，他难得回来得早，阿姨的饭刚刚做好。餐桌上照例有鱼，她照例不吃。

"为什么不吃鱼？"他问。

"有刺。"

"你不会吐出来吗？"

"不会，每次连肉带刺一起吐出来，感觉就是尝了尝咸味而已，什么都吃不到。"

这天晚上，黎多情吃了一整条鱼，鱼刺都是邵万千帮她挑的。她本来已经吃饱了，但为了珍惜他的劳动成果，只好硬着头皮把那些鱼肉全吃进肚子里了。

她站在窗边百无聊赖地看着夜景，一边抚着自己的胃，一边打着饱嗝。冬天总是看不见星星，今天也不例外，只有一弯孤零零的月悬在墨蓝色的天空中，地面是雪白的，人行通道被清理得很干净，光秃秃的枯树矗立在马路两旁。

她看窗外的时候总是喜欢把额头贴在玻璃上，贴久了，大脑就被冻短路了。邵万千拿来一块小方巾按在玻璃上，冲她努了努下巴，示意她继续贴。

"叔叔，我们去堆雪人吧！"她揭开小方巾，扔回到他怀里。

"不去，外面零下三十度，我看你像个雪人。"他果断拒绝了黎多情这个提议，再说堆雪人都是十岁以下孩子干的傻事，他都能当十岁孩子的爹了。

"每年下雪我跟以飒都会堆雪人，多浪漫啊……"她瘪嘴道。

"你对浪漫是不是有什么误解？"

黎多情眉头紧锁，思忖片刻："那你觉得什么是浪漫？"

邵万千挑了挑眉，没有回答她这个问题。

"我觉得吧，浪漫是一种快乐且甜蜜的心态，只要做这件事让我觉得快乐又甜蜜，那就是浪漫了。"

邵万千"嗯"了一声，双手连带方巾一起插进口袋里，目光直直地望着窗外，但以他与窗户的这个距离来看，他是看不到夜景的，只能看到被玻璃反射的人影。

黎多情揣摩不到他在想什么，她一直猜不透邵万千，他说的话、做的事看似潇洒又单纯，其实不然，很多话他都不爱直白地说出来，他仿佛很享受心中揣着一个秘密的滋味。

"你在想什么？"她问，

"随便想想。"他说。

他在想，按照黎多情对浪漫的诠释，那他现在日日夜夜都很浪漫，房子里有她的身影和气息，他就觉得快乐又甜蜜；看她跷着脚丫坐在台阶上打游戏，他就觉得快乐又甜蜜；帮她挑鱼刺，看她大快朵颐的样子，同样快乐又甜蜜……

"那我们去堆雪人吗？"

他扭头瞪了她一眼："哪儿凉快哪儿待着去。"

黎多情就想堆雪人，拽着邵万千的T恤袖子摇啊摇："外面凉快，咱们出去呗。"

"不去。"

她继续摇:"是你说的晚上不让我自己出门,那你倒是陪我出去啊,你还真打算金屋藏娇,让我天天宅在家里啊?"

"不去。"他不为所动,冷着脸拒绝。

"你去不去?你要不去,我就从这里跳下去!"她直指落地窗。

邵万千哪里是轻易受威胁的人,扭头就坐回沙发里看电视了。

"好,你不信是吧?"她咬了咬牙,拧开窗户把手,不用自己使劲拉,外面呼啸的寒风就汹涌地扑面而来,这大风十分有力,而且吹得邪门,转着圈吹,黎多情没扎头发,这会儿头发被卷起,又劈头盖脸地落下,把她吹得和梅超风没什么两样。她"砰"的一声关上窗,深吸一口室内暖暖的空气,捋了捋自己的长发,说,"风太大了,我改天再跳。"

她从兜里掏出皮筋把头发扎好,然后走到邵万千面前,一脚踩着地板,一脚踏上沙发,匪气十足地说:"我再说最后一遍,我要堆雪人。"

"你看我像不像雪人?"他漫不经心地反问。

黎多情"哼"了一声,跑到楼上把自己能穿的衣服全穿上了,还顺了一件他的大羽绒服,把自己裹得像刚从南极出来的企鹅,腿都快迈不开了,她几乎是一步一跳下来的。

"你个大猪蹄子,我自己不会堆吗?邀请你是给你面子,既然你这么不识抬举,那本姑娘自己去玩了!"

说完,还重重地"哼"了一声。

她走到厨房打开冰箱,从里面找了几颗葡萄、一根胡萝卜,还有几片大生菜叶子,然后把它们通通装进一个塑料袋里。室内的温度是二十七八摄氏度,她再不出门就要热死了,她一秒钟都不想犹豫,拎着袋子便出门了。

邵万千听到门响,还以为她是吓唬他的,过了好一会儿,屋里一点声音都没有了,他才回头看,果然人不在了。

他深吸一口气,告诉自己,人是自己带回来的,要控制,杀人犯法。经过一番心理调整后,他穿戴整齐,在储藏室翻了一圈,找到两副手套,又从厨房拿了一个塑料盆，就出门去寻人了。

黎多情已经选好了地点，就在一棵大树下，树杈生得张牙舞爪，十分难看，真是难以言喻的审美观。她还叫上了小伙伴，她对白以飒"连环夺命CALL"，人家明明在酒吧里玩得正开心，愣是被她叫来堆雪人。

白以飒以前这样说过：黎多情叫我，我一定随叫随到，除非我爸妈马上咽气了我要等一等，不然天塌下来也要赴约。

说完这话，她被她哥打了一棒子。

万事俱备，刻不容缓。

邵万千找到黎多情时，只见她正疯疯癫癫地用脚去铲草地上的雪，似乎想用脚丫子铲出一个雪堆。

她铲得正卖力，天降一个大塑料盆正中她的脑袋，她以为有人要劫持她，吓得"嗷嗷"地叫唤，当她掀开塑料盆，看到邵万千冷若冰霜的脸时，真心觉得他的脸没有比天气暖和多少。

她才摸了塑料盆几秒钟，手指头就已经冻得快不听使唤了。邵万千看她没出息的样子，又扔过去一副手套，黎多情美滋滋地将它戴上了，然后拿着盆弯下腰，铲雪铲得热火朝天。

邵万千一动不动地站在大树旁边，没有伸手帮忙的意思。

黎多情不经意地回头，发现他站得跟树都快融为一体了。她大口大口地呼出白气，挥手道："你走吧，我不想和你一起玩。"

邵万千还是不动。

"我现在设备齐全，一会儿还有小伙伴来陪我玩，你走吧。"

"不是你非要让我下来的吗？"

"那是刚才，现在我后悔了，我让你回去。"

"招之则来，挥之则去，你当我是什么？"

黎多情扔下手里的塑料盆，借机休息一会儿，抖了抖手套上的雪，掐起腰："当……"她顿了一下，开始唱歌，"当山峰没有棱角的时候，当河水不再流……"

邵万千皱眉，上前一脚掀起她的脚后跟，毫无防备的黎多情顿时摔得四仰八叉。她躺在地上团雪球，团好一个朝他扔一个，一开始是打身上，后来直奔他的脸。

在一次正中邵万千的半边脸之后，他开始反击，黎多情小手团的雪球都是小小的一个，邵万千则不是。那大雪球打在脑袋上很疼，她爬起来要跑，邵万千偏不让她跑，把她按在雪地里，抓起一把碎雪塞进她的领口里，黎多情立马求饶了。

小狐狸是斗不过雄狮的，尤其是不怜香惜玉的雄狮，她连连求饶，抱着他的胳膊直喊“叔叔我错了”“叔叔饶命吧”……

邵万千心满意足地松开她，正准备傲娇地说“对付熊孩子，我还是有点手段”，已经爬起来的黎多情却趁他松懈之际，以其人之道还治其人之身，抓起一把碎雪直接塞进他的衣领子里，知道他要张嘴骂人，又抓一把塞进他的嘴里。做完这些，她兴奋地大笑着跑出老远。

邵万千站起来，不等他处理衣领，就听远处傻跑的黎多情惊叫一声。看过去才发现她已经以“狗吃屎”的姿势摔倒了，好半天都没动。

“黎多情？”他叫了一声，黎多情动了一下，没起来。

邵万千吓坏了，顾不上身上粘着雪，飞奔过去跪在她身边，小心翼翼地把她翻过来：“你摔到哪里了？”他掏出手机，准备叫救护车。

黎多情却噘着嘴巴一把打掉他的手机：“我没受伤，只是不开心。”

他帮黎多情掸掉领口附近的碎雪，把她抱到自己腿上坐着，刚刚下楼时那副霸道劲全被此刻的温柔耐心取代了：“你刚才不是还挺开心的吗？这也太善变了，说不开心就不开心了？”

她举起右手，黑色的反皮男士手套接在她的袖口好像接着一个熊掌：“刚刚这只手，好像摸到了狗屎？”

邵万千拽掉她的手套，把自己手上这副给她套上，斜瞟了一眼地面，说：“石头而已，哪来的狗屎？”

“就是狗屎！”黎多情一个鲤鱼打挺从他怀里挣脱出来，跪在地上，直指那两条黑黑的东西，“你看看，这不是狗屎是什么？这不仅是狗屎，还是一只大型犬拉的，上面没有雪，但又冻硬了！”

“所以呢？”

“所以这是一只大狗在今天晚上刚刚拉的新鲜的速冻狗屎啊！我

这是要走狗屎运了吗？"她的表情看起来锥心刺骨，邵万千实在想不明白一坨狗屎有什么可锥心可刺骨的。

"没关系，只是手套碰到了，手套不要了就可以了，又不是脸摔在上面。"

黎多情伸出手指丈量了一下，愁眉苦脸道："太惊险了，离我的脸就差这么一点距离，这万一要是脸摔上可怎么办？"

"不要脸呗。"他说。

黎多情狠狠地翻了一个白眼，站起来胡乱地掸了两下身上的碎雪，然后继续堆雪人。

邵万千在这里有两件羽绒服，一件带帽子，穿在黎多情身上，一件不带帽子，穿在他身上。现在他已经感觉不到耳朵的存在了，只好先回到单元的楼道里暖和一会儿，这里宽敞又温暖，灯火明亮，可就是看不清外面的黎多情，他只好学着黎多情在家的样子，脸贴着玻璃往外看。

在他印象里，他小时候就对堆雪人不太感兴趣，倒是他外甥周暮云很热爱这项运动。但这孩子比猴还聪明，从来不自己堆，非说他外公堆得好，所以每年冬天，他爸邵海堂冻得大鼻涕都结冰碴了还要在院子里给他堆雪人，直到有一年冬天，邵海堂被折腾得生病了。他把周暮云揍一顿后，周暮云就再也没提过堆雪人这件事。

熊孩子的熊要求就是要揍一顿才能制止。他也想揍黎多情一顿，可下不去手，万一她生气了，又哭又闹的，哄起来太费劲。

黎多情大概也冷透了，小跑回来和他一起取暖，雪人堆了一半，胖胖的身体已经准备好，就差一个圆溜溜的脑袋。

"叔，太冷了。"她脱掉手套对着自己的手指哈气，"你去帮我团个雪人的头呗！"

"不去。"他果断拒绝，"我的头都快冻掉了。"

黎多情一想他连帽子都没有，是挺冷的。于是动作麻利地摘下自己的围巾，像他上次给自己围围巾一样，从他头顶把围巾兜下来，在下巴那儿打个结，十分村姑的系法："啧啧，奢侈品和你这张帅脸都拯救不了这个失败的造型……"

"知道丑你还给我扎成这样，你什么居心？"

"你不是怕冷吗？这样就不冷了，去啊，去团脑袋。"她说完还推了他一把，邵万千纹丝不动。她又使劲推了一把，他也只是身体晃了晃，半点迈步的意思都没有。

这时，远处一束刺眼的灯光扫过来，是一辆行驶缓慢的汽车，转了一圈后找到一个离这里不远的停车位停下。黎多情定睛一看，是白以飒！

她转身一把扯掉他头上的围巾，飞快地给自己系好："谁稀罕你似的，我小伙伴来了！"

她笑容明媚地夺门而出，张开手臂像一只笨拙的小母鸡，那边白以飒的造型也差不了多少，两只笨拙的母鸡在冷风中热情地拥抱在一起。

"我想死你了！"白以飒说。

"我也想死你了！"黎多情回道。

"咱们都五天没见面了！"白以飒说。

"是啊，简直度日如年啊！"黎多情回道。

这对话把刚刚迈出门要将掉落在地上的手套给黎多情送过去的邵万千"雷"得外焦里嫩。他忽然觉得很不舒服，不就是堆雪人吗？他也可以堆，为什么要叫白以飒来……

黎多情从他手里接过手套，看都没看他一眼，带着白以飒一头扎进自己伟大的堆雪大业中。

"以飒，我刚刚抓到一坨狗屎。"

白以飒从兜里倒出一把黑色的瓜子放进黎多情准备好的塑料口袋里，准备一会儿给雪人当衣服扣子，闻言惊讶地抬头："你捡起来吃啦？"

"白以飒！"她吼道。

白以飒投降，点头道："你不要用这种冤魂索命的语气叫我，夜里我还睡不睡了？"

"我送你一张邵万千的照片，你压在枕头下面，辟邪的，什么都不用怕。他生气的时候那个脸我跟你说，比门神还吓人……"

"我看小说里面说黑驴蹄子辟邪，你给我弄一个呗！"

黎多情心想我都多少年没见过驴了，还驴蹄子。她琢磨一会儿，凑到白以飒旁边，一脸坏笑地说："黑驴蹄子没有，刚才我抓到那坨狗屎长得和黑驴蹄子差不多，要不要我给你捡回来放枕头底下？"

"黎多情！"她大吼。

"哎呀，我的妈，好歹你也是个名媛，你这嗓门太不淑女了……"

一窗之隔，邵万千看着两个女孩子你推我一下，我推你一下，还时不时地尖叫一声，不能领会女孩间的友谊到底奇妙在哪里。

团雪人脑袋没用几分钟，她们胡闹倒是持续了很久，她们给雪人安上了眼珠、鼻子和嘴巴，还像模像样地用瓜子给它安了一排衣扣。不过这雪人头顶光溜溜的，像个小和尚，应该戴点什么才好看。

白以飒打算把黎多情的围巾拿下来给雪人，黎多情抵死不从。这好几千块戴雪人头上，家里有矿也不能这么铺张浪费啊，何况家里还没矿呢！她把塑料袋里自己带下来的三片生菜摊开，搭在雪人头顶："你看，寒冬里难得的一抹绿色，多鲜艳。"

"多情，我觉得这样不妥，本来它就是个单纯的雪人，你这样让它头顶带绿，它就好像一个有故事的老爷们……"

"这是邵万千。"她随口一说。

"咯咯……"白以飒朝她使了一个眼色。

黎多情立马会意，她还没来得及改口，就被前来收拾工具的邵万千拿着塑料盆来了个当头棒喝："你和你雪人的脑袋是不是都不想要了？"

白以飒留宿在邵万千家里，两个女孩子从进门起就没停止过说话。很多时候，邵万千听不懂她们之间的谈话内容，只好回房间去洗澡，然后看书。

他上楼的时候遇到了不知道为什么笑着往下跑的白以飒，白以飒很礼貌地叫了他一声叔叔，邵万千一点没领情，冷冰冰地应了一声："嗯。"

"邵叔叔，你还生我的气呢？其实你应该感谢我，要不是我把黎多情带去巴厘岛帮她混进你的婚礼，你们也不会认识啊……"

　　邵万千迈步的身形顿了一下："你们一个两个的，怎么都自我感觉良好？我什么时候说过我想认识她了？我巴不得不认识她。"

　　"啧啧……"男人啊，都是口是心非的坏东西。

● ○ 第十三章
反正我就是不喜欢你

夜里，白以飒入睡以后，黎多情悄悄地爬起来，光着小脚，踩着细碎的月光走出房间。

她睡不着，白天睡了好几觉了，现在精神得像夜猫子。她最近心思极重，一到夜深人静的时候就会翻来覆去睡不着，脑子里的事情像跑马灯一样乱闪，睡也睡不踏实。

打开房门，她看到邵万千的客房虚掩着，里面亮着灯。她走到门口趴在门缝上偷偷往里面看，只见满室通明，唯独不见他本人。

她转身准备离开的时候，却直接撞到了邵万千结实的胸膛。吓得后背出了一层冷汗，她低声埋怨道："你走路怎么不出声呢？"

他光脚在家里走路能有什么声音？再说这大半夜的，他总不能为了让她听到声音，故意穿皮鞋走来走去吧？他打开房间的门，顺势把胸前的黎多情推进去，说："你走路不是也没有声音吗？"

他反手关上门，又抬手关了灯，黎多情立刻伸手制止，摸在墙上的手却被他牢牢地握住。

这是一种带着侵略性的温柔掌控，他摊开她僵硬的手掌与她十指交扣。另一只手和她的手臂一起扣在她的腰间，令她的背部紧紧贴着他温暖的身体。

感受到他的呼吸就在自己耳边，黎多情有点害怕，不禁缩起肩膀。

224

她不是小鸟依人的女孩子，怎么看都算偏高挑的女孩子。可每次被他抱住，她都觉得自己像个小巧玲珑的布娃娃。

"叔叔……"她的声音有些发抖，身体也跟着微微发颤。

邵万千声音低沉又缠绵无尽地"嗯"了一声，他低头亲了亲她的耳朵尖，惹得她像小猫一样可怜巴巴地惊叫。

他低笑出声："你干什么？大半夜的往男人的房间里跑，就没想过会有什么后果吗？"

"我我我……不是我跑进来的，是你推我进来的啊……"她小声嘀咕，要不是屋子里关了灯，这会儿她从脑袋到手腕都红了的窘迫样肯定全被他瞧见了，"那个，叔叔，我先回去睡觉了……"

邵万千没说行还是不行，反正就是不松手。她挣扎了好几次，都被他一把捞回来，捞回来后他什么都不干，就抱着。在门口抱了一会儿，又抱着她一步一步往窗边挪。没有星星的夜空在此时看起来如藏蓝色的深渊，别有一番滋味。

"黎多情。"邵万千温柔地唤着她的名字。

他的身上总有一股浓烈却不过分的男人香气，他是第一个让黎多情觉得喷香水并不娘气的男人，只觉得好闻也很迷人，单单就这样靠在他身上，她都快醉掉了。他故意压低声音，听得她两腿发软，身体发酥，想推开他，可是又十分眷恋他，迷醉之间，她傻乎乎地反问了一句："干啥啊……"

她偶尔会用极重的方言来和自己说话，显得特别喜庆。可这会儿这个氛围，邵万千觉得不该笑，但最终还是没忍住低笑了几声。他环抱着她，手指隔着她薄薄的睡衣摩挲着她的肌肤："我想换个身份站在你身边。"

黎多情下意识地"啊"了一声："我允许你是我的叔叔，是我天下第一好的好朋友，你要是觉得不够，我允许你当我爸……"

他挽起手指对着她的脑门弹了个响，痛得黎多情忍不住咧嘴："哎哟……你轻一点……"

"你想都别想让我当你爸，我就算一辈子不娶妻，也不可能娶姜芷。"

"姜芷有什么不好？年纪是大你一点，可是她看起来就像三十岁左右，也能配你的……"

邵万千权当听不见她的废话，继续说："我想光明正大地亲你、抱你，你觉得当叔叔、当朋友，还有当你爸可行吗？口味会不会重了一点？"

黎多情有点想笑，又有一点想哭，沉思片刻后，她忽然扭头："你不要脸都已经到这个境界了吗？我是随随便便的女人吗？"

他眉眼带笑，目光被冷清的月色衬得炙热浓烈："你少在这蛮不讲理，我这是正儿八经地告诉你，我想给你一个名分，让你觉得没有被我欺负。"

黎多情皱眉，扭头看向窗外，心里早已经翻江倒海，面上还要保持冷静自持："我不喜欢你。"

"你不喜欢我，那你打算喜欢谁？周暮云吗？"邵万千一想起墙角差点让亲外甥挖走，心里就不爽。

"嘘嘘嘘，别乱说话，万一让以飒听到怎么办？"她紧张地转身去捂他的嘴巴，邵万千却一把拉开，他自己的事都没弄明白，哪有工夫考虑白以飒的死活。

"黎多情，你喜欢我，有什么不敢承认的？"

"不喜欢，你少在这臭不要脸，你哪只眼睛看到，还是哪只耳朵听到我喜欢你了？"她脑袋摇得像拨浪鼓一样。

"不喜欢我，你会因为我消失大发脾气？不喜欢我，你会动不动就跟我撒娇、耍脾气、闹别扭？不喜欢我，就凭你被别人摸两下都要吓得发烧好几天的小胆，敢跟我朝夕相处在陌生的屋檐下？这些事哪件不是我亲眼看到，亲耳听到的？就算你要狡辩，不能为这些事找一个合理的借口吗？"

"反正——"黎多情羞愤地把他推开，义正辞严地说，"我就是不喜欢你，不想喜欢，也不能喜欢！我要回家了！"

"好。"邵万千敛起笑容，痛快地答应。

这下倒是黎多情愣住了，气得直跺脚："我说回家，你就让我回家，你也不看看现在都几点了！外面零下三十五六摄氏度，你是想冻死我吗？口口声声说喜欢我，都是鬼话，你这个臭马铃薯，就你这种直男癌谁要……唔……"不等她骂完，邵万千不知道从床上捞起一个什么东西，一把塞进她嘴里，堵住她的喋喋不休。

黎多情拿出来一看，居然是他的棉袜，还是穿过的！她心中的那点害羞和旖旎当即消失殆尽，一顿"呸呸呸"之后，她整个人河豚似的胀了起来。

"你就不能拿别的堵吗？"

"拿嘴行吗？"

"不行！"

"那我就要用袜子。"

"活该你单身！"

"我乐意，我单身叫钻石王老五，你单身叫什么，老姑娘？"

黎多情气得头皮发痒，"咯吱咯吱"地挠了好几下："你你你……我也要拿袜子堵你的嘴！"她抬脚一摸，只摸到光溜溜的脚丫，想起袜子早就脱了，想拿邵万千的，却被他抢先一步踩在了脚下。

邵万千觉得捉弄她很有意思，真是快乐又甜蜜，所以这也是浪漫的一件事，他拉着黎多情一起倒在床上，她怎么挣扎都没用。他用被子把她缠得像蛹一样，大腿死死地夹着她的身体，不让她动。

"你别动，像蛆一样，真难看。"

"我呸，你才像蛆一样！"

"你见过这么英俊的蛆吗？"

"没见过，那你见过我这么漂亮可爱的蛆吗？"

邵万千侧身，手掌撑着脑袋，认真地点了点头："见过，你现在就是。"

"你把我放开，男女授受不亲，我们两个在一个床上睡觉像话吗？"

邵万千非但不听，一抬胳膊还直接把上衣脱了,坦然地说道："像话，反正也不是第一次了。我没嫌弃你睡觉打呼噜、翻跟头、磨牙、流口水、说梦话、放屁就不错了，你哪里来的怨言？"

"我没放屁！"

"你睡着了怎么知道？"

"那你睡着了，又是怎么知道的？"她试图维护自己的最后一丝尊严。

邵万千沉默几秒，说："太响了，把我吵醒了。"

黎多情坚定地认为一定是他在故意气她，才把她说得那么不堪。她越想越不开心，睡不着还不能动，因为邵万千已经很久没说话了。她以为他睡着了，又不敢大声说话，实在是难受。不知道躺了多久，她刚刚有困意，一想到他说自己睡觉打呼噜、翻跟头、磨牙、流口水、说梦话、放屁，她就不敢睡了，感觉丢人。

她小心翼翼地转头，视线正对上半眯着眼睛看她的邵万千，忍不住冷哼一声："你还没睡？"

"那你怎么不睡？"他仍旧半眯着眼，反问。

近在咫尺的轮廓深邃得如同雕像一般，这人好看得有些犯罪，她看两眼就觉得心慌。以前还没觉得他这么好看，看来他是个耐看型的，越看越觉得好看。

黎多情没回答。

他又问："是不是怕出丑？"

"我又不丑，有什么好怕的……"

"睡吧，刚刚是骗你的，你睡觉只有一个爱翻跟头的毛病，别的都没有。"

翻跟头这个毛病还算可爱，她勉强原谅他了。虽然不知道具体在原谅什么，但总之，内心的杀意渐熄，她没那么生气了。

黎多情说："我想出去工作，想赚钱。"

邵万千闭上眼睛，隔着被子搂住她："我养你。"

"我有手有脚凭什么让你养？"

"凭咱俩天下第一好，凭我是你叔、你爸、你大爷、凭我喜欢你，行不行？"

"不想搭理你……"

第二天一早，白以飒早起没看到黎多情，大小姐自然是不会打扫房间的，但总觉得在别人家睡，不打扫又不礼貌。就很随意地铺了铺被子，把窗帘拉开，打开窗户换换新鲜空气。

　　她洗漱完毕后，在客厅里看到了正坐在餐桌旁边喝牛奶吃三明治的邵万千。大概是心中有愧，她总觉得自己在直视邵万千的时候，心头有那么一丝发颤。

　　邵万千抬眉，冷冷地瞥她："你像个贼似的干什么？"

　　"我……"她手足无措地挠挠头，故作坦然地一屁股坐到他对面，抓起三明治就塞进嘴巴里，含混不清地问，"多情出去了？"

　　"在睡觉。"他神情淡淡地说道。

　　白以飒点点头："在哪儿睡呢她？"

　　"我房间。"

　　白以飒塞着三明治的手指突然僵硬了，邵万千回答完这个问题以后，以一副看好戏的姿态看着她。这让她觉得万分尴尬，好像把黎多情睡了的人是她而不是他。

　　她佯装镇定地应了一声，僵硬地抽动着嘴角："我那个什么，你们……嗯，怎么说呢？我也不知道该说什么。"

　　"直言不讳，说破无毒。"他说。

　　"我希望你对她好一点，不要辜负她，不要像对她妈妈那样对她……"后面这句她说完就后悔了，这得多没长脑子才会说出这句话。

　　邵万千皮笑肉不笑地勾起嘴角，问："你现在是不是觉得自己特别没脑子？"

　　邵万千跟她哥哥白以恒确实有些交情，但跟她并不是很熟。尤其仅有的几次打交道，几乎都是在给他添乱，加上他年纪和气质上的压制，令她不禁心生胆怯，她难得乖巧地点点头。

　　"知道就好，我跟你哥说过很多次了，你这小孩没脑子，他一直不信。改天有机会你好好给他展示一下，让他对自己的家人有点正确的认识。"

邵万千看她吃得噎得慌，帮她倒了一杯牛奶，放下牛奶纸盒后，轻描淡写地说："我想对谁好不用你教，我不想对谁好，你教了也白教。"

白以飒仔细想了想，觉得他这话说的真是大实话。他若玩弄黎多情的感情，她拦不住；他若是动真格的，那她的交代都是废话。

"倒是你。"他突然开口打断了白以飒的思绪，"别整天凶巴巴的像个野孩子一样，你要时时刻刻记着你的身份。好歹你也是有出身的人，金钱是无法掩盖你的鲁莽和无知的。和黎多情一样像个行走的炸药包，说不定就在哪儿炸个坑，你觉得合适吗？"

莫名其妙地挨了一顿训，白以飒一头雾水地咬着下嘴唇，不知道该说点什么。她想到如果他真的和黎多情走到一起了，她这个闺密当得可就要受累了，她的班主任都没这样说过她。"其实我并不在意我的出身，我觉得吧，我跟多情是一样的……"

"不一样。"他斩钉截铁地说。

"怎么不一样呢？我爸也不是国家首脑，不就有点钱吗？反正不管我干什么都是个没用的富二代，我就想当个恣意妄为的富二代。再说了，你也别顾着教训我，我哥说了，你像我这么大的时候比我差八条街……"

"你别往我身上扯，我跟你这种资质平庸的富二代不一样。"

白以飒忍不住撇嘴，心想：不就是书香门第吗？不就是艺术家之子吗？不就是才华横溢吗？说得好像她满身铜臭，他一身墨香一样，大家还不是半斤八两，在本质上没什么区别。虽然她心里这样想，嘴上却没敢直接说出来。

邵万千说："你也不能和黎多情一样，她是普通家庭的小孩，没规矩就没规矩了。重要的是，我不介意她没规矩瞎胡闹，我们家我说了算，我愿意惯着，也有能力惯着。你不同，你喜欢的是我外甥周暮云，他如果找你和黎多情这种烦人精，他爸妈可能会直接气死。"

白以飒瞬间变成红以飒，尴尬地笑了两声："你别听多情胡说，我跟周暮云没什么啊。人家对我爱搭不理的，让你这么一说我们是两情相悦，一拍即合似的……"

邵万千冷哼一声，抽出一旁的纸巾粗略地擦了擦手，起身，说："你和黎多情还真是闺密，花费上百万的婚礼都敢搅和，坦露真心却没胆，胆小鬼就是胆小鬼，和有钱没钱没关系。"

　　白以飒一口气喝光了牛奶，气呼呼地盯着他的背影看了半天，还是没敢宣战，呸，胆小鬼就胆小鬼，她很开心，她就要做有钱的胆小鬼！

　　除夕的前一天。

　　平日里黎多情陪白以飒逛街的时候是深深见识过有钱人是怎么消费的，一万块的鞋、两万块的包，就像她在校门口买辣条似的。

　　今天有幸，她自己也体会了一下。

　　邵万千说要带她买一身过年的衣服，还说别人家的小孩，过年都穿新衣服。

　　虽然这种关于新年的重大仪式感在姜芷离开后，她就再也没有过，她也并不像别人家的小孩对新衣服有着难以言喻的热烈追求。但重新拾起这种新年仪式感，她还是挺开心的。

　　衣服新不新、美不美都不重要，在她看来，像个孩子一样被别人惦记着，才是幸福的根源。

　　邵万千出手必然是大手笔，但凡她伸手摸了一下的东西，他一样都没放过。吓得她后来摸都不敢摸一下，看见还不错的东西也只能像个胆小鬼一样伸着脖子看。

　　营业员向她表达羡慕，说："你男朋友对你真好。"

　　她穿上崭新的羽绒服，轻轻摸着领口的皮毛，谦虚道："什么男朋友呀，这是我爸爸。"

　　"你爸爸，这么年轻？"

　　"我……我干爸。"

　　邵万千按着她的后脑勺把她押走了。他不知道再任由两人的对话发展下去会生出什么样的故事来，他刷个卡的工夫，他和黎多情就成了干爹和干女儿了。

　　商场早早就开始卖春装，但对于怕冷的黎多情来说，那些东西都是华而不实的。

"叔，我在家里都要准备什么呢？"她问。

"就准备火锅料吧，别的 G 市都有，带着太重了。"

去 G 市，这个决定真是让她几分欢喜几分愁。前几日，邵万千每晚都回来得很晚，她以为他是跟朋友出去交际，事实上是公司连续多日加班加点地开会。邵万千的工作和她想象中的很不一样，她认为的总裁，不过是在文件上签签字，在办公室里摔摔本子，在会议室里骂骂人。

青山万千餐饮在华南地区的运营很成功。现在他们要将自己旗下的多个品牌打入 G 市市场，并在 G 市建立新的公司，与一家老牌甜品合作，从 G 市推进至华南再一路推回北方。

黎多情并不知道自己去了可以做什么，甚至不知道她会点什么。但对于未来，对于事业，她和所有人都有着相同的向往，站在机会面前，没有人甘愿平凡。

尽管邵万千曾经在某个下雪的清晨对她做过一点不愉快的事情，但她总归明白过来，那是因为她真的将他惹火了。连日相处，她发觉他这个人嘴巴上虽然是个痞子，但心灵还是挺美丽的。

不过这事姨妈不知道，姨妈以为她进了白以恒的分公司。

黎多情在商场里看中了一个皮箱，看了一眼价格，两千多块。这个价格在她可以接受的范围内，普通品牌的皮箱都要五百甚至一千了，她指着太空银的皮箱俏皮地说："我再买个皮箱就不买了。"

邵万千点点头，掏出钱夹刷卡。听到营业员确认金额为两万三千八的时候，她一巴掌按住他的手腕，说话都有些结巴："别别别，我这没见过世面的小家子气，这两万块的皮箱到时候我得放在肩膀上扛着走，哪舍得放在地上滚啊？我看错价了，我不要这么贵的。"

邵万千陪她走了小半天，也是很累，懒得和她争执，痛快地点头："好，不要了。"

事情的发展有些出乎意料，黎多情不甘心地眨眨眼，想不明白邵万千又在抽什么风。按照他刚刚一路的慷慨态度，他肯定会二话不说非要给她买下来的。她嘴上说不要，心里还是很喜欢的。突然就失去了拥有它的机会，惋惜懊悔一股脑冲上头，她气鼓鼓地"哼"了一声，大步流星地就往外走。

不要相信世间任何男人，男人没有一个好东西，男人是世上最善变的臭冬瓜，越漂亮的男人越可怕！

她走得太急，带起一阵风，还故意狠狠地撞了一下他的胳膊，邵万千迈了两大步揪住她的衣领，把她拉回到自己面前。黎多情一点好脸色都没有，扭头看向别处，态度不可爱也不俏皮了，冷冰冰地说："我要回家！"

"你没有家。"

"我……"这话可是她曾亲口说的，她翻了个白眼，继续冷冰冰地说，"回我姨妈家！"

"皮箱不买了？"他问。

"不买了！"她咬着牙不耐烦地拉开他揪着自己衣领的手，无奈胳膊拧不过大腿，没动摇他半分，"买什么买？回家找张床单把东西卷起来就可以出门了！"

"我再问你最后一遍，买还是不买？不买我真走了。"说话间，他已经将钱夹揣回到自己的口袋。

黎多情的胸口起伏了好半天，一会儿看看他，一会儿看看皮箱，很不情愿地动了动嘴巴。

"你说什么，我没听到。"他似笑非笑地说。

"买！"她气吞山河地吼道。

邵万千瞧着她跟自己生气的模样特别可爱，不甘心又没骨气，脸都气圆了半圈。他松开她的后衣领，稀罕地捏了捏她的脸蛋，捏得她直跺脚，笑道："我又不是买不起，你矫情个什么劲儿？"

身后突然传来轻飘飘的嘲笑声，邵万千以为是营业员，正要发脾气。不等转头就听到了熟悉的声音传来："邵万千，我说句真心话你也别生气啊。我觉得这小女孩爱装傻，一点身份气质都没有，太配不上你了。你这一把年纪不结婚，挑来挑去就挑个这样的，是不是个子太高血液循环上不去，都搁下半身转悠呢？"

这样盛气凌人又傲慢的态度，是陈潇。

　　邵万千交过不少女朋友，唯一的败笔大概就是陈潇了。他能接受各种性格的女孩，就是接受不了这种肚子里晃荡着坏水的。

　　黎多情也听出来是陈潇了，好奇地伸出个脑袋要看，被他一巴掌捂住脸。他的巴掌有点大，她的脸太小，原本是要捂住眼睛的动作，这一捂就捂得格外严实，她都不能呼吸了，只好可怜巴巴地把他的手指扒开一条缝，好让自己喘气。

　　陈潇是有身份有气质的明星，大冬天里戴着一项巨大的贵妇帽。帽檐很长，乍一看像一朵妖艳的食人花，说御寒吧，包不住耳朵，风一掀还要满大街追；说遮阳吧，这北方天寒地冻的时节是晒不到明晃晃的太阳的。

　　陈潇放下刚刚拿在手里的小手袋，继续笑得盛气凌人："啧啧，捂着脸干吗？丑得怕见人啊？"

　　黎多情也纳闷呢，为什么邵万千要捂住自己的脸，就放开本姑娘，让她们比一比谁的素颜更好看不好吗？

　　邵万千淡然地朝陈潇微微一笑："好久不见，捂着她不给你介绍，是有一点失礼。"

　　黎多情把手伸进他的大衣里，隔着衬衫狠狠地掐了他一把。

　　陈潇不屑道："你跟我有什么礼不礼的，从前没撕破脸以后也不会撕破脸，除非你是要女人不要钱了。不过先说好立场，我可是要钱的，我要跟你和睦相处，跟你们邵家都和睦相处。"

　　"陈小姐想多了，我就是捂着小姑娘的眼睛，没你想的这么深远。捂着她主要是因为，快过年了，小孩单薄容易闹毛病，否则回家就又哭又闹的，所以就更加不想让她看到不干净的东西。"

　　陈潇的脸色难看了一瞬："谢谢你的提醒，那我也应该注意点。过年了，看到不干净的东西是挺不好的。"

　　"不客气，我还可以提醒你一句，只要你自己不照镜子，就看不到不干净的东西。"

　　陈潇脸色铁青地走了，柔软的地毯踩在脚下悄无声息。邵万千没松开手，黎多情自然也就不知道。她听两个人都不讲话了，不知是不是白热化了，于是环起双臂，对着空气说："陈小姐是不是又有新戏要上了，找不到人炒作又来拉前男友垫背？要我说你就多花点心思在你的演技上，不用这么炒作也会大红大紫，粉丝的心虽然是瞎的，观众的眼睛可是雪亮的。"

没有得到陈潇的回应，黎多情感觉很不舒服，不知这算不算恃宠而骄，此时此刻她居然很盼望陈潇主动攻击她，她就能以牙还牙，顺便让邵万千挫一挫陈潇的锐气，谁让陈潇那么坏。虽然她也坏，但是明着坏和阴着坏可不是一码事。

她酝酿半天，觉得自己还应该再说点什么，邵万千却忽然低头在她耳边提醒："人都走半天了，你是戏精吗？"

"那你捂着我干什么？"她尴尬极了。

邵万千没回答，也不肯松开，一只手捂着她，一只手掏出钱夹拿出银行卡递给营业员。刷完卡再收起钱夹，营业员把他们之前买的东西都整理到箱子里。过了很久，久到当他手掌拿开那一刻，她竟觉得店内的灯光有些刺眼，拉杆箱跟钻石一样反光，快要闪瞎她的眼了。

邵万千拍拍拉杆箱，示意她坐上去。她像个受了委屈无处伸张的小孩子，噘着嘴巴骑在拉杆箱上。邵万千把她羽绒服的大帽子扣在她头顶，还用力往下按了按她的脑袋，让帽子挡住她的大半张脸，只露出一个尖尖的小下巴。他提高拉杆，推着她往外走，像揉狗头一样揉了揉她的脑袋。黎多情感受不到他的温度，只能听到布料与头发发出的摩擦声，还有他俯身靠在她身侧，带着歉意的安慰声："有人在拍陈潇，万一她再次居心叵测地自导自演，又会伤害到你，小人难防。"

黎多情点点头，把头靠在他推着拉杆的手臂上，乖巧地只看自己眼前的一小块地方。

听大人的话，是不会错的。

"说真的，叔，你是不是一点也不怪我把你花费百万的婚礼搅和了？"

"说真的？"

"嗯，说真的。"

"怪。怪是怪过，但既然已经让你搅和了，就只能顺水推舟了。"

"如果我没出现，你就真成她老公了？"

"是啊，就真的成她老公了，你以为谁都像你，非要管自己同床共枕的男人叫爸爸，玩得这么刺激……"

"你在胡说，我什么时候跟你同床共枕了？"

"还真挺多时候的……"

除夕早上，黎多情很低调地回到姨妈家，没有大包小包地往家拎，只是买了两块品质上乘的五花肉。

姨妈家的门上已经贴好了春联和福字，一开门，门口的拖鞋换新的了，地垫也换新的了，沙发巾也是新的。茶几上摆着水果和坚果，姨妈扎着围裙从厨房走出来，脸色并不是很好看。

"我让你去买个五花肉，你去养猪了？这都大半个月了才回来。"

黎多情笑眯眯地凑上去，给姨妈围裙的兜里塞了个红包："过年了，就不给你那些没用的东西，给你点小钱，自己喜欢什么就去买点吧！"

姨妈收走五花肉，拎进厨房后放进一个空盘子里，当着她的面打开红包："就五百块钱你还整个包给包上了，这红包得花三块钱吧？"

红包是在邵万千办公室里顺的，一毛钱都没花，她脱下外衣挽起袖子开始帮姨妈干活："这五百块钱还是我省吃俭用攒下来的好吗？恬恬如果不拿我的钱，我本来是打算给你两千的。"

"你可得了吧，我还不知道你打什么鬼主意？"

每年过年，她都是先给姨妈一个红包，然后初一那天，姨妈会给她一个双倍的。她要是给两千，姨妈就给四千，她给一百，姨妈就会给二百，怎么算都是她划算。

年夜饭照常只有她们两个人，外面鞭炮齐鸣和别人口中的阖家团圆跟她们都没关系。过年对她们这种根本就不圆满的家庭来说，不过是走个过场，跟着别人热闹热闹，多吃两道菜而已。

梦恬恬在 B 市没有回来，姨妈给她发了个视频，她也是匆匆说几句就挂断了。黎多情假装什么都不知道，窝在沙发里看春晚，看电视屏幕上的热闹。

窗外时不时传来鞭炮声，天空被烟花炸成各种颜色，她拿着手机录下一段段小视频发给邵万千："烟花！"

邵万千："易冷。"

黎多情："请滚。"

邵万千："OK。"

不一会儿，邵万千也给她发来一个小视频，是青山奈奈录的，他在视频里笑得很开心，眉眼间尽是喜色。看着哪里像过年，倒像洞房花烛夜和金榜题名时，他对着镜头笑，说："录了吗？录了？"

视频里传来青山奈奈催促的话语声，邵万千举着手，手里拿着一个小圆筒。黎多情不知道是什么东西，只见他走到在院子里，来到坐在轮椅上看烟花的父亲身边，拿出火机悄悄点燃手里的小圆筒。只听"咚"的一声，小圆筒一飞冲天，接着又在天空炸出响，哪怕是在视频里，她都听得一清二楚。

她这才反应过来，邵万千手里拿的是一种双响炮仗。这种炮仗在他们这里有个接地气的名字，叫二踢脚。点燃响一声，升空后再响一声，响声震耳，小时候她最怕有人放这种炮仗。由此可见，邵万千在年少时真的是很浑，没有几个人敢这样用手直接抓着这种双响炮来点燃的。

邵海堂被这双响炮吓了一跳，当即从轮椅上跳起来，暴跳如雷。转一圈没有找到合适的东西，便直接用巴掌招呼邵万千，仿佛是大地主在打自己不争气的傻儿子。

邵万千嬉皮笑脸地挨揍，还不忘配合地"哇哇"乱叫，到处乱跑，他对着青山奈奈手里的录像手机说："看到没？看到没？专治各种老年戏精，半身不遂都被我治好了！"

视频录到这里就停了，谁能想象，一个已经三十六岁的大男人，胡闹起来比几岁的孩子还过分。换作一般人家，就算八岁的顽童也不敢拿着双响炮在自己父亲的耳边放吧！

邵万千给她打电话，问她姨妈给她买了什么炮仗。她说买个毛线，他还一本正经地问，点毛线有什么意思啊？

黎多情是不放炮仗的小孩，因为姜芷不敢放，她也不敢，姨妈也从来不放。她从小到大的新年，都是看着别人家的烟花，听着别人家的炮仗过的。

以前每次过年，姜芷会把她裹得严严实实，自己也裹得严严实实。母女两个站在楼顶上，看半个城市的免费烟花，也是很有趣的。

黎多情又将额头贴在玻璃上了，这样看外面才看得更清楚。她记得邵万千的叮嘱——不要把额头放在冬天的玻璃上，冰久了头疼，可是这样贴着更容易让人冷静。如果她足够冷静，就可以将自己汹涌的情绪打压下去，也就顺理成章地忘记每逢佳节倍思亲这码事。

她想了很久，才给邵万千发了一条信息："我觉得我长大了，以前过年我想起我妈就满是怨气，怨她抛弃我，连过年都不回来看我，现在我却会想到，她在哪里过年，有没有人陪她一起吃年夜饭，她有没有钱给自己买一身新衣服穿，她那里能不能看到烟花，她会不会像我一样，不敢在阖家团圆的节日里想念我……我都长大了，她什么时候能长大呢？"

邵万千也过了很久才给她回了一个字："哦。"

这敷衍的态度瞬间就治愈了她此刻的伤感矫情，她光想着怎么对付他了，哪有工夫伤感？

男人都是不靠谱的，不要相信任何一个男人，她这绝对不偏激，连她亲爸都不靠谱，她还指望别人靠谱吗？

外面太冷了，她不愿意一个人孤零零地出去看烟花，就只能站在窗口凑合着看。其间她接了周暮云的电话、白以飒的电话、白以恒的电话，还有梦恬恬及很多好友同事的群发拜年信息。

每年除夕白以飒都会在电话那边给她报菜名，家里做什么好吃的，什么好吃，什么不好吃，她的七大姑、八大姨、三大爷、二叔、老舅纷纷给她多少红包，以及她是怎么霸占白以恒的红包等等，今年也不例外。她哥白以恒的问候就显得比较简单了，不过每一年都是他先问候她，也是真贴心。

至于周暮云的来电，真是一言难尽啊！那个人话少得可怜，又不愿意挂断。"尬聊"许久，最后都打赌今晚的《难忘今宵》李谷一老师会穿什么颜色的衣服了。挂断电话后，她居然松了一口气。

这一刻黎多情才发现，原来自己对于周暮云的爱慕，完全就是一时糊涂。倘若真是有缘共走一段人生路，那么他们最后的结果也是无分地分道扬镳。

她需要一个可爱的男朋友，他要如父如兄如知己。要有高高在上的资本、星光熠熠的魅力，他要有踽踽独行的勇气、孤军奋战的能力，也要懂得如何与小小的她并肩同行。

她是个很平凡的小女孩，她不想累死自己爬上山顶与巨人对视，而是希望巨人蹲下来迁就她这个矮子。

她与周暮云，总是少了一些可以聊的话题。纵然她是个开朗健谈的姑娘，也不愿意对牛弹琴。

黎多情有些困了，她不想等新年倒计时，也不想听李谷一老师的《难忘今宵》了。她打了个哈欠，扑掉手上的面，看着自己包的一个个圆鼓鼓的饺子，然后简单洗了手，趴在沙发上准备睡一会儿，反正饺子煮好了，姨妈自然会叫她。

枕着外面此起彼伏的鞭炮声入睡，黎多情被自己的手机铃声震醒。她半眯着眼睛扫一眼屏幕，是邵万千，便懒洋洋地接起来，鼻息间全是饺子的香味儿。她翻身仰头，看向一旁的餐桌，热腾腾的饺子刚端上桌："喂……"

"烦人精，下来。"

黎多情的瞌睡瞬间吓没了，她揉了揉睡扁的脸蛋飞快地坐起来："你在哪儿啊？"

"在你家楼下。"

黎多情挂断电话后匆忙去了一趟洗手间。没想到今天邵万千会来，她的头发睡得像鸡窝一样。她随便整理了两下，套上羽绒服便往外走："姨妈，我下趟楼，一会儿上来。"

"干吗去？吃饺子了！"姨妈拿着漏勺看着她，把煮破的饺子皮挑出来。

"看放炮去！"

"你几岁了？"

"童心未泯！"皮靴提上一只，她想起什么似的，单腿跳到桌子旁，用手指捏起一个饺子塞进嘴里。发觉很好吃，连着塞了三个，塞得腮帮鼓鼓的。

姨妈包的饺子都是长条形的，她包的饺子都是圆鼓鼓的，捏法也不一样。她小仓鼠一样盯着自己包的饺子，又单腿跳进厨房，扯下一个保鲜袋，挑着自己包的饺子装进去，揣在硕大的口袋里，跳到门口去穿另一只皮靴。

"臭不要脸的黎多情，你就嘚瑟吧。在外面吃一会儿灌你一肚子风，回来肚子疼你可别叫唤！"

黎多情提好鞋，打开门，含混不清地保证道："不叫唤！"

第十四章 ●○
你会常常想起我吗

这一片老房子多是老人在住，平时看不到年轻人的踪迹。但逢年过节的时候，各家各户的儿子女儿都回来了，房前屋后的停车位就都满满当当。邵万千的车只能停在外面的马路边，一楼的镂空单元门形同虚设，防不了贼，也防不了风，黎多情顶着风跑出来，心中竟有种说不出来的雀跃。

就像她印象中的第一个生日，姜芷提着她只能在橱窗口见到的奶油蛋糕出现在家门口，她打开家门顺着楼梯狂奔而下；就像她孤身一人满怀忐忑地飞往巴厘岛去毁婚，在机场奔向迎接她的笑容温暖、神情坚定的内应白以飒。不对，不是像，是超越了这两者，因为那时的姜芷与白以飒她早有预知，而邵万千的到来，她完全没有预料到。

吸进来的空气是寒冷的，呼出去的白雾，却都带着滚烫的温度。

黎多情也不知道为什么自己的心跳会这么快，她昨天才见过邵万千，刚刚还看到他发的视频，可她就是莫名地兴奋。

她预想的是，自己奔向马路边，身姿挺拔的邵万千穿着与她同款的羽绒服靠在车边抽着烟。不抽也行，就叼在唇边，面带戏谑或温和的笑容，地面是沉静的皑皑白雪，天空尽是绽放的七彩烟花。她气喘吁吁地站在他面前，他揉揉她的头顶说："你跑什么？我都来了，又不会马上走，你慢慢走过来，我也会等你的。"

可事实呢，有些惨烈。

单元门口那块光滑的水泥地是她不共戴天的死敌，她满心少女味十足的重逢画面，忘记走到这里要万分小心。一脚踩上去后，她用生命表演了一个前仰后合的张牙舞爪，好一顿调整姿态，她逃过了屁墩儿，却没逃过狗啃泥。

一声"哎哟"瞬间淹没在楼宇间此起彼伏的鞭炮声中，疼倒不是很疼，她还穿着棉裤，就是这出场画面太不好看了。

身姿挺拔的邵万千也没有安分守己地等在车旁，而是早早就来到楼下等候。

邵万千皱着眉头把她扶起来，略带嫌弃地说："你小脑是不是不太好？这一年单是我亲眼看见你摔跟头就不少了。能活这么大岁数，你挺不容易啊……"

黎多情顾不上与他斗嘴，连忙掏出揣在口袋里的饺子，跟捧着自己去世的嫡子似的，满眼惋惜，哭咧咧地哀号道："我的……饺子……"

饺子的本质还是饺子，有皮儿，有馅儿的，就是样子稍微惨了一点。原本一个是一个，各个饱满玲珑，现在则像一个被肢解的大肉饼。

"我叫你出来你带饺子干什么？我缺过你吃的还是怎么着？"

黎多情哀怨地瞪了他一眼："这是一般的饺子吗？"

邵万千将她手里还温热的饺子拿过来仔细端详了片刻，问："不是一般的饺子吗？这里面下毒了？"

黎多情抬起皮靴狠狠地踢在他的小腿上，邵万千猝不及防地一条腿微微打了弯："你拿我撒什么气？又不是我把你的饺子压碎的。不过话说回来，你好歹也是跟着我邵万千过日子的女人，出门还用塑料口袋装干粮，是不是有点寒酸呢？"

平日里瞧着他很精明啊，这么不解风情的话怎么也不应该从他的嘴吐出来，白瞎了这么好看的嘴巴和这么白的牙。

"我那个，是拿出来喂狗的。"

邵万千皱眉，把这坨饺子扔回她怀里："喂狗的还讲究它形状好不好看吗？哪来的流浪狗活得这么精致？"

"这呢。"黎多情抬手朝他脸上一指，"从哪里来的我就不知道了，反正这会儿在我面前站着呢！"

邵万千抬手便朝着她的头顶挥了一巴掌，险些把黎多情掀翻。幸好他反应够快，又一把揪住了她的衣领，把她拽回自己怀里。

这一来一回都不在黎多情的控制范围内，她被扒拉得直发蒙。抱着他的胳膊缓冲了许久才呆呆地问道："刚刚发生什么了？我是谁？我在哪儿？"

邵万千早在给她打电话之前就把准备好的炮仗搬到她家楼下，整整一后备厢。他走到炮仗旁边找到一包崭新的细条香，拆开点燃。原本他是用不到这东西的，他通常都是用香烟或者打火机直接将炮仗点燃，细条香这种东西燃烧慢，火点小，又很长，一般都是胆小的女孩子拿在手里的。

这是邵万千给黎多情准备的。

邵万千穿着一件跟她同款的长款羽绒服，风吹得稍稍急了一些，他便扣上帽子，还不忘扭头帮黎多情扣上帽子："不就是几个饺子吗？我们家条件是好一点，但过年也不吃金条，还是要吃饺子的，我又不是没吃过。你还给我带几个饺子，我是生活在旧社会吗？"

"你家的饺子是我包的吗？"她嘟着嘴巴反问。

邵万千正弯着腰拆烟花的引子，闻言扭头，不屑地说："你这意思，你家的饺子是你包的？"

"就是我包的。"她学着他的样子，不屑地撇嘴道，"我岂止会包饺子，我还会包包子，包馄饨，擀面条。"

邵万千放下手里的东西，挑眉走到她身边，伸手把她口袋里的那一坨饺子拿出来，还没凉透。他在手里反复掂量，半信半疑地问："真是你包的？"

黎多情点点头，这是一项很普通的技能，有什么稀奇的？只怕是他们这种人家的女孩子才不会用擀面杖，不会捏面皮吧？

邵万千面露难色："你包的我应该尝尝，但你刚刚说是喂狗的，我不能平白无故地捡骂。"

"你本来就是狗。"黎多情话音刚落，邵万千的巴掌又要招呼上来。她抱着脑袋，飞快地脱口而出，"单身嘛，凶什么凶？大家不都一样？这不算骂人！"

行吧，既然黎多情给他这个台阶，他也就不好太"拿乔"。纵然漫天烟花也暖和不了这冰天雪地的除夕夜，打情骂俏不宜太久，冻手，冻脚，还冻牙。

邵万千打开那个塑料袋，挑了一个尚算完好的饺子，直接用手指捏着塞进嘴里。是有些凉了，不过味道还可以，尽管他挺讨厌吃芹菜的。他又挑了两个后，实在挑不出来好的，就把面皮和肉丸子分开吃。

他活了三十六年，过了这个除夕就三十七岁了，吹着零下二十多摄氏度的冷风站在如此破败的楼房前吃如此难看的凉饺子，还真是他平生第一遭啊。他怎么琢磨都觉得不划算，他带黎多情奔了小康，黎多情却让他体会旧社会的艰辛。

这个饺子吃得他五味陈杂，悲喜交加。说凄惨苦涩吧，他居然生出层层柔情蜜意。

"你吃吗？"他看黎多情眼巴巴地看着自己，可能也想吃，就将饺子递到她面前。

黎多情摆摆手，把饺子推了回去："你吃吧，我姨妈不让我在外面吃东西，说吃进去风肚子会疼得嗷嗷叫。"

柔情和蜜意被打击得所剩无几，邵万千无奈地笑了笑："你还挺坏，你不吃，我自己吃，然后我肚子疼得嗷嗷叫？"

黎多情认真地点点头："你也可以憋着不叫，反正我就是不想肚子疼。"

黎多情原本也没带几个，邵万千想着吃一个和全吃了没区别，该灌进去的风早都在开口说话的时候灌完了，干脆一鼓作气全吃了："小时候我姐看保姆包饺子，她也伸手去包，我妈不让，我妈说会得越多，干得就越多，什么都不会就什么都不用干，将来嫁个好人家十指不沾阳春水，那把她娇惯得，吃饭的时候筷子不摆好就能干坐半个小时。"

黎多情在口袋里摸来摸去，翻出一小块纸巾，是她在商场去洗手间时扯下来没用完的。本想留着出门擦皮靴上沾了的泥雪，没想到这会儿派上用场了。她将纸巾递给邵万千，说："我就没这么好命了，从小我妈和我姨妈就教育我，不能太娇气，不然以后嫁出去了什么都不会做，再让人送回娘家，那就丢人了，说得好像我以后得卖进哪个王府里当丫鬟似的……"她顿了顿，又说，"不过这些倒不是谁强迫我学的，纯属我心灵手巧一看就会了。以前我不喜欢吃带馅儿的东西，后来帮着包过几次饺子、馄饨，我发现我手是真巧，包的东西都特别好看。我越看越喜欢，再吃的时候就觉得原来带馅儿的东西也挺好吃的。"

邵万千擦完嘴巴把纸巾对折的时候才发现，这可能是商场洗手间的卷纸，略为嫌弃地塞回黎多情的口袋里。眉心紧皱的他，桀骜地捏着她的下巴强迫她直视自己，凶巴巴地问道："我还不如这些饺子、馄饨吗？"

"啥？"黎多情一脸无辜，不知道他突然的坏脾气来自哪里。

"我问你，我不比饺子、馄饨好看吗？"

黎多情更加茫然了，这明显是吃醋的表现啊。她要是夸哪个男人好看时，他这副德行也就罢了，这人已经变态到连饺子、馄饨都不放过了吗？

"叔，你这说的什么话？饺子和馄饨怎么能和你比？你拿你这绝世美颜和饺子、馄饨比，不是自降身价吗？"

"少拍马屁。"他手上的力道又重了几分，"你喜欢饺子馄饨，都愿意尝一尝，怎么你喜欢我，就不愿意尝一尝呢？尝了之后，没准你就欲罢不能了。"

黎多情不说话了，邵万千也没说别的。两个人就保持这样一个"不说点好听我就弄死你"和"你还是弄死我吧"的姿态，对峙了好半天，最后邵万千觉得手指头冻得发僵了，才收回手。

他拉着黎多情去放烟花，这个决定是突然做的。就在黎多情给他发了几个烟花的视频之后，他想起她无父无兄，一个小女孩肯定不会自己跑到外面放鞭炮、放烟花，只能听着看着别人家的热闹。

"你多久没放过烟花了？"他把点燃的香放到她手里，问。

"我从来就没放过啊！多吓人啊，我不敢。"她举着细条香跟举着炸药似的，怯生生地看着他，可怜巴巴的模样让他不忍心看。本来没放过烟花不算什么大事，但看她这个样子，就像从小到大没吃过饱饭一样。

"姜芷不是老师吗？难道家里连这个都买不起？"他问。

黎多情不乐意了："谁说买不起？怎么买不起？一个烟花鞭炮才几个钱，我妈可是正儿八经的老师，是我妈不敢放，我也不敢放，怕崩着……"

"你上巴厘岛闹我的那股破釜沉舟的勇气哪儿去了？"

"那能一样吗？这是要命！"

邵万千给自己点燃一支香烟，笑道："你怎么知道闹我婚礼不要命？是你命好，那个新娘我没看上，等我和你结婚的时候，你闹一个试一试……"

"你傻吧？"她又踢了他一脚，"我和你结婚我还怎么闹，一人分饰两角啊？"

"有道理，那等我们结婚的时候，你老实一点，当一个稳重的新娘。"他拍拍黎多情的脑袋，还算温柔地交代道。

黎多情点点头，刚说了一个"知道了"就变脸了："我看你是真傻了，我和你结什么婚？！"

邵万千没跟她继续纠缠这个问题，黎多情可以不跟他发展，那也断然不能跟别人发展。不然他会让她见识到什么叫真正的捣乱，他会让有胆量娶她的勇士原地爆炸。

他一边安慰黎多情，一边强行拉着她的胳膊往前凑。眼前这种礼花炮不会像鞭炮那么响，点火是一种乐趣，而且细条香的火星很小，点火有些慢。黎多情嘴里喊着"我要回家"，手腕抖得跟筛黄豆似的，好不容易点着了，邵万千拉着她退后几步，交代道："静观其变。"

观其变可以，但静是静不下来了，尤其是当第一串烟花升天后，接着一串又一串地升天，由于距离太近，恐怖的声音就像一辆接着一辆急速前进的跑车在她脑袋上飞驰而过，吓得她连连后退，心脏直往喉咙里头顶。

在黎多情看来，烟花并没有因为是自己亲手点燃的就更加缤纷夺目，而是观赏的同时，多了一份刺激。

单单是礼花筒，邵万千就带来了六个。黎多情一次比一次退得远，还不忘拉着他一起后退，她问邵万千："你不害怕吗？"

"怕什么，我这点的又不是炸药……"

她相信，此时此刻，就这一片居民楼而言，她放的烟花当属最高、最大、最亮的。她掐着腰左边楼看看，右边楼看看，扬眉吐气地左边指点一番，右边指点一番，说："看到没？这些人，都是借着朕的光，才有幸见到如此波澜壮阔的场面。"

邵万千配合地点头："臣妾也是这么想的。"

所有的烟花都放完了，轮到了震耳欲聋的鞭炮。黎多情死活不肯放，也不让他放，非让他把鞭炮拉回去。

邵万千信誓旦旦地保证，这是绝对的正品，说十万响一个响都不少，现在市面上卖的都是不足响的。黎多情无从辩解，别说十万响她查不过来，就算一千响她也跟不上鞭炮的速度啊，谁会关心那东西到底有多少个响？

她批评邵万千根本不懂女孩子的心思，不懂浪漫，有几个女孩子愿意听这十万响的大鞭炮在自己面前"噼里啪啦"地响啊？正常男人要是为了让女孩子开心，应该带小支的烟花棒，两个人可以拿在手上在空中画个心什么的，这可倒好，这位是要拿鞭炮给她嘣出一个新世界啊！

邵万千也深刻地反省了一番，他记得黎多情说过，只要心怀甜蜜就是浪漫了。看来他只顾着自己甜蜜了，并强行把自己的甜蜜塞给黎多情，还很不巧地引起了她的不适。

但也不算犯错，毕竟他们是两个独立的个体，有着各自独立的心思，他不可能完完全全地懂她的心思，她也不见得就懂他。就像她自认为甜蜜地带来那坨饺子给他吃，他却吃得凄凄凉凉。

胳膊永远拧不过大腿，邵大爷带来的礼物，岂有搬回去的道理！那一挂十万响的鞭炮，到底还是被他点燃了。

黎多情捂着耳朵、踩着爆竹声在地上乱转。在一片震耳欲聋的响声中，她朝着邵万千大喊："这个太响了！不像过年，倒像是开业典礼，还有结婚典礼！"

　　叼着烟、眯着眼，不需要捂耳朵也不需要缩肩膀的邵万千一把将她搂进怀里，硬生生扒开她捂耳朵的手掌。黎多情挣不过他，只能任由可怕的鞭炮声和他的调侃全部涌进耳朵里，他说："等我娶你进门那天，放的鞭炮肯定要比这个更长、更响！"

　　"我不跟你结婚！"她吼回去。

　　邵万千说："那你就只能出家当尼姑了！"

　　这个除夕，是姜芷离开以后，她过得最开心的一个除夕。邵万千闹起来有几分孩子气，不对，是有几分猴气。

　　为了不感冒，回到家里她连喝了两碗饺子汤。

　　大年初三是邵万千的生日，中午的时候他陪着家人吃了一顿家宴，晚上在青山万千旗下的一家中餐厅办了生日宴。

　　宴请的人不多，只有三桌而已，其中还有一个与他不怎么熟的白以飒。原本白以飒不在他的宾客之列，想到黎多情一个人连个说话的人都没有，就叫白以恒把她带上了。

　　果然，黎多情见到白以飒比见到他还要开心。要不是邵万千拦着，原本送他的礼物差点就要转手送给白以飒了。

　　黎多情手里没有多少钱，也坚定地认为邵万千家大业大不差那点钱。买贵重的礼物不仅会把自己掏空，放在他的礼物堆里，也算不上贵重突出，买便宜的又拿不出手，就买了一条白底暗灰条纹的手帕，她在角落里绣一朵小小的向日葵，文艺秀气也算花了心思，等他穿颜色合适的西装时便可以拿出来搭配着用。

　　这小小的向日葵看着简单，她可是准备了一段时间。只不过这礼物在送到邵万千手上之前，被白以飒拿去过目，白以飒惊奇地翻过来调过去地看："你真行啊，多情，你对我说的时候，我还以为你能绣个圆形的太阳出来就不错了，没想到你真绣出一朵花，还挺好看的，你的心灵手巧已经超出了我的预估……"

"真好看吗？"别说白以飒了，就连黎多情也很意外自己居然能有这么好的手艺。她以前只是绣过十字绣，看来心灵手巧这是天赋，她这也算天赋异禀了。

"真好看，我也喜欢，你改天有空也给我也绣一个啊，看起来清新又文艺的那种。"

黎多情大手一挥："还改什么天啊？这个送你了！"

白以飒美滋滋地隔着空气亲了她一口："这个就算了，这可是你叔叔的生日礼物，我就这么霸占了不好。"

"你太小看我了，白以飒。"黎多情一本正经地握住白以飒的手，语重心长地说，"你明明知道我黎多情不是那种重色轻友的人，这世界上除了生养我的父母，不对，没有父，除了我母亲，还有谁能超越你在我心中的地位呢？我们之间的情谊，哪是随便哪个乱七八糟的人就可以轻易超越的呢？别说送邵万千的一条小手帕了，就算是邵万千本人，你要是喜欢，我都送你！"

"别别别，女侠，我害怕他，整天要不就是板着脸，要不就是皮笑肉不笑，好像谁欠他几百万要讨债似的，你就自己留着吧！"白以飒顺势把手帕也推了回去。

"不行！你喜欢就要给你，你喜欢就轮不到他了！"黎多情坚持把最好的都给白以飒，可惜她的一厢情愿被突然出现的邵万千打断了。

邵万千劈手就从她们的手中拿走了手帕，大方地打开看了看，没赞美也没批评，简单叠了两下就揣进自己的口袋里："你们是不是活够了？要沟通感情回家沟通去，拿别人的生日礼物体现闺密情深算怎么回事？"

"我送给你才叫你的生日礼物，我还没送你呢。那是我的东西，爱送给谁，就送给谁！"她说着就往他的休闲裤口袋里摸。

邵万千一巴掌拍掉她的小手，皱眉道："往哪儿摸？别瞎摸！"

他偏头看了一眼心甘情愿吃着"狗粮"，并且吃得心满意足的白以飒问："你也喜欢这个？你也想要？"

白以飒的脑袋摇得拨浪鼓一样："不不不，不喜欢，不想要。"

他又看向黎多情，说："你看，她不喜欢，不想要。女孩子嫉妒心强，看你不跟她天下第一好了，就来祸害我这个跟你天下第一好的。"

"扑哧！"白以飒拍拍胸口，连连后退，"那什么，这口狗粮吃得我噎得慌，我去喝口水压压惊……"

邵万千看着是个不合群的人，其实人缘很不错。来的朋友不少，入座的时候，黎多情被安排在邵万千的身边。原本白以飒在白以恒身边，但被邵万千叫了过来，坐在她身边。

他没有和大家说明他们两人的关系，当有人问起时，他也只是笑笑，默不作声。可群众的眼睛是雪亮的，纵然邵万千三缄其口，可他不断给黎多情夹菜，大虾要剥好了再夹到她碗里，鱼肉要把刺挑出来才给她。她不小心打翻了热茶，他做的第一件事就是伸手挡住流动的热茶，防止流落到她的腿上，虽然嘴上与别人谈笑风生，但是眼角眉梢关注的都是她的一颦一笑、一举一动。

饭局进行到差不多时，朋友们三三两两地离开，白以飒陪着白以恒去送一位好友。黎多情所在的这一桌，只剩她和周暮云两个人。

两个人中间隔着三个位置，她盯着眼前吃得干干净净的蛋糕碟子，默不作声。

倒是周暮云，在人群散去后，主动开口："我不该来这里的，我舅舅的朋友我都不太熟，但是听说你要去 G 市了，我就想来看看你。"

今晚所有人都喝了酒，只有她一个人被邵万千按住喝茶。周暮云也喝了好几杯，她对周暮云的酒量一无所知，万一他说出什么过分的胡话，她也不知道该怎么接，所以内心十分焦虑。可如果她现在立刻就走，会显得太过刻意。

"是的，我过几天就走了，以后就难得见面了。"

周暮云沉默片刻，说："黎多情，我知道你原来是喜欢过我的。我喜欢你，你喜欢我，如果没有白以飒和我舅舅，兴许我们两个就在一起了。"

怕什么来什么。黎多情不知所措地抬头看了他一眼，说："你是不是喝多了啊？"

"酒后吐真言。"

　　"酒后说胡话。"她说。

　　周暮云笑笑，没与她争辩："可是世界上没有那么多如果，白以飒和我舅舅都是活生生存在的。我只看到了你在我和白以飒之间选择的是白以飒，没有关注过自己该如何选择。后来我仔细想了想，就算没有以飒，在你和邵万千之间，我也一定会选择他。如果我足够幸运，就会遇到另外一个你，一个不被我舅舅喜欢的黎多情，我才可以奋不顾身甚至不要脸地去追求。可你是我舅舅喜欢的人，无论你们是否走到一起，我们都不会在一起，我不会抢我舅舅的女朋友，也不会选择他的前任作为伴侣。"

　　"你说的这些都对，就是吧，我不是你舅舅的女朋友……"黎多情小心翼翼地辩解，她总是这样辩解，无论对谁。但既然周暮云有了这样明确的想法，大概就不会在意她到底是不是邵万千的女朋友了。只要邵万千是喜欢她的，他就会坚定他自己的想法，这冠冕堂皇的一遍遍解释，无非是说给自己听的。

　　她知道自己在给自己打麻醉针，时时刻刻麻醉着自己的真心，像催眠一样给自己灌输着她和邵万千不是恋人，并没有两情相悦的想法。

　　对于她的说辞，周暮云只是微微一笑："我舅舅是个能做大事也能过日子的人，稳重也幽默，会赚钱会玩，有才华又很潇洒。被这样的人比下去，我是心服口服的，虽然不能和你在一起我有些遗憾，但如果我舅舅能如愿以偿，我的遗憾也是值得的。"

　　他站起身，走到黎多情身边，本只想拍拍她的肩膀，算是送行。因为她飞 G 市那天他不会去送的，没时间，也不想去。

　　黎多情大概理解错了，以为他想要一个诀别的拥抱，很主动地站起来上前抱了抱他。周暮云愣了愣，知道她想多了，但为了不让她尴尬，便也抱了抱她。手掌在她的背上轻轻拍了拍，低声道："你会常常想起我吗？"

　　"可能会，但和爱情无关。"

　　邵万千带着满身的寒气从外面走进来就看到了这一幕，连门口的水迹都没注意到，险些摔倒。他扶着门框站好，当即便觉得自己要气绝身亡了，当然这其中也可能有酒精作祟。

他深吸一口气，面覆寒霜地朝拥抱的两人冷漠开口："周暮云。"

周暮云的手几乎是光速从黎多情的背上弹开，倒是黎多情显得从容淡定许多，这大概就是所谓的"被爱的都有恃无恐"吧。

邵万千朝他勾了勾手指："来，你过来。"

周暮云看看黎多情，没动。

"我数三个数，你站到我面前。"邵万千双手插进口袋，真的开始数数，一字一顿，不疾不徐，"一。"

周暮云没动。

"二。"

周暮云才开始迈步，速度极慢，极度不情愿。邵万千的"三"字已经落了话音，他的步子还在继续。

很显然，邵万千是个没什么耐心的差劲家长。他两步上前，揪着周暮云的衣领，一路像拖小猫、小狗一样把他往外拎。

黎多情哪里见过这等惨烈的家暴画面，连忙上来劝阻："你疯了呀？你快放开，他是你亲外甥！再说都这么大的人了，不能这么对他呀！"

邵万千凌厉的视线突然就扎到黎多情的脸上："滚一边去，一会儿再收拾你！"

"你这是蛮不讲理！你连问都不问，一上来就发脾气，你都快四十岁的人了，能不能稳重一点？！"

她不提年纪还好，一提年纪，他就往多了想，难道是因为周暮云年轻，自己太老？他来不及捋顺自己到底是因为嫉妒还是因为吃醋，甚至是别的什么。整个人跟吃了菠菜的大力水手一样，拎起周暮云就直接顶到身后的墙面，撞得周暮云七荤八素，眼冒金星。

黎多情捂着嘴巴直跺脚，怎么拉邵万千的胳膊都拉不动："你这个变态，你放开他，你要把他打死了怎么办？"

邵万千对她的指责置之不理，旁若无人地发狠，继续揪着周暮云的衣领，质问道："你的脑子呢？周暮云，你不会不知道我为什么这么照顾她，早在邵家我就警告过你。你刚刚是在做什么？明知故犯，挑战我的底线？今天你敢动我的女人，明天你是不是就敢把邵家占为己有了？我是把一头狼养大了吗？"

周暮云无力地捂着自己的后脑勺，皱眉道："不是的，舅舅，你误会了。"

黎多情急得眼泪都快下来了，尽管她一直解释着两个人只是朋友式的拥抱，可邵万千仍旧置若罔闻，她跑到外面去叫人，把白以恒和白以飒拉了回来。

白以恒似乎见怪不怪，他跟邵万千一起长大，没少看邵万千揍他外甥，好在周暮云一直尊重自己的舅舅，没有反骨的举动。

白以飒是见不得周暮云被欺负的，小钢炮一样冲到邵万千身上又抓又挠，被白以恒一胳膊肘架走。

邵万千只是回头对白以飒说了一句："再来我就弄死你。"

黎多情狠狠地咬了邵万千一口，她指着他一边无法控制地泪流满面，一边凶巴巴地威胁道："你敢！你敢弄死她，我就跟你同归于尽！"

白以恒的另一条胳膊肘也有了用武之地，他把黎多情也架了起来。他知道邵万千是刀子嘴豆腐心，外刚内柔的，不会真把谁弄死，但他不敢保证自己怀里这两个妹妹能干出什么事来。

周暮云也是被白以恒救下来的，他说："你能不能对我妹夫好一点？给我一点面子。"

白以飒带走了周暮云，白以恒安慰邵万千几句，也离开了，只留下气得像要爆炸的河豚一样的黎多情一个人面对这个魔鬼。

她随手拉了一张椅子坐下，他却靠在墙边思绪万千地抽烟。

"你哭什么？我打他你心疼了是吗？"

黎多情脑袋一甩，看向别处，没搭理他。她谁也不心疼，一激动就哭这个毛病是天生的，她也不愿意眼泪鼻涕一把一把的，可是她控制不住。

"反正今天这个事情，就是你的错。"她抱着肩膀，准备以理服人，"至少你要了解一下原因，我说了，是因为他今天算是给我送别，我们才抱一下的，两个穿着毛衣的人抱一下怎么了？又没有肌肤之亲！再说了，我什么时候说过我是你的女人了？女人和女儿你分不清楚吗？凭什么你单方面地认为我就是你的女人了，有你这么霸道的吗？我以后还不能有个男性朋友了？"

邵万千没有急着与她争辩，抽完最后一口烟后，他扔掉烟头，缓缓地吐出一口淡淡的薄烟："如果我最先喜欢的是白以飒，而白以飒也喜欢我，但是现在我们两个在一起了，你看到我和白以飒在没有人的地方，亲密无间地抱在一起，你会不会愤怒？"

"可问题是，我们两个没在一起。"她说。

邵万千挑起嘴角，不屑地笑笑，眼角流转出浓浓的讽刺和辛酸："如果不做爱就不算在一起的话，那我们真没有在一起。"

他提起自己的大衣先一步离开了，等到黎多情穿上大衣准备回去的时候，和她颇有缘分的光头金链子大哥又出现了："他把车留这儿了，让我送你回去。"

黎多情点点头，跟着大哥出门，一路上没说什么话。因为今天只有一个大哥，所以没人跟大哥聊天，黎多情也不想聊，直到把她送到姨妈家的门口，大哥才说："我实在憋不住才和你说的，你要听了不高兴就当我没说吧。其实邵万千对你真挺好的，先前你那些麻烦我也跟着处理过，七七八八知道个大概。他对你是真上心，你在年会上出事那回，正好赶上他爸走失，你也病了，他一天一夜没吃没喝地跑，大过年的还拉着我们去亲自挑选烟花，以前他哪管这种事啊？唉，每个人的个性和脾气都不一样，但是在我们了解他的人看来，他是一再地迁就你，以前他找的那些女朋友，什么家庭背景的都有，没有人敢像你那么大嗓门地跟他讲话，我在外面走廊都能听到。为了你，他一直在调整自己，哪怕你越来越骄纵他也不说。他总归是个男人，像个王者活了三十几年，你一来，就给他打回青铜……"

黎多情只说了"谢谢"二字，便开门进屋了。

关于邵万千刚刚问她的那句话，她在冷静以后才有了清楚的答案。是会愤怒的，但又不仅是愤怒，还伤心欲绝。

这个答案越发清楚，她的心里就越发害怕。要知道，她曾经可是亲手将周暮云推走，硬生生地往以飒的怀里推，可若将那时的周暮云换成现在的邵万千，她做不到成全，更做不到祝福。可她又不敢像邵万千那么勇敢地质问，换作是她，大概只能逃之夭夭。

连续几日，邵万千一直没有联系过她。只是他还记得两人当初的承诺，他不可以失联，所以他每天都在朋友圈发一条消息。

朋友圈，是真真切切的只有"朋友圈"三个字，黎多情每次看到都被气笑，这是因为那次她抱怨不打电话不发信息还不发朋友圈。这回好了，只要不发信息不打电话的日子，他都要发一条"朋友圈"。

这人的脑回路也是清奇得很。

黎多情的人生并没有因为邵万千的沉默而变得平静下来，这中间还发生了一场不大不小的风波。

就在邵万千生日的第二天下午，她接到白以飒发来的视频聊天，视频那端的白以飒披头散发地穿着一件男式衬衣，内疚无比道："多情，我对不起你，也对不起周暮云。"

黎多情没有时间多想她为何道歉，只是十分担心她这狼狈的样子到底是怎么了："你怎么了？怎么妆都没卸？这么狼狈，发生什么事了？你别吓我，你在哪儿啊，安不安全啊？"

"多情，我对不起你……"

"什么对不起我啊？"她突然想到邵万千在生日那天争执后对她讲的假设，如果他和白以飒在一起，她会怎么样……

黎多情本来是躺在床上的，在刚刚接通视频看到白以飒的时候由于紧张，她变成坐着，此时此刻，她已经站了起来："什么对不起我啊，什么对不起我？你、你、你！"

"我错了！我是浑蛋！你骂我吧！"

完了，这是真完了，黎多情腿一软，又一屁股坐回床上。她用脚指头也猜到发生了什么事，一定是邵万千在报复她，他们都喝了酒，都可以变得不可控制，最可怕的是，邵万千要真想干什么，白以飒想

255

控制也控制不住。

黎多情看起来比白以飒还要慌张，不停地问："为什么啊？以飒，为什么要这样呢？你喜欢的话就早一点告诉我，不要现在才对我说，我怎么办啊？我妈怎么办啊……"

"你妈？"白以飒泪眼婆娑地问道，"你妈怎么了，回来了？"

"没回来。"她深吸口气，拍拍胸口，"你给我几秒钟让我冷静一下，我需要缓一缓，以飒，我快喘不过气了，怎么办……"

"对不起……"白以飒"哇"的一声哭出来，"对不起，多情，我就是昨天晚上又喝了一点酒，然后就、就……"

"你可以选择不告诉我。"黎多情也哭了，酸楚无处安放，全顺着眼泪流下来。

"我不敢不告诉你，我怕你以后知道我向你隐瞒了会更生气，我怕你再也不喜欢我了……"

黎多情也不知道该说什么了，她又愤又恨，又酸又涩。想到往日里白以飒对她种种的好，想到邵万千对她种种的好，这是她平生第一次感受到什么叫痛彻心扉。

忽然，白以飒的手机晃动起来，她看到浴缸、镜子、马桶等东西在画面里一闪而过，接着传来音色沁凉却微微发哑的男人提出一连串的疑问："你怎么哭了？为什么哭？你在和谁视频？"

这不是邵万千的声音！镜头猛烈地晃动之后，她看到了眉眼清隽却半身赤裸的周暮云，接着，视频便被中断。

黎多情呆呆地端着手机，盯着屏幕，终于在鼻涕快流进嘴巴里的时候回过神来，赶快拿起纸巾把自己无辜的脸蛋清理干净。

周暮云，刚刚，光着上身的……

那昨晚跟以飒在一起的……不是邵万千……

黎多情忽然有了一种劫后余生的感觉。她长舒一口气，气息还微微发着颤，刚刚难以置信，现在更难以置信。

可惜这份美好的感觉没有维持几个小时，她就接到了周暮云的来电，说白以飒跑了，电话关机，人找不到了。

大正月里，她东奔西走地陪着周暮云到处找人，还要联络一些她认识的白以飒的朋友，看看有没有人收留了这个"二傻子"。

　　找不到白以飒，她是不会放心跟邵万千去G市的。好在第二天一早，周暮云就来消息说人找到了，查到了她的出境记录，去了日本，和白以恒的前前前女友一起。

　　白以恒已经疯了，非要亲自飞过去踢死她，大过年的把家里人吓得心惊肉跳，不过被周暮云制止住了。

　　周暮云对黎多情说："我去追她回来。"

　　黎多情连连点头："希望你能对她负责。"

　　周暮云却说："希望她对我负责。"

第十五章
你还是和我私奔了

去 G 市那天的早上，姨妈在厨房偷偷抹眼泪，黎多情都出门了，姨妈才给她发信息告诉她，在她书包最里面的口袋里，给她放了五千块钱。

钱不是很多，不及邵万千给她买的一个行李箱，却是沉甸甸的，黎多情回复："我又不是小孩了，不会让自己饿肚子的，你放心吧。"

姨妈："先还你五千块钱，你自己记着点我还了多少。我也记着点，别到时候不认账。"

果然，在姨妈那里是上演不了什么人间有真情、人间有真爱的温暖桥段的。

黎多情比邵万千到机场的时间要早很多，她坐在机场大厅里看新闻的时候接到一个陌生电话，对方说是来接她去机场的。

邵万千没提前打招呼，她自己怕大巴塞车，所以早早出发。

半个小时后，邵万千也到了。两个人谁也不搭理谁，她只管跟在他的屁股后面去换登机牌过安检，然后跟着他的屁股后面进入头等舱候机室。

直到听到登机通知后，他悠悠地起身，对她伸出左手，摊开掌心。黎多情琢磨半天还是没懂，天真地问道："要什么？"

"你。"

她嘟着嘴巴，"哼"了一声，打算给他的大手来一巴掌。谁知纤纤玉手刚落下，就被他牢牢地抓住。

黎多情挣扎了两下，傲娇又别扭地说："你不是不搭理我吗？有能耐你就一直不搭理我啊？"

邵万千眉目流转，瞪了她一眼。他心情大好，牵着她的手迈开长腿，得逞地笑道："怎么样？你还是和我私奔了。"

两年后。G市。

"你还能回来吗？后天华南四店联动，我明早要先过去，"黎多情身穿简约干练的白色套装，一只手夹着刚刚收上来的店铺审核信息，一只手端着咖啡。电话只能用肩膀夹在耳朵上，她别扭地对着门上的电子锁进行人脸识别。直到听到"嘀"的一声，门锁弹开，她才侧身推门进去，只透光却不透明的玻璃门缓缓合上，"咔嗒"一声再次落锁。

邵万千的声音似乎透着一言难尽的疲倦，连声音都有些喑哑："不好说，我尽量赶回去。"

"老爷子又发脾气啦？"她放下手里的东西，一不小心掀翻了咖啡杯。满满一杯咖啡洒了一桌子，连衣服也被溅上了，咖啡顺着桌沿往下流，她连忙抽出纸巾去擦拭，"听你说话的样子，你肯定被他折磨坏了，一夜没睡？"

"嗯，他自己摔断了腿，非要怪楼梯。昨天一晚上就吵着要把楼梯砸了，给他安了电梯也不坐，非要走楼梯，给他讲道理又讲不通。"

"没办法，老小孩、老小孩，他这两年病得严重了，你们也只能习惯。你先休息吧，我这还有点事要忙。"

挂断电话，黎多情先把桌面的咖啡简单擦拭了一下，弄湿的文件因为不影响审核，就没叫人重新打印。

她坐在宽大的真皮办公椅里，手肘戳在宽阔的办公桌面上，给自己十秒钟休息和发呆。

窗外是魅力四射的维多利亚港，蓝天碧水间尽是林立的高楼。邵万千说，多看看远处对眼睛有好处。于是她很认真地坚持每天眺望，却还是不幸中招，眼睛慢慢地变近视。好在度数不高，她便没佩戴眼镜。

邵万千这间办公室视野好得无可否认，他非常不要脸地占据了全公司得天独厚的好位置。

G市分公司初成立的时候，因为商业合同被盗一事，这间办公室的大门就再也没对外人敞开过。不仅邵万千的秘书进不来，连打扫的阿姨都要在他本人在的时候才能入内打扫。于是，这间办公室的人脸识别就只有两个人的面孔，一个是邵万千本人的，一个是她的。

邵万千说了，他再丢东西，就肯定是她拿出去卖了。当时黎多情还对他冷嘲热讽：以为自己的办公室是皇宫吗，随便偷个东西拿出去都能卖钱！

某天，邵万千真的丢了一支价值不菲的钢笔，是青山奈奈为他定做的生日礼物，据说花了三十几万元。邵万千天天拿这件事敲打她，说她见钱眼开，属喜鹊的，看见闪耀的宝石就往自己窝里夹带。为什么偏偏怀疑她呢？因为她当初稀罕这支钢笔稀罕得不得了，跟他借了好几次，他每次听到都直接锁进保险箱里。

可是这个保险箱的密码，除了邵万千，也只有黎多情一个人知道。

被冤枉的黎多情在他办公室的休息间里大哭了一场，正琢磨着要不要报警的时候，被他来了个人赃俱获！钢笔就赤裸裸地躺在她的包包里，埋在她的口红、镜子、梳子和粉饼的下面。

这事情太过蹊跷，明显是栽赃陷害，可这是在公司，就算邵万千确实器宇轩昂、英俊潇洒，得到了女下属的崇拜和爱戴，他在工作上也绝对不允许有半点马虎。要是让他知道哪个小姑娘的心思不在工作上，而是在他身上，不用黎多情翻白眼，那小姑娘必然是要卷铺盖走人的。

就算谁想陷害她，也要先买通他的秘书和负责打扫的阿姨，只有这几个人有机会进来。

她百思不得其解，只好挂着眼泪委屈至极地问道："你帮我想想，这支钢笔怎么会在我包里呢？"

邵万千还真的仔细帮她想了，他说："我放你包里的，自然就会在你包里。"

黎多情自知情商不够高，脑回路没有他那么多弯，也不够清奇，她傻乎乎地问了一句："那你为什么要这么做呢？"

邵万千说："因为你说你喜欢，我就送你了。"

黎多情还是不明白，接着问："送我就好好送，为什么要捉弄我呢？"

邵万千说："因为我喜欢捉弄你，我就捉弄了。"

黎多情也说不明白，他这种隔三岔五就会来一场的捉弄游戏，到底是因为他个人心理变态，还是因为他对她别具一格的宠爱？

此时此刻她用来书写审核意见的，就是这支钢笔。

她想起之前自己提交过一张超大铺面展示的设计图纸给他看，手头上这个铺位的单面展示面也有四十多米，她想再看看当时邵万千给她写的审核意见。不过那张图纸不在她手上，她记得给了邵万千后自己就没拿回去，便拉开他的抽屉，一张一张地翻看。

细想邵万千这两年来对她是用足了心的，换作一般的男人，就算喜欢谁、宠着谁，也不过是给足了钱，送足了礼物。可邵万千不一样，他没有把她当成一只圈养的金丝雀牢牢栓在自己身边。

他给她的，总是她需要的。她抱怨自己没有新衣服的时候，他才会带她去买。她心心念念什么，总是要说好几遍，最后才会被他送到眼前。他没有给过她信用卡，也没有让她学着有吃有穿就高枕无忧。而是让她本本分分地拿薪水，薪资和与她同一岗位的同事一样多，工作量也是同样多的。

她的薪水花不了多少，基本都用在和同事喝喝下午茶，偶尔给他买个小礼物。再就是每次回老家时来回的费用，还有给姨妈添置东西时会花一点。

姨妈到底还是知道了她是跟邵万千跑到 G 市做事的，为此还大发雷霆，每次打电话都要把她骂一通。骂着骂着就骂累了，慢慢地也就接受了。

按理说，审核铺位图纸这种事自有另外的副总负责，这两年在 G 市以及华南地区的商业版图扩张不是随意签签字就能完成的，邵万千有大把的工作和应酬。可无论怎么忙，他还是会抽出时间来把她按在他的身边，像教小学生识字的家长一样，耐心地给她讲解哪些工作该如何完成，什么样是好，什么样是坏。

她之所以在公司里升职这么快，并不是因为有总裁的提拔，而是因为有总裁的教导。老师教得好，学生学得认真，工作突出，自然升得快。

不过，这些与在他的帮助下她和姨妈打造了全新餐饮品牌相比，就显得不值一提了。

黎多情从姨妈那里带来的独门火锅底料配方，邵万千尝过以后觉得确实不错，细品起来和青山万千旗下所有火锅品牌的底料味道都有些差别。

当时G市公司主要从事的是品牌合作、合并以及营运拓展的业务，城市里总有一些口味口碑极佳、人气也很不错的餐饮店铺。有一些是个体经营，有一些是公司运作，但大多因为没有丰富的经验而不能将产品和品牌做大，最终发展受到限制。由于青山万千集团旗下的餐饮品牌都非常成功，G市公司便利用自己的运营推广经验，与这些小品牌合作，这样一来小品牌有了大公司做靠山，它们再也不用因为自己的运营手段不够造成推广之路举步维艰的状况。当然这些品牌主要来自G市，有本地的美食，也有世界各地融入这座繁华都市的新鲜东西。

因为不需要自己研发，所以，G市分公司里的研发团队就显得不太完善。

邵万千特地为她组建了一支研发团队，姨妈的底料配方不需要改良，只需要升级，说白了就是对底料的选材更为讲究。这一切有了定论之后，他就成立了全新的品牌项目并将之交到她的手里。

她此前所学才算派上了真正的用场。

当然最大的受益者是姨妈，毕竟人在家中坐，钱从天上来。

一开始，姨妈很不满意自己的东西成为别人公司旗下的产品。可后来黎多情给她讲了道理，凭借她们的力量，开一家店要累得直不起腰，但是有了青山万千注资，她们的门店起步就是四个，而且都是在一线城市，下一波的联动也是在一线城市。最重要的是，其他品牌与青山万千合作是需要自己投资的，而她们的品牌，已经享受了集团自有品牌的待遇。

她总以为，邵万千是一个会给她买各式漂亮鞋子的男人，没想到，他是教她如何走路、如何奔跑的男人。

邵万千的抽屉里有大把的文件，她翻了好几个抽屉才翻到想要找的图纸，抽出图纸时意外地看到一张不小心带出来的照片一角。

她随手将照片抽出来，却当即愣住。照片上裹着砖红色披肩、穿着藏蓝阔腿裤的女人，正坐在一座破败的砂土墙下吃东西，她身边围着几个看似调皮的东欧小孩。

她把整个抽屉的东西全倒出来，一共翻到八张照片。有六张是在同一个地方拍的，看她的装扮和附近的建筑以及行人，应该是在土耳其这类地方。还有两张有中国人的，应该是在中国境内，但这些照片右下角的时间显示是一年多以前，并不是近期的。

她都不记得自己有多久没见过姜芷了，但这和记忆中的姜芷有着天壤之别。虽然她不是天姿国色，但还算肤白貌美，长发长裙，娉婷婉约，颇有几分文艺女青年的范儿。

照片里的姜芷，文艺还是文艺，貌美也有，只是不白也不嫩了，满脸满眼的都是风霜和沧桑。

最熟悉的人成了如今这番陌生的模样，让她忍不住感慨，岁月真是无情又无义的坏东西，她才长大了一点，姜芷却老了那么多。

照片上的人看不出来过得好不好，却看得出她很快乐，她的眼角眉梢都是自由的笑意。黎多情很心酸，也很生气，心里反反复复地骂了她好几遍："姜芷，你这个无情无义的臭女人，你只对着别人家的小孩笑，自家的小孩你连看都不看一眼！"

一番眼泪鼻涕的轰炸后，她将照片收好放回抽屉，继续干自己的活儿。

邵万千一年前就拿到了这些照片，却一直没给她看过，也没跟她说过。以她对邵万千的了解，没有百分之百把握的事他是不会告诉她的，估计这一年他自己也憋得够呛。他不说，一定是有他认为不能说的理由。

现在她看到了姜芷的照片，知道她还活着，并且活得很快乐，她窝在胸口里的那一团气终于可以放心地吐出来了。

姜芷还活着，这比世上任何一件事都要美好，尽管黎多情不愿意理她。

想到这里，黎多情又忍不住埋怨她那个素未谋面的不争气的爹了，没准就是因为他，姜芷才不待见她。姜芷忍了小半辈子把她伺候大，等到她饿了知道吃饭、冷了知道穿衣的时候，就把她抛弃了，也不枉为人母。

她整理好自己的思绪，重新投入到工作中。

邵万千说过，在工作的时间里完成工作，在放纵的时间里放纵，在该睡觉的时间里睡觉，这才是最完整、最完美的一生。

天知道她有多想、多想、多想，过好这一生。

次日下午，黎多情和助理乘车过关前往 H 市，在青山万千旗下的酒店入住。

白以飒早早地在门外等她，一只手举着冰激凌，一只手托着自己圆滚滚的肚子。

黎多情下车看到她后，走上前一把从她手里拿走冰激凌，三两口就吃了个干净。给她留下一个空空的纸杯，上面还沾着一层薄薄的奶油。

"我都说了不让你来，你非要来。"黎多情挽着白以飒的胳膊，"估计下一航班你老公就到，我不会替你隐瞒你又偷吃冰激凌的事。他虽然心疼你，但老拿我开刀，我死得比窦娥还冤。"

白以飒一边可怜巴巴地用勺子刮着沾在纸杯上的奶油，一边翻白眼："你这个忘恩负义的狗东西，我千里迢迢来支持你的新店开张，你竟然想着去跟我老公告状。早生几十年你是当汉奸的好苗子。"

"你少在这狗咬吕洞宾，不识好人心。你也不掂量掂量自己的肚子，还有不到一个月就生了，你居然还乱跑。真不知道你来是为了让我开心，还是让我担心。"

白以飒没搭理她，专心致志地刮奶油。实在刮不到了，便伸出舌头舔一圈，扔掉纸杯还不忘感叹："从来没想过我堂堂白氏的千金，居然有吃雪糕还要舔纸杯的时候。"

"你老公说了，大夫下了狠命令，你的身体是坚决不能吃冰激凌这类东西的。"

"大夫是吓唬人的，我都偷吃很多次了。"

"你是有多馋？说不能吃就不能吃！"

"不让我吃，我就不生了！"

"你要是能憋住，你就一直憋着！"

"你敢欺负孕妇！"

"我就敢！"

助理推着两个皮箱走过来，似乎对闺密两人拌嘴的场面司空见惯，直接说："黎总，你们上楼吵吧，手续都办好了。"

黎多情的推测无误，不到午夜，周暮云就抵达战场了。当时白以飒已经在黎多情的床上睡着了，风尘仆仆的周暮云连水都来不及喝一口就直奔房间，看到白以飒睡得口水横流，才算彻底松了一口气。

黎多情觉得自己穿着睡衣面对周暮云不太好，便在外面套了一件酒店的浴袍。

"你很冷吗？"周暮云看她大夏天的给自己捂这么多，忍不住问了一句，"空调没有开，你是不是发烧了？"

"我不冷，我快热死了，因为你老婆不吹空调，连累我也要闷着。你在这儿陪她吧，我要去睡空调房。"

"不行，你不能走。"他果断拒绝，"她是来找你的，醒来看不到你会生气，生气对她和孩子不好。"

"可是我不吹空调也会不开心。"

"你又没怀孕。"他说。

听起来似乎有一点道理，就算没有道理，既然周暮云不让她出去，那八成她也别想逃出去了。

周暮云倒是很会安排，她跟白以飒睡床，他睡沙发。临近凌晨的时候，黎多情实在受不了了，坐起来指着沙发上的周暮云，压低着声音说："你再鬼鬼祟祟地往床边凑，我就打电话告诉你舅，你偷窥我睡觉！"

周暮云翻了个身，没搭理她。

黎多情千算万算，怎么也没算到周暮云和白以飒会走到如今这一步，说他是宠妻狂魔一点都不为过。

当初白以飒"畏罪潜逃"跑到日本被他找到后，他做的第一件事不是带她回家，而是直接把她押到G市来找黎多情，逼问她们到底有什么不可告人的关系。好歹白以飒也是出身名门的，怎么做人如此不负责任！

"你们酒后乱来，关我什么事呢？酒不是我灌进去的，酒店不是我开的，床也不是我提供的，我何其冤枉啊？"

白以飒认为，就算他们两个人现在没关系，黎多情这个善变的女人喜欢别人了，周暮云好歹也是她喜欢过的人。

黎多情干脆利落地把自己从这段三角关系中撇清，坚决否认自己喜欢过周暮云。并坚称当初是觉得他是个好看的小哥哥，并不是她喜欢的小哥哥，他们爱谈不谈，和她没有任何关系。不要再把她和周暮云搅和在一起，邵万千发起脾气来像大力水手变身似的，她怕得很。

说来也奇怪，不知道白以飒有什么本事，一脚定江山。白以飒从G市离开后没有跟周暮云在一起，但架不住周暮云穷追不舍。那可怕的程度，就像警察抓露了馅的逃犯，无论她藏在哪里都能被翻出来，周暮云三天两头去跟白家谈订婚的事，先后搬动了舅舅邵万千、母亲邵万万、外婆青山奈奈、外公邵海棠以及黎多情。

反正白以飒是逃不了了，必须对周暮云负责任。周暮云闹得满城风雨，恨不得全世界的人都知道白以飒和他的关系。

一年的拉锯战后，白以飒终于成为周暮云的新娘，接着便怀孕了。

怀孕的白以飒并没有就此成为一名贤妻良母，还是隔三岔五就要来和黎多情住上个三五天，每次都是被老公强行抱走的。

无辜的黎多情就这样吃了两年的高浓度"狗粮"，连个喘息的机会都没有。

早上六点多的时候白以飒醒了一次，周暮云带她下去吃了早餐，她回来后又接着睡。黎多情起床洗漱直到离开，她一直没醒。

周暮云不让黎多情把白以飒叫醒，她总不能在这里陪着白以飒睡觉吧，便带着助理继续工作去了。

四店联动的正式开业时间是今天，但前一周已经在试营业，生意十分火爆。这个开业的日子是姨妈找人看过的，虽然黎多情并不知道那个收费五十块钱的先生靠不靠谱。

距离剪彩的时间还有三十分钟，她在总店门口和几位 G 市公司的高管聊天。时不时地看一眼手表，仿佛在干什么争分夺秒的事情。

三十分钟后，剪彩仪式开始，司机念完她的名字，接着宣布了压轴嘉宾——青山万千的总裁邵万千。

她下意识地看向自己的助理，明明已经通知过司仪邵总今天不会出席，看来功课做得不够好，接下来就看司仪怎么把人员未到这件事圆过去。

不料，邵万千真的出现了。他穿着一袭挺拔的黑色西装，神采奕奕地步入她的视线。

这两年，她无数次看到他满脸这种自信倨傲的笑容迈着这般从容的步伐朝自己走来。唯有今天，在嘈杂的人声中，她听清楚了这落在她心尖上的沉稳脚步声，才发觉原来是如此动听，令人安心。即便他不来，她一样可以完成这个简单的剪彩仪式，可是他来，她心里就更踏实了。

"我还以为你不回来了，那就没人见证这令我骄傲的时刻了。"黎多情上前与他说话，看似礼貌地寒暄，声音压得很低，旁人听不到。

邵万千力道轻柔地拍拍她的手臂，仿佛在回应她的寒暄，说："那你骄傲得太早了，这不过是你事业上真正的开始。"

说完，一大一小两个戏精相视一笑。

剪彩刚要开始，白以飒仗着自己肚子大没人敢惹，慌慌张张地从人群中挤出来。远远地对黎多情比了一个求饶的动作，示意自己起来晚了。黎多情又不能像她一样大手一挥表示没关系，只能回以微笑。

一剪刀下去后，她再看向白以飒，白以飒举着手机正对着自己这边拍照，看起来心情很美丽。忽然，白以飒的脸色变了，变得像翻书

267

一样快，她惊慌且痛苦地捂着肚子，接着便是一声划破长空的尖叫，两腿一软，直直地跪下去。

　　白以飒的早产可谓热闹非凡，且不说旁边锣鼓喧天、鞭炮齐鸣，见证她这一声号叫的观众就得有上百号人。

　　黎多情再也顾不上什么面子和礼貌，跨步就往白以飒的身边跑。好在周暮云一直跟在白以飒身后，事情发生时，他第一时间抱起她。

　　原本对白以飒生孩子没什么兴趣的邵万千，也不得不参与进来。毕竟是自己的亲外甥媳妇，接他的豪车变成了白以飒的救命车。周暮云抱着白以飒上了前面一辆轿车，黎多情没赶上，只好和邵万千坐在后一辆车上。

　　赶往医院的路上，黎多情把精心化好的妆容哭花了。邵万千被她哭得心烦意乱，哄了半天都没哄住，只好霸道地将她的下巴拧过来，强迫她抬头看自己："不就是生个孩子吗？又不是难产死了等着埋，你怎么跟哭丧似的？"

　　"你会不会说话？你嘴巴有毒吗？以飒的预产期还有二十四天，她这是早产了！肯定是她昨天坐飞机累坏了，刚才又匆忙赶过来，要是她有个什么三长两短，周暮云会把我杀了的……"

　　"不会的。"他笃定道。

　　黎多情抽出纸巾擤鼻涕，凶巴巴地吼他："废话！我当然知道她不会有三长两短，她会长命百岁的！不是你说的吗？我们这种祸害都是要活过上千年的！"

　　"我说的不是这个。"他面无表情地说，"我说周暮云不敢杀了你。"

　　黎多情抡起拳头照着他的胸口猛捶一记："你闭嘴，闭上你的乌鸦嘴！只会说风凉话，生孩子的不是你，也不是你老婆，你当然能置身事外！"

　　"生孩子的不是你，也不是你老婆啊……"他揉了揉发痛的胸口，说，"我觉得，白以飒都没你哭得凶。我跟你赌一万块，一会儿到医院，你看她是在哭，还是在鼓着劲儿骂周暮云。"

"周暮云怎么会有你这种舅舅，真是倒了血霉才会跟你进一家门。等以后你老婆在大马路上早产，看你还开不开这种玩笑。"她话音刚落，柔嫩的嘴唇便挨了顿抽，他没用多大力，但很疼。黎多情委屈，捂着嘴巴瞪他。

邵万千却比她还生气："我老婆不会早产，我老婆会平平安安地生产，打上止痛针，神不知鬼不觉，毫无痛苦地把孩子生出来。"

他就是这么霸道，只许周官放火，不许百姓点灯。他说什么都行，她说一点不中听的都不可以。

他们的车几乎和白以飒乘坐的车同时抵达医院。在来的路上，邵万千已经为她安排好了一切，担架早早地等在门口，黎多情刚下车，就听到白以飒抓着周暮云的手骂骂咧咧："我都说了我不生，你非让我生！你自己怎么不生？给我钱有什么用？我差钱吗？别说给我一个亿，就是给我一百个亿也没有下次了！"

邵万千轻咳几声："我刚才说什么了，是不是在骂人？"

黎多情瞪他一眼，飞快地走到白以飒身边，跟在担架旁小跑："以飒你使劲儿骂，骂出来心情就好一点，就不那么疼了啊，加油骂呀！"

自从跟白以飒在一起以后，周暮云就再也没找到过自己的脸。脸是什么玩意，他陌生许久了，自然也不差这一会儿。他不怀念他的脸，只是有点怀念当初那个会娇滴滴叫自己"暮云哥哥"的小姑娘。

医生说，白以飒这不叫早产，三十七周以后生产都算正常，只是比预产期提前三周而已。白以飒生了一个健健康康的大胖小子，足足有七斤，看她四肢纤长，肚子也没有多大，没想到孩子这么争气。

黎多情本打算放下一切工作留在这里照顾白以飒，没想到，才过了一个下午，傍晚时，周家人和白家人就组团来探望她了。屋子挤满了人，毕竟家里的条件在那儿摆着，不差几张机票钱。周暮云又是独生子，叔叔伯伯就来了一堆，还有白以飒的父母和哥哥，七大姑和八大姨。

黎多情显然是多余了，虽然恋恋不舍，但还是被邵万千带走了。

"你这闺密挺好。"邵万千说，两人肩并着肩穿过医院后面的草地，朝停车场的方向走去。

夕阳下，他背着手慢吞吞地配合着她的步伐，金色的余晖镀在他的周身，让他看起来仿佛是一幅行走的暖色油画，还是被她拥有了许多年的那幅。忽然间，黎多情很希望时间能停留在这一刻，不用回忆过去，不用遥望未来，只拥有当下。她惦记的人都安好，她也一样。

不去经历未来，就不用担心变数。

"我以为你会说她是专门来捣乱的。"她说。

"怎么会呢？我是想赞美她给你凑个双喜临门，生孩子的日子挑得好，是个发财的日子。"

黎多情哼了一声："少阴阳怪气的，话里话外还是讽刺她捣乱。"

"不。"他斩钉截铁地否认，"我没讽刺，就你们那点光荣事迹，根本不需要别人讽刺，自己回头琢磨琢磨都够你们喝下两箱啤酒的。"

"我们的光荣事迹有你的前女友多，有你感情史丰富吗？你最近没看新闻啊，你那个前未婚妻……"

他眉头一皱，打断她的话："我哪个前未婚妻？"

"你有几个前未婚妻？"她撇撇嘴，仔细一想，事有蹊跷啊！"你还有除了陈潇以外的未婚妻？"

他如实点头："嗯。"

黎多情倒吸一口冷气，堵在他面前，双手叉腰："你以前怎么没说？"

"以前你也没问过。"

这倒也是，她清了清嗓子，一副班主任的严肃模样："那你自己说说，你有几个前未婚妻？坦白从宽，抗拒打死。"

他也严肃起来，伸出一只手，开始认真地计算。黎多情眼巴巴地看着他数完一个巴掌不够，开始数另外一个巴掌，上去便一把拍掉他的手："你是职业骗婚的吧？一个巴掌都不够，订婚这么频繁还没被你们那个富豪圈封杀吗？"

邵万千不以为然地笑："刚刚是我数错了，差一点订婚的有两个，订了婚没结成的有一个，不过你认识的，应该只有一个，说说，她怎么了？"

"你也太不关注新闻了，陈潇又有电影要上映了。"

"和我有什么关系？"

"可是媒体传闻她与旧爱复合了啊。那个旧爱倒是没露正脸，但是我看过记者偷拍的照片，瞧着那身形和打扮都像你。那一身休闲装穿得叫一个骚包，互相喂饭又一同回酒店，隔夜又一起出来，记者可是点名道姓说了某艺术家的儿子。"

邵万千嗤之以鼻："这和你有什么关系？"

黎多情耸耸肩："没什么关系，我是个普通的吃瓜群众而已。不过，你怎么不跟我解释解释呢，万一我相信了这个瓜怎么办？毕竟你最近确实跟她在同一座城市，你哪来的自信，觉得我一定会相信你是被拖下水的？"

邵万千没有立刻回答她，黎多情也并没有追着问。他总是这样，偶尔也会有她几天前问一个问题，他几天之后才想起来回答的情况，仿佛他是经历了很长一段时间的深思熟虑。而通常这些都是一些小事，他想回答什么，什么时候回答，纯粹要看他的兴致。

车子快行驶到总店门前时，他突然说道："我相信我的眼光。"

"啥？"她一头雾水地将视线从外面的车水马龙中收回。

"我相信我看上的人，不是一个愚蠢透顶的傻瓜，随便什么人的鬼话都相信。"

"呦，邵总，您这一手高帽扣得好啊！你这样一说，我信也只能说不信了，毕竟谁也不愿意当傻瓜啊，还是愚蠢透顶的那种。"

他得逞地笑笑，没说话。倒是黎多情，安静了好一会儿，突然说："叔，你跟一般的土豪不一样。"

"嗯，我除了有钱，还帅，你说过好几次了，不用时不时拿出来提醒我。"

"不是，我的意思是说，别人都生怕自己的金丝雀长了本事从身边飞走。你不怕，你生怕我飞不起来。"

他将车停靠在路边，两人一起望向总店门口。现在早已过了吃饭的时间，可店门口排队的人不见少，虽说是意料之中的，但仍令人兴奋，她拿起手机拍了一张人头攒动的照片。他熄火，打开车窗，掏出香烟，正要点燃就被黎多情一把抢走："一天只能抽三支，我们说好的。"

他面无表情地握住她纤细的手腕，稍稍用力，她便忍不住松开手指，香烟又落回他的手里："这是今天的第一支，你什么时候能不这么毛毛躁躁？"

"像你那么老的时候。"

他笑了笑，抬手刮了一下她俏丽的小鼻子，还是觉得她不施粉黛、素素净净的小脸看着可爱："我问你，你什么时候当过我的金丝雀？我养了两年的金丝雀，亲都不让我亲一口，是不是也该拔毛烤了吃肉呢？"

"此金丝雀非彼金丝雀，此金丝雀是当崽儿养的，彼金丝雀是当情人养的。"

她说完这句之后，邵万千嘴角的笑容就慢慢地消失了。她知道自己又是哪壶不开提哪壶，他最不爱听的就是她用这种方式跟他划清关系。连她自己也觉得，邵万千这一腔热血、满腹深情，在她这里宛如肉包子打狗，有去无回。

不过，是他非要把她栓在身边的，就算不痛快，也只能自己咽下去。

这世上每天都有许多人在经历着同样的爱而不得，弃之又不舍。他不算最苦情的，她不是最残忍的，在同类里，他们这样的苦楚，简直不值一提。

"崽儿和情人没什么区别，早晚都是要离开的。"他忽然说。

"所以你才这么抠门，不给我买大别墅，也不给我买大汽车，还不给我无限额度的信用卡。"她故意说。

"授之以鱼，不如授之以渔。"他说，"万一将来哪天我厌倦你了，不想留着你了，你也会有个好的前程。要是遇到好男人就算了，就算没有白以飒那么好命嫁个富贵人家，自己也有能力过好这一生。"

这不像是邵万千会说的话。她以前每次说他抠门，他只会往死里反击，言语间尖酸犀利的程度简直前无古人后无来者，不允许她动一点跑路的心思。生必须是邵万千的人，死必须是邵万千的死人。

他总说他在给她洗脑，多洗几年，就会让她视他为阳光、空气和

272

水源，一旦她想离开，那就是要他的命。

可今天，他突然说出她的以后，如果没有他在的以后。

"你这话……"她不敢妄自揣摩他的心思，只好小心翼翼地试探，"你……不想留下我了？"

他偏头，认真且深情地望着她，说："无论我留不留，你不是都要走的吗？"

邵万千下车了，黎多情一个人在车里，抓着安全带来来回回地抻着，脑袋里面乱得像一锅粥。最后粥都熬成米糊了，她理了好久都没能理出来一个头绪。

也许，他是无心的，人总会有心情低落的时候。说不定他是因为看到自己外甥的娃都呱呱坠地了，自己还是单身，所以故意说点什么让别人不痛快。

● ○ 第十六章
你是不是有新欢了

白以飒在 H 市要住两个月才回老家，黎多情每天都去看她，陪她聊天，陪她说话。周暮云的说法是，这是为了防止她的好闺密产后抑郁。

黎多情看不出白以飒有抑郁的倾向。她吃得比自己还多，月子餐的盐分少又清淡，她还是可以做到吃什么都不剩，看电视笑的声音大到能把孩子震醒。她唯一的不满就是她的老公，大概是因为生孩子太疼了，现在都不让他亲一口，怕亲一口再怀孕。

白以飒认为，她在很认真地和老公吵架，但周暮云认为，她是千金大小姐，生孩子辛苦，她撒撒娇、撒撒泼都是可以理解的。她骂人的样子也很可爱，他觉得心中有郁结就一定要发泄出来，不然身体就要遭殃了。

白以飒的大胖儿子叫周予白。黎多情乍一听这名字，以为是周与白，还傻乎乎地问周暮云："你们给小孩子起名这么随便吗，随随便便把爹妈的姓氏一凑就算完了？"

她对这位父亲不真诚不严谨的态度表示强烈的不满。

周暮云咬着儿子的小胖脚，无辜地反驳："那是白以飒起的，你觉得我在这个家里的地位，已经高到可以决定孩子叫什么了吗？"

予，是给予的予。

黎多情又忍不住感慨，白以飒的命是真的好，她所拥有和经历的一切都是在最适合的年纪。该谈恋爱的时候谈恋爱，一击即中，没有遭遇人渣，初恋就是老公。身体最好的年纪又生了小孩，周予白被赋予这样的名字，是真正的爱情结晶了。

她抱着小予白在白以飒的房间里溜达，一大一小眼巴巴地看着那个矫情的妈妈因为新奶瓶的颜色不好看而训斥爸爸。而这个爸爸还温柔地认错，并喂她吃水果，一小口一小口地喂。

她抱着孩子往外走，边走边说："我们做错了什么，要整天看这个？你爸妈是魔鬼吗？给我这种大龄少女吃狗粮就算了，你还没满月呢，奶也不好好喂，天天喂狗粮！也许你现在体会不到，等你长大了，希望你不会觉得自己是家里最多余的人……"

周予白摆满月酒的地方。因为离家太远了，来的人并不多，都是至亲挚友。作为干妈的黎多情一直陪在周予白身边，就在她帮着招呼亲戚时，突然接到了邵万千的电话，说他已经到了酒楼门口。

邵万千的父亲身体越来越不好，逮到一个高个子男的就当儿子骂，邵万千给她看过视频，骂得那叫一个激烈。要不是他腿断了不能起床，那气势眼看着就要拍案而起了，说的都是"家里几代都是画家，就你一个反骨的，一让你画画就像让你上吊一样，浪费天赋，说出去都觉得没面子，别人都在看我邵家子孙不争气的笑话。"

总之，他对邵万千没有从艺这件事一直耿耿于怀，哪怕已经得了老年痴呆，还是无法忘怀，总觉得艺术家的儿子从商是家门不幸。

由于老爷子经常骂人，偶尔认出来眼前的人不是自己儿子，就会气得翻白眼。邵万千为了让老爹多活几天，只能不断地往返两地，长期下去身体也受不了。所以 G 市这边会调派新的总裁上任，他这个"开国功臣"要回乡上任了。

距离黎多情上次看到他，已经过去了半个月。

邵万千不像周暮云那样粘人，周暮云看着冷冷清清的，不爱说话，其实非常粘人，这是她万万没想到的。这样看来，邵万千真是个表里如一的冰块，他不喜欢打电话、发信息，说白了就是不喜欢与人联络感情。就像他每天都有很多事情要做，没有闲工夫拿着手机和别人聊天似的。

换作是别的女人在他身边怕是要疯掉，一周一次通话都没有，这还得了？可黎多情丝毫不惊慌，一来她没有给自己一个合适的立场，需要他每天向她汇报他做的事情；二来她觉得，邵万千这样自在又潇洒的性格，也许正是他迷人的地方。

　　这个男人对他自己的人生有着十足的掌控力，他从不会无聊，除了工作，他有各种丰富的活动来度过他的人生。与众不同的是，他的这份精彩里，不包括带着各色女人去吃喝玩乐。

　　他的人生拥有真正的自由，真正的快乐，真正的洒脱。

　　这一次出现在她面前的邵万千，除了一如既往的风尘仆仆，还添了一份无法言喻的苦涩与沧桑，她将他的低落归咎于他躺在医院里整天胡闹的老爹。

　　整场满月酒席办下来，他只在抱着小予白照相的时候象征性地笑了笑。他平时不是一个贪杯的人，这一晚却喝了不少，甚至到了需要她的搀扶才能走出一条直线离开酒楼的地步。

　　对常入各大场合的邵万千来说，这俨然是失态。

　　虽说身体有些打晃，他却还不忘跟她讨论工作的事："展会和万商会的材料我看过，展会那边我建议销售队伍再增加一个六人组。"

　　"好，我知道了，我会安排，我觉得没有必要增加这笔经费。"

　　"我安排这边的副总来协助你们完成这次展会，他在这方面经验丰富，就算你不在，他也可以保证项目运转顺利。"

　　黎多情见邵万千头疼，不停地揉太阳穴，便伸手帮他揉："我会跟他多学习的，另外，我一定会在，这是我的第一个品牌参展，公司又投了这么多钱去宣传，没有什么比这个更重要。"

　　邵万千没说话，不知是不是看错了，黎多情注意到他轻微地挑了挑嘴角，似笑非笑。

　　司机将两人送到酒店楼下，黎多情先一步下车，和司机一起小心地将他扶下车。在电梯里，他忽然抬起手腕揉了揉她的头顶，像搓自家的大狗似的，低声道："我是不是太老了？"

　　黎多情笑眯眯地偏头看他："还行，看着像三十出头，怎么，有人说你老了？"

他又揉了揉她的头，没回答。

邵万千喝这么多，是没办法洗澡了，一到房间里，他连衬衫都不脱就直愣愣地往床上躺。黎多情想帮他把衬衣脱了，他长臂一伸，将她捞进自己怀里，这床很软，摔一下倒是不疼，但是被他的骨头硌了一下，她疼了一会儿。

两人四目相对，距离近到他呼出的酒气全被她吸了进去。再高的颜值也撑不住这样的酒气，她皱眉，想推开他："你打算臭死我吗？"

他按住她不安分的小手，没轻没重地将她搂进怀里，重重地在她额头上亲了一口，声音低哑，似向她陈述又像在自言自语："感情的事真奇妙，我从来没想过自己会喜欢上你这样的小姑娘。我讨厌麻烦，但你总是给我找麻烦，除了你的胸和你的屁股，你浑身上下没有一处我喜欢的样子。有时候我在想，你是不是我这辈子的劫，度了你，我就可以升仙了。这是命吧，你就是我命中注定的巡航导弹，瞄准了我，就非要在我身上爆炸，我一个凡人，怎么躲得过……"

黎多情想好了一万句反驳的话，但一个字也没说出口，她想让邵万千好好休息。他没有应酬还喝这么多酒，肯定是因为压抑，她怕自己反驳他，他一激动会坐起来与她理论。毕竟嘴上不饶人时的他，才是真正的巡航导弹，非要炸死人不可。

没几分钟，邵万千的呼吸便渐渐变得均匀绵长。黎多情像个软绵绵的人形抱枕一样被他夹在怀里，他的胳膊大腿都压在她身上，让她动弹不得。她本想等他睡得再熟一点时再逃离他的魔掌，结果没过多久，她也睡着了。

因为睡觉的时候没有拉窗帘，他们早上睡得不太踏实。黎多情早早就醒了，衣服都没脱就睡了一夜，她的身上出了不少汗，黏糊糊的。她拉好窗帘后去浴室洗澡，隐约听到外面的手机在响，她关上水龙头仔细听了一下，声音又没有了，她便接着洗。

没多久，黎多情似乎又听到了手机响声。她粗略地冲掉身上的泡沫，穿上浴袍就匆忙回到房间找手机，翻到了手机却发现不是她的手机在响，而是邵万千的。

不等她接起来，对方已经挂断了，屏幕上显示有四个未接来电，都是同一个陌生号码。黎多情带着手机走进浴室，拿起毛巾擦头发，很快，这个号码再次打进来。

她滑开屏幕放到耳边。

"喂？"电话那边听起来是个有些温柔的女声。

黎多情礼貌地说了一声"你好"，却没有听到对方的下文，她拿过电话看了看，信号满格，又说："你好，能听到吗？你是找邵总吗？"

"嘟嘟……"对方直接挂断了。

黎多情放下电话，觉得有些莫名其妙。湿润的及腰长发宛如黑色瀑布散落在她的胸口和肩头，她拿起吹风机吹头发，忽然想起什么似的，连忙放下吹风机，用邵万千的手机回拨刚刚的号码。对方接起来，十分激动地"喂"了一声："万千吗？"

这个声音是陌生的，不是青山奈奈，不是邵万万，不是她认识的公司的人，可是谁会这么激动亲密地叫他"万千"呢？

黎多情的心跳渐渐加快，莫名地有些紧张，她问："你是谁？"

"嘟嘟……"对方再一次挂断。

黎多情咬着下唇半眯起眼睛，视线从手机屏幕转移到镜子上，如此严肃的表情在她脸上不常见，她下意识地咽了一口唾沫。回想起最近邵万千的种种言行，顿时从五脏六腑到四肢百骸升起一股凉气，还是透心凉的那种。

授之以渔后就是被扫地出门吗？

他是要放她到江湖上独闯了？

这场满月酒的酒劲十足，邵万千一直睡到中午才醒，他一直睡得很沉，醒得也很突然，像是被噩梦吓醒的。他突然睁开眼睛坐起来，在此之前，黎多情已经坐在他旁边的椅子上看了他整整一个上午。

按邵万千这种长相来看，上帝不是一个雨露均沾的好上帝，不然不会如此偏爱邵万千，不仅赋予他天生丽质的长相，还赋予他与时间抗衡的超能力。她想象着若干年以后，考古学家在地下把邵万千的棺材挖出来时，纷纷感叹，都一千多年过去了，这个人居然栩栩如生，皮肤还吹弹可破，发丝还黝黑光亮，看面相不过四十岁。一化验，哟，竟活到八十几岁才死的。

她正想着这些，邵万千就"诈尸"了，结结实实地把她吓了一跳。

"你头疼吗？"她问。

邵万千似乎真做噩梦了，一副余惊未定的模样看着她，摇摇头："不疼。"

"你看起来不舒服。"

"我做噩梦了，梦到自己被一个蛤蟆精诅咒变成干尸埋在沙漠里，被一群考古的挖出来解剖了，可是我还在呼吸……"

"难道这就是传闻中的心有灵犀吗？"她整理好自己的裙摆，然后站起来给他倒了一杯水，问，"什么样的蛤蟆精？"

"难道你不应该关注我变成干尸还被解剖了这件事吗？"

"不关注，你死了会火化的，不可能有干尸，更不能被解剖，所以你可以放心大胆地死。所以，到底是什么样的蛤蟆精？"

邵万千喝了半杯水，下床脱掉自己的衬衫，准备去浴室，回头跟她大致比画了一下："长头发、瓜子脸，大胸、大屁股、小细腰，看体形跟你挺像的，就是眼睛大得出奇，像青蛙，说话也是呱呱呱的。你离蛤蟆远一点，别不小心被弄变异了。"

黎多情捡起一个抱枕朝他扔了过去，邵万千直接钻进浴室躲过一劫。

邵万千洗完澡穿着浴袍打开浴室门时，看到黎多情正抱着肩膀靠在对面衣柜上，那副审视的眼神和他醒来时在她脸上看到的一模一样。他皱眉，擦着头发："你怎么这样看我？这个眼神……"

"这个眼神怎么了？看得你发慌吗？"

"像我高中班主任。"

她在邵万千的背后亦步亦趋，房间没多大，两人围着转了好几圈。他忍不住了，忽然回过头一把按住她的肩膀："你什么毛病，嗯？今天演几岁，怎么像狗皮膏药一样？"

黎多情深吸一口气，刚开口准备将今天早上的事告诉他，眼泪就忍不住上涌，才说了一个字，声音就开始发抖。

她攥起拳头，咬牙道："我饿了，低血糖的毛病犯了，胃也疼，疼得要死。"

邵万千定定地看了她几秒，确定她没有别的话要说，才点了点头："好，等我穿上衣服，我们先去吃饭。"

他大概猜到了黎多情想说的事，不过既然她自己要憋回去，他也不想让她饭都不吃一口就站在这里哭号，反正很快她的疑问就会有答案。

邵万千带她去喝早茶，虽说现在已经到了下午茶时间，可店里还是人满为患，想闹中取静是不可能了。店里没有多少位置可选，只有靠窗有两张台。黎多情随便选了一张坐下，看他慢条斯理地给茶壶加水，将茶叶倒进茶杯，浇水，洗茶，洗茶杯，覆上过滤网，加水，倒茶。

普洱茶的颜色黑乎乎的，她不喜欢普洱，她喜欢绿茶，可邵万千从来不给她喝绿茶，他说普洱对胃有好处。尽管她离得胃癌还有一百年的距离，可他还是不止一次透露怕她哪天胃疼到突然死掉。

精致的点心被一笼一笼地端上来，他一道一道地品尝，黎多情却迟迟不动筷子。

"邵万千。"她咬着筷子叫他全名。

邵万千低头喝汤，眉眼都没抬一下："嗯。"

"你是不是有新欢了？"

他手上的动作顿了一下，思忖一番，抬起头，语气沉着地说："从你的角度看，应该是我的旧爱。"

黎多情一忍再忍，还是没能忍住，两滴沉甸甸的泪珠掉了下来。

"你不用着急哭，哭的时候还在后面。"他说。

黎多情湿漉漉的睫毛微微颤了颤，没再开口。

习惯了她哭丧式的哭法，突然安静地落泪，这让邵万千很不习惯。他在等，等黎多情的哭丧式撒泼。然而等他吃完了整顿饭，她都没再有其他的动作，只像一个没有生气的木偶一样呆呆地坐在那里，双目无神地看着他放在桌上的烟盒。

"你吃饱了吗？"他问。

黎多情回过神来，摇头："我还没吃。"

"那你还吃不吃了？你要是不吃，下一顿就是飞机餐，味道就没这么好了。"他说。

黎多情拿起筷子，急忙往嘴里塞了一个叉烧包，含混不清地说："飞机餐太难吃了。"说完又吃了一块马拉糕，这时她才反应过来，为什么要吃飞机餐？"我们去哪儿啊？"

"回 H 市。"

"这么急吗？我什么行李都没准备，身份证也在酒店，你应该提前告诉我一声。不过，我们回去干什么？"

"你的助理会把你的东西送到机场，我们回去，见一个人。"

黎多情一路问了好几次他们去见谁，邵万千都没搭理她。直到飞机穿过云层，他才回答："去见一个女人。"

她猜到是要去见一个女人，以他这种小气性子，怎么会千里迢迢带自己去见一个男的！"是一个让我高兴的女人，还是让你高兴的女人？"

邵万千将她柔若无骨的小手握进自己温热的掌心，指腹反反复复地摩挲着她的关节。沉默良久后，他说："我不知道，我不是神仙，算不出那么多。"

"你的旧爱。"她小声嘀咕着，"是你的哪个前女友吗？你们旧情复燃了，你带我去认个干妈？不应该啊，你要带我去，她会直接气死吧？还是说，你把哪个前任的肚子搞大了，拉我去当挡箭牌？也不应该的，你应该无所畏惧，根本不需要我这个挡箭牌，如果这些都不是，那……"她顿了一下，缓声问道，"是……姜芷吗？"

是的，正是姜芷。

邵万千带着黎多情往 G 市飞的那天，她求邵万千帮自己一个忙，帮她找到姜芷。邵万千答应了，他以为警察都没找到的人，他找也不会有什么结果，事实上确实也很难找。

不过很巧，有一段时间，他给他的两个保镖放了半个月假，这两位保镖大哥去了土耳其。在那里，他们曾帮一个中国女同胞扛了两麻袋布料，随意聊了两句，再对比邵万千之前发给他们的照片，基本可以确认，她就是姜芷。

两位大哥当即表示想带她回国。可姜芷本人不愿意回来，也不愿意她的家人知道她的去处，按照她的意思，她那时正处在浪迹天涯的美好阶段。

邵万千之所以没有将这个消息直接告诉黎多情，是经过深思熟虑后决定的。一来如果坦白，黎多情势必要见到姜芷才肯罢休，可一旦让黎多情知道姜芷并不想见她，那姜芷的消息就算不上好消息了。二来，他和黎多情的好日子，也算走到头了。

他不觉得姜芷是他与黎多情之间的绊脚石，可黎多情并不这么认为。如果换位思考的话，他只能拿自己的父亲和继母青山奈奈来打这个比喻了，无论他的父亲与青山奈奈如何开始、如何结束，他的未来都不可能与青山奈奈有关。

他知道他应该早早地把她推开，或许那样才是对他们两个人都好。可感情这种事，有时真像喝酒，明知醉后难受，喝的时候却偏偏要贪杯。

所以，今早她接的那两通电话，并不是其他纠缠不清的女人，而是姜芷。他在茶楼里已经告诉她答案，尽管从她的角度来看，打电话的人是他的旧爱。关于姜芷是他辜负的旧爱的说法，一直是黎多情个人的想法，邵万千从来没承认过。

H市的夜景远不如G市夜景的华丽，可只有在这里，拂面而来的晚风才是亲切可爱的。

这个季节H市还要穿厚一些的外套，邵万千一直牢牢地牵着黎多情的手，直到来到出口处，她扭动着手腕想要从他手中挣脱。

他嘴角微挑，眼角却流露出一丝莫名的哀伤。所谓莫名，是指这样的情绪不该出现在邵万千的那张脸上，好似一瞬间，他的潇洒就都没有了。他说："只有我的保镖接机，你想好了，还要不要牵，现在不牵，以后……"

他的话没说完，黎多情立刻将手塞回去，松松地握成一个小拳头往他手里拱。

忽然，邵万千红了眼眶，握着她的小手迈开长腿，强忍着哽咽道："走吧，她已经在等你了。"

或许从出生开始，就注定了她不是个平凡人家的姑娘。

什么是平凡人家的姑娘呢？最起码是要父母双全，而不是自打睁开眼睛就没见过自己的父亲。平凡人家的父母应该是相敬如宾、相互扶持，实在不行了换成那种整日为了鸡毛蒜皮的小事闹得鸡飞狗跳的父母也可以，最起码姑娘可以一天吃饱三顿饭，考试不及格会挨板子，经历过懵懂的初恋，然后感情被自称过来人的父母扼杀在摇篮里；经历千军万马的高考后选择一个计划中前程锦绣，实际上什么用都没有的大学和专业，上一个高不成低不就的班，找一个买得起房子、但需要一起还贷款的结婚对象，最后在父母的泪目中穿上婚纱、告别娘家，开始千篇一律的为人妻母的安定生活。

黎多情对生活的要求并不高，既不想当网红明星，也不想当总统夫人，她只想当个平凡人家的姑娘。

可生活自有它的安排，它总是有意无意地露出"王之嘲讽"，并告诉你：想得美。

于是，生活逼着那些平凡姑娘去成为不平凡的姑娘。

倘若上帝给她一个做平凡姑娘的机会，她绝不会奢望今日的这些荣耀，不要事业，不要富有，不要邵万千。

最令人讨厌的是，生活既不让她做平凡的姑娘，还要拿走她的邵万千，这可真是讨厌极了！

黎多情曾无数次在午夜梦回时或做白日梦时，想象着自己与姜芷重逢的画面，那应该是颇为震撼的。毕竟母女多年未见，她的哭丧式哭泣必然要上演，然后她们轰轰烈烈地相拥在一起，姜芷声泪俱下地忏悔这些年的无情。

然而等待她的，只有风平浪静。

邵万千带她来到一个全新的小区，是她以前未曾见过的地方，虽然入住率不高，人烟稀少，但环境很好。电梯停在十二楼，一梯两户，是一个大户型。

左右两边各有一扇防盗门，左边的膜还没撕掉，不像住了人，右边的倒是收拾得很干净。邵万千推动密码锁挡板，"嘀嘀"几声按下密码，防盗门自动弹开。

他拉开门，露出一室的宽敞与通明。方方正正的客厅里，背窗而立的中年女人，完全变成了陌生的样子。

就像黎多情在邵万千的抽屉里看到的照片一样，她的眼底满是沧桑，她白皙细腻的皮肤上写满了风沙烈阳的无情和岁月的变迁。她曾经的浅素长裙，如今变成了浓烈沉重的深色衣裤，肥大而粗糙，她黑亮的及腰长发被编成许多毛躁的小辫子，她像一个来自异世界的女战士，哪里还像是黎多情记忆中温婉文艺的教师母亲？

不仅如此，她还胖了。

姜芷没有半点思女心切的模样，脸上饱满了许多，身体也健硕了许多，看来这些年她的伙食还挺好。

从前姜芷在看黎多情时，就很少会流露出像其他母亲一样的慈爱和喜欢，哪怕黎多情干了什么让她恨铁不成钢的事，她也是淡淡地训斥几句，还不如对她学生发的脾气大。所以从前的黎多情，觉得姜芷的身上是有着一股仙气的。

如今的姜芷在看黎多情时，那份平淡不减反增，这怕是修仙的境界更高一层了吧！

这个她日日夜夜思念的人没有用热烈的目光迎接她们的重逢，饶是黎多情内心激动无比，也没有太大的勇气兴奋地朝她奔去。

邵万千在身后推了她一把，黎多情扭头，红着眼眶看向他，怯生生地叫了一声："叔……"

邵万千知道她在想什么，她想的不仅是姜芷回来了，还有在她的世界里，邵万千与姜芷再也不能共存。

他想起周暮云结婚那会儿，周暮云问他："为什么黎多情总是哭，而且一哭起来就特别凶？"

他说："这毛病是天生的，只要激动，她就会忍不住想哭。看到自己娇美似花的好闺密被男人"拐走"，黎多情激动是正常的，哭也是正常的。"

周暮云又问："那她总这样哭，你不烦吗？"

邵万千回答："以前觉得烦，后来就觉得可爱了。你爱一个人，就会觉得她做什么都可爱。撒泼耍赖可爱，哭鼻子也可爱，连擤鼻涕擤到五官变形都可爱。"

现在黎多情没有撒泼耍赖，也没有哭天抢地，更没有擤鼻涕擤到五官扭曲。她面庞干净，眉目清晰，只是眼圈微微泛红，倒像是画了一圈粉红色的眼影，硬撑在下睫毛上的两滴泪珠也如点上了两颗璀璨的碎钻。

难得她有如此恬静柔美的哭法，他却看不出可爱了，只觉得自己的心脏疼得四分五裂。

"去啊，那就是你最想要的姜芷。"说完，他又推了黎多情一把。抬起眼眸与姜芷点了点头，便转过身，大步离开。

那步伐之快，像是生怕自己一犹豫就会忍不住上前把姜芷从十二楼扔下去，让她从此在这个世界上消失，然后他带着黎多情过上逍遥快活的日子。

黎多情想起姜芷走的那天，自己穿着秋衣秋裤在大雨里可怜巴巴地叫她，她都没有回头看自己一眼。含在嘴里这一声"妈"，不知使了多大的力气才从发颤的牙关中冲出去。

她慢吞吞地走到姜芷面前，仔仔细细地将姜芷的脸看了一遍，连眼角的鱼尾纹到底有几条都数清了，才笑眯眯地抓起姜芷的手紧紧握住。她不知道该说点什么才能让姜芷开心，也让自己开心。她就这样颤抖着握着姜芷的手看了半天，忽然垂下小脑袋，缩着肩膀，委屈地哽咽起来："我想你了，特别特别、特别特别想你。"

姜芷伸手抱住她，在她身上，黎多情没有闻到熟悉的母亲气息，只有阳光与黄土交织的气味。这种气味，坦然且壮阔，但是虚无缥缈，还不如姨妈身上的油烟味来得更真实。

她从姜芷怀里抬起头，狠狠地掐了姜芷一把，疼得姜芷反手照着她的手背就是一巴掌："你掐我干什么？"

黎多情又赶快帮姜芷揉手："我那个，什么，我看我是不是在做梦。"

姜芷显然是不信的。

不信也罢，就当作她在报仇解恨吧。

姜芷的归来，对黎多情来说是一件大事，但显然没有在姨妈那里惊天动地。当黎多情带着姜芷出现在姨妈家里时，刚刚做完早餐，准备把锅里的煎鸡蛋倒进盘子里的姨妈吓得把锅都掉在地上了。

姨妈很激动，一把抱住姜芷，一边骂她没良心，这么大的孩子说扔就扔了，一边怪她不多留一点钱，这么大的孩子要吃、要喝、要上学，她养一个吸血的梦恬恬就算了，还要加上黎多情，穷苦的她差一点连裤衩都要打补丁穿了。

虽然这些说辞虚假夸大，但黎多情没有揭穿姨妈。姨妈对她确实有养育之恩，中老年妇女的通病嘛，就是喜欢夸大其词。

因为黎多情事业上成功，姨妈早就不在外面打工了，她现在一边等着黎多情的养老费，一边等着品牌店铺的分红，吃的和穿的黎多情也总是会邮寄回来。而梦恬恬那边也算小有起色，不再当吸血虫，姨妈手头变得宽裕起来。

黎多情用在 G 市第一年的年终奖在 H 市买了一个小房子，离原来的夜市不远。步行二十多分钟，坐车两站地，房子虽然写的是她的名字，但给了姨妈住。

那段时间姨妈总会在电话里骂姜芷，说这么好的闺女怎么会有人说不要就不要呢，我看挺好，还能给我养老。

两个妈妈一个娃，在姨妈这里叙旧叙了一整天，这些年她消失的未解之谜，都在这一天解开了。

姜芷在黎多情很小的时候就患了抑郁症。至于为什么抑郁，她不细说，黎多情和姨妈也就按着情伤来理解了。

她曾将自己的平生经历写成了自传，可她的生平太过简单，实在没什么可写的，这让她更加抑郁。脑袋里总有一个声音让她离开这个地方，离开这里的一切，这个声音就像洗脑一样，以至于时间久了，真的洗脑成功了。

她原本的计划是去流浪，流浪够了就死在流浪的路上，做个潇洒的孤魂野鬼。可是走着走着，她就不想死了，她周游列国，最爱的是土耳其，反反复复去了三次。她在土耳其认识了一位中国工程师，和他"结婚"了。虽然这段婚姻不被法律所承认，但像她们这种文艺青年，口头协议大于一切。可惜这个工程师不文艺，他在中国有家室，他回国以后就再也没去土耳其，于是她又一个人继续流浪了。

黎多情问她："你走了，就不想我吗？我不是你在这世界上唯一的亲人吗？"

姜芷笑笑没说话，她丰腴的脸庞和深刻的鱼尾纹似乎都是她无情的答案。

黎多情又问："那你为什么回来？为什么回来第一个联系的人不是姨妈？为了等你，她这么多年都不敢换号码。"

这个号码不方便换套餐，想上网只能花钱买流量，于是每月交话费的时候，姨妈都会骂黎多情出气。

姜芷嘴边的话似乎掂量了很久，似乎是于心不忍，又似乎是没找到更委婉的方式，只好如实回答："邵万千去土耳其找过我，那天我正在教儿个当地的小孩说中文，他突然出现了，对我说，你这么喜欢别人的孩子，也应该看看自己的孩子。然后他给我看了他手机里你大学毕业戴着学士帽的样子，你弹琴的样子，你出丑的样子，你穿上西装开会的样子……很多很多，看起来有几百张。里面还有一个视频，他说你是财迷，他说他问你赚那么多钱又舍不得花，留着给自己买棺材吗，你说不是，你说你怕妈妈回来没地方住，留着买大房子，大房子给亲妈住，小房子给姨妈住，你今天住亲妈家，明天住姨妈家。他走了以后，我就想着，这些年我的抑郁症也好得差不多了，我该回来了，可是这段时间我没什么钱，就想找他……"

"那天你给邵万千打过几个电话，有两个是我接的，我跟你说话，你怎么不理我？"

"我没听出来是你，我听着像是南方口音，没想到会是你。"

黎多情一把抹掉眼泪，倔强地翻着白眼问："你回来不是因为想我，看样子你不是我亲妈。"

姨妈很会看时机地给她一脚，黎多情立马扑进姨妈怀里："还是姨妈对我好，为了我，她的裤衩都打补丁了。"

母慈子孝的安稳日子过了大概一周，黎多情独自前往邵家看望邵海堂，青山奈奈礼貌地接待了她。不过邵海堂早就不记得她就是当初扰乱他儿子婚礼的女孩，还能心平气和地与她聊上几句。

临走时，她问："邵万千在家吗？"

青山奈奈摇头，给了她两把钥匙，还有一个牛皮纸袋："他去G市了，这是他让我转交给你的。"

"这是什么？"她皱眉看了半天，问。

"这两把钥匙是他给你留的房子的钥匙，他说带你去过，你母亲手里也有一把钥匙，这儿还有两把，都给你，算是他给你的分手礼物吧，我是这么理解的。"她似乎见惯了这种替人消灾的场面，俨然一副应付自如的样子。她温柔地拍拍黎多情的手臂，以示安慰，"你呢，也别想太多。我了解过，房子一百四十七平米，装修用的材料都很好，除过甲醛，拎包即住，你母亲回来也有个好的安身之处。至于这个纸袋里，是老夜市的一个门面，他说你当初央求他很久，也算是你的心愿之一。这个门市的位置是最接近你姨妈原来铺面的位置，有八百多平，是用还是卖，你自己说了算。"

黎多情看看左手又看看右手，一千多万元沉甸甸地压在她的手里，比它更沉重的，是他的不告而别。

"没了？"她问。

青山奈奈意外地挑眉："不够？"

"不是，我的意思是说，他没别的交代了？"

"嗯，没有了。"

黎多情点点头，说："谢谢阿姨，我先走了。"

"不客气，不过我记得，你以前叫我奶奶来着！"

黎多情笑笑没说话，穿上鞋子离开了。

她走后不久，青山奈奈就直上二楼奔着邵万千的房间去了，象征性地敲门后便直接推开门，邵万千正站在落地窗台的薄纱窗帘后面。目送着黎多情出了邵家大门后，他才转身看向青山奈奈："虽然你是我妈，也要听到我说请进再进，我都成年二十年了，你对我尊重一点不好吗？"

"成年一百年你也是我儿子。"

"也是。"

青山奈奈说："你让我办的事我办好了，我让你办的事呢？"

邵万千捂住太阳穴，眉头紧锁："我可能也痴呆了，最近记性不好。"

"我可不信，别装了。你答应我乖乖结婚的，你爸爸都急死了，你争气一点好不好？以前我都帮着你，你不想结婚就不结，现在不行了啊，你爸……"

"我爸都那样了，你还这么怕他干什么？就算我结婚了又怎么样？他能记住我结婚吗？他能记住自己的儿媳妇是谁吗？况且我也不能随便去大街上抓一个女人回来就结婚，这件事还是要从长计议的。"

"不用从长计议，我晚餐带你去相亲。"

"我不跟你去。"他叼着烟把她从自己房间推出去，"咱俩同岁，我带你出去不像带着妈相亲，倒像带着老婆相亲，哪个女的敢和我相亲？你回去睡美容觉吧，快走。"

青山奈奈可管不了那么多，她老公在她心里的位置要比这个儿子高很多，她站在门外贼心不死地拍着门板："没关系的，万千，我不去，你自己去也可以，但是亲还是要相的。别紧张，你也不是第一次，万一就相中了呢？"

邵万千没回应。

她又拍了拍门："你听到没有？"

这次门里终于传出了一个闷闷的"好"字。

黎多情带着姜芷住进宽敞的大房子，这房子对一个两口之家来说有些空旷，她便叫来姨妈一起住，三人每天过着吃饱喝足、醉生梦死的闲适生活。

看到黎多情很快乐，姨妈和姜芷也很快乐；看到她们很快乐，黎多情也很快乐。

黎多情本以为这是真的幸福生活，可惜现实告诉她，这不是真的。

当黎多情发现邵万千不和她联络，却在和姜芷联络时，她连假装快乐的力气都没有了。

不止一次，她看到姜芷的来电显示上出现邵万千的名字，她假装看不到，姜芷每次都拿着电话回到房间里接。有一次她好奇，趴在门上偷听，一开始什么都听不清，后来听到姜芷很激动地喊了一句："那你说咱俩怎么办，怎么告诉她？"

"别告诉我！"黎多情在内心咆哮着，"你们什么都别对我说，我什么都不想听！你们就是魔鬼，一个打击我不够，还要两个混合双打，魔鬼都没你们可怕！"

打这一天开始，黎多情说话的时候又结巴了。

可惜由于她慢慢变得不愿多言，一时之间家里人没有人发现。后来她恢复工作，因为之前的各大展会都进展顺利，所以总公司将她的火锅品牌纳入全国的拓展项目之一。她带着姨妈去看老夜市的铺面，顺便约了华北地区的拓展经理见面，她的口吃就是这个时候被姨妈发现的。

伶牙俐齿、能言善道的黎多情，又变回了那个结结巴巴、矛盾又胆小的女孩。这让姨妈气坏了，她坚持认为是当初的医生没将她的病根治，才导致她旧病复发，死活要闹一场。幸好被黎多情和姜芷拦下，否则上过娱乐新闻头条的黎多情怕是又要上一回社会新闻头条。

黎多情开始不爱与外人说话，包括她的同事。夏天来临之时，她向公司请了长假，估摸着久经沙场的高层背后肯定腹诽："也算活久见，居然有人如此厚颜无耻，请假张嘴就是一年，完全把公司当成了学校，休学一年后回来接着学。"

这件事亲妈和姨妈都不知道，只是在一个炎热的清晨，黎多情突然推着行李箱从房间走出来，姨妈以为她要去 G 市，激动地跑回屋里捧出一堆瓶瓶罐罐，一样一样地展示给她："这款精华带两瓶，那款面膜带八盒，保湿水这个不好用再别买了，晚霜这款太油腻我给你妈了，你再给我换个牌子……"

黎多情很认真地在手机上一样一样地记下来，然后从钱夹里抽出一张银行卡放在桌面上。

姨妈比亲妈的手快，上去一把就拿走了："上回你给的我还没花完呢，又给啊，都花不出去了！你妈太佛系了，什么都不买，也不爱打扮，钱都让我一个人花了，我还怪不好意思的……"

黎多情和姜芷齐刷刷地看向这个戏精，她们的眼神仿佛在说："恕我眼拙，真没看出来你不好意思。"

但黎多情不说"舍不得"这三个字，姜芷也是断然不敢说的。姨妈虽然不是最好的，但至少她曾经给过她一个家，还象征意义上的给她攒过一些嫁妆。虽然最终都落入梦恬恬的口袋，但在黎多情心里，这仍是值得她珍重一生的恩情。

"密码还是以前的那个哈，里面有多少钱？"姨妈眉开眼笑地将银行卡收起来。

"二十万。"

姨妈双眼放光，惊喜得合不拢嘴："哎呀，这么多，我和你妈能花好几年呢！"

黎多情笑笑，心中感慨万千，想起自己第一次离开家乡奔赴 G 市时，姨妈在她包里塞了五千块钱。那时她们遭受梦恬恬那个祸害洗劫之后不久，她也不知道姨妈的钱从哪里来的，那五千块钱至今她都没舍得花掉。现在终于轮到她离家时，给姨妈留生活费了。

姜芷看出一些端倪，按住黎多情的行李箱，神色紧张地问："你要去哪里？"

黎多情深吸一口气，忍着心酸和眼泪，佯装镇定，笑着捏了捏她的肩膀："这两年工作太、太累了，现在我有钱了，我也出、出去周游列国，看看外面的世界。"

姨妈一听不对劲，上前一把抢过她的行李箱，不让她走："你妈才回来你又要去哪儿啊？你们能不能让我省省心啊？我跟你们不沾亲不带故的，上辈子倒了血霉认识你妈，她跑了我替她伺候闺女，你跑了我替你伺候你妈，合计你们娘俩逗我玩呢？你趁早打消这个念头，你就老老实实地在家待着，你不是天天嚷着要找你亲妈吗？你亲妈就在这儿呢，你去哪儿？"

黎多情撒着娇去抢自己的行李箱，红着眼眶笑道："可是我、我妈的病好了，我生病了呀，我需、需要放松。"

"结巴算什么毛病，大不了咱们找对象的要求降低一点呗！再说也不是治不好，你之前都已经好了！"姨妈生气了，照着她的后背拍了一巴掌。

是真的疼，疼得黎多情眼泪都掉下来了："哎哟，疼……"

"不行、不行，我不让！"

黎多情看了看安静地坐在一旁、仿佛是局外人的姜芷，虽然从姜芷的眼睛里看到了愧疚和不安，但是其他的什么都没有。她抱着姨妈的胳膊耍赖皮："我就出去、去转一转，万一我带个外国男、男朋友回来呢？"

"不不不，外国的我不要，你看那外国新闻里的变态杀人犯多吓人，外国人坚决不行，外国人不怕老婆，你会挨揍的！"

"那、那我可以给你买、买很多衣服包包，还有化妆品，等我去了法国、意大利，给、给你当代购，你出去可以跟你好朋友吹嘛，他们想要什么都可以帮、帮忙代购。"

"不行，我可不要那些奢侈品，化妆品在哪儿不能买？G市有卖的，H市也有卖的，就贵几百块钱而已。"

"可是人家以飒都去、去过好多国家了，我、我最远就去过G市，我也想去旅游。"

"旅什么旅！我看你不像旅游，中国这么大不够你旅游的？再说旅游累得要死，有什么好旅的？咱们市里有山有河的，你就去爬去看呗！"

黎多情拐着弯地"嗯"了半天："姨妈，我就要出去玩……"

姨妈生气了，肩膀猛地一耸，把她耸到一边去，一把将她的行李箱推出去老远："走走走，爱去哪儿去哪儿，早去早回，我这是造了什么孽啊我……"

　　黎多情推着皮箱离开家时，姨妈没送她，还故意把卧室的门摔得老响，姜芷陪她一起到路边等出租车。

　　正午时分，北方的太阳热得有些恶毒，仿佛有一盏上千瓦的探照灯支在行人的脑门上，烤得人睁不开眼，又迈不开步。在她将行李箱放进出租车后备厢的时候，姜芷凑到她身边，别别扭扭地说了一句："多情，妈妈对不起你。"

　　黎多情愣了一下，关上后备厢，转身看向她，温和地笑笑："你生、生我养我，已经是世界上最、最了不起的人了，你没有什么对不起我的。你也有权利过你自己想、想过的人生，该、该说对不起的人，是我和我爸，是我们姓黎的把你捆住了。不过，妈，我现、现在长大了，你做什么，我都支持你，金钱上和精神上都支持，但我、我就这一个妈，希望你，快乐，也希望、你平安健康，毕竟你是我在这个世界上最无可取代的、的牵挂。"

　　姜芷欲言又止，司机按喇叭，催促着黎多情上车。黎多情打开后车门坐进去，关上车门后放下车窗，跟她挥了挥手，姜芷跟着出租车后走了两步，在无风的烈日下大声问："你什么时候回来啊？"

　　黎多情继续挥手，提高音量回应道："还没想好！"

　　姜芷跟着车小跑起来，继续喊着问："你什么时候回来啊？"

　　黎多情的视线被泪水模糊得一塌糊涂，她已经看不清姜芷，只能顺着那个方向喊："很快！"

　　关上车窗后，黎多情从包里翻出纸巾把眼泪擦干，她难过不是心疼姜芷，是心疼自己。姜芷比她幸福多了，当年姜芷离家出走的时候，可没告诉她什么时候回来。当时她想着，世界上怎么会有这样的妈呢？后来她知道了，是她见识短浅，世界上真有这样的妈。

　　她已经整理好思绪，做好一切心理准备背井离乡，目的是忘记一些不该记住的事情。她相信时间可以治愈一切，如果连被亲妈抛弃这种事都能治愈，情伤就更是不在话下。

她以为自己既然已经决定浪迹天涯，上天就会温柔地放她一马，可她错了。上天说，我并不是放马的。

黎多情居然在机场遇到了行色匆匆的邵万千。

黎多情不想知道他什么时候回来的，只想让他原地爆炸，她扭头就往另一个方向走，却被他大步追上："黎多情。"

黎多情慢吞吞地扭头，尴尬地笑笑："好、好久不见。"

他的头发有些长了，但并不影响他的英俊。

"嗯，挺久的，你要去哪儿？"

"我……"黎多情故作镇定地瞎编了一个地方，"A市，你呢？"

"我去G市，你去A市做什么？"

她接着编："去转转，去吃蟹黄面，听说挺贵的，你呢，去G市工作吗？"

"不是，去剪个头发，顺便转转，帮别人做个代购。"

"瞎、瞎掰什么……"

"你不也是瞎掰的吗？你怎么又结巴了？"

"不、不知道，过几天，可能就不结巴了，不过我没、没瞎掰，我真是去吃面的，我要跟朋友谈个新项目。"

"哦，原来你请长假是要另谋高就，你怎么不辞职？"

黎多情整理了一下裙摆，继续一本正经地胡说八道："创、创业有风险，万一失败了，我还是要回来上班的，赚生不、不如赚熟嘛。"

邵万千点点头："也好，就当作出去见见世面，你什么时候回来？"

黎多情小鸡啄米似的点头，眼睛直盯着地面："下周一。"

邵万千看了一眼手表，揉揉她的脑袋，说："我去G市替我妈谈一个很重要的合作项目，等你回来了，我想跟你谈一件很重要的事情。"

"什么？现在说呗。"黎多情并不是很感兴趣的样子。

"现在说了我怕你承受不住，等我说完了，A市你怕是去不成了。等你回来，我再细细地告诉你。"

"和我妈有关系？"黎多情问。

邵万千点点头。

"我妈得绝症了？"她又问。

邵万千一巴掌拍在她的头顶："你欠揍吗？"

黎多情撇撇嘴，指了指远处的咖啡店，不耐烦地说："你、你快走吧。我去买杯……咖啡，时间还早。"

邵万千深深地望了她一眼，然后大步离开了。

黎多情往前走了一段路，这才缓缓回神，她的视线里早已没有邵万千的身影。其实她一点也不想喝咖啡，只是不想和他聊天。和他在一起的每一秒都是煎熬，至于他说想和自己聊的"很重要的事情"，她也不想听。

邵万千什么时候也不愿意听别人说晦气话了？他连自己的亲爹不知道能活到哪天都敢说，他还怕什么？可他居然不让她说姜芷，再想想姜芷与他联系得那么频繁，她心里也猜到了一部分。

虽然如今的姜芷早已不是当初那个温婉文艺的仙女了，但是美人就是美人，无论换什么风格、什么造型都是美人。再说如今的姜芷，在思想觉悟上更像仙女了。

所以，爱怎样就怎样，等她能心平气和地面对他时，他说什么惊天地泣鬼神的事情，她都不会害怕了。

从这一天起，黎多情就失联了，但没有当年姜芷失踪得那样彻底。

● ○ 第十七章
反正我知道你在说谎

每当要离开一个城市，黎多情都会给家里寄几张明信片，偶尔也会买一些特产。谁也不知道她下一站去哪里，她的一切联系方式都成为空白，就连白以飒，都找不到她。

这样一走，就是一整年。

她在瑞士的一个风景如画的小镇上住了很久，因为喜欢这里，她干脆在小镇上找了一份工作，在一家咖啡店里端端盘子，而且只有每天中午上班。

小镇上总是会有一些中国的旅行团来，偶尔她会见到同胞，但很少和他们聊天。有些人会用中文说她应该是个日本人，是中国人的话肯定就和他们聊天了。她不聊天的主要原因是结巴，和国籍没关系。

某一天，店里来了一对中国情侣，男孩子拿出手机对着她录像，问她："你是中国人吗？"

黎多情笑笑没回答，男孩又讲了一句日语，黎多情还是没说话，后来男孩又说了一句韩语，黎多情直接笑着走开了。男孩将摄像头对准他自己，说："漂亮姐姐听不懂中日韩三国语言，大家猜猜这个小姐姐是哪里人，是瑞典人呢还是其他国家的人？抽一个正确答案送一支口红。"

小情侣录完以后反复看了好几遍，笑笑闹闹的，很恩爱。

可谁能想到，就是这样一个简短的视频，在国内引起了一定的转发量，当然这些都是后来她回去才知道的。

大概在那对小情侣离开的半个月后，她刚收拾好桌上的餐盘，准备将它们送去后面的洗碗间，手里的托盘突然撞在了一位高大的客人身上。

这一天，黎多情发烧了，身体乏累又没什么力气。

托盘上的果汁杯倒下，果汁溅了出去，甚至有一个盘子直接滑到客人身上，她慌张地放下托盘，连连道歉。

头顶忽然传来一道熟悉的男声，沉稳而桀骜，语气里似乎又藏着一丝戏谑："如果道歉有用的话，还要警察干什么？"

黎多情猛地抬头，呼吸瞬间就停滞了，这个笑得咬牙切齿的人是谁啊？是邵万千吗？还是她发烧烧傻了？

她抬起手，瞄准他的脸皮，正要下手狠狠地拧一把，就被他的大手一把捉住："你要是怀疑自己在做梦，就掐你自己，你掐我干什么？"

"你、你不是邵万千吧？"她呆呆地看着他，又看了看他握着自己的手掌，骨节清晰而有力，仿佛是怕她跑掉似的，攥得死死的，"邵万千怎么……会、会看流星花园，那种浮夸的偶像剧，他、他只会看财经频道。"

"胡说八道。"他冷冷地否定，"我看电视是为了休闲，怎么不能看偶像剧？我要关心财经需要从电视里关心，那我的消息是不是太落后了？"

黎多情试图从他手中挣脱，五官也难受地挤在一起。她忽然很想哭，不是因为见到了邵万千，而是因为她发现这一年来她一点长进都没有。本来以为自己已经修炼得差不多了，没想到一整年过去了，她居然还是当初的那个黎多情。想到过往的种种，她的内心便是一片兵荒马乱。

算了，什么兵什么马，荒什么乱，说白了，就是小鹿在乱撞。

"行了，我知道了，你、你放开我，疼死我了。"她气自己没出息，也气他不给自己更多的时间来适应就毫无征兆地出现了。

邵万千可没有心疼她的意思，挑着眉，咬牙切齿道："现在你知道疼了，你让别人疼的时候，你怎么不问问别人难不难受？"

不是黎多情矫情，她发烧的时候浑身关节疼，被他这样一握，她真的是快痛出眼泪了："我、我可没有你……那、那么大的本事，说让谁疼，就让谁疼！你多了不起，你想让、让我妈疼就让我妈疼。你稀罕我就、就又哄又骗地捆在身边，不稀罕了就、就大手一挥拿钱将我打发走。我知道，你和我妈在一起了，是我妈让、让你来找我的对吧？你不用跟我解释你们为、为什么在一起，我也不、不想听你解释，我在哪儿，干什么，与你无关。你能不能……离我远一点？"

这段话说得极为坎坷，黎多情的结巴严重影响了她的情绪表达，明明是令人心酸的一段指责，这样听来，却让人忍俊不禁。

黎多情的同事听不懂中文，单纯地以为她被客人欺负了，立刻上来劝阻，黎多情只好解释这是自己的家里人，并不是陌生人。就在大家纷纷点头表示理解的时候，邵万千突然用英文补充道："我是她先生。"

黎多情气呼呼地把他拉到门外，说："你是我妈的先生！"

"你妈死了。"他平静地宣布。

黎多情惊讶地瞪大眼睛，难以置信地问："死了？"

"嗯。"

"不可能，我带、带她体检过的，她身体很好，她不、不可能死，你骗我！"她嘴上说着不信，眼泪和声音却泄露了她的惶恐。她慌张地从围裙里拿出手机，准备给姨妈打电话，这是她这一年来第一次给家里打电话，没想到是在这种情况下。

邵万千无情地从她手里拿走手机，冷声道："你妈死了，所以，你可以和我在一起了，再也不用有心理负担。"

"你胡说！"她发疯似的去抢他手里的手机，眼看着抢不到，便扭头往店里钻。她要去借电话，总之她要问清楚、问明白，姜芷好好的一个人，明明抑郁症早就好了，身体也吃嘛嘛香，怎么会突然死掉了？

是自杀还是他杀？是人为还是意外？是骗局还是事实？

这会儿她也不觉得发烧难受了，身体像是打了鸡血一样。只是手指才触及到玻璃门的把手，便感觉眼前一阵天旋地转，整个人被邵万千用力地拉回他的怀里，他的胸膛像一堵墙，撞得她浑身的骨头都要散掉了。

"你骗我的吧，是不是？你是骗我的？"她趴在邵万千的怀里号啕大哭，哭声撕心裂肺。闻者动容，见者伤心，渐渐地，她没力气号哭了，终于结束了这一场哭丧式的号叫。

邵万千拍拍她的背，轻轻地推开她，将她与自己拉开一小段距离，然后双臂重重地搭在她的肩头，他说："我现在要说的话，比这更可怕。"

不等他说，黎多情直接吓到腿软，一屁股坐在地上："是不是，我姨妈也、也出事了……"

"不是。"

她捂住嘴巴，肩膀不住地颤抖："好，我听着，你说。"

"你妈在你一岁多的时候就去世了。"

黎多情一头雾水。

邵万千说："姜芷是你外公从别人家过继的女孩，你外公外婆死了以后，是你妈赚钱养她，供她读书。后来你妈怀了你，一个人生下了你，给你起了这个名字，除了她谁都不知道你爸是谁。你不到一岁的时候你妈就去世了，是你妈交代姜芷，就让你当姜芷是你的亲妈，不让你知道自己是孤儿。"

黎多情惊呆了。

他继续说："姜芷为了藏住这个秘密，就带你在去海南生活了两年，回来以后就说你是自己的小孩。那个年代'未婚先孕私生子'这种话题还是挺敏感的，她为了你受了半辈子的冤，憋出抑郁症也不奇怪。换了别人，哪个大姑娘被人天天指名道姓地说这些都会过不好，更何况她是一个有知识、有文化的文艺女青年。"

黎多情眨眨眼，还是一脸茫然的状态："你……我妈……"

邵万千点点头："简单来说，这个故事就是这样。你说我跟姜芷走得近，看到的大概是我们在讨论怎么跟你说这件事，说与不说，对你来说都不是一个好的结果。"

黎多情半信半疑地蹙眉："你又、又编故事骗我？"

"我为什么要编一个这样蹩脚的故事骗你？目的是什么？"

"骗我回去？"

"不至于，骗你回去只需要说姜芷被你诅咒得真得了绝症，你就会马不停蹄地往回赶。"

黎多情仔细想了想，好像是这么回事。

她顺着邵万千扶她的手臂想要站起来，身体却没什么力气。邵万千弯下腰，将她打横抱起来，她却皱着眉头指着店内一名高高大大的咖啡师说："那个是我老公，让他带我去医院。"

"你老公？"

"对，我结婚了。"

邵万千淡淡地看了那人一眼，抱着黎多情走向一早等在路边的黑色轿车，直奔医院。

黎多情只觉得自己睡了很疲惫的一觉，醒来时，她全身酸软。她四处望了望，一个人都没有，刚准备掀开被子下床的时候，她指的那位高高大大的咖啡师"老公"就走了进来。

问过她的身体是否安好之后，对方单刀直入地表示："如果咱们不是哥们儿，我肯定要打爆你那个中国老公的头，他居然把我扔进河里了，河水有多冷你知道吗？我做错了什么？就因为我长得帅，他嫉妒我吗？"

黎多情还能说什么。只能派发一张"好人卡"，然后声泪俱下地道歉，并诚邀他以后来地大物博的中国旅游，她会带他去看故宫、吃烤鸭，然后去滑雪。

帅哥生无可恋地摇头，说："不真诚，你变了，一点都不真诚，你怎么可以说出带瑞士人去滑雪这种话？"

黎多情不好意思地笑："你没听过吗？外国的月亮比较圆。"

咖啡师朋友走后不久，邵万千拿着两个橙子悠哉地晃进来，说："你退烧了。"

黎多情点头："我有点饿。"

"你还知道饿，就说明你彻底好了。"

黎多情又点头，太久没见他，昨天两人又一起经历了那么刺激的事，忽然间她觉得有些尴尬，不知道该说什么。不过，在邵万千身上，她没有看到相同的尴尬，他的目光深邃，漫不经心的表情看起来丝毫没有草包公子哥的模样，倒像是城府极深的大坏蛋，满肚子里憋着坏水。

果然，邵万千慢条斯理地走到病床前，然后把手里的橙子放下。黎多情觉得这个气氛不太对，这不是关爱、关心和失而复得的气氛，空气中弥漫着一股危险的气息。

她胡乱扯了个话题："我很、很少看你……穿这么素的衣服，你不是喜、喜欢鲜艳的颜色吗？不是，邵万千，你、你怎么这个眼神，看着我，虽然姜芷和我……没、没有血缘关系，但我也是个有原则的、的人。我那个，你那个，强奸犯法……"

邵万千冷哼一声，挑着嘴角："你知道熊孩子的病好了，意味着什么吗？"

黎多情忐忑地摇头，心想着："意味着应该吃一顿肯德基？"

"意味着，可以揍了。"说完，他拎起黎多情，将她脸朝下地摔进被子里，对着屁股就是一顿火辣辣的大巴掌。

黎多情刚刚退烧，加上饿着肚子，也没有多大的力气，只能哀号着求饶："我我我、我错了，我错了，你别打了，我错了……"

"你还跑不跑了？"

"不跑了、不跑了……"

"我看要想让你不跑，最好的办法就是把你打残。"

"不要、不要，我错了，我知道错了……"

黎多情要离开瑞士了，她的假老公很舍不得她，两个人在机场依依惜别，差点抱头痛哭。或许他们都知道，这辈子，也许他们不会有机会再见面了。

黎多情很怕分别，可总是在不断经历着一场又一场分别，这和哪壶不开提哪壶是一个意思，怕什么来什么。

两人左一个拥抱右一个拥抱，邵万千实在看不下去了。他走过去站在黎多情身边，冷漠地说："他在占你便宜，你感觉不到吗？"

黎多情斜眼瞪他："感觉不到。"

"他的肚子，一直贴着你的胸。"邵万千说。

"废、废话，因为他高，难道他的肚子，要、要贴我的屁股才对吗？那叫拥抱吗？"

"我觉得。"邵万千突然停下。他不再说话，只是冷冰冰地看着她。

黎多情叉腰，歪着头看他："你哪、哪那么多高见？你觉得什么？"

"我觉得胃里反酸，想吐。"

"可能是、是你怀孕了。"她说。

黎多情再一次和友人告别，然后踏上了回家的路途。

中国，H市。

飞机落地时还是阴天，接他们的车开到半路，便开始下起瓢泼大雨。窗外的可见度很低，雨看起来比道明寺和杉菜分手那天下得还大。这是个适合失恋的好日子。

黎多情归家心切。看到邵万千在旁边摆弄烟盒，她就莫名来气，抓过烟盒就扔到车外。邵万千被她的小脾气弄得一愣："你什么毛病？"

"以后你、你就抽雪茄，不要抽烟。"

"我喜欢抽烟。"他说。

"你喜欢的、的事情多了，不好的习惯就、就要改正，你要是愿、愿意吃屎，我还能看、看着你吃吗？"

开车的司机大哥"扑哧"笑出声。大哥还是当年那个大哥，头发不长，只是脖子上金链子的款式似乎换了。

302

邵万千环起手臂，深深陷入座位里闭目养神，经历了长途跋涉，他也很累，没有耐心以理服人，决定以冷制暴。

　　黎多情见他不搭理自己，就更生气了，抢起拳头就往他肩膀上砸："邵万千，我在跟你说话呢！"

　　"我在听。"他纹丝不动。

　　"我、我不想一个人说，我想吵架！"

　　"好，你想从哪里吵，怎么吵，讲一下规则，可不可以说脏话，骂急了能不能动手，打哭算不算犯规，跑题了是暂停拉回来还是继续下一个话题接着吵！"

　　"你有病啊！"

　　他睁开一只眼睛，淡淡地瞥了她一眼，回应道："你盼我早死吗？想继承我的家产？"

　　"你、你有什么家产啊，你就一富二代！"

　　"哦，看来运气是我最大的财富了。运气好才能投个好胎，你看你面色发黄，两眼无光，印堂发黑，你的人生挺凄惨吧？"

　　"啊！"黎多情发出一声尖叫，像被踩了猫尾巴一样，浑身的毛都炸了起来，"邵万千！你、你说谁凄惨？！我警告你，不要惹一个……每个月连续流血七天还、还不死的人！"

　　"你连续七天流血不止？那这个月经量应该看医生。你今天早上来的吧？那我们明天就去医院。"邵万千说。

　　一拳打在棉花上，黎多情气得鼻孔都大了好几圈："哼！"

　　从机场到家，由于被大雨耽搁，原本一个小时的路，他们走了近三个小时。因为不是业主的车不能进入地下停车库，所以他们的车子只能停在地面上，黎多情没等大哥去后备厢拿伞，就将车上的杂志顶在头上小跑出去，大哥叫都叫不住。

　　"不用管她，像个小孩儿似的。"邵万千冷声道。

　　司机下车去后面拿伞，撑着伞来帮邵万千开门，避免他被雨淋湿。

　　"黎小姐这个脾气，以后你可有得受了。"

　　邵万千从车内出来后，简单地活动了一下酸麻的双腿。刚才一路上，黎多情把两条小腿横在他的腿上，她倒是舒服，嘴上和他吵架，身体还不忘利用他来放松，这会儿他都快觉得这两条腿不是自己的了。

他缓了半天才往前迈步："你懂什么？百依百顺有什么好？我要找个女朋友不撒泼、不撒娇、不无理取闹、不惹祸，天天在家给我洗衣服做饭，我还找她干什么？找个保姆就行了！"

"起码得找个不欺负你的吧？"

邵万千从他手里接过雨伞，没好气地说："不欺负我？那我跟你过得了，你不欺负我。大老爷们让着小女孩一点怎么了？你就觉悟不高，所以这么大岁数了还没结婚。"

光头司机一下子就乐了，笑起来好似浑身肉都跟着颤："这话说得，你比我岁数都大，还那么疼人家小姑娘，你不照样没结婚。"

邵万千想抬腿给他一脚，司机笑嘻嘻地退开，急忙钻进车里："你上去忙，我去洗洗车。"

邵万千瞪了他一眼，雨下得像高压水枪似的，还洗车？这是脑子灌水了吧。

一夜之间从单亲家庭的孩子变成孤儿，这个打击对黎多情来说是需要消化的，她对姜芷那些悲愤的哀怨是不成立的，也再不可能理直气壮地任其发生。

姜芷对她撒了一个弥天大谎。但如果这世上，有人如姜芷般愿意用最宝贵的青春年华去撒这样一个谎，只为了让她能跟个普通小孩一样长大，那姜芷可以说是世上最好的人了。尤其是当这个原本是会烂在肚子里的秘密，是因为她未来的幸福才不得已公布于世，她只能难过，不能委屈，该委屈的人是姜芷。

黎多情本着要与姜芷互相安慰的想法回到家里，却看见佛系姜芷仍是那副不悲不喜的样子，正慢悠悠地擀饺子皮。

一时间，黎多情不知道该不该叫妈。她走过去从姜芷的身后抱住她，像小时候一样抱着姜芷摇晃："以前，我、我总觉得你对我不好。"

"现在呢？"姜芷问。

黎多情想了想，说："现在，想一想，你对我还是不好，要、要是我亲妈在，一定比你对我好。不过，我没有妈妈了，我就、就勉强将就你了。"

"我也是将就你的。"姜芷说。

"我知道，你都、都将就了二十几年嘛，以后我们还是要、要互相将就下去的。"

姜芷从面团上揪下来一小块面从肩膀上递给她，黎多情伸手接过来。姜芷说："多情，有些事我要跟你说清楚，我跟邵万千的故事真没有你想象中的那么旖旎。"

她说到这里时，邵万千正好推门进来了，站在门口甩雨伞上的水珠。

姜芷说："之所以在自传里把我跟他的故事写那么多，是因为我的人生实在是没有波澜，没有什么可写的。"

"可是，你为了一个姓、姓邵的男人，远走他……乡，难道不是真的吗？"

"姓邵的男人就我一个吗？"邵万千双手插着口袋走进厨房，冷着脸看她，"邵这个姓氏被我们家承包了还是怎么着？姓邵的多了去了，因为她喜欢姓邵的，你就给我判死刑，我要是姓王，她喜欢姓王的，你打算弄伤多少个老王？"

姜芷不耐烦地"哎呀"叫了两声，把他们两个都推出厨房："我要干活了，你们不要打扰我，去屋里玩。"

"我不去，妈，你都、都一年没见到我了，你不想我啊？"

姜芷很认真地思考了一下，摇头："不想。"

黎多情快气死了，还想再争取一下自己在养母心中的地位，邵万千却拎着她的衣领把她拖进卧室："想你的只有我，看到没？你回不回来，姜芷都是要吃饺子的。"

"我不回来，你饿死了吗？"她反问。

邵万千有些累了，他走到床边坐下，伸长手臂把她捞进怀里。房间的窗大开着，夏日的热风徐徐灌入，他抱着黎多情一同躺在已经换好冰丝凉席、就等她随时回家的大床上。他的手臂将她环得紧紧的，声音低沉沉地压在她的耳后："你不是孤儿，你还有我。"

"你是哪位啊？"她轻轻地"哼"了一声。

"我啊……"他声音带笑，"现在是你干爹，以后就是你如兄如父的老公。"

"你、你要不要脸啊？我什么时候说要、要跟你结婚了，你都多大年纪了，还想老牛吃、吃嫩草吗？"

"对啊。"邵万千一本正经地肯定，"我就是老牛吃嫩草，来，让我看看草到底多嫩，我养了好几年的大白菜有没有被猪拱过。"说着，他的手开始不安分起来。

黎多情猛地一拱身体，再猛地往后一仰头，后脑勺重重地撞在他的下巴上，发出"砰"的一声。邵万千被她撞得眼冒金星，他收回自己不安分的手："你这死崽子，你知道我这下巴花了多少钱做的吗？"

"是吗？我看看，你到底花了多少钱做的？"说完她作势要撞第二下，被他急忙按住，"停，我妈死好多年了，我没地方返厂，别给我撞坏了。"

黎多情"哼"了一声，在床上伸了一个懒腰。

"我们明天就去领证吧，我得抓紧时间把婚礼办了，怎么也要让我爸看到我结婚才行。"

"就为、为了给你爸看，那你随便找、找个女的就行。"

"你是不是缺心眼儿啊？很明显结婚给我爸看是借口，其实就是我喜欢你，我不想夜长梦多，想尽早把生米煮成熟饭！"

黎多情拿起枕头捂住自己的脑袋，瓮声瓮气地说："你喜欢我，我就要跟你结婚啊！我、我不喜欢你！"

"撒谎的小孩尿炕。"

"我就是，不喜欢你，不喜欢！"她恼羞地蹬着小腿，跟脚底踩了风火轮似的，"像你这种见、见异思迁，薄情寡义的花、花心渣男，我是不会喜欢的！"

"你又丑又倔，胡搅蛮缠还不讲理，一天到晚哭个没完，脾气暴躁还结巴，我都没嫌弃你。我这人唯一的毛病就是烟瘾有点大，虽然不算富可敌国，但家境离贫寒太远，身高一八六配你足够，长相也没人说我丑。你要是看中内涵和才华，我都不差，姜芷的事情，我也给你解释明白了，你怎么就不喜欢我？"

"你懂什么！"

"我只想懂你。"

黎多情抱着枕头，翻身背对着他："就是不喜欢你！"

"喜欢。"他更正。

"不喜欢！"她狡辩。

"喜欢。"

"不喜欢！"她继续狡辩。

"那我不开心了，我要生气了，你这集万千宠爱于一身的女人，居然这么不识好歹！"他说。

邵万千撒娇的样子让黎多情忍不住起鸡皮疙瘩，实在受不了。她腾地坐起来，气呼呼地说："不喜欢，就是不喜欢！喜欢你没、没有好下场！那些喜欢你的前女友，没有一个长久，得不到的才、才是最好的。我永远都不喜欢你，你就永远都……不甘心，你会一辈子惦记着讨、讨我欢心，所以，你这辈子都别想我喜欢你。"

她说的似乎有那么一些道理，但他已经过了令她担忧的年纪了。邵万千也曾琢磨过，自己到底为什么会喜欢一个与他理想中的新娘大相径庭的女孩。到现在他也没想明白，于是，他把责任推给了命运。

命中注定他就是要喜欢黎多情这个烦人精，他已到了不惑之年，还跟命运抗争什么呢？

大概是命运早早地看透了他年轻时是个花花公子，所以让他早生几年，先磨炼磨炼。也许是命运担心长大后的黎多情看不上他，还特地让时间这把杀猪刀对他手下留情，让他看起来是驻颜有术，其实他洗完脸连乳液都不涂。

姑娘嘛，差是差了点，但还能将就。

他心满意足地拍拍黎多情，露出宠溺无比的吓人的微笑："行，不喜欢就不喜欢，你开心就好。

307

"反正我知道你在说谎。"

　　——黎多情就是喜欢我。

　　——只有喜欢我，她才怕我见异思迁，才怕我薄情寡义，才怕我是花心渣男。

　　"我知道，黎多情一定，特别特别，喜欢我。我是邵万千，除了黎多情，你们谁都不能反驳。"

甜蜜的负担

冬日。

邵万千和周暮云两个人身着笔挺西装，一脸严肃地对望。

邵万千："你长脑袋干什么的？"

周暮云："干事业。"

邵万千："你干出个鬼事业了，天天混在女人堆里，这点事都看不明白，我真是高看你了。"

周暮云："我觉得问题不在我，在你。"

邵万千："此话怎讲？"

周暮云："你过于小气，如果你愿意大气一些，这件事就会好办许多，有钱能使鬼推磨。"

邵万千："大方？你讲讲，我应该怎么大方？"

周暮云："你应该把这一整片都买下来，就不存在选择的问题。"

"这一整片，全买？"邵万千挑眉，抱着手臂，若有所思地看着营业员拿着精致的口红刷，一点一点地往周暮云的唇上涂一款类似梅子的深红色，"你当我是暴发户吗？"

"怎么，你买不起吗？"随着邵万千一挥手，营业员马上拿出卸妆湿巾帮周暮云擦掉，换上另一个相近的色号。

邵万千撇嘴，仍旧表示不满："买得起就要一起全买吗？那送礼物的意义是什么，我直接送钱不好吗？"

"那你不觉得每次给她买口红，你就把我拉来试色号，选不出来还要逼着我选，我选的你不满意就骂我，这对我太残忍了吗？"

"我不觉得啊。"邵万千回答得理所当然，"谁让你和她肤色一样的？再说生孩子如果不用来玩，还生来干什么？"

"我是你生的吗？"

"我姐生的和我生的区别不大，相当于是我生的。"

"我还是孩子吗？"

邵万千看上了现在这个色号，打了个响指："就这个。"他安慰地拍拍周暮云的臂膀，说，"我想让你是个孩子的时候，你就是个孩子。"

"你怎么这么霸道？"

"你有意见？有意见也别提，下辈子投胎你当我舅的时候再说。"他掏出手机付款，等待营业员帮他把口红装好。

周暮云不屑地揶揄："别人买口红都是买礼盒，一套一套，你倒好……"

邵万千从营业员手里接过只有巴掌大的包装袋，里面只有一支口红，拿起来轻飘飘的，他说："就你这个情商，你下辈子也追不到黎多情。"

"我有太太，我追黎多情干什么？我太太很好，我太太……"

邵万千不想听周暮云这个护妻狂魔说任何跟白以飒有关的事。他插口袋时从兜里摸出一块水果糖，是周暮云的儿子给他的，他三两下剥开糖纸，将糖果塞进周暮云的嘴里，晃着手里不足一两却重如千金的包装袋："口红这种东西，别说一套，就是一吨我也买得起。可是我家多情不需要，她需要的就是这一支，我用心挑选，反复试验，万里挑一，我觉得最衬她的这支。这样的礼物才是有感情的，也是有生命的，她每一次涂，都会想起我对她的用心。"

"你这样活着不累吗？"

邵万千笑："疼老婆可不叫累，这叫什么，我想想，嗯……甜蜜的负担。"

原来她的缺点也是迷人的

又到了绞尽脑汁写后记的时候了，我一如既往地不知道该编点什么，但编辑就像个魔鬼，每天不停地催。

虽然时至今日我都没弄明白"后记"这个东西到底应该表达什么，但都十分配合地硬着头皮写上一点。

该讲的故事都在书里讲完了，放在这里的，都是废话。

关于黎多情和邵万千，我始终觉得是不完美的。

这几年我写过很多人物，各种各样的人设。在很多人学着如何写一个完美到让所有人都爱得无法自拔的主角时，我却选择背道而驰，专写不完美的。

我也担忧过，这样的主角会不会有些不讨喜，读者会不会不买账，销量会不会受影响，那我的稿费……但想到我的稿费是签过合约的啊，卖得好不好都得给我那么多钱，我就放心写了。

我喜欢自己笔下的人物有小小的缺点，并将这个缺点贴成他们的标签，不完美的人才够真实。

黎多情算是我写过的最矫情的女孩了，一点小事就哭，做人的准则是"我这样就行，你这样就不行"。对待感情也不干脆，不敢要又舍不得推出去，对待邵万千、姜芷和姨妈永远都是又嫌弃又爱，没什么主见，不勇敢也不够不坚强。

女汉子并没有称霸这个世界，生活中这样矫情事儿妈的女孩一大把。她们通常都不可爱，可无论她们多不可爱，还是会遇到拿她们当宝贝的人，有一两个知心的朋友。

比如黎多情，她遇到了邵万千。

我最初对邵万千的人设只有一句话：老子就这样，爱谁谁，爱啥啥。

他不是不近女色，不是眼光奇高，也不是浪荡公子，他交往过颇有姿色的名媛明星，也交往过比黎多情还普通的倔强姑娘，他的人生准则就是要活得随性。他不愿意在感情上委屈自己，在遇到黎多情之前，他爱自己胜过爱任何一个女人。

可他遇到了黎多情。

这大概就是一物降一物吧！

爱情是个奇妙的东西，谁也说不准自己会不会爱上一个自认为决不会去爱的人。就像邵万千对黎多情，自始至终他就没找到黎多情身上有什么是他应该爱的闪光点，可当他爱上了她以后才知道，原来她的缺点也是迷人的。

人不完美，爱情却是完美的。两心相悦，有吃有喝，对于爱情而言，这就足够。

谢谢大家一直以来对我的厚爱，无论我写什么都闭着眼睛喊好看，可能是出于礼貌吧。除了感谢我还要表达一点美好的祝愿，那我就在这里给大家拜个早年，祝你们新年新气象，大吉大利，也祝你们都能像乔唯那么可爱，像时与那么独立，像阿笙那么聪明，像何兮那么坚强。如果实在像不了她们，那就祝你们，哪怕像多情这么无理取闹，霸道又常哭鼻子，使性子耍脾气，干什么不行，吃什么不剩，也都可以遇到属于你们自己的邵万千。

他明明很有才华，偏偏不以为然，让这份不炫耀成了一种高级奢华的低调。

他明明可以靠脸吃饭，偏偏靠实力，指望不上你的美貌，便自己出任家庭颜值担当。

他家里富有得仿佛有无数个矿，却还是认为用心教会你赚钱是比花钱更有乐趣的事情。

　　他从来不会惯着任何女人，却独宠你一人，还生怕自己的宠爱不能讨你欢心。

　　这样一看，还是新年新气象更现实……

　　这篇后记就编到这里，下面两句算我送的，不要钱。

　　今夕何夕兮，多情去兮。

　　明日何日兮，何兮归兮。

原成

2018 年 11 月 19 日